黑房契红婚约

七子 著

新星出版社 NEW STAR PRESS

1.没有温暖的徐萌

徐萌之前一直隐隐觉得自己像个孤儿，之后，遇到穆言，发觉有从孤儿院被认领出来的感觉。

徐萌怎么会没有家呢，在外人看来很完美幸福的家庭啊。父母都是知识分子，出身名门望族，三世同堂，其乐融融。锦衣玉食，吃饱穿暖，有素质有修养有文化有家教的“四有”女孩儿。亲戚们个个事业有成，家庭美满，循规蹈矩着，孝顺老人、操心孩子，虽有磕磕绊绊，不过是日子一天一天过。朋友们也都是出类拔萃的人中龙凤，没有狐朋狗友、三教九流之闲杂人等。

总之一句话，人正派，圈子优秀。

可是，徐萌还是觉得她不幸福。

这样的想法不是无事生非，吃饱了饭撑着玩，很简单，她的感情世界一片荒芜。

徐萌多愁善感，末梢神经灵敏，那个英语被称作“三屉馒头”的，说的就是她这样只为精神而活着的人。曾有人说：感情丰富的人，会面临悲剧。徐萌不知道，悲剧会是怎样的发生，只是知道，前半生她并不幸福。一直以来的感觉，幸福指数很低。

怎样勾勒一幅徐萌25岁之前的景况呢？

父母的教育方式似乎让人匪夷所思。说他们专权确实专权，说他们民主又确实民主。

就拿教育徐萌莫乱花钱为例，不正面教育，只管给徐萌旁敲侧击，施加压力。

家里虽不缺钱，可天天唠叨紧箍咒，昨天说菜买贵了，今天水费超预算了，明天电浪费了要及时掐掉，总之衣食住行样样精打细算到令人发指的地步。父母企望徐萌培养一种习惯，从出生就根深蒂固，由来已久的习惯：花钱要掂量掂量，月光族可怕就可怕在没有规划。最后让徐萌选择，徐萌只能违心选节约，选吝啬。

所以徐萌从小就没有玩具、没有零食没有零花钱、没有随身听、没有收音机，在别的孩子都有汽车坐的时候，始终靠自己的双脚和自行车，因为父母忙，忙到没有时间踩一踩油门接送。徐萌没想给自己定位到物质女孩的行列，她在想，父母的成就应该属于他们，自己不能理所应当地躺在功劳簿上。所有的苛刻，都在锻炼她的意志，不想养成攀比腐化的风气。可是……这么多年来，她却一直没有适应，看到别的女孩子换新衣，买零食，心里痒得就是一个字："馋"。馋物质倒是其次，更多的，馋感情。她觉得，只有父母有爱，才懂得孩子衣着漂亮不仅光鲜，饮食充足偶尔花哨，那就是快乐啊，小小的快乐，幸福指数完全可以小小的提升。

物质要求苛刻暂且罢了，精神也要自己决定，父母说自己的路自己走，才是健全的人格独立，现在吃些苦头，以后才不会被别人所欺负。每一次的岔路口，尽管徐萌的年纪轻轻，任何的一次抉择都是自己掰扯来掰扯去，列出条框，分析利弊，父母并不言语。这在寻常人家似乎必须如此，毕竟，儿大不由娘，父母的分析难以紧跟时代的步伐，可在高级知识分子的家庭，这样的教育太具独创性与深思性。

于是，无论如何，徐萌的幸福指数一直就徘徊在了不及格，小细节就慢慢变成了大隔阂。印象中，一向肃穆的父母，一年365天一向只在家里看新闻，看经济，就是没有娱乐的父母，对感情的理解，如同他们的古板做派，从来不做改善，也不觉有什么不妥。对，因为，并不是很爱，即使努力争取，也不会有什么改观。

可，徐萌一直渴望，温暖。这个词汇，该是多么的神圣向往，可望而不可即。

2.太过随性的穆言

穆言在没有认识徐萌之前觉得自己简直一帆风顺，属于没事儿偷着乐的那群人。

父母都是典型的农民，三个女孩儿出生之后，父母总算盼到了他，造人计划戛然而止，大功告成。家里过惯穷日子，唯只惯他耍小性儿，花小钱儿，令几个姐姐也让他三分。虽说宠也宠，亲也亲，却不忘提点他做人要行得稳，坐得正，放得平。课余时间随意掌控，上树偷蛋，下河捉鱼，满大山赶羊，基本上该疯的都疯了个够。待到上学，淘气不争气，临了高考，母亲是又生气又着急，家里没有文化人，姐姐们都没考上大学，到弟弟还不得有出息？可怜穆言被鞭子逼急，竟然考入复旦，让全村大吃一惊。毕业后又赶得上好时机，先国企后私企，游刃有余：绝对是那种不断挑战，又不断失去乐趣的那类人，因为履历太过顺利。

只是，有得必有失，娘着急的婚事儿却迟迟未落。有家才有业，有家心才安啊！毕业四五年，穆言一直都是孑然一身，急得娘快要老泪纵横，“我们家狗蛋儿，为什么就讨不到老婆呢，我怎么就抱不得孙子，四世同堂？在大城市，媳妇很难找？”适逢国企，一起共事的老上司看不下去了，这么好的小伙儿，不就是性格内敛了些么，老身得亲自做媒！于是，就把自己的侄女介绍给了穆言，她有个贤惠的名字，满秀。安静又文雅，像朵含苞待放的白百合。按部就班，谈婚论嫁。直至抱上孙女遥遥，母亲才开心地看着穆言，长出一口气，“狗蛋儿啊，我也当奶奶了！以后可有人替娘疼你了……”

这时，穆言就会傻呵呵地笑，其实他美在心里的，被人疼的感觉真好。

3.亲戚=氢气或是清漆？

转眼，徐萌就要大学毕业了，人大本科。多么名牌的大学，专业却是行政管理，其实挺难找工作的。本以为市场行情看好，可还是供大于求。当周围的同学出国的出国，考证的考证，公务员的公务员，徐萌都没有随波逐流。不是那些她看不上，而是另有规划。好好找个工作，学习多少理论，还不得在实践中运用？就业的压力迟早要面对，逃避并非是正道。投身革命的洪流，早了总比晚了强。

终于，尘埃落定。她签了家私企，兴高采烈，万事大吉。

没想到半截被父母拦了下来。

他们一致不同意。

“萌萌，我已经跟你姨姨说了，她来办这件事。”父母也太离奇，从来都是放任自流，怎么会强硬？

徐萌就一个姨姨，妈妈的妹妹，在北京，财大气粗。姨夫是家央企的总裁，姨姨早就退休了，在家颐享天年。

“妈，我已经找到工作了……”

“你那工作没用，什么时候被人炒了都无力还嘴。听句劝，妈是过来人。反正薪水差不多，国企可不会炒你的，关键是可以解决户口。相信你们班上的同学不知有多少人眼巴巴的想要这样的工作呢！”

徐萌没吭声，的确屈指可数。

“女孩子家，就是图个稳定，过日子。萌萌，有个好的家庭比什么都强。”就像你们这样的家庭，我宁可不建立。徐萌内心反抗，打着小算盘。

“你稳定，男人就能拼事业给你赚房子赚车，你呢，安心在家相夫教子。有户口，下一代的上学问题就解决了。可进可退，可攻可守。我们都觉得这样的决定再好不过。”

胳膊扭不过大腿。

“况且萌萌，这可是妈妈的亲妹妹，她不管你，那不可能。”

为什么不可能，原因很简单，姨姨的意思明白，但没必要说出来：老家只剩母亲留守尽孝，她始终欠着这份情，外甥女的选择必须管，否则，母亲，就是徐萌的姥姥会跟她急的。

“你们不是从来不管我么……为什么这次一定要横加拦阻？”徐萌小声提着抗议。

“萌萌啊，你怎么就不懂，你是我们的孩子啊，怎么会不管你？以前不管你，是因为你的选择一直是正确的啊！走的正确，为什么要拦着你？这次却不同，爸妈会帮你的。萌萌，以后你要是后悔，别再来找我，就管你这一次，你姨姨也只管你一次，过期不候。你姨夫为官这么多年的清廉，你知道我们的脾气，也知道我们的教育。别撞了南墙，叫苦的时刻再回头。到时候，就是你再困难，我们也会束手无策看着的。”

母亲看着徐萌执拗着坚持要做北漂，有些不可理喻。没有机会就制造机会，但是有机会是要利用机会的。可以避免无谓的挣扎和徒劳，大是大非的问题需要他们有所把握。

“我们就算尽到了父母职责，以后的路自己走。”

徐萌暂时应着了，总之在北京，父母还暂时不能跟来。如何发展，算是她的选择。

以后，她有她的骄傲，没有必要迎合和苟同任何人。包括不相往来的亲戚。

以后，她有她的成绩，没有必要炫耀和昭示任何人。包括不相往来的亲戚。

她只是渴望拥有一个懂她的人，分享彼此，彼此分享，自己制定规则，自得其乐。只是目前的工作现状，只能允许她不破坏别人的规则，戴着假面具。既然大家都带着，那就不摘了。不受名利之累，下班还原自己，得意而有意义。只要明晰，追求的职业方向究竟该在哪里，一样可以做到极致，一样可以创造奇迹。

极致与奇迹，那是某种意义上的完美。她喜欢这种自我塑造的完美。

只是遗憾，身旁没有人陪伴她奋斗，“美丽的首都，留不住我的亲。北京那么大，却没有我的家，父母一个家，姨姨一个家，就剩我自己，永远是多余的。”徐萌调侃，调侃中渗着隐隐的痛心。

即将奔赴北京，父母一再叮咛着三句话。

三句话，她都不同意。

“少说话，多做事。”她觉得自己这样一个性格外向的人，缩减话语的字数，比让她绝食还难受。

“不要儿女情长，你要学会独立成长。”成长的意义，父母一贯的态度，就是要对亲情若即若离，就是要学会控制想念，就是要学会最大限度积累物质，精神少些依赖性。

“社会上的人很复杂的，不要多接触。”父母又真是天真，什么事什么人，是你想逃避就逃避得掉呢，又是你想不理睬又可以不理睬？

而徐萌这个初出茅庐的孩子，满眼的心潮澎湃无处安放，因为知晓国企的日子。难道，一杯茶水，一份报纸，一只金丝雀的循规蹈矩，就要自此拉开序幕了么？

4.乍暖还寒时刻

徐萌来北京已不觉五年了。五年中，真正改变的，是离开校园、开始工作的这一年。

刚上大学，初到北京，满眼的新奇，跑遍大半个北京城都难以言尽满心的欢喜。甚至会觉得治安如此之好的首都，即使晚上天为被，地为炕，躺得都是那么的舒适惬意。这就是皇城根处，天子脚下？有灯火辉煌的现代，博大恢弘的底蕴，古香古色的人文，字正腔圆的规矩。可是，为什么人潮来了又走，流来又动去。有步履轻快的精英，游刃有余；也有随波逐流的北漂，游来荡去。

可是，徐萌的心境，起初兴奋的心境大大消退，消退到了目前的宅居在家。

应该说，人在任何的时候，都需要转型，都讲究心态。心态转变快，那就顺利过渡；心态转变慢，则拖成了更年期。

徐萌目前也遇到了更年期。

工作之后，渐渐觉得，这个繁华的城市，已不属于自己，她的渺小孤单与众多的高楼林立实在不相映衬。偌大的城市，却难以盛放她幼小的心灵。如同一滴水难以见太阳，见到炽烈就会蒸腾的无影无踪；投掷在人流海洋中，霎时就消失了踪迹。

反而，喜欢躲在屋里，缩在被窝，在小桌子上奋笔疾书。业余时间，徐萌几乎都在爬格子，是各个报纸杂志的特约评论员，专栏作者，业内已是小有名气，尤其有趣的是她的笔名，晓非。取意躲在名利之下，不被世人知晓，倾听洞晓是是非非的评论。若说捆绑在办公室，不是好生活，那么，主宰文字的王国，就会有千军万马的奔腾。那是单纯的延续，真实的品质，怡然自得，自给自足。

而国企的宽松，又给予了足够这般舒活筋骨的天地，这也倒是其默默安心于此的道理。

这就是徐萌，给我一本书，世界让我哭泣；给我一支笔，我让世界哭泣。并非哭泣，哭泣怎么能是生活的主旋律？应该是感动，所有感动，无论是主动给予式还是被动接受式，都是欣喜。

只是目前，初来乍到，没有什么人脉，唯一的亲戚也被她的清高，骄傲拒之门外。她不喜欢求人，求父母，求亲戚，她痛恨钱财，与所有可能扯上钱的东西隔绝。

还好，在北京，自己有个暂时栖身的场所。公司不给住房，独自租住一处，这家是小夫妻俩，出国小住，大概，也许，说不准什么时候回来。出租，也算是讨个人气，打点房屋，三室一厅的房子，锁两居留一居。在北京这个地段，寸土寸金，有些咂舌的贵。这时，徐萌接手了。不一样的征程就要开始。

家，是个宁静的，沉淀的，纯美的地方。喜欢喝着一杯杯的拿铁，没有故作小资，只是体会属于自己的风情。一如校园，与世无争。

初春，冬老虎出没。

乍暖还寒时刻，最难将息。三杯两盏淡酒，怎敌它晚来风急。这次第，不是怎一个愁字了得，是怎一个清字了得。徐萌看着《声声慢》，环绕着家里不住地感叹。

清，清冷但也清新，清心寡欲，散自散心。

公司因为金融危机，突然没有什么业务。她所在的行政部波澜不惊。随着徐萌的户口顺利落京，档案也随即存放公司。这在多少人眼中都是眼红心热，因为档案的进入就标志着成为正式员工，裁员时便会受到保护；而档案流落街头的，是合同职工，必要时会被随时清退。倒是目前，公司还没有裁员计划，国企这个庞大的机器，运转吃力，可是不乏动力。不过是招聘停滞了脚步，不进不出，养精蓄锐。房地产冬天来临的保守举措。

这便是徐萌目前的状态：生活大致平静，内心总有波澜。

5.姐的出现是波澜

徐萌的波澜最近是因为，北京随处有惊喜。很远的距离却可以发掘到很近的关系。

某一天的某一刻，爸爸来了电话。“萌萌，你北京的姐姐找到了。有时间认认亲啊。”失散多年的姐姐？原来，奶奶爷爷因为早年工作繁忙，一箩筐出生的孩子顾不过来，于是，只得忍痛割爱，把爸爸暂时寄养在乡下的一处人家，等到上学的年纪才讨了回去。可当时担心养父母难以割舍，便约定不再有联系，近50年的岁月过去，养母始终难以割舍这段母子情，她沉默了50年，托遍了所有的亲朋好友，终于在耄耋之年找到了爸爸。

而这个姐姐，正是爸爸姐姐的孩子，也就是徐萌姑姑的女儿，可巧了，也姓徐，叫徐彤。

虽不知道年龄，但应是差不多同岁的光景吧。徐萌早就开始了摩拳擦掌的猜测，未曾谋面的姐姐会是什么模样？出俗惊艳，还是出落平平？结果，真没有让她失望，优雅大气。披着一袭嫩绿的披风，春意里不可多得的一抹亮色，很衬艺术家的气场，同行会面的还多了一个男人尾随，只是相貌平平，显然是徐彤的先生。

会面很简单，一个出地铁就能见到的咖啡厅。地铁的名字也特别，金台夕照，有如早春灿灿的光芒普照。那是旧时燕京的八景之一，有着玉树临风的飘飘欲仙，分别是：太液秋风、琼岛春阴、玉泉趵突、西山晴雪、蓟门烟树、金台夕照、卢沟晓月、居庸叠翠。现在被开发商发掘了去，空留地铁旁的石碑诉说着古老的故事。

本是沉闷的咖啡厅，因为他们的到来而激起小小的波动。

“这个城市，我和你姐行走了十年，十年的时间啊，也许足够读懂一个城市，也许远远不能企及它的精髓。可是，你与这个城市共成长，伴着熙熙攘攘的人群，车水马龙的繁华，早已植入由衷的爱意。我们是爱这座城市的，无论它生活压力大到哪去，但不可否认，也会给你带来更多的机遇。”看得出，这个男人很善言辞，甚至有些天生领袖的感染力。

“这是你姐夫，叫他广宇就行。”倒成了徐彤在一旁搭话，时不时一个活脱脱的幸福小女人。

徐萌倒有些好奇，问世间情为何物，真乃一物降一物。让如此优雅女人倾慕的广宇该是多么的才华横溢，或者，只是点了徐彤的情穴，有情人的必然：我的眼里只有你。

徐彤见到亲人分外亲，在这个偌大的城市，能成为她娘家人的，为零。这些年，都是她跟广宇在独自打拼，“我们的经历太复杂，我们的幸福太不易。一言两语说不清，不过，先给你个乐子瞧瞧。”说着从包里掏出相机。

“这是我们的宝宝，3 岁啦。是爸妈的心肝。叫霏霏。今天还说见姑姑呢，在家淘着，没让她出来。”

呵呵，真是有缘，徐萌心说，自己的笔名叫晓非，同音不同名。

提起霏霏，姐姐满是得意，好像见面的目的，不是认亲，而是专题介绍她的霏霏。说着说着，竟然把看似健谈的姐夫，自然的晾在一边。

“我们随身携带相机，是很正常的，可随身携带贵达三万的相机，就有些值得注意哦。”徐彤调侃，透着艺术家偶尔的顽皮。

“广宇和我都有自己的工作室，在外国人叫什么 studio。哎，都是名称糊弄人，我们就是踏实做事情，客户都知道我们是认真做艺术的主儿。基本都是一起在运作的，夫妻档嘛，共享客户，共享对方，不分彼此。”徐彤说着脸红。

广宇补充，“看看，兴头上，一直都不给我说话的机会，跟美女说话的权利都被她占了去，我申诉，谁让我隔点亲，是你姐夫呢。”

“你们不要内部矛盾啦，都亲都亲。姐，你就给姐夫一个显山露水的机会呗。”徐萌打岔。

“你看，你们不是亲人，胜似亲人，第一次见面就这么投缘，以后一定一发不可收拾，感情就如这滔滔江水啊。”

“哈哈，贫了贫了。”

“说起工作，还真是有些门道。我们的业务范围很广，平时是帮一些公司做策划文案，宣传推广，这是主业，但是也不算主业，因为我和你姐都喜欢摄影，798艺术区的朋友，一直在定期做我们的展览，所拍的作品都是闲来之笔，有买主看上了，我们出个真心实意的价格，双方都满意就成交。有些呢，我们还舍不得卖，留在家里珍藏呢。这是副业，从实际的角度讲，还是这个比较赚钱，因为经常有老外去798，非常认同我跟你姐的拍摄风格，所以创业前期，很多的启动资金来自这里呢。”

“所以，不难理解吧，为什么我们随时随地携带这么昂贵的相机，捕捉灵感，记录瞬间呗！在北京，任何想不到的蓝海，都能成为朝阳产业，有很大的发展前景！以前一同出道的朋友，有些一直不看好的文化产业，忍受不得清苦和寂寞，能转行的都转了，其实就差一步，小打小闹也能转变为生产力！别小瞧自己的作品，投缘欣赏的人绝对有，还为数不少！”

徐萌笑笑，“我当然不排斥文艺赚钱，赚的是辛苦的创意，卖的可是脑筋。就比如我吧，粗略算是一个文学小青年，自己加封号，就是给报纸杂志写些粗糙的文字，业余的，哈哈。我一贯的想法啊，什么爱好一旦成为主业，那就只剩下吃力了。本来是玩的东西，放得开，尽点兴，有些娱乐精神，齐活了！这样没有压力的创作，才能意外的诞生满意的作品呢！”

广宇来了精神，眼睛亮亮，“那看来是才女了！这样的女子，谁能幸运的娶到，那可是幸福！”

徐萌叹了口气，“都说女子无才便是德。一点不假。女子有才吧，对自己，是恃才傲物，看透很多人世间的道理，少了糊涂的劲头。而对于男人，是压力，娶个这么明白的老婆，什么心理尽收眼底，就没有保持神秘感的乐趣啦……”

“哪有那么夸张，哈哈，你看看，你姐姐不是照样有才？我还不是一如既往地喜欢？抱了回去？我还是赞同，夫妻之间得拥有共同语言，跟你在同一起跑线奔跑进步的女人，感觉很好呦！”

“不过，小萌，你可以悄悄给我点鼓励，我是不是很勇敢？敢娶一个这么有才的老婆。”广宇凑近徐萌的耳朵，眨眨眼，善意的跟徐彤作秀。

“去，你是夸我呢，还是损我呢？”徐彤在一旁撇撇嘴。

“那就当夸你喽，哈哈。多多，看你想到哪里去，我可是无心！”

“多多？”

“哈哈，忘记跟你解释，这是我对你姐的昵称，初来北京，我们什么都没有，什么都缺，我就起这个名字，希望家里好起来，什么都有，什么都多，现在真好，什么都有了，真的感谢上天，我们很知足，这都是老婆带来的好运，什么都多，就是不多老婆，对不对，老婆？”说着回望徐彤，童心未泯。

徐彤无奈地摇摇头，“你姐夫，多大了，还是人来疯，见了亲人更是相见恨晚。”

徐萌不孤独，徐萌很享受。在北京我也有姐啦，比拿着气儿，捏着腔儿的姨强百倍！

周末可以蹭饭去！

“姐，我周末方便去你们家吗？”

“这话说得见外了，怎么不方便，来蹭饭啊，来看好玩的霏霏！只是家离着你的地方有些远，北京就是这个样子，有唾手可得的方便，也有无法妥协的难堪，大而有矩嘛：你看看，有时候明明眼前就是目的地，可你必须绕立交桥，绕护城河，七扭八拐的，寻找入口出口，费时费力！所以，不一定有车族有房族就便利。往往汽车没有地铁跑得快，在附近租房还省去路上的时间和油钱呢！”

“是呢，是呢，我听说很多人在路上读完了走遍美国，英国，法国，都在书本上游遍欧洲了，实际自己一个地方还没去呢。”徐萌来了精神，跟姐姐姐夫是那么的投缘可亲。

“哈哈……”咖啡厅不时地传出三个人的开心。

6.绝佳的进入点

“行，行，好，就这样。”穆言点头，露出难得一见的笑意。经济危机，问候语成为“你危机了么？”他没有危机。

运气实在的好。原来的老领导刘鹏刘总，邀请他鼎力加盟新近成立的婴儿国企。

为什么叫婴儿国企？因为是附属于总公司的一个初创型企业。在房地产行业一片飘红的势态下，按捺不住，也想力求分一杯羹，一勺汤。国企动不动就搞房地产，大大小小已有百家，照国资委的评论就是不务正业，可毕竟国企是国家的支柱产业，房地产又是拉动经济的领头羊，于情于理，都还值得跟进。只是比起一些房地产资历深、背景强的民营大佬，论资排辈则实在的名落孙山。跟穆言原来的私企更难同属一个级别。逐渐的发展吧，毕竟刚刚“生”出来，起步阶段么，不能拔苗助长。

电话中的老领导还是那么的淡定，一如八年前的沉稳，也一如八年前的挽留。刚毕业那阵，穆言初出茅庐，什么都没有，都是老领导看好他是块材料，一路看着他成长，悉心栽培。如果八年前穆言留下来，如今早已是位高权重了吧，却不会有在外奔波的宝贵经历，经风雨才能见世面，穆言从不后悔当初被定义为鲁莽或是魄力。

“小穆，来吧，我这里缺个得力的干将。你的风格我一直很欣赏。只是庙小，我可聘不起你哟，不给高薪，呵呵。”刘总笑呵呵，真诚而又威严，不容置疑的亲和力。

“来这里，就做我的营销总监，你的擅长。把把关，帮我一把。那些毛头小子盯不住的。考虑一下吧，小穆，定下来，给我答复，我吩咐他们马上办交接手续。”

穆言倒自有他的打算。

当初，从国企跳出，是职业通道狭隘，因为勤于业务，因为年轻，他只想跳出温室，验证自己的实力。而现在却不同，他所在的私企基本已经没有什么挑战的余地了。虽然比较知名，但是福利待遇并不稳定。重新的回归，也许是个不二之选。其一，他现在不比当年，羽翼已丰，老领导的关系也非同寻常，大树底下好乘凉，踏踏实实是个靠山，省得他天天诚惶诚恐看着别人的脸色行事。其二，这边的企业新近成立，他的上升空间相对就大，又是新的挑战，新的机遇。

有时候，他也觉得自己的运气实在是太好了。上天紧闭了一扇窗，必定会敞开另一扇门，一向笃定。曾经，以为绝望到死，没曾想峰回路转，柳暗花明。

对，握在手中的钱，是最可靠，也最不会背叛自己。对，没有背叛，没有伤害，没有轻视。虽然钱冷冰冰，可是钱制造的氛围，烘托的气氛，不会冷冰冰。只要有了钱，母猪也上树，磨盘也推鬼。权衡利弊，现在离开，重新去感受另外一个企业的文化未尝不是件好事：反正也是同样的营销总监。不过是从一个公司过渡到另一个公司而已。

他需要压力，但不需要迫于压力。

不过，还有一个关键的原因，真正导致他离职的导火索是：跟部下一起合作谈的一笔单子，分成不均，投入了很多心血和精力的单子，以为最出彩的，却没有拿到自己应得的报酬。总经理完全不顾及他手下戎马多年，抓些莫须有的罪名，克扣殆尽。他只是想不通为什么好好做事，会无缘无故跟总经理结下梁子。后来，有同事悄悄告诉他，对方是经理的小舅子。喜欢低调，结婚没有大张旗鼓、招摇过市，潜伏在公司熟悉业务。只是穆言一丝一毫都没有察觉，并未做个顺水推舟的人情。穆言怎不是个聪明人？料想这以后的日子，必定是难生和气，私企裙带关系不比国企容易对付。与其一直别扭下去，不如盘活自己，换条道路走走，也许有些不一样的前景。

不过，也不能只顾着冲锋陷阵，他还有一条退路：同他从国企一起出来打拼的两个兄弟，现在依然坐镇这家私企，是区域销售经理。穆言的回归也是双赢，他为他们提供国企的最新态势，他们为他在私企留下奠基。

“任人唯亲，不够大气”一切分析妥当，穆言心里落下这样的结语后，打定主意，离开这里。

句号，往往不能圆满，穆言遗憾。不过，照销售的术语，此时跳槽，倒是个绝佳的进入点。

7.传说中的一见钟情

徐萌很早就不相信童话了。更不相信办公室恋情。那种矫情的，迂腐的，造作的恋情，对于她说，完全免疫。

今天，穆言来到公司报道。报道的第一天，穿上许久没有派上用场的西装革履。他喜欢风轻云淡的自由，即使是任何需要束缚的时刻。

早晨在家穿戴妥当，无意中，照照镜子。镜中的自己，少了锐气，多了沉稳。少了幻想，多了现实。跟十年前，已无法相比。沾染多少社会的庸俗气息，自己也说不清道不明。他不排斥庸俗，更不会回避。附庸风雅的事情才做作而幼稚，真是可笑自己当初的附庸风雅。如今，手中厚重的铜臭味道，才最真实。在北京这个虚华的城市，那么的真实可靠而有用武之地。有房子，有车子，有女人，到处派的上用场。就像镜中的自己，没有穿衣前，不过普通人一枚，穿上阿玛尼，黄土也能变成金，穆言不竟自嘲。笔挺，精神，大气，浑然天成，焕然一新。什么好词，往身上套都行，完全不是山沟沟里的野山鸡，是金凤凰，是无限尊荣的金凤凰!

“收拾好了吗？小言？”身后，满秀关切地问，“第一天上班，东西都带齐了吧！路远，不好回来取。”

“知道啦，放心吧！都带了，别啰嗦啦。”穆言笑笑。

“嗯，我先去送遥遥，回来再联系吧。”说着门落定。

“等等我，我也走，爸妈我们走了！”

满秀的爸妈自从满秀怀孕，到遥遥出生，就从老家来，一直住在北京。

“走吧，快走，别迟到了。”爸妈答应着。

穆言心说，哼，没有钱，怎么有实力养得起这一大家子人，不由得心生霸气。永远是这般人多嘴杂的早晨，心情好的时候是热闹温情，心情差的时候是吵闹烦躁。好的坏的都会有的，只是现在，把一屋子的声音关在身后，真好。

上路吧!

来到公司，见过领导，落座寒暄，无非是肯定实力，再创佳绩之类，程序化却决计受用。穆言那虚荣心啊，飘飘然，云里雾里。不过，领导的信任与尊重，却也是他最看重的，这是专业的，职业的，敬业的，素养。跟几位领导寒暄，除了礼节性的问候，其他的由于之前与总经理关系已是活络，所以也不必拘谨。他立刻向刘总投桃报李，表明态度和决心，一定在最短的时间内，发挥自己的短见拙识，尽己所能，使公司在销售领域有突破性的作为。

刘总自是不住地点头，透着赞赏，与诸多领导达成共识，不觉一上午。

总算松了口气，收拾停当办公桌，又开始新同事的一轮熟悉。

每个部门都是起身，握手，落座，有礼有节。转眼，到最后一个部门了，行政部。撺过它就到下班时间，日迫西山近黄昏。第一天过得还真是快。

“大家静一下，这个是我们新来的领导，营销总监，穆言，穆总。”行政部部长冯宁微笑着，向大家介绍。这是个小眯小眼的男人，完全没有天庭饱满、地阁方圆的英俊，精明而严谨。徐萌的顶头上司。

而徐萌此时正在忙手头的资料，比较棘手，项目公司呈报的人员资料统计。冯部长让她今天下班之前必须整理齐备，呈报上来。

从埋在电脑浩瀚的资料中拔出来，需要一定的时间反应。漫不经心的抬起头，无意的一瞥，突然，心竟开始怦怦跳个不停。真有些奇怪自己的反常。是的，这个人好面熟，只是一时想不起在哪里见过。徐萌，可你就算是眼熟，也不至于心跳成这个样子吧？她小声地批判自己。

“在哪见过呢？”徐萌还在琢磨。皱着眉头，低头不语。

“小徐，穆总跟你握手呢，想什么啊？”冯部长不满了，自己的手下怎么这么上不得台面，来了个领导，还露怯。“你看看你，心不在焉，让穆总尴尬的。”

大家捂着嘴，偷笑。

可不是，穆言的手僵持在空中，等着徐萌接手回握的一瞬，没曾想，失算了，失之交手。

徐萌不好意思，“穆总，您好。”对视的几秒，眼神的交汇。同穆言接触的一瞬，手被握得诚恳而有力。

这是怎样的陌生与熟悉，他的眼神叛逆，却有阳光的原色，照得心里亮堂堂，身上暖洋洋。

想起来了！在北大见过。她差点惊呼，原来是他！这里可没有重名重姓的，如假包退！就是他了。

穆言倒是好笑徐萌的投入，工作到如此双目无光的痴狂地步，也称得上是一种范儿了。看得出，这孩子大行不顾细谨，大礼不辞小让。至于站在男人的角度，确实是个可人儿。面若桃花，细白娇嫩，柳叶弯眉丹凤眼。身材匀称，凹凸有致。寻常装扮但绝对得体，再扎个清汤挂面的马尾，出水芙蓉般清纯，逼人的灵动气质。

男人总是对美女多看几眼，气质美女，更是再看一眼无妨。不过……好像在哪见过？穆言也不禁皱了眉头。

8.搭讪的偶遇，偶遇的搭讪

第二日，穆言跟以往的大学同学，如今公司的财务总监孙兆兴孙总一行外出吃个便饭。

远远就看到了徐萌，又是徐萌。

昨天下班，脑筋里一直在调动所有的曾经，始终没有什么线索，好笑自己年龄真的老去，健忘症与日俱增。

等到思索得有些眉目，满秀的电话响了，“在哪里？准备回家吧，遥遥病了。”来不及多想，马上开车回家。初春，草长莺飞万物生。情生，病灶也生。中年人的命运啊，奔波的命运！

徐萌好像在思考事情，低着头，独自默默徐徐地走。

近前，穆言轻快的打着招呼，“小徐，准备在附近吃饭？一个人啊，你很面熟啊，好像在哪里见过……”

身旁的孙总不怀好意，“穆总，有你这样跟小女生套近乎的么？这二年不兴这个了。”

“不是，真的很熟啊。”穆言无辜着。

徐萌心怦怦又跳动不止“在，那里，北大，不记得啦，我问了你一个问题，穆老师。”说着，不住的比划。

穆言醒悟，猛然想起那个场景，“原来，原来，呵呵，是我记性不好。”

“你在北大讲过课啊！可以啊，同学，看不出来，几年不见，摇身一变，成老师了。”孙总半是羡慕，半是妒忌。

“得，就你开我玩笑，就是平时跟同学多交流了交流。”穆言不好意思。

“嗯，穆总，喜欢你的课，也喜欢营销方面的东西，只是一直没能有机会学习。这下在公司可以好好请教一下你了。”

“见外了，没问题！”穆言满口答应。

其实，徐萌是想跟穆言学习的，应该是交流探讨。彼此保留观点，她是犀利尖锐，他是绵里藏针，结果都是当仁不让。也好，强烈的撞击产生非同寻常的火花，彼此都可欣赏。

只是她知道，这样说，不过是客套，国企这个闲言碎语生的地方，任何人唯恐抓到把柄，避之不及。她不想惹是生非，引火烧身。可是，奇怪的吸引力啊，奇怪的吸引力，穆言身上有种说不出的味道，吸引着她。

是种天生的亲近力。

“小徐听过我的课。”穆言逢人便说。心底有些异样，听过自己课的人太多了，为什么对徐萌情有独钟？实在不知道自己兴奋的跟个学生一样，缘何道理。

世间的一些事情，本没有道理，他这样解释，可笑自己理性的思维失去效力。就像徐萌一样，无法定义：古怪精灵？清雅秀丽？稚嫩可爱？或许兼而有之，或许悉数尽有。是个谜，是个迷人的谜语。

不过，心底还有些欣慰，再也不用对牛弹琴了。公司的上上下下墨守城府，故步自封。而徐萌宛如清新的一缕春风，校园中的一缕朝气。他为自己在公司找到同路人而高兴。知音不知音，定论为时尚早，可是，他知道公司终于有一个人欣赏他，理解他了。其实他再阳春白雪，也怕曲高和寡，四海无人对夕阳。而徐萌懂得曲调，甚至懂得弹法。

这是难能可贵？这是弥足珍贵。

9.嫁的就是凤凰男

起初，满秀是极力反对穆言换工作的。

孩子刚刚出生，在北京这个寸土寸金的地方，抬腿就是钱。这国企就比原来私企薪水多一点点，关键离家太远，天天上班横跨三个区，跑遍大半个北京城，家里只有一部车，穆言的油钱，她的打的票都不够报销。

再说了，好不容易当上了这私企的总监，客户客源的积累多不容易啊，为什么好好的阵地不守偏丢弃，非要再去吃难啃的骨头，攻占陌生的碉堡？

穆言去意已定，“妇人之道，不要看到近前，要看到长远，公司刚刚起步，待遇便与原来的公司差的不是很多，以后必然会有改善，况且，账面上的收入能是明码标价吗？私底下的收入才有看头。再说，关键是稳定啊，这些年拼搏有些累，回归就是照顾家啊。”

一句话，点醒了满秀。是的，钱重要，可是她的惶惶终日必须结束。再也不想过提心吊胆、担惊受怕、心里压抑的日子了。不要出差，到点回家，就行。虽说，大男儿志在四方，可这些年的主动权何时在她那里？是收回失地的时候了。

这该从何说起？

满秀结婚后，才悔悟，嫁给凤凰男也不是什么好事情。

当初恋爱，是满秀追的穆言，怎么看到的全是对方的好处？就图凤凰男的踏实勤奋、积极上进，一方水土养一方人。而且穆言是自己大伯的部下，社会关系稳定，知根知底，她没有其他的想法，只想踏踏实实的过日子。这不，百度都下了定义，说的全是凤凰男的好处：聪明刻苦，历经磨砺，韧性有加，特别是责任感强；对自己所拥有的东西十分吝啬，对失去一切打回原形抱以恐惧。不停的计算自己的付出和收获，正如付出就是为了得到；生活格外节俭云云。

可这结婚以后，缺点却全暴露出来了，必然的。你说有点情趣吧，他说你整幺蛾子；你说希望总出差的他额外多些关心，他说应付不来没有时间；你说他在家甩手掌柜一般懒惰，他说男人就该是在外拼事业，回家享清福的。总之，自私，自私，自私！处处为自己着想。

婚姻，不就应该共同经营的么？怎么成了她一个人的事业？

生活？应该倒过来写，活着是为了生气，活活找气受。后来，皮实了，认命了，不折腾了，只能走向平淡，能怎么样？嫁鸡随鸡，嫁狗随狗。

这就是男人，恋爱的时候，千般万般的好，等成家，随心所欲。生活随意，可金钱倒是不随意。这可是凤凰男的一个显著特点：分得很清，斤斤计较。他是他，我是我。可你能怎么办？就因为随处可见的经济纠纷，矛盾重重掰了？日子不过了？从经济学的角度，元气太伤，气力太耗，成本也太费。没有什么不可调和，没有什么不能磨合，吵着吵着就累了，累了就睡，睡了就忘，忘了继续过日子，过好日子有了劲，有劲了继续生气，如此循环往复，拼的就是实力体力加耐力。

到现在，孩子也有了，更是满地的乱跑，得，拴得死心塌地。这就是男人，说走就走，理直气壮，我这是为工作，为这个家在奔波，有本事你也到处出差旅游？剩下的能怎么样，不就是拖累当妈的，劳神劳心劳体力。婚姻啊，就是自由的绊脚石，有牵挂的对象，也有心甘情愿的找罪受。

生活在各自的空间，能迁就就迁就，不能凑合就自己应承。互不干涉内政，和平共处五项原则，就是婚姻的最高境界？看明白了，日子就是磕磕绊绊，什么浪漫什么爱情，完全的烟消云散。

也好，至少奋斗的初步结果，是我们在这个城市也拥有了人人望楼兴叹的住房，可以把爸妈接过来过上好生活。这北京的房价高点不断翻新，照穆言的话，什么时候能出现拐点实在难求。有个家，有个孩子，有个寄托，也许就是人生的最大满足？电视上不是说么，“没结婚的女人是燕子，自由自在，随意飞翔；结了婚的女人是鸽子，到点吹哨奔回家里，有了孩子的女人是鸭子，身后跟着一大堆，难以应付。”

婚姻，只有自己走入了才知道，正如鞋合不合适只有脚知道，没有恰好合适的，都要削足适履，否则只有穿小鞋的命，彼此都别扭。看你舍不舍得放弃旧有的自己，改变妥协。而幸福的婚姻，磨合期越短越适合，维系越简单越舒服，可是，平淡的如白开水，那可就有危机了。

他们的婚姻，开始步入白开水般寡淡无味。

都说男人色心重，喜欢猎奇，只要看紧了，别整什么花花肠子，两个人捆绑起来过一辈子，这婚姻就赚了。

是的，对于女人，对于不三不四的女人，不是明媒正娶，凤凰男不会沾，这点，唯有这点，还是靠得住。

满秀一直是信任，一直是尊重。可自从穆言在私企，一路春风得意马蹄疾，平步青云直登天，动不动就在地方常驻，做到营销总监位置后，满秀就有些心急，心悸与心疾了。朋友们都说，这是定理，这是守则，这是行业不成文的潜规律。做销售的，在哪个地方都会有秘密情人，都会有解决生理问题的清单。满秀一开始摇摇头，我们家穆言不是见到女人就挪不动步的男人，他清高着呢；再后来摆摆手，我们家穆言不是制造红颜祸水的人，他胆小着呢；再后来她就不能解释了，因为她也相信了。在朋友的鼓励下，试探的查岗，本来就结结巴巴，问得牵强，最后发现汇报与实情真的不符，她也沮丧，她也生气，她也绝望。可那都是情绪，发泄发泄又能怎么样？

像她这样，结了婚，生了孩子的女人，是以小时来计算贬值率的，是以小时来计算与社会的脱节速的，也是以小时来计算同男人的绑定度的。与其吵吵闹闹再添堵，不如客客气气，眼不见心不烦，睁一只眼闭一只眼得了。时时哭闹与温柔，惩防并举。只要男人还在乎这个家，说离不开，自然就离不开。越是名利双收，越是各种制约难以突破。这个，穆太太还是清楚的。

所以最后，则索性做起了大家闺秀，识大体，顾大局，大门不出，二门不迈，除了工作就是倾尽心血带孩子，她想，穆言就是顾及这个，也会感谢她。这样很老土，可是这样很管用，因为他是凤凰男，这是凤凰男所认为的女人应有的，必备的，起码的贤惠。

即便穆言在外面拈花惹草，那也长久不了。外面的女人不能总是身材一级棒，学识一等高吧，就算是天仙，时间长了，也有腻味的时候，山珍海味还不能天天吃呢，女人就能天天玩？再说了，她们还有容颜老去，花开已败的时候呢！想到这里，倒径自放下心，心如止水起来。

难怪穆言总说，你应该信任我，婚姻就是信任，没有信任还过什么过？是啊，一旦信任了，彼此都轻松。

10.好端端的相思病

连着几天，徐萌中午没有出去吃饭。

原因自己都好笑，因为怕与穆言偶然相遇，心跳到说不出话，即使说出来话，也会吃不下饭，即使吃下去饭，也会心神不宁一整天。所以为了避免不必要的慌张和尴尬，那就无为而治，切断所有机会，避免自寻烦恼，自找麻烦。只有大脑饥饿，神经才会格外清醒。

同事都奇怪，为什么一向喊饿的徐萌，午饭时间变得乖巧起来，静悄悄，不言语。难道是节食减肥么？在大家有说有笑去吃饭的时候，她似乎总皱着眉头想心事。徐萌最近总皱眉，总有心事。

徐萌在冷静的思考，自己的一见钟情，情动哪里，情归何处？

究竟爱上穆言什么？思辨，不得要领。难道是他头上的光环？徐萌虽是年纪不大，却是有很多的粉丝。爬格子多数靠的是清誉和口碑，业内报刊都有相对固定的认可度和读者群。并且，她还是钢琴高手，从小的童子功，一练就是八年，乘胜追击拿下最高级。凭着中央音乐学院的金字招牌，教一帮子的学生识谱弹曲，每当他们以无限景仰崇拜的目光追随着徐萌的身影，就会发自内心的欣慰。她没有虚荣，不必虚荣，无非英雄有舞台就去施展才华，骄傲的有道理。如果这些都是光环，那她根本不缺乏光环。可是，穆言，为什么对穆言情有独钟？

是魂牵梦萦的相貌？富于磁性的声音？其实，一切不过模糊的剪影，没有怎么跟他对话，不过是只言片语，点头问好。因为她人为的躲避。

可是，她躲不开，奇怪自己为什么天天见到他。她把这个归结为缘分。

缘分是个越想逃离，越无法回避的东西。

她奇怪，天天思忖应该不会有交集，可是天天都会不经意间，举手投足，相遇。就像一日三餐，相见次数也是规律。平均而言，一天三次。时间长短不定。有时候是公司楼梯间的一前一后，有时候是洗手间的相视一笑，有时候是开会时的相隔落座，有时候是穆言来巡视工作：穆言常来巡视工作。如果一日三次，次数未满，填充的大多是如此情景。他会站在徐萌的身旁，若无其事的与同事探讨方案，临走，漫不经心地问问徐萌忙什么事情，或者观望徐萌专心致志书写的文件，惊叹洒脱曼妙的字迹。包括，若徐萌没走，穆言都会赶来告诉一声，“小徐，不早了，别忙太晚，快回家。”

徐萌都理解为无心之为，所以也都是机缘巧合。如果没有爱情，巧合不过是耸耸肩的闲来之笔；可是如果有了爱情，一切就是扑朔迷离，难以处理。

徐萌真的困惑了，天天春心萌动，水深火热。

这种煎熬难道是对我以前不珍惜感情的惩罚么？徐萌有些焦灼的痛苦。是的，天天的短暂相遇，都有想死的冲动，更想做个选择题：或者穆言不要在公司出现了，或者徐萌不要在公司出现了，两者择其一。可是没法选择，于是马上又会后悔，算了，即使时间短暂，即使仅仅几秒，也是好的。她想见到他，比几秒钟多些，再多些……

穆言知道么？徐萌想穆言一定不知道。穆言有家室么？徐萌想穆言一定有家室。所以决计，不能够，没选择，别多心。

穆言知道，穆言也不知道。

知道自己也想见到她，不知道徐萌也想见到他。他想告诉自己，偶遇不是巧合，机会需要制造。即使比几秒钟多些，也是好的。感慨自己的小心思。一向喜欢玩弄暧昧，以此博得异性缘，大风大浪，小情小调，一切皆在股掌之中，游戏不费吹灰之力。

不过，很多命里的缘分却是不用巧合，只是适时的汩汩而出。

穆言竟然偶然的发现，他们是同一天的生日。同一天的生日，肆意的性格。一个天平男，向往自由，一个天平女，爱好浪漫。他们还相差整整一轮的岁数，拥有同一个属相。

是的，这个姑娘，真让他有些割舍不下，爱怜疼惜。是直觉告诉他，倔强的外表下有颗柔软的内心，致使他一定要探寻个究竟。直觉，穆言笑笑，那是女人才有的自以为是，他现在却兴趣盎然，为了一个小他 12 岁的女人。

直觉也告诉他，那是 10 年前的自己。

穆言有个习惯：记日记，流水账，如人一般，简洁明了，行云流水，不露痕迹。

4 月 3 日

应该称呼她什么好呢？我想，她应该叫小南。

来自南方，小小的，年轻的身影。

喜欢简单的东西，一如她简单的美丽。不需要怎么打扮，也不必打扮。但没有装扮，哪里都是美丽。

好久没有这样的感觉了，不能自已，长久的注视一个人，长久的关心一个人，长久的惦记一个人，只是觉得她如自己，她竟然如十年前的自己，难道是错觉？

11.他是别人的老公

近一个月了，徐萌常常愣神，已经严重到影响工作，脑海中始终浮现穆言不再年轻的身影，就会恍惚。

冯部长已经不止一次的提点过她，工作，注意力要集中。

他怎么会没有察觉，最近徐萌工作频频出错，没有缘由，难道是恋爱了？

“小徐啊，你是咱们行政部的重点培养对象，多少大学生想进来，到国企这个优越的环境，可是没有机会。国企是教人养人，但可是不能一而再，再而三的容忍你犯错哪。既然在这个岗位，就要好好的发展，配合领导，配合我。你看看，最近的工作态度，大不如前利落了，你以前不是这个样子的。是我一直没有发现，还是你本性就是漫不经心？交办的事情，你自己得捋清楚，怎么能让我放心！”老大语重心长，徐萌权当旁听。她不关注，她只关注穆言的一言一行。

而遗憾的是，她与穆言基本没再正面交锋，除了平均一天三次的见面之外，最亲近也是最漫长的一次谈话，应该就是上次穆言与徐萌彼此相识，捡回了课堂的感情，私人关系确立。

徐萌知道自己在想些什么，一种隐隐的吸引力和占有欲悄悄袭来，让她打了个激灵。这个雷池不好越的，有些想法不能有，有了幼芽就要扼杀在摇篮里；有些话语不能说，一说就会成就终身的错误；有些行动不能做，一做就会波及很多人掀起狂风巨浪，甚至毁灭自己。

家庭，始终是家庭，一个有妇之夫，不能去触碰。不要去接收关于穆言的任何消息，特别是家庭的消息。还好只是天天看到他，自顾自地珍藏着属于自己的小秘密，足矣。

徐萌也有记日记的习惯，直到：

4 月 7 日

生命中都与 7 有关，为什么选择在这个日子让我必须直面残酷。

头儿让打个表，调查一下新来领导的家庭情况，存档。我不想知道的，真的，尽管好奇。对，有关他个人的一切，我保留。有关他家庭的一切，我屏蔽。难道老天连这样的心思都不放过么？

还是一样的心跳，一样的不知所措，只是当他帅气的字迹呈现在眼前时，却寒彻骨髓，跌入谷底。

有家庭有孩子。至此多了份咬牙切齿的欲望。

没有到夏天，但的确，有点凉。觉得自己挺无辜也挺可怕。喜欢是一种危险，爱恐怕更是十恶不赦，可是，要我什么都不做，又会沉沉的死去，死去不过是默默地心里刻着无字碑，他是断不会知道的。可是知道了又如何？怎么会为了我去改变什么？不会的，不会的……他是别人的老公，一个叫满秀的女人的老公。

满秀，我讨厌这个名字。

4 月 7 日

今天小南来送表格，事务性的东西，可以传到邮箱，可还是亲自送来了。又可以看到她，小小的身影，就踏踏实实出现在办公室，在我身边，可以仔细的，安静的，心无旁骛的看着，即使是一小会儿。

我知道她不放心，期望证实什么，她不该来的，那颤抖的双手递表格的无奈，让我心疼。甚至有些不想填，不要填，草草收场，或者藏起来，永远不要让她知道。这样简单的，不动脑筋的工作，我却头一次填的这么犹豫，这么艰难，这么没底。

字缓缓的写，手心都出汗了，我今年 37 岁，不小的年龄，怎么还像个孩子一样，生怕触碰了什么。

难道……生怕触碰了，爱情。

12.秘密，终于被揭晓

穆言最近工作有些烦闷。

一方面，来到这个公司，过渡销售总监，却始终难并轨。国企与私企的性质截然不同，不言而喻。虽说婴儿国企成立不久，精兵简政，但依然无法逃脱程序冗繁的宿命，任何命令的落实，层层都是粘滞力，机构改制还需要假以时日。

而另一方面，原来的私企销售客户已然在国企无法建立合作关系，诸多的人脉，换了营盘就得换兵，利益点不同，冲突线清晰，想让这样一个襁褓中嗷嗷待哺的婴儿，遵从自己闯荡多年的江湖理论，领导们首先决计不同意，就是同意，也质疑自己的正确性，背上个清高的累赘名誉。

今天是每周一的例会，国企最重要的，最繁重的任务，自然就是开会。国企的三驾马车，三套领导班子各带各的队。可诸多会议，除了总经理刘总的支持，已看得出党委书记、董事长对他介怀的心理。这让他有些无法忍受，那种随随便便的轻视，王顾左右而言他的忽略不计。

性格中，有些柔。只是多少年，年轻气盛早已过去，除了那不动声色的记忆，那时时忆起的阴影，反复的伤害，记忆犹新，“别逼我，逼我，我一定会让你记得。”

只是……工作，跟领导不必动气，跟没有魄力，没有远景，没有战略的领导，更是没必要动气。既是刘总的手下，就安稳的发展，观望中前行。哎，土洋结合的策略不好落地，空降兵也不是什么英勇角色，受的是夹板气，掉的是泥沼地。

近来，这诸事不顺多少也影响了自己。

之前猎头总会聘请他讲课，而现在金融危机，这样的机会竟也寥寥。穆言最喜欢讲课了，不仅是因为单纯的课堂环境让他回忆起复旦美好的校园时光，更因为它可以迅速制造利润，空手套白狼。再说了，如果不是那堂课，又怎么会意外的认识徐萌，他的小南呢。

不由得想到自己在北大的讲座，不由得想到徐萌，这个有意思的姑娘，精妙的问题，的确有些深度和见地，直问得他措手不及，虽然最后自圆其说，但是还是有失偏颇，只留下了小南的那份睿智。

对的，没有欣赏，也不会过渡到喜欢，甚至谈论到，爱情。可是，对于他这样一个有家的人……他是不配的。反复玩味，掂量，考虑，有花不堪折。她是如此的深情纯洁，小他如此多岁数的孩子！他工作，她小学还没毕业呢；他经历跳槽的洗礼，她正值豆蔻年华；他小有成就，她才初入职场；青涩与沉稳，一触即发与循序渐进……

说到青涩与一触即发，就是这样的情形。

5 月 3 日

这几日，孩子又病了，遥遥体质一直很差，不知是遗传了谁的毛病。劳动节，按休息日的长短定期去给医院交奖金。这就是普通的中年男人，工作歇不下来，节假日更歇不下来，与满秀奔跑于医院和家之间。

只是放假了，暂时没有见到小南的身影。距离的阻隔，却没能冲淡感情。

常常在医院，抱着遥遥，会突然蹦出小南的影子。她在做什么？

因为工作关系，我们有了邮件往来，一封表格文件之后，就再没有谈工作，而是谈生活谈学习谈情谊。俨然朋友，无所不谈的朋友。频率不会很高，不愠不火。来公司不长不短，正好两个月；我们的邮件也不多不少，正好一周一封。

小南，风格迥异，古怪精灵，可是没有妖媚的诱惑，只是清新。那样的意气风发，却是克制，忍耐，苦苦的挣扎。彼时同，此时同。我是，她也是么？

是不是该问问？有强烈的愿望想要问问。忐忑，迟疑，竟然包裹着心跳与甜蜜。未知的世界奇妙而诱惑，可我有把握么，有把握赢得她的爱，她小小的让人怜惜的芳心……

五一节还没有过完，刘总就临时通知他，出差。还好，只是两天，这是放假的最后一天，明天返京。

旅途并不劳顿，倒像是借着出差的味道，度假养生，花天酒地。去的是广东的项目公司，人殷勤，马不停蹄的伺候着，相对以前私企的事无巨细轻松几许。酒至酣处，登场一道貌不惊人的菜品，每人都是一个古朴的小陶罐。项目公司的老总半开着玩笑，压轴的总是最好的，一桌的酒宴都比不得这道贵重。穆言早有耳闻，这就是著名的“佛跳墙”，堪比北京烤鸭。单不说烧的麻烦，就是买齐所有的材料都很费劲，尤其货真价实的主料，鱼翅，鲍鱼，海参等等，一共30多味调和，相生相克的火候本就难以掌握，能够烹制为上品更是不易。

细细琢磨，倒颇有几番道理，如同众口难调、各怀心思的企业，也如同攀爬不易，步履艰难的人生，所谓厚积而薄发，小火一路焖下去，出品就是精华了。可，精华一结束，不过就是单嘬一碗汤。人生如梦，梦如人生啊。

晚上回到房间，随意查看邮件，只是有些预感，果然又是一封，徐萌的！这在他的工作邮箱着实的炫目，一堆干巴巴、冷冰冰的枯燥中，徐萌就在那里羞答答的开放，柔和的美丽把他的内心一点点的融化。

多年的沉稳，摇摆了起来。

终于忍不住了，问她：“睡了么，邮件看到了，依然很美的文字。”

不知是许久没有如此真心实意的跟异性说柔软的话，还是谜底即将揭开的兴奋，穆言的心直怦怦跳个不停。

那边，徐萌正巧在看穆言的书籍，从同事叶枚那里借来的，叶枚，新近从项目管理部调动到穆言的营销中心，算是小小的晋升。她是公司的元老级人物，公司一诞生，就在这里工作，能力了得。偶然听叶枚漫不经心的一句唠叨，“穆总让我们多多学习营销方面的知识，就把自己的书散给大家了。哎，一把年纪了，小孩儿都带不过来，学习什么？”满是不求上进的不屑一顾。徐萌的心里着实有丝丝的嫉妒，穆言倒是很喜欢做表面光鲜的慷慨，早早是看出，若不是她对他一见钟情，若不是邮件中彼此诚恳的交流，也许就此忽略放过。可现在的徐萌却很是在乎，为什么受惠的部下不买他的好处，可不是部下的她却在一直维护他头上并不炫目的光环？

当时，就是一把抢了去，“小叶姐，给我看看呗。”

叶枚正是求之不得，“行，行，我看着头疼，你看过后，给我讲讲主要内容，头儿出差回来，还要开会提问讨论呢，真烦……这个忙，你可得帮我。”

徐萌自是满口答应。

正看着书，短信声响起，随意拿起手机，注视的一瞬……是穆言的短信！穆言的第一次的短信息。早把号码存在手机，只是从未有联系。其实没有什么难启齿，只是越一步步地走近，相反，却越需要封陈，迟迟不肯开启。

徐萌再次的叮咛，别轻易拿起爱情，还不清道德债、世俗债、感情债，甚至无法渡过自己这一关……

于是，故作轻松，“呵呵，谢谢，在看你的书，从小叶姐那里借的。一晚上就搞定！”

穆言笑笑，心生怜爱，探寻的欲望更加强烈，有种欲望，征服的欲望，在心底蔓延：“都打探到敌人内部啦！这么爱学习！赞一个！”

徐萌也不由得笑，这个80后的词汇，出自穆言之口，不免生硬得造作，心底竟是萌动，呵护与关爱的萌动：“最近流感厉害，您嗓子不好，总咳嗽，出差注意饮食，别上火生病。”

穆言终按捺不住了，一定要问个究竟，他必须要明确这份猜测的可靠性，题目应该马上就有答案了：“你怎么知道我咳嗽，你为什么这么关心我，小姑娘，我可是不好关心的啊。”

徐萌愣住了，难道他意识到了么，察觉到了么！不，不，不，不能说的！手指有些不听使唤，“为什么不能关心？我没说错什么吧？您要注意休息。”

穆言一闭眼，斩钉截铁的回复：“我是怕你喜欢上我啊！”至此，如释重负，终于明白，他在告诫自己，原来，他终究是喜欢她的，俨然爱意。

收到这句，徐萌彻底的空白了。她以为可以藏得很好，不被穆言知道，没曾想就这样轻易地说了出来，不，是穆言钻进她的心里，敞亮个遍，把堆积多时，压抑已久，掩埋在黑暗角落的心事，不由分说地拿出来晒太阳。如释重负，原来，她真的喜欢他的，俨然爱意。

秘密，属于两个人的秘密，就如此清晰，暂时的解脱，也是长久的无语。

许久了，徐萌应答："我是喜欢上你了，可以确信，不会……把我雪藏掉吧。"

穆言焦灼，他也会焦灼。前一秒，还在跌宕起伏，询问会有怎样的答复？是或不是么，是，他会心伤；不是，他也会心伤。前者关乎情感，后者关乎面子，都是不愿看到的事实。如果沉默不语，同样是两种境况，是不言自明或是不知所措，不免也落个自讨没趣的结果。此话一出，倒是后悔，后悔这样的好奇，将会给自己和徐萌带来怎样的命运。

直到屏幕蹦出徐萌的这句话，他是真的不忍了。这个可爱的姑娘，虽然有万般的痛楚，可是留给他的还是幽默的空气和轻松的氛围。

"怎么会呢，不过真的不能喜欢我，听话啊，我都可以当你叔叔了。"穆言自己也忍俊不禁，这个理由太牵强，没觉得自己老去，起码在徐萌的眼中不会，他知道。

"太沧桑了，不老不老，最多是我哥哥，呵呵。"

静谧的夜晚，沉默是两个人的心事。徐萌翻江倒海一夜未眠，朦胧中似乎望到对方来到了枕畔；穆言心情复杂沉沉睡去，梦境中与一个女孩儿紧紧相拥。

清晨，他们都被自己的美好遐想所惊醒。

13.人，最怕动了真情

徐萌一晚上辗转反侧，早晨破天荒的六点来到公司，呆呆的。一直以来压抑的心声，为什么说出来容易，而真正面对，反而很沉重。

爱他，即使勇敢、大方、幽默的承认，依然不能在一起，又有什么意义？

人生头一个无法破解的难题，该向谁求助？又该向谁倾吐？

一个巨大的情感黑洞正在面前展开，注定了投入多少都会烟消云散，灰飞烟灭。炙热的心灵煎熬，像陷入了泥沼，动不得，越动越沉沦。

5月12日

不愿意这样称呼他，阿加西。

确信自己可以分得清，哥哥与爱人的感觉。并且从未把它们混为一谈。如果他是哥哥该多好！只是我狂乱蹦跳的心，必须用手掌捂着，生怕它太激动而跳出来。我想我是喜欢他，喜欢到难以控制。既然喜欢，为什么不可以永远烂在肚子里？说出来又何必！

好吧，爱上了，承认了，知晓了，没有后悔。其实男女之间的感情又有多复杂？情感本来就是通透的，简单的，相吸的。

不能够喜欢的，没错。因为，爱字不能轻易出口，而只有我知道它的分量。

是的，穆言是我的小木。

穆言也彻底掉入了漩涡，有些棘手，有些唐突，有些紧张。

生活一直风平浪静，怎会对一个比他小12岁的女孩子轻易说喜欢的话语？这在成熟的他早就沦为幼稚的行径。可是，他一直把她看成平等的朋友，可以用心去交流的朋友，心越靠近，情越浓，爱也渐清晰。他是爱这个姑娘的，可是所有不能成为问题的问题，都会因为这个漩涡成为了问题。

做销售的通则，职业的原因，时常觉得失去了自己，甚至厌恶自己。见人说人话，见鬼说鬼话，不过四个字，逢场作戏。忽悠，胡扯，笼罩着彬彬有礼的客套，就像红酒配牛肉，不愁产品卖不出去。多年的打拼，已经习惯，凭他的暧昧能力，不，有时候，都想炫耀自己的这种公关水平，客户如果是女性，他不搞定，谁来搞定？

处处留情不留意。谁不知道出卖肉体的规矩？男欢女爱，funny而已。没有建立磁场，动情就是天方夜谭，合同和标书才是硬道理。可是现在，磁场却水到渠成的建立了。

徘徊、迷茫、犹豫……

晚上公司聚餐，这一期广州的项目公司，销售额不错，算是顺利完成任务，穆言请大家吃饭。营销总监请吃饭，这在沉闷的国企算是破回例。穆言亲自盛情邀请有关部门列席，包括徐萌所在的行政部。

可是因为穆言的原因，徐萌不想去，静静而已。正准备跟部长找个借口，推脱。

没想到，穆言亲自来部门邀请冯部长，冯部长自是喜上眉梢，“穆总啊，您大驾光临，请我们吃饭，还亲自来一趟，失敬失敬。”

只有穆言知道，这次聚会是为他与徐萌而举行，自己也无法解释为什么如此打算，他只是想离徐萌近些，再近些。

穆言跟冯部长打着哈哈，眼光却始终包围着徐萌，不便寸步不离，只是透着不时的问询。她看得懂那种期望的眼神，鼓励不必疏远的眼神。

想想也是，没有什么不能正大光明。

下班到了酒店，一行人照例吃喝玩耍，不亦乐乎。而徐萌却被意外的随机安排在穆言的身旁，徐萌叫苦不迭，穆言暗自欢喜。两个人都拘谨，心知肚明的拘谨。连不经意间的手指触碰都会如触电般难以平静。

徐萌不会喝酒的，但今天想喝，酣畅的豪饮。敬了所有的领导，唯独缺了穆言。最后，鼓起勇气，一双透明的眼睛直视，“穆总，其他人我只敬一杯，对于您，算是听过您的课，缘分，先敬三杯。”说完，不由分说自顾自喝起来。穆言有些尴尬的冷落一旁，喝也不是，不喝也不是。

大家借机造势，欢呼声起，“穆总，美女可是对您待遇不同，赶紧接招啊！”穆言的心里，有些苦涩，甜蜜之后苦涩的后感，问题得不到解决，难道需要酒精的麻痹？他笑笑，“小萌，喝酒伤身，少喝点，大家随意，今天玩得高兴！”

就这样夜深了，散场了，各回各的家，可是只有穆言和徐萌彼此那份舍不得的心思与惦念膨胀了起来。

徐萌不觉已到家门。可她不想上去，楼下凉风习习，却有些有些恍惚与悲凉。只想到穆言，两个月了，脑筋里只能盛得下他的身影，而此时的穆言又在哪里？今天他的确被徐萌灌醉了，“回家了么，知道不应该灌你这么多酒的，是我的过错。”穆言在哪里，他把大家一一送别，告诉同事自己打车回去，其实只是靠在饭店门前，吹吹冷风找找清醒。可是，一阵恶心，蹲在墙角，吐了。看到徐萌的短信，不由得拨响了电话，“傻丫头，我明白，都明白的！爱情没有错，我们没有错。”

徐萌的委屈瞬间按捺不住了，他是懂她的，懂到心里去。可是，老天为什么会这样，让她爱上一个不该爱的人，“对不起，我是爱你的，现在才知道我是这么样的爱你！”徐萌嘘唏。“傻丫头，我怎会不懂！我……在路上，吐了……”

徐萌愣了，不是回家了么，他在哪？对，他怎么会拨电话呢！在家怎么会拨电话，有力无气，奄奄的喘息。

“穆总，你在哪，在哪啊，丫头去找你，丫头不能没有你。”徐萌的心都碎了。

顾不得那么多了，她必须找到穆言，找到他，确信他没有事情。她有责任，今晚是她不好，是她不对，她不应该灌醉他，借题发挥灌醉他。可是，他不能喝也别喝啊，为什么灌了就喝，不明就里。心疼，心硬生生的疼。

穆言说，“我在原地。”突地挂断，嘟嘟的声音。

徐萌不会放心，怎么能放心。看表，指针迫近 12 点。我要去找他，脑中只剩下这样的思绪。

还好，招手一辆车停，“去嘉兴家园。”

飞驰。

“是这里么？”师傅问。

徐萌没有看到穆言的身影，沿着街道，一点点的寻觅，直到一个角落处，找到了蜷缩着的熟悉身躯，一直忽上忽下的心才落定。“是这儿了，谢谢你，师傅。”说着给了钱，飞奔出去。

“穆总，我来了，你怎么样了，丫头来了……”徐萌轻声的呼唤，穆言微睁了眼睛。

“小徐，你怎么来了？太晚了，赶紧回家。”说着，推阻着徐萌的搀扶。

“我不放心，你这个样子，怎么能让人放心！”地下摊着穆言吐过的东西，徐萌从包里拿出纸巾，悉心的擦着穆言的嘴，正巧包里还有一瓶水，随身携带，喂给穆言。

从来没有如此照顾过男人，担忧过男人，只会有男人会照顾她。上学的时候，追求的男孩子排成一个连队，一个足球队，那都是少，可是对于无端端的殷勤，她没有什么接受的兴趣，只做一个动作，拒绝，拒绝得冷冰冰。

学校都流传这样的话语，徐萌可以是很好的朋友，可是如果追求，实在高攀不起，她有种威慑力，威慑到与外貌不成正比，那么平易近人的可爱，又是那么忽远忽近的保持距离。

可是，穆言这个让她内心全部袒露柔软的男人，这个让她疯狂与奔放，抛弃了礼节和距离的男人，就是如此的近，如此近的依偎在怀里。

穆言漱了口，喝了水，看起来精神好多了，“嗯，吐了就好，吐了就好多了。”他能说话了。

“您家在哪？我送你回去吧。”徐萌不想这样说，可是不得不。

“时候不早了，我们家太远，回不去了，刚刚告诉家里，不要等了。明天还要上班呢。”穆言蹲下，无力。

那怎么办，孤男寡女怎么办？徐萌没了主意，难道她真的不该来。那么，穆言什么样的行为，什么样错误的决定，都会与她无关。可她怎么能抛下他不管呢？

“送我到附近的酒店吧，躺一会儿，就好了。”长久的沉默，穆言这样决定。

徐萌应该也没什么意见，如果徐萌跟姐妹合住，她应该也不能有意见。可是，何必要浪费钱呢，她的家，只有一个人。她的心里已经把穆言当作朋友，她不能让朋友沦落街头，无论是否关乎爱情。

“要不，到我家吧。”说出来就有些后悔，穆言会不会误解，会不会认为自己是擅长一夜情的高手。从来没有什么经验，跟一个男人，跟一个自己如此喜欢的男人单独相处的经验，更别提留宿一个男人在家的经验了。没有所谓的经验，只有不可预料的经历。

“您别误会，穆总，我……没有别的意思，我们家离这里很近，而且，我现在一个人住的。去酒店花钱，服务员又不会照顾你的。你现在这么难受。”徐萌小心翼翼的补充。

是超出穆言的预料，在他犹豫究竟让徐萌回家，还是留在酒店陪陪自己的问题上纠结时，徐萌却给他抛出如此更高一级的橄榄枝，直奔主题，实在是有些措手不及。“嗯，方便么？”穆言也不知道自己为什么会这样问，程序化的礼貌，还是处于另有别的目的。

是酒精的麻痹，道出内心长久以来的渴望，还是原本清醒，不过借题发挥感情？

穆言觉得自己喷薄的欲望，实在太想把徐萌揽入怀中，融化在身体里。他刚硬强劲的身躯，征服这个柔软甜糯的女人，不费吹灰之力。他要她，他要得到她。

以前，这是一种你情我愿的发泄，发泄过后他会睡得香甜、踏实而安然。可是，如今，徐萌，这样一个可人的，他爱的姑娘，却为什么会犹豫不决？

也许，是的，他不想伤害这个姑娘，何谓伤害？得到或者失去，都是伤害。

“方便的，没事儿，来我家吧，丫头会好好的照顾你。”其实徐萌只是看着他难受，想让他安心醒酒。可是，在穆言却坚定了信心，难道徐萌应允了他的邀请？他今晚一定要得到她，会的，会得到她，他的小南。

14.我是色狼，不是色盲

空旷无人的街道，以前徐萌会有些害怕，可是现在，并不担心，因为她深爱的穆言就在身旁保护。只是保护是相对的，脑中还有一个念头，引狼入室。一旦进了屋，穆言会做什么？难不成是柳下惠，坐怀不乱？

打辆车回到家，以为穆言已经不能走动，还好，站稳，走路，与以往没有什么不同。

一前一后，徐萌尾随，沉默，一段夜路，“是这个单元，只是没有灯。”徐萌小声，“这么晚，大家都睡啦。”

果然楼道漆黑一片，伸手不见五指。穆言自然的伸出手，“来，小徐，拉着我。”徐萌顺从的将手递了过去，那一瞬间，他只感到一股战栗与激灵。

而徐萌直痛斥自己的定力，至于么，又不是没有见过男人。可这么晚，寻找一个男人，却是第一次；这么晚，把一个男人领到家，也是第一次；这么晚，跟一个有妇之夫在一起，更是第一次。我不是良家妇女么，徐萌自问，若有所思。

“几层？”穆言晃晃徐萌的手，以示询问。

徐萌从惶恐中醒来，“三层。”

“钥匙找到了么？”还是穆言心细。不，是穆言发现空气中凝固着颤动的欲望，必须打破僵局。手心又一次出汗了，徐萌也汗津津。不过初夏时分，他们为什么都这样的怕热呢？

徐萌想起，慌忙找钥匙，解放了拉着穆言的手，有了理由，逃避她时时占据脑海的意念。

进了门，打开了灯，柔和的橘红色，不刺眼。

一个人的生活很凌乱，穆言心说，餐厅的桌上还有残羹剩饭，不是很丰盛，光线昏暗，好像是方便面。进了卧室，沙发上是随处铺开的花色衣服，很明显是试穿后，没有来得及叠放。再看床上，笑了，被子囫囵一卷，一个铺盖卷似的，枕头旁放着各种书，还有袜子，毛巾，睡觉需要与零星的杂物共枕眠。

徐萌挠挠头，“不知道你会突击检查，检查我的懒惰习惯。”

“随性的生活很好啊，记得我单身的时候，比你不像话多了，被子天天那叫什么词呢？行为艺术！甩成什么样子就是什么样子，爬起来就走，那时觉得叠被子简直浪费时间，反正晚上是要摊开床铺睡的嘛……”

“那你知道吃饭也是要饿的，还吃什么饭嘛。”徐萌打断。

“对啊，那你知道饭碗下顿也是要用的，那还洗什么碗。”穆言张口就来，“咱们这是辩论嘛，哪里是要休息的样子。”

徐萌心说，糟了，都看在眼里，跟拍照一样拍了个遍。早知如此，早晨走的时候应该简单收拾一下，都怪时间来不及，以至现在暴露自己脏乱差的毛病。这个小子，喝醉了，意识还这么清醒。针锋相对，抬起杠来，不由得有些棋逢敌手的乐滋滋。

正乐着，看着穆言一往深情地看着她，恍惚的灯光，那一点也不像工作中的穆言，讲台的穆言，庄重严肃的穆言，只是透着宠爱的普通男人。

“穆总，你先坐，我去拿牙刷，毛巾。”徐萌打岔。

可穆言觉得头有些晕，“不了，我想先睡觉了，可以躺下吗？不洗漱了，累了。”

徐萌说当然，连忙清理床上的物品。还好，双人床，两个枕头。徐萌喜欢枕两个枕头，没想到现在因为另一个人也能派上用场。自从学校毕业后有了这个闺房，没再让第二个人参观过，更别提留宿了，这是她的习惯。从来没有与一个男人独处一室，而穆言是个例，穆言总是个例。

搀扶穆言坐在床沿，他乖乖的脱了鞋，整齐地摆在床头，脱了衣服，当脱到只剩下内裤的时候，徐萌就不好意思的转过身了。“呵呵，我这里没有睡衣换，睡的不是很舒服吧。”

“没事儿的，小徐，你也累了，早点睡觉吧。”穆言温柔，倒不客气，宛如自己的家一般不生疏。自然的盖上了被子，顺势躺下。

“嗯，我去收拾一下，穆总，头还晕么。弄条毛巾给你敷，醒醒酒，会好一点。”穆言乖乖的说好滴。

其实，穆言的欲望早就腾了起来，为什么不是我，这样好的女人，为什么不是我拥有？我不拥有谁拥有！

我们怎么可能不发生些什么？

就这样，看着徐萌忙前忙后，直到小心地把冰过水的毛巾叠整齐，敷在他有些滚烫的脑门，心却越加的火热。

“指如削葱根，口如含珠丹。纤纤作细步，精妙世无双。”脑中突的蹦出中学时背得诗文，形容徐萌是再恰当不过了，“我什么时候也开始他妈的文学。”穆言暗笑。

徐萌心里紧张，大脑空白，等手头的事儿都忙完了，已经一点。她怎么睡，怎么休息，躺在一个不明不白，却倍加爱着的男人身旁，算怎么回事？

她想他酒后吐真言，可没想酒后乱性。

一切平静，穆言的眼睛还睁得老大。“你醉了，穆总，你先睡，我再休息。”穆言听话地点头，闭上了眼睛，一阵竟就有轻微的鼾声起。

徐萌放心了，应该不会发生什么了。拧灭了灯，和衣睡下。刚刚沾着枕头，盖上了被子，就冷不丁地被穆言从后面猛的袭击，紧紧抱着了纤细的腰身。徐萌的心跳到嗓子眼，要蹦出来了。“穆总，你装睡！”

“小萌，我诈降。”穆言承认，他第一次亲切的称呼，让徐萌的骨头和血肉，从头到脚的麻酥，过电的从脚到头，动弹不得。

“萌萌，给我吧，给我吧，我想要你。你摸摸这里，我忍不了了，不能忍了。”说着拉着她的手伸向自己的下方，反身正对。贪婪而轻柔的亲吻她的面颊，脖颈，黑暗里看不到彼此，只剩下沉重的喘息。

徐萌没有反抗他的亲吻，却出乎意料地将手停在了半空，只说了一句，“言，我还没有见过男人下面什么样子。”

穆言穿过衣衫的手，正准备伸向徐萌胸部，突然停住了，难道她没有过……经历?

穆言的内心突地空白，她是个幼女，她还是个处女!

“那，没有过第一次?”穆言缓缓的试探着问。

“没有。”黑暗里透着骄傲，25岁的年龄，没有经历，是好孩子最好象征。对，好孩子是不容许结婚前有性行为，是不容许跟陌生男人过夜的，是不容许同已婚男人谈爱情的。

不，穆言的手，无力地垂下，他的罪孽会深重，他不能伤害这个一尘不染的孩子。可是，却无法控制自已喷薄而出的欲火。

“那你想看看我的不?”穆言缓和了占有的强硬。

“不看了。”黑暗中，徐萌涨红了脸，摇摇头。

“言，没有男人看过我的胸。”徐萌追加。

肯定的事儿，不能发生什么，又能看到什么，环环相扣么。

“你想看么?给你看看好了。”徐萌有些不忍，如此的两情相悦，她竟然让他受委屈。说着，准备拧亮灯。

“不了，萌萌，我怕我会受不了的。”穆言叹息。“在我这里好么?”说着，不由分说，抓着徐萌的手，握在了那个地方，这回徐萌没有拒绝。

一夜，吻遍了徐萌的肌肤，如凝脂般细腻，如奶油般润滑，如婴儿般清香。

一夜，不知道该怎么样处置这个听话的尤物，徘徊在爱的圣洁左右，不容侵犯的戒畏。

灵魂是如此的逼近，身体却如此的遥远。他就在外面，几次，数不清的几次，好想进去，可是，刚刚抵达洞口，徐萌的小身体就会战栗，无声却坚定，穆言就会惭愧得败下阵来。

终于，折腾了一夜，穆言认输，终于认输。面对面躺着，已迫近天亮。好吧，萌萌，来，枕着我的胳臂，搂着你睡，就好。

“爱一个人，就是搂着她睡觉，而不是做爱。”徐萌幽幽着遗憾，心里一直反复着声音，因为不能娶我，所以不能对我负责，所以还是不要发生的心坦然。

“爱她就应该做出来！很明显，这点没有达成一致的意见。这个有思想的小女人，这个让人欲罢不能的小女人……”穆言恨恨。“谁让我尊重她的选择！怪了，第一次尊重一个女人的选择。”这在穆言也是第一次，怎么能有我得不到的女人！

“有一天，我会让你愿意的。总有一天……”怀着这样的肯定，穆言迷迷糊糊地睡去。

而徐萌，一夜始终握着穆言的那个地方，再没有离开。

15.我们是没有结果的

第二天，穆言酒醒，头脑昏昏沉沉，实话说，有些郁闷。

这个在他本不是挑战，而是顺其自然的你侬我侬。怎么倒成了个难题？这个无关于爱了，应该上升到生理层面。

孤男寡女，共处一室，还同床共枕，竟然抱着彼此睡了一晚？搁着谁，谁信啊？这是脑筋急转弯么？

答案一，兄妹关系。答案二，男人属LV的，女人最爱，坐怀不乱。驴，没有功能，头脑简单。

不过，人倒是有一点，克制力，可以面对诱惑，选择放弃。

可是，他不，他不是个善于克制的人。

不行，不能善罢甘休。

穆言好些年不曾有的执着，开始蠢蠢欲动。

又是一周后，徐萌写下了这样的日记。

5月28日

每一天，于无声处，对于我都是折磨。

纵然青春荒芜，纵然才华横溢，想起所有一同经历的往事，还是，潸然不能自已。

爱情就这样突然到来了么？让浪漫有了出口，调子有了轻快，语言有了诗意。对，寻常人眼中，是生活有了折腾，无聊有了寄托，幼稚有了借口。可爱情本身就是疯狂的，只有绝对的理性，没有火热的感性，怎么会是生活，至少不是丰富的生活。

遇到他之前，没有想到婚姻；遇到他之后，只想拥有婚姻。有些平淡中，全心全意创造并享受的激情，或是这样的主妇：温顺并不木讷，细微但不繁琐。

以为感觉会消退，记忆会忘却，时间可以带走一切，可一声问候，一个微笑，又会回到原点，我想自己这辈子是离不开他了，离不开他编织的情网。

这是爱吧，无条件无原则的爱，纯粹而没有任何功利的爱。

云淡风轻的端午，调休提前放假，徐萌定了机票，去上海。不知道自己怎么想的，爱屋及乌？只知道那个城市因为有了穆言的曾经而与众不同。为有个铭记的出口？可穆言又不会陪自己去，瞎掺和什么？

对，为什么不呢？去告诉他我要去上海的，因为他的缘故。

穆言收到了短信，有些为难。说好周末是要跟满秀一起过个节的，自从来了公司，天天累得跟狗一样，没有什么休闲的自由，完全不是国企的状况，满秀已经怨声载道了。

可是，他好想陪徐萌一起度过。

"去上海的前一天陪你，好么？"

徐萌是意料之中，也算，谈个判，赴个宴而已么。不去，那就是介怀自己的懦弱！于是买了饮料，在准确的时间地点等候。

可穆言没想到会拖得这么晚，白天一天的行程都是工作，不觉已是晚上，"再等一会儿啊"，"快了，马上，别急"，"我遇到点事儿，处理一下"，"真是有急事，耽搁了"……每隔一刻钟，或是半小时的解释，排山倒海。让徐萌肺都气炸了：到底还想不想见了！不想见也不必这样玩我！

手中的冷饮冷了，凉了，热了！心里的温度热了，凉了，冷了！约定的时间到了，晚了，延迟了！她气极，把饮料丢弃在垃圾桶！没见过这样坐吃山空等着敷衍的，爷，不伺候！她是那种不伺候的人么？不是。她不能狠下心说走就走。

转瞬已是深夜 11 点，可是，她必须回家睡觉了。

穆言想第二天谈未尝不可呢？只是……

就在徐萌准备睡觉的一刻，电话响了，是穆言，又是穆言！这个冤家！“对不起，料想你回家休息了，不过还是想问问，出来吧！明天你就要去上海了。”

又是做局？怎么又是晚上！又是这么晚的夜晚。

可能穆言高估了徐萌的成熟，她是断不会再次轻易跟一个不了解的陌生男人深夜不归的。她是怎样的家庭，家教之严让她拥有所有的不随心不所欲不逾矩，根本不要指望什么出格。

不过，穆言倒是的确低估了徐萌对他的信任，她是那么的信赖这个一见如故的男人，不需要考验、观望、试探，仅仅是遇到了就相信了。就像那晚酒醉后，搀扶他回家的义无反顾。

她应着了。

“我去接你。”

有些欣欣然的喜悦，从没有这么晚约过一个女孩子，清纯的，好人家的女孩子，如此紧张而动情是什么时候？那是十年前了吧。这么晚了，去哪里好呢？餐厅都打烊了，去看夜场没法沟通，而开房，一定又会把孩子吓着的。

那是她么？她来了……

徐萌坐上车，一路无言。穆言只是漫无目的地开，横穿了北京城，终于开了口，“你这样不说话，就不怕我把你拐跑了啊……”

“没想到是跟着罪犯出来的。”

“呵呵，有建议么？聊完，我送你回家。”

“嗯，你决定吧，听你的。”徐萌想，坐着君子的车，倒不知君子的葫芦里卖的是什么药。

穆言在冷寂的街道转了个弯，停在了汽车电影夜场。

那是他年轻时未了的心愿，开着自己的车，带着心爱的人，在昏暗的光束下，迷漫着暧昧，诱人而香甜。剧情在发展，味道渐浓，她可能小资到数车窗上空为数不多的星星，而他只能望着她如星空般魅惑的双眼，深情拥吻，还有什么，比这样的夜晚能更让人迷醉不返的呢？

只是年轻时，未曾实现的铺排，到跟了满秀，有了孩子，已然很少有这样的悠然心境，闲暇时光，大动干戈，特别制造了。正是徐萌的到来，让他简单而枯燥的生活，有了鲜活的元素。

停稳了车，穆言有些拘谨，调调频道，这是场很火的关于农村生活的戏，不过彼此都知晓，这出戏实在跟车中的氛围相抵相触，直到驴叫声起，他们禁不住了相视一笑。穆言会意，关了声响。

“也许今晚我本不该来，可是还是来了……”

“也许今晚我们本不该来，可是我们还是来了……”

是的，他们都不该，千不该万不该的夜不归宿。

“我们都不能太自私，对么？”

“我们都要替双方的家人想想，对么？”

“我们不能想拥有就拥有彼此，对么？”

“可是，我们却是彼此相爱，对么？”

一连串的反问，问自己，问对方，没有答案。

“说说，你和她是怎么认识的吧！”徐萌想了好久，想出这个可以有答复的话题。

“我很普通，和她相亲认识结婚的，没有什么特别。”穆言有些底气不足，关于不便触碰，不必多说。一阵沉默，曾经的多少春宵千金，他都收放自如。但是，碰到徐萌，他竟然紧张。可恨自己的束手无策，得不到，却想念，这种心绪折磨。

“好吧，做我哥哥吧。我认你做哥哥好了。”徐萌下定决心。

“可是，我不能把你当妹妹的，不能。”穆言斩钉截铁。

“为什么！我就是你妹妹还不行？”

“因为……”穆言想说，我喜欢上你了，我发现自己真的喜欢上你了，可是穆言没有说，穆言不能说。

车里的气氛凝固了，闷热，躁动，空间的暧昧与欲望，让他透不过气来，初夏的季节，暖暖的热，空调已经开到 18 度，汗却不由自主的渗出，衣服像被淋湿了一般，湿透了，湿到可以拧出水。必须透透气，开开车门。

“小萌，我不想骗你，我真的不是什么好人，现在你还来得及悔悟。爱情，没有你想象中的那么美好。你还年轻，不该爱上我这样的人，趁现在还没开始，离开我吧。”

“那以后，我们是什么？”

“是……同事吧。”

“为什么我不能爱上你，难道你不爱我么？对不起，我不该问这么愚蠢的问题。对，爱情，是不可能这么短的时间就彼此认同的。”

“不，不是这样的，请你相信我，我很欣赏你，非常欣赏。关于爱情，轻易说出口，也许并不真实，时间长了，你会明白我的心意。”

“可，普通同事会有爱情么？只有朋友，心灵相通的朋友，才会有爱情的产生啊！”

穆言的防线在一点点的退去。他明明喜欢这个女孩的。为什么告诉自己说不呢？绝对的理智，那是经历过多少性与爱所培养起来的成熟。爱情，那更深层次的呼唤，可他却并不想到来。因为到时，时局非他可以掌控，而徐萌更无法掌控。

关于无法自拔的阴影，在穆言看来，那是件过于可怕的往事。十年前的绝望，挥之不去，就像昨天所发生。不愿自己再那样的绝望了，不愿了。

为此，他摆脱了十年，他不想徐萌成为他的第二段。

“要不就认我做妹妹，要不就不让你离开。”徐萌倔强的摇摇头。

穆言心疼，内心的柔软在一点点的暴露。不由得拉起徐萌的手，心一横，他一定要得到她，喜欢她，为什么不能得到她？好吧，我是禽兽，我是禽兽，老天你来惩罚我。只是我陷入了爱情，我不能让徐萌幸福，快乐也是足够。

他知道，幸福需要责任的润泽；而快乐，性爱足可以给予了。他要让这个女人因为他的存在，而快乐。

一阵轻柔的吻，并不销魂，但真诚。徐萌有些昏昏然的陶醉，她不知道言辞激烈的纠结怎么就代替为了身体力行的关爱。从来没有奢求什么的，也许只要能长久看着，就是她这辈子最大的幸福。但，当穆言轻轻托起她的下巴，捧着她的脸，忘情地吻着，却只剩下了顺从与降服。这个她所爱的男人，这样不真实地吻着，以为自己在做梦，用常规的方法尝试掐一把，却是硬生生的疼。那是真实的幸福，幸福。

“小萌，上次的话，还做不做数？”

“什么话？”

“你说，让我看看你的胸……我想看了，应该生的特别好看。”

“可是，我怕你会犯错误。”

“我也怕自己会犯错误，可是，我忍着，好不好？”

徐萌轻轻地点了点头。

什么都不必说了，空间里只剩下沉重的喘息声。任由穆言的舌尖探索她的喉咙，她应和着轻扫他坚固的牙齿，徐萌环绕着穆言的脖颈，穆言开始小心地解徐萌的衣扣，小心着，小心着生怕错过每一个细节。终于，褪尽衣袖。

夜展光华，那是怎样的白玉雕琢，如冰雪，如新棉，粉嫩嫩，水灵灵，傲然挺立的小萝卜。这些都是他事后的遐想，当时，就是大脑空白一片。

他握着，那是怎样强烈的情不自禁想占有。

“小木，可以了么？”

不，思绪突然滑向现实：他会罪孽无比深重！

实话说，他并没有征服处女的思想，尽管征服的女人不计其数，那共享的思想让他坦然。那圣洁而庄严的爱啊，让他无法从容。那层膜，意味着女人的很多坚守，很多对于诱惑不为所动的坚守。徐萌是个好女孩，他不想对不起她，经由他的身下，不明不白的变成女人。这样，良心会受到一辈子的谴责。

疯了，真的要疯了。

重新为她系好了扣子，穿戴好衣服。

“我想睡觉，萌萌，让我在你怀里睡一会儿吧。”徐萌有些疑惑，难道是因为自己刚才说的那句话么，穆言怎么突然不喜欢自己了。

她顺从的揽过穆言，抱在怀里。

“小木，我想给你读首诗，挺小儿科。”

“好，你读吧，我喜欢听。”穆言安详，默默的闭上了眼睛，躺在徐萌软绵绵的温柔。

“多少人爱慕你的美丽，假意或真心。只有一个人，爱你朝圣者的灵魂，爱你苍老的脸上，痛苦的皱纹。”

怀里的穆言睡着了，像个孩子，那双摄人心魄的眼睛忽闪闪，徐萌默数着，他开了17次车门。17，她命运中的数字又契合了。这是命运的安排和召唤么？

16.这个小气的男人

清晨的第一道曙光初现，徐萌羞涩的醒了。怀里的穆言很安详，睡得深沉。徐萌不忍心移动早已酸痛，酥麻的身躯，忍忍这个姿势，让他多睡一会儿吧。

窗外，夜晚拥挤的车子一辆辆早不见了踪迹，空旷的场子，只剩下他们。

“怦怦怦。”管理的小童轻敲车窗。

“嘘……”徐萌紧张的抽出手，放在嘴边，轻指身旁熟睡的穆言，不好意思地笑笑。

小童会意，离去。

不知过了多久，穆言醒了。发现自己躺在徐萌怀里，有些拘谨。“你没睡啊，还是早就醒啦？”

徐萌的红晕还未散去，伴着朝阳，摄人心魄。

“刚刚醒的。”

“几点了，我们吃个饭，今天赶飞机。送你到西单。”

徐萌不解，“送我去西单做什么？”

“坐机场大巴啊！”

徐萌有些愤恨，果然是不爱，辛辛苦苦地赶飞机，送佛还不送到西。有这样的朋友么！

徐萌气鼓鼓的任由穆言将车开到一个环境优雅的饭店门前。

“下车，小萌。”穆言看起来精神焕发。“喜欢吃什么？这里怎么样么？以前在轩利来过好多次，觉得口味不错的。”

轩利，穆言以前的私企公司。

徐萌早就无暇欣赏，自顾自地生气，一肚子的不开心写在脸上，“行，穆总挑的地方有什么不行的。”

穆言察觉出了徐萌的不快，回想刚才自己说过的话，不由得会心。随即，马上正色。

这是家装饰简约的饭店。因为是端午，大家都在家里过节，没有人吃早餐。服务生打着呵欠，伸着懒腰，同干净利落的环境有些不相映衬。门前的黑板写着“今日特价早餐：滑菇鸡柳粥。”

“想吃什么，随便点。”穆言微笑。

“你先。”徐萌谦让。

穆言也不客气，说好，随意拿起菜谱，点了寻常他吃的菜肴，“好多吧，真是饿了，我很少熬夜的。”

“呵呵，丰盛的像午饭。我不饿，就点这个，黑板上写着的：滑菇鸡柳粥。半价吧，就这个吧。”

“其他的，还要什么？我可是饿了，你不要看着我吃哦。”

“就这个，可以了。”徐萌其实肚子早就咕咕，但是似乎不忍心花穆言的钱，她也惊奇自己的懂事，以前，宰人可是她的长项。

穆言暗自摇摇头，这个懂事儿的孩子。其实躺在徐萌怀里起身的一霎，就听到她肚子咕咕的叫。估计是饿了，才拉她到这里安心吃顿丰盛的再走。徐萌却只点了半价的粥。如果是十年前，就凭这点他也会娶她，没有犹豫。

正想着，食物一一上齐。穆言没什么胃口，径自往徐萌碗里夹。“尝尝这个，很好吃的。这里的特色。”“这个也不错，清淡的。”一会儿在徐萌没怎么动的粥上，就垒起了小山一样的菜肴。

“够了够了。谢谢。”徐萌有些不好意思。她不常被这样照顾的，早就习惯了一个人独立的生活。徐萌含着筷子，有丝丝的感动，“多吃点。”穆言疼惜地看着细嚼慢咽的徐萌，有些动容的温情。好久，没有这样真心实意的对一个女孩子。逢场作戏的时候，太多了，多到自己都难以计数。这样一个节日的清晨，拥着爱情的味道，没有外界的纷繁，只有他们，真希望这样单纯的曼妙停滞。

“吃好了。”徐萌摸摸鼓鼓的肚子，开玩笑，“都是我风扫残云，上秤可是会徒增 5 斤呢。”

穆言乐不可支，“小馋猫。”

结账后，窗外飘起润润细雨。清新的空气润泽着彼此的心。上车，忽然闪过一个身影，“先生，停车收费。”

穆言不快，“刚刚停车，没见你停在这里收费啊。”

“我一直在的，看到您停在这里。”

穆言无奈，不情愿，“多少啊。”

“五元。”

“这么贵啊！”穆言咂舌。“这样吧，你要是付我发票，我就给你五元，如果不给，就四元吧。”停车场的男人有些无奈，“好吧好吧，哎，跟漂亮姑娘出来吃个饭，停车费还这么舍不得。”

徐萌愣了，这个小气抠门吝啬的男人。长舒一口气，还好刚刚要的是半价粥。看着穆言斤斤计较，有些豁然，果然只把我送到西单。原来是怕费油钱，也算，我们又不熟，没有必要有什么经济支出。

一路，无语。徐萌望着窗外，计较穆言的小气。穆言想着行程，不断地看表。

转眼，到家了。徐萌惊愕，“怎么送我到家了？”

穆言笑笑，“你不拿行李啊，回家收拾一下，我等你。”

徐萌这才惊醒。“哎，熬夜都糊涂了。谢谢你。”

徐萌一脑筋空白，只想着多面而矛盾的穆言，胡乱塞了几件衣服和洗漱用品，连同登机要用的身份证装在身上。出来却不见了车。拿出手机，才发现两个未接来电，和三条短信，原来是穆言转移阵地，告诉徐萌怎么走。

前面闪灯，牌号没有错误。徐萌拉门上车。“呵呵，路上人杂，担心遇到熟人，我就开到这里了。走了很长的路吧。”

徐萌无奈。又是一点，谨慎小心。

车子开始飞驰，奔在环路。徐萌奇怪，“你不是要送我去西单么，应该走长安街，怎么奔机场高速去了？”

“时间不早了，误飞机了怎么办？哎，真是从东到南，从南到北，穿越大半个北京城啊！”

徐萌扑哧，“怎么了，笑什么？”穆言望着她暗自欢喜。心说，小小悬念，这姑娘终于肯笑，开心了。

徐萌心底接茬，“哎，可惜了我的油钱！”

17.上海，曾经的身影

目送着徐萌脚步轻快地进了候机室，直到飞机起飞，才恋恋不舍的离去。说不清为什么对徐萌是如此的牵肠挂肚，这是处在恋爱中的人，才有的小脾气，难道他是恋爱了？有些好笑，爱情，十年前已经死了，四年前起死回生，又被重重地打压，绝望，不能回想的绝望。

正如上海，是他不愿去提及和触碰的城市。

爱情，他不配拥有这样的奢侈品。平淡的生活，和玩味的欢愉才是生活的主旋律。没有投入，就不会受到伤害，这样的分寸刚刚好，将暧昧玩弄于股掌之中，炉火纯青。游戏的开心程度有不同，但规则都是一致，不必认真。认真是个可怕的东西。只要拒绝认真，就可以潇洒的转身。至于徐萌，慢慢地抽身吧，这个游戏，他不能跟徐萌玩，一旦执着而天真，他们都玩不起。

在飞机，徐萌写下了如此的日记：

6月7日

去上海路上。此刻在北京城市的上空逃离，明日，太阳会在另一个地方升起，轻松的好像长了翅膀，轻快的想跳舞。

这，是个有趣的孩子，有趣的如同自己的孩子让人疼惜，有自己的小心思，也有自己的小缺点，但却丝毫不令人生厌。惊异于自己的想法，本是准备离开，本是打算忘却，才去上海，尽管不知这样的行为是否可靠而有意义。也许什么都不曾改变吧，抑或加深了感情。又是一个难忘的夜晚，已经赴汤蹈火的两个夜晚，没有吃过猪肉没见过猪跑么？穆言已经尽了全力，去克制，去克制他的感情。

矛盾……无限的矛盾，只想一个人静静，歇歇脚，也许歇歇脚，才有力气加倍的爱么？

我需要将这一切倾吐。

做好迎接暴风骤雨的准备了。

城市另一端的北京，穆言在家里乐呵呵的跟遥遥玩耍，教她识字，读书。

“吃饭啦！昨天端午还加班，哎，今天终于能吃个热乎饭了。关了手机啊，谁都不准打扰我们一家，对不对，遥遥？”满秀又在埋怨昨日穆言的一宿未归，没办法，谁让自己心甘情愿嫁给一个应酬如家常便饭的男人呢？

穆言有些不自然，昨晚跟满秀是这样说的，客户把他灌醉了，不能开车，只好住酒店。除了没有喝酒，其他的基本真实，他只要基本真实，良心就可以安了。倒是徐萌，什么时候成他客户了，心底有些奇妙的排斥，嗯，她是不同的。

“好，关机！听妈妈的话，咱吃饭喽！”应允着，却急切地看着收信箱，no massage. 怅然若失。

徐萌喜欢发短信，现在应该是顺利到达上海了吧。一定跟朋友们开心得忘乎所以，难得记起我。算了，不想了。

上海，徐萌是到达了上海。只是怎会不想念穆言，拥抱薛萌的姿势都有些僵硬，难道因为脑筋过于活络的缘故？

“喂，太不热情了吧。以前你可是把我抱得紧紧的，生怕跑掉一样，都会把脖子勒疼的！”

说话的是徐萌的一起玩到大，穿一条裤子的伙伴，薛萌。名字一样，性格一样，什么都一样。因为名同姓不同，徐萌亲昵的称她，晓雪。

对，还是穆言复旦的校友。

徐萌微笑，没有心境。“嗯，变了，人长大了呗。”一语双关。

“哈哈，难不成恋爱了？这么魂不守舍的。”一语道破天机……徐萌有些不自然，“你看，旁边还有一个人呢，你就开我玩笑，没大没小啊。”

“好啦，知道你累了！”繁华的夜上海，洒下一串银铃般的笑声。

18.狂欢夜上海（1）

“这是余贝贝，我的大学同学。徐萌，跟我一个名字，从小到大的姐们。还是同学一锅烩，好啊。”薛萌也幽默。

“你好，徐萌，总听薛萌提起你，很高兴认识。”贝贝优雅而风韵的握手问好。风韵，似乎形容这个年龄的女人过于成熟，但不知怎么，举手投足散发的珠光宝气是那么的随性，跟迷人的夜上海相得益彰。

看到徐萌有些愣神，薛萌会意，“她很活泼的，跟老道的外表不太相符。”

“哈哈，就夸我。没什么，生活中多少带点职业的影子。”贝贝揶揄。

“亲爱的，我为你准备了许多特别的节目！很特别的！”先上车吧。

话说着，便来到一辆宝马座驾前，“太漂亮了！”徐萌拉着晓雪啧啧称奇，围着转了一圈。“是你的吗？我怎么不知道你小子这么多钱啊！”

“嘘……低调低调。是贝贝，你旁边的美女的。你可是相当的有面子啊，人家是百忙中来接你的。哎，被 GPS 搞得晕头转向。导航错误，害得我们穿越了大半个上海，还好，没耽误飞机。”

余贝贝是一家广告公司的经理，初来上海，打拼艰难，但她豪爽的劲头，积累了诸多人脉与客户，两年以后，毅然决然跳槽单飞，正巧家里有雄厚的经济实力做支持，就跟另外一个朋友，开了家广告公司。她算是这个竞争激烈的城市的幸运儿。还没摸着头脑就顺利的赚够人生的第一桶金，目前业务量蒸蒸日上。其实，顺利并非偶然，代价只有薛萌和亲密的朋友知道。这是她一单单的业务跑出来的。客户老总都眼馋美色，每次，出单都是余贝贝的男朋友，或者是男同事作陪当保镖。不免席间醋意，一股脑灌酒给贝贝喝。贝贝好酒量，最终也逃不过酩酊大醉，胡言乱语。可她明白，这是女人成功所必须付出的代价。不牺牲色相，就必须牺牲酒量。成大事，须忍。早已风里来，雨里去，留下的只有沧桑。她追求名利，但追求到便视之如粪土，需要的只是追求的快感。所以，即使开名车，住好房，在她，也很淡然。而感情也只能划归为调剂品，她太忙了，夜晚，除了大醉的时候，就是大困的时候。基本上没有清醒。

其实她女人起来相当的柔媚。只是商场如战场，柔情经不起炮火。

这些都是后来，晓雪对徐萌娓娓道来的。

说徐萌不羡慕那是假的。谁不想衣食无忧，来去自由？只是生活中想要得到的一些自由，需要牺牲其他的自由去换取。

世间万物向来守恒。

明确什么东西是自己可望不可即的，什么是自己跳跳高就能抓到的，什么是自己不费吹灰之力轻而易举的。三十而立，多数人已不是轻易挑战自己天赋的年龄。挑战的意义，不是随心所欲的尝试，而是循着属于自己的方向与目标，循着自己独特的特长与天赋努力。也许风华正茂，年轻有为，正是因为坚守与众不同的自己，才会有所突破。突破往往并不来自于方向，而是来自清醒的自我认知。

而徐萌的自我认知，反映在脑海中，却是奇妙的家庭妇女。

汗颜自己的想法，因为穆言么，还是因为穆言发掘了她的潜意识，不得而知。只是想到他，就想到相濡以沫，相夫教子的其乐融融。那是久违的关于家庭的安全感么？

“想什么呢？到了，亲爱的！”

晓雪的一声呼喊将她拉回到现实。已近深夜十点，三人停车，“这是上海有名的闹吧，就是喧闹的酒吧。呵呵。Popo，名字也很 high 吧。”

“已经预定了位置，四个帅哥已经到了，有你挑的。”贝贝抛着媚眼。

晓雪在一旁忙接话茬，“我们可不是坏小孩，不常来的。今天算是给你接风洗尘。虽然旅途劳顿，正好赶个巧，尽情放松放松。”贝贝点点头，回头锁了车门，一行人，蹦蹦跳跳拉着手就跑。

“今天是端午节，各位美女拿块粽子。”酒吧还管派送粽子。徐萌觉得心暖，穆言在就好了，正好一人一半：已然在心底开始分享甜蜜。

转眼进了酒吧，实在是太过喧闹，沟通基本靠吼，酒醉基本靠口。按着指引的桌号，远处的三个帅哥招手。徐萌点点，没有什么特别印象，一个清秀，一个彪悍，一个肥硕。大家简单的打手势，已经听不清对方在讲什么，摸摸脾气，就站在桌旁，随着节拍，徐徐的摇晃，DJ 放的曲子很火热，台上的辣妹嗓音粗犷，舞蹈正妖娆。

只是环境实在太吵，彼此的说话听不清楚，一群人摆幅或大或小的扭动，徐萌喝了一会儿酒，就忍不住要上厕所。

跟大家打了招呼，离开了座位，等着排队的空当，抬眼就望到了厕所的宣传海报，“各国一夜情的方式，你需要哪一种？”下面就简要罗列了一些国家的开始方式，直看得徐萌目瞪口呆，像乡下妞进大观园，out了。

再找寻座位的路上，眼神就开始旁逸斜出，难不成这个酒吧出名，就是出名在一夜情盛行，配对机率高吗？难道这就是现代人的生活方式，都市人的健康选择？

果然，很多男女暧昧的指指对方，声音被狂热的声响淹没，激情却似舞步一样的火热。比划着，听着口型，有的是英文，“you?me?”，也有汉语直来直去，“你，还是我？”

她满腹狐疑，又有些不太确认自己理解的含义，直到找到晓雪，凑在她耳边大声地说，自己实在不舒服，想回去。

刚刚来，喝了一扎的洋酒，正准备让帅哥埋单好好乐乐，怎么能说走就走？晓雪有些面色为难。还是贝贝看出了端倪，跟晓雪说，她累了，我送送去，反正家在附近，再回来跟你们乐也来得及。众帅哥心领神会，互相拍拍肩膀，算是跟徐萌道别。只是本都准备互留号码，一听说是北京来的，就笑着摆摆手。

徐萌跟余贝贝从喧闹的酒吧走出来，一袭的凉风，吹的有些清醒。“小萌，你别介意啊，我的帅哥朋友都不太喜欢北京那个地方，他们都是常驻上海的，觉得联系也不会那么勤，就没好意思要你的电话。”贝贝细心，怕有误会，忙着解释。

“我知道的，贝贝，他们是不是觉得我不像有意思发展一夜情的？”徐萌语出惊人，惹得走在前面的贝贝睁大了眼睛猛地回头，“怎么这么说？”

“呵呵，我看到洗手间这么贴着，而且很多男女在问询，你，还是我，意思是你家还是我家，对不对？是不是在这里发生一夜情很容易？”

“嗯，还真不瞒你，这里是一夜情多些，酒吧必然的产物啊，大家都是来这里寻乐子的。其实也没什么，在上海来讲，这个地方还是有口碑的，大家你情我愿，有的选择直接到家里，有的直接定好酒店，总之干净利落，不带走一片云彩。”

“算了，说的多了，晓雪又该数落我，把你带坏了，一看你就是打着灯笼都难找的贤妻良母。”

“哈哈，为什么，我长得像吗？”

“像，倒是真像，所以我也不想我的朋友把你带坏了，他们，虽然个个都有才，但都本性浪荡着呢……”

“小余，你相信这世界上有一见钟情，而难以自拔的真爱吗？”

他们转眼走到了车前，“刷刷，”按了车灯，贝贝从容的系好安全带，转了头，“刚毕业那会儿是真的信，现在也信，不过信的基础不同。年轻的时候，是无所顾忌的相信，现在呢，是切合实际的相信。说白了，就是理想与现实的差异。找长着两条腿的男人容易，找长着两条腿适合自己的男人可是不容易，既然是如此辛苦的寻寻觅觅，做女人的何必苦了自己？”

“小萌啊，我们可以接受一些社会的现实，但也要了解自己的道德底线就行。别人是别人，只要你不把感情当儿戏。爱了就爱了，恨了就恨了。并且最好不要把感情看得太重，玩真格的不是不可以，但要永远自己掌握主动权。这方面，女人不如男人洒脱的，否则会伤的很深。男欢女爱，太容易渲染！可一旦感觉没了，说的露骨点，就是央求男人重新上床都不那么容易。那为什么我们不能洒脱点？记得，自信的女人最能把握爱情！”

“女人要有永葆青春的心态，能屈能伸的姿态，成熟快乐的状态。”不知是酒精的作用，还是贝贝原本健谈，话说一路，不觉已是到家，“小萌，二楼，我把你送上去休息就走，他们还等着我呢！”

19.狂欢夜上海（2）

第二天，睡到日上三竿，余贝贝在另一张床蒙头，同睡一张床的薛萌不知道什么时候起了，正煮咖啡喝。

“你累了，不多睡会儿啊，小萌。”薛萌小声询问。

徐萌伸了个长长的懒腰，打呵欠。

“你们什么时候回来的？我怎么睡的跟死猪一样，一点也不知道？”

“天亮的时候吧，我也没看表，还说呢，小余和你才睡的跟死猪一样样。”

徐萌一脸的迷惑不解。

“别提了，我们刚刚躺下，刚刚想睡个安稳觉，得，你的手机响，我的祖宗，差不多按了所有的键，还是响个不停，贝贝不醒，你也不醒，那只有我醒的份儿了。”

“哈哈，那是我的闹钟耶，不过也难为你了。只有按了指定的两个键，才会不出声的，这个功能好啊，要不怎么会矢志不移的把我叫醒？关键是，这个闹铃是特别为我设的，音乐很好听！要不要再仔细听听……”

“得得，打住，我都听了一早晨了，现在脑筋里全是这音乐，都不知道怎么消声。”

徐萌暗笑，那是穆言的手机铃。她喜欢他的一切，特意设了闹钟，为的是从睁眼的瞬间就开始想起。

“今天有什么安排？”晓雪征求意见。

“我想去你的母校看看，行吗？到午饭点了，正好在学校安心吃个饭。”

“怎么不行，还真是好久没有回去了。托你的福，那今天就在学校过！”晓雪点头。

其实徐萌却是另一番算盘：睹物思人，想像当年穆言的来去行踪。

复旦真是硕大，从正门进入，沿着石径路，向东是“曦园”石刻向前，有一岭一坡，俩俩对应，上题“青松岭”，“梅樱坡”，四周花草相拥，过了坡，“思源”厅前，垂柳倒挂，荷花盛开；池水清且涟漪，鱼翔浅底任自由。歇脚赏景、观鱼留影，美不胜收……

而最美的燕园，是复旦历史文化最厚重的地方。绿水回环，奇树遍布。小河中的“燕园观鱼”台，凭栏依岸，配以石凳，方便小歇叙谈。而坡上的一口“世纪钟”，尤其引起了徐萌的兴趣。到此地的人都要象征地撞两下，激励奋进，保佑平安。青铜铸造，表面印刻文字和图画，没有什么不同。徐萌随身就钻到钟体内部，却发现了别有洞天。里面写满了爱侣的名字，渴望心心相印，永携同心，寄存一份美好的夙愿。薛萌看到徐萌钻到钟体不出来，忙着催促，“萌萌，你做什么？真是调皮，我在这大学四年都没想到钻进去，没想到被你抢先了去观看，发现什么秘密啦？”

徐萌只顾偷笑，“不要吵，没什么，你也进来看看？”

话说着，两个小人头已经齐刷刷，相视而笑，各自寻觅。徐萌自是不管不顾，她在想，也许十年前的穆言在此留下青春的足迹？那时，他正年轻。

只是遗憾，没有痕迹。

当肚子咕咕提出意见，姐妹俩才结伴去吃饭。放假的食堂冷清，不多，基本上只有两种，一种是单蹦儿着，刻苦攻读；一种是父母探望，省钱又体验学校生活。

机械排着队伍，脑海里却全是穆言戴着大眼镜晃晃悠悠的神情，不由得笑笑，那是年少的青涩，“同学，来点什么菜？”卖饭的阿姨探出一个脑袋，礼貌而热情的招呼，那么的熟悉，多年的学校生活已经远离，循规蹈矩的两点一线变换了时间地点，只是少了亲切，多了陌生。

徐萌麻利地点了菜，“同学，过节了，咱多盛，你多吃啊。”又是感动，也对大妈回应了同样温情的笑容。以往上学，也会有许多的陌生人给予徐萌额外的照顾，徐萌除了感动，不过是急匆匆，不肯停留，包括对以前的男朋友一样不肯驻足。可为什么现在却肯为一个人轻易放弃坚守，俯下身子，不折不扣？原来的我，怎么会是这样的？那个从来舍不得让她弯腰去系鞋带，偏要自己帮他系好的男生，那个沉的东西从来不让她拿，一只手拿书包，一只手还要腾出来搂着她的肩的男生，那个为自己早早起床买早餐送到教室的男生，那个叫自己早起陪自己晨练的男生，那个在图书馆为自己占好位置的男生，都没有打乱徐萌自作主张的思维方式，浑然不觉他的心疼他的好，为什么穆言的出现，会让徐萌慌张得无处可逃，以致逃到他上学的地方寻找遗失的一丝一毫的气息？原来以前的小男生，是真的爱情。而现在的徐萌正在重复这当真的爱情。

只是徐萌有些忧虑，别把感情看得那么重。昨晚贝贝的话，幽幽的响在耳边，她可没有一觉睡迷糊。

吃过饭，坐在复旦新建的广场，背靠着 30 多层的复旦双子星座大楼，那是百年校庆前竣工的现代建筑，好似希腊的帕特侬神殿，目光流转，呼吸与心灵都会停顿。那多立斯式的圆柱，大理石的质感冰凉高贵，直逼云端的弧形柱头，优美均衡。

姐妹俩，及膝而坐，望着眼前徐徐飞翔的白鸽。徐萌觉得自己干净而轻盈，纯洁的像只鸽子。终于同晓雪娓娓道来有关穆言的一切，穆言与她的所有，还有那两个即将越轨的夜晚。

“哎，我不该对你放任自流。这个人叫什么？穆言？就是个混蛋，复旦怎么出了这么一个败类！敢对你这么单纯的女孩子下手。他还有良知没有！他是市场营销的？还好我是学通讯，别跟我妄称校友，我没有他这样道德败坏的校友！”晓雪咬牙切齿。

反倒是徐萌很平静，“晓雪啊，是我们的错，也不是我们的错，两情相悦，谁又能知晓其中的如何？即使是我，也不知道为什么他选择的是我，我选择的是他，让爱情有了出口。”

“变了，真的是变了，萌萌，原来你没有这么诗意的，虽然以前也出口成章，可不至于现在这么夸张，哲理的要命吧。”薛萌笑笑。

“是爱情让我看到诗意的生活了吧，都可以自诩为哲学家了。在家没有事情做，学着折磨自己的人。这不，折磨自己不成，来折磨你了。”

晓雪叹了口气，“折磨我倒是小事情，就怕你日后受罪的，萌萌，你从来没有爱的这么深，我只是担心。怕你玩不过他，喝了迷魂汤，找不到自我！”

“我现在不是来找自我了？”徐萌调侃，“走吧，去趟大家沙龙。穆言说，他上学的时候在那里打工，不知现在还有没有？”大家沙龙是复旦很有情调的咖啡厅，很多的同学都曾经在那里勤工俭学过。

“怎么没有，倒是巧，这个小子，我也在那里帮忙过，看看师弟师妹还在么？过节，应该开着吧！”

20. 与姐和盘托出

从上海回来，薛萌千叮咛，万嘱咐，再也不要理穆言了。

直觉告诉我，你必须跟他保持距离！薛萌下了最后的通牒。徐萌迫于压力，勉强答应，搭了飞机，忐忑回来。

穆言倒是暂时没了声息，也许忙碌着工作，也许是得不到的挫败，早就忘记我了吧，徐萌想。头一次，连着几天，在公司没有见到穆言。

是需要我们迷途知返的时候了。

恋爱倒是如弹琴，很久不谈，会生疏。过了个节日，就生疏了。

照例是周末。心血来潮，反正最近一直惶惶不可终日，不如去姐家，再去散散心也无妨，快了，快了，快忘记了。

姐自然是欢迎，“这周末，你姐夫跟他的哥们一起驴友，孩子正好也办了全托。就留我在家守着业啦。对了，再给你介绍几个新朋友。”

徐萌好奇，看房好奇，见友更好奇。

不觉已到姐姐家门口，这是一排连排小洋房，徐萌呈仰望状态观望，这就是北京的栖身之地，多少人梦寐以求！拥有固定的家，心也会安定吧。

穆言的家会是怎样的呢？徐萌心里一惊，为什么自己现在时时刻刻想着都是拿他做比？

姐的家很宽敞却很朴素，“有时间装饰别人的品味，没有时间捯饬自己的观赏。”姐揶揄，工作太忙了，常常是脚丫子碰脑勺子，闲下来只想到睡觉了，哪有力气装修啊！我们这叫“恩格尔”系数过高。不是经济学上有说么？所以我们现在长久的状态就是有了钱，还想赚更多的钱，为的是以后的日子躺在床上数钱玩，要想日后降低“恩格尔”系数，现在就得拼命干活。

再说了，还有孩子，孩子的奶粉钱都是几百几百的，现在奶粉钱够本了，得，又得开始投身教育事业了。幼儿园，学校，工作，一揽子工程啊！

“我们没有北京户口，孩子上好学校，还得交赞助费。来了北京这么多年，还得不到这个城市的政治认同。”徐彤有些无奈。

“你不一样，刚刚毕业，就有户口，要好好珍惜啊，萌萌。哎，也许我们真的是老了。老到需要这个城市给予我们认同感了。经济的认同或许有些，怎么说也是城市的中产了，可怎么还是很辛苦？不是说么，北京有钱的主儿可以这么形容，哪天天上掉下来个砖头，砸三个人，两个都是富翁。”

徐萌不认同，“富翁的定义有不同，大多都是小富即安，知足常乐呗。有时候，保持这样的心态挺重要的，要不总不平衡。”

话说着，踱步到了明亮的厨房，“咦，姐，你们家的厨房还真的大耶！记得北京台有个广告，是说，家里什么空间都能节省，唯独厨房马虎不得。我们公司的样板间，现在就是把厨房做得有模有样，有声有色。业主现在还是很关注的！你想，劳累了一天，有个人，点一盏灯火，做一桌饭菜，等你回来，多温馨啊，这，才是家的感觉！”

姐拍拍徐萌的小脑瓜，“真是三句话不离本行，你不成家，怎么能体会到这种感觉？赶紧成个家！两个人的日子还真是很乐趣哦！”姐边说边眨眼睛，“哎，我们家也习惯很久不开灶，有业务总在外面凑合了，当初来北京，那是怎样的生活！我跟你姐夫，睡着铁皮房，比地下室还恶劣的那种，连着几个月只吃馒头咸菜，就着冷风，喝着冷水，在家做顿饭？妄想，根本没料！我跟广宇开玩笑呢，‘金风玉露一相逢，便胜却人间无数。’其实，那时，苦是苦，可是快乐，你姐夫是个特别幽默的男人。”

“话又说回来，做人，我挺佩服广宇的，他就是两点，有用，有趣！事业上暂不做评论，自有公论。单说这有趣，你想想，这女人一辈子怎么能做到不亏呢，就是当你慢慢老去，甚至生活不能自理，就得有个人陪你唠嗑，跟你聊天，让你乐呵呵！”徐彤谈起广宇，一肚子的话，噗噗往外倒，一点不觉累赘的慌。

这时，从另外一个屋子，悄声的走出一个姑娘，徐彤忙着介绍，“我们家现在还住着三个女孩，人都很好的！是我们工作室的伙伴，老乡，特别的惯熟。反正我这房子大，就匀给她们一大间，算是周转，等广宇的工作室重新装修好，她们就可以搬了，工作方便一点。”

“其他两个今天逛街，这个是跟我最久、最铁的妹子呢！”徐彤拉着女孩儿的手，把女孩落个噗噗的脸红，看上去很内向，很羞涩，很本分的孩子。“小萍，给你介绍一下，这是我很亲的妹妹，刚刚认的。”

“萌萌，她到北京可有年头啦，是我们的工作室刚刚建成不久，有些起色的时候一起创业的，那时我跟广宇忙不过来，叫一个老家知根知底的帮手，别看她人小，很聪明的！”

“哪有，哪有。”小萍小声，不知该说什么好了。

“小萍啊，就这点，埋头思考多，腼腆也多，就是勤快，我一直把她当在北京最好的妹妹呢！”

“得，现在我的出现，可有争风吃醋的嫌疑了。”徐萌调侃。

“哈哈，”气氛又一下子火热。

“中午吃顿丰盛的，萌萌，菜你随便点，姐今天开心，亲自下厨！”徐彤兴奋的摩拳擦掌。小萍也要帮忙，被姐拦了回去，“你忙你的，不耽误。今天我来，你们都别上手。”

等小萍走了，姐神秘的笑，“还是留咱姐俩方便，说说悄悄话！”

徐萌一边开始洗菜，一边跳到了悄悄话的范畴，女人的悄悄话，排除了学业事业，就是男人家庭了。八卦？花边？绯闻？女人的乐趣。现在她却有些犯憷。以前问什么，说什么，张口就来，现在怎么都想拐弯抹角的问询她跟穆言的关系怎么相处。

进一步，退一步，都难，动弹不得。

“姐，如果你对一个人一见钟情了怎么办？”

姐不觉眼睛放光，“怎么啦，有小朋友了？怎么不介绍我认识？跟姐还保密，真是的。”说着撅着老高的嘴。

“你先别急，先说说你有过这种感觉没？之后我们再讨论！”

徐彤不好意思，“尽挖你姐的浪漫史！就是我的初恋，也是唯一一次的恋爱。一见钟情？那就是见到广宇的感觉，只觉得一生只想看着他的眼睛，足够！”徐彤陶醉，“你说说，那时，怎么那么浪漫呢？”

峰回路转，徐彤切菜的手罢了工，“赶紧招啊，你是不是这种感觉，对了路没？”

徐萌干脆不洗菜了，停下来，不知道该怎么跟姐解释，“倒是这样的感觉，但是感觉来的不是时候。”

“怎么不是时候？你情我愿，挑明得了呗，磨叽什么哪？你也老大不小了，萌萌，别挑三拣四的。”徐彤显然不明白徐萌的意思。“是不是男孩子不够优秀？”

说着，担起了说服教育的工作，“萌萌，其实，年轻的时候，能遇到浪漫那是福气，比如我。”又是一脸的幸福模样。“可大多数还得过日子不是？也还是我。给你讲个故事吧，每次我跟你姐夫去爬山，我就心甘情愿赖在山脚看包，让他们一帮朋友去登顶。我喜欢山脚的风景，乐得清闲，不愿追求什么刺激。广宇每次都带个自己编的花环，下山就戴在我头上，直说美。问他有什么风景，他就乐，媳妇你不上去是对的，尽管安享我给你采来的美呗！”

“实话说，我是被广宇惯坏了，话又说回来，一个男人若是疼你，你就得安享他对你的好。我们总是觉得前面还有更好的在等待，其实，真正爬上山顶就是那么回事，好男人也不见得有，只是有念想罢了，还保不准错过呢。什么是一步到位？当初，我跟你广宇哥还不是吃苦受累闯天涯的？现在不是苦尽甘来？有钱容易，找个疼你的男人，难啊！”

徐萌赞同，“不过姐，不是我横眉冷对千夫指，小看现在的男人。找到一个像广宇哥的，可不那么容易。同学聚会，带着朋友一起玩。男人看到身材火爆，几分姿色的女人，眼睛都直都绿都喷火，实在让人鄙视不屑。”

“要是我归结，男人是奇怪的动物，奇怪加动物。情商一般比较低，靠下半身思考的动物，所以总需要女人给予一时的欢快。女人是简单的人，简单加人。智商一般比较低，靠下半生思考的人，所以总需要男人对自己今后的生活负责任。”

徐萌的话虽这样讲，脑子里却全是穆言的正派作风：风流而不下流，性感而不讨人反感，违心的有些抵触。

“这个总结好，不过太露骨，也太绝对。”徐彤沉思。“萌萌啊，女人，还是感情经历简单点儿好！”

“姐，生命中若是有这样的男人出现，一见到他，所有的细胞都活跃，四肢酥麻，全身过电，该不该继续呢？”

“不会是你的初恋吧，萌萌，哈哈。为什么不呢？既然你不说，我也不追问了。只是告诉你，人生得一真爱不容易，只要认准，勇敢的爱一回，轰轰烈烈，又何妨？我赞赏这样的浓烈色彩！”

从姐家回来，周一下午的阳光懒洋洋，桌上放着一份礼物，打开看，是带着灯的钥匙包。徐萌正奇怪，短信进来，“萌萌，你们家楼道灯坏了，暗，钥匙包应该适合你。”

徐萌撇撇嘴，对付小女生的把戏，送点贴心小礼物？

穆言是有阵忙得四脚朝天，忘记徐萌了。今天上班，着了个背影，才想起过节，特意挑的这个钥匙包，脑海中全是那晚的慌乱，徐萌每次拿钥匙开门该是多么费眼费时不安全。

想好好疼这个小女人，可笑自己的幼稚，但不由自主地走向幼稚。

人，总是有软肋的吧，诸多人的软肋有不同，可以是金钱，勇气，甚至神灵。

而，我的软肋是爱情？四十不惑，缺口竟然是爱情……

软肋是灵魂的缺口。

21.坚强，不是因为选择，而是无路可走

“小徐，我出差了，回来见。”在登机口，穆言留下这样的短信。

徐萌叹惋，又将远离视线，只剩了怅然若失。

穆言是例行的工作，去跟进项目公司销售的楼盘，按下葫芦浮起瓢，成都的项目公司，最近业绩不佳，节节探底。晚上，还要陪同总公司领导吃饭。忙到深夜，疲惫不堪。永远是饭局，喝得醉醺醺，伤透肝脾，寸断肠胃。

晚上，徐萌有些担心，为了不能喝酒的穆言。听穆言说过，常常喝得头晕呕吐，天旋地转。聚会那晚，便领教过。小心翼翼，又是千般万般的叮咛，“别喝太多酒，装装样子就好。注意身体。”

可惜，没有等到穆言的回应。不由得笑笑，自己算什么角色？也许穆言并没有喝酒，正在开会讨论销售优化方案；也许穆言夜生活丰富，自娱自乐

自得趣。也许的情形很多，最终却是对她不必太过上心的理睬。是的，除了那逝去的两个心神荡漾的夜晚，他们之间，又剩下了什么？

只是，她估计错了，穆言的确在喝酒，心不甘情不愿。第一次陪同领导，无论如何也是要略略表现。总公司有位副总，跟刘总交情颇深的老战友，席间说什么都不依不饶。而刘总刚刚体检出重度脂肪肝，不能喝，这替酒的差事就交给了他办。接过酒杯，就是喝趴下了，晕厥了，也得扛住消磨，因为酒风如人品：饭局必备规矩。而且，刘总，知遇之恩的提携，风风雨雨多少年自不必说。

终于酒席散，穆言晃晃着回到房间，潜意识摸摸兜里的手机。还在，他也知道，这是工作时不曾见到徐萌的第一天。

两条短信，一条满秀的，“遥遥入托需要办手续，家里没现金了，你直接转账，还是交一下现金？”头疼，生活就是自己给自己找罪受，自己给自己找忙碌。北京的公立幼儿园，办入托如今是越来越难，白花花的赞助费，还得等着排队交。僧多粥少的困境。很多人家都是孩子还在肚子里，就去排队报名了。还好，满秀的姐姐跟幼儿园有些关系。这样说，应该是已经顺利报上名，幼儿园想钱尽快到账吧。没有现金，那出差回去取吧。满秀也不知道自己的银行卡放在哪里。家里所有的生活大额支出，基本上都是他的责任与义务，她只负责日常生活花销。

第二条，徐萌的。看过却哭了，点点泪水夺眶无声。生活压力大，大到难以负荷，需要用泪水来发泄么？这也太没出息了。多年前，早已这样告诫自己，不要这么没出息。学会了伪装，学会了冷酷，似乎都忘记那个真实的自己。坚强，不是因为选择，而是无路可走。男人的世界怎会有眼泪，只有无人时，动情时，自己与自己同在时。只是，唯独徐萌，再一次看到徐萌内心柔软的暴露，那是温情。很久，周围没有人给予过他如此的动容，除了母亲。

有股力量，挣扎着他睁开双眼，回复，“刚刚回房间的，喝了好多酒。”

徐萌今晚破天荒的没有关机睡觉。想着穆言的种种可遇情形，做着梦。突然，短信声响，竟然惊醒。很少半夜醒来的，什么动静都无法打扰她安然沉睡的心境。有几次印证，地震，父母抱着她躲避奔向卫生间，她硬生生的浑然不觉。可是，今晚她竟然醒了！确切地说，是先醒，然后听到手机微弱的声响。

看表，凌晨三点。屏幕，穆言的声息。

戚戚然，心疼，“快点休息，别发短信了，哎，叫你少喝点么。”

那边的穆言，“嗯，好的，我睡了，你还不睡？早些休息。”

徐萌睡不着了，一夜无眠，她竟然失眠了。手机那端，穆言昏沉沉，睡梦中，徐萌抱着他，他躲在她的怀中，一如港湾，静谧。如那夜，车上的姿态，安详。

也许，我真该投入的爱一次么？

徐萌料想，穆言也料想。

22.无法选择不爱你

徐萌彻底的，完全的无法阻止自己敞开的心扉了，那是喷薄而出所有浓的化不开的感情。

的确，她不了解穆言。唯一的记录就是那一路辉煌的足迹和有家室的事实。但是这些都构不成坚定放纵自己的理由。千万遍的问，这是女人漫无目的的对虚荣的顶礼膜拜吗？别人不清楚，至少她不是，她是中了一见钟情的毒，丘比特的箭，让她在尽情挥舞中耗尽。心跳不息，对爱情的追求就永无止境。

无论他是否生儿育女，无论他是否老去，无论他世俗偏激，都不重要。重要的是她真实而凄美的紧握过这段爱情，看着彼此幸福已足矣。

真的想就此嫁给他的，如果男未娶，女未嫁，如此闪电结合应该是很好的姻缘。这是徐萌的直觉，也是穆言的意愿。只是横亘在两个人的，左手时光，右手道义。行走在中间的还有世俗的冷寂。

现在，除了写作，只有写作，可以抑制她想见而不能见的伤痛。

错爱

又一年，春去夏来，依旧北京，昨天的故事不再上演

染着朝晖的热腾腾的奶咖不变，炫着余晖的蓝山滋味不减

执着迷离的灯光，方寸的书桌
闻着书香腐败，风平浪静着满满

以为人生的艰辛大抵不过
奔波中的跌宕起伏
以为思考决定行动，坚持就好，犹豫免谈
以为爱情同事业一般绝对自己主宰
但，唯独忽略了

爱，也会不适时机的到来
也会有一见钟情的存在
也会曲折到心痛，辛苦到竭力
不能靠近，不能言语
除了遥望，无能为力

那些深埋的感情是属于我么？
沉静、掩饰、压抑……
所有不属于自己的特质
都要在心中遍遍的牢记

周遭热呼呼的聚会轮番
畅谈有尽兴后的鸟兽散
只是，夜阑下的我难改变
遗忘为何如此的困难
惊鸿一瞥即刻瞬间溃败

我说我是一滴泪，落在了你的掌心
依然有风做翅膀，有梦做霓裳
但却飞不出跃不过你的方寸笑颦

如果有来生

就让我嫁给你吧！

无论咫尺天涯，无论广袤海角

回答只有——

谢谢你……

而穆言呢？本是恍恍惚惚的心，在酒醉后的深夜，却发生了奇妙的化学反应，彻底的激起了惊涛骇浪。

他终于知道，人与人之间最远的距离不是海角天涯，而是她就在你面前，却不能说，“我爱你”。

在这个城市沉沉浮浮十多年，他怎么会不清楚界定不明、没有结果的感情应该如何形容：飞蛾扑火？徒劳无功？覆水难收？于他，于徐萌都没有好处。

有人说，忘记一段感情是建立这段感情的二分之一时间，而忘记一段刻骨铭心的感情，却是一辈子。为此，他摆脱了十年的光阴，难道又要纵容自己重蹈覆辙？不是已经心如止水了么？当那份刻骨铭心宣告终结，心就已经死了。有个陪伴自己一生，照顾自己长久的满秀，还有什么奢求？还有什么不能控制？但是，他错了，现在控制不了了，一个已经拥有一个女人的男人，一个没有资格与任何女人谈情说爱的男人，却与一个单身未嫁的女孩儿有了不能控制的爱情。

他觉得他们不能再这样下去了，无论选择得到还是失去，都需要明朗的答复。

23.投入的爱一次

第二晚，穆言跟刘总搭乘同一趟班机回京。在飞机上，穆言踌躇，究竟回家还是去找徐萌。

两个晚上没有发生，君子之交的夜晚。从以往的经历来看，简直不可思议，不可思议到令人咂舌的境地。只是，激情，是个来得快也去得快的情绪。

可爱情，却是个想等待也能等待的距离。

但是，今天，他等不了了。

徐萌她是个女人，是个浑身散发着青春与魅惑的女人。穆言他是个男人，是个有着食色性欲望的男人。他们不是圣男圣女。徐萌的坚守已经到了极致，极致到实在扛得住消磨。不像 80 后的做派。他甚至怀疑她是不是真的爱他。

也许，她是害怕？害怕疼痛的幼女。惶恐成为女人的那一瞬间的痛苦吧。只记得生命中留有痕迹的两个女人，都疼得哇哇乱叫，把他吓坏了。他是她们的第一个男人。他也要徐萌因他而留有烙印，留有疼痛的甜蜜，享受飘飘欲仙的快感和幸福，他有这个实力。占有欲蔓延，急切的占有欲，他要她成为他的女人，不能被别人抢先去。

徐萌知道穆言今晚回来，甚至知道几点几分到北京。她的同学家乡也在那个城市，可巧也曾搭乘晚上的班机。她猜测，穆言大抵应该也是这趟了。此时，穆言的短信来了，突兀的，冷不丁地冒出来。奇怪的是，徐萌并不感到惊奇，而是异常的冷静，难道是暴风骤雨前的积蓄？感叹自己头一次异常的冷静。原本以为被爱情冲昏了头脑，都不知道清醒的样子了。可是，今晚，她竟然清醒。

穆言说，“我上飞机了。”

徐萌应答，“你是 11 点 35 分到北京么？”

那边的穆言暗自叫绝，这个孩子安了雷达？她怎么会知道我的行踪，怎么总是在悄声无息中知晓我的行踪。看来，她还是在乎我的，很在乎我。不用汇报，就会通达如明镜。可是，她会知道我今晚想做什么么？

穆言下定决心，心一横，眼睛紧闭，“我想去找你，谈谈。”

徐萌是真的不知道，穆言会突然这样答复她。这一刻，还是这么快的到来了。她清楚这样询问的意义，可以拒绝的，已经拒绝了两次，不在乎这一次，again。可是，她觉得她这么爱他，不能再对不起他了。你傻，一个声音响起，萌萌，不要答应他。你去吧，另一个声音响起，萌萌，你爱他，为什么不能给予，让他快乐。

徐萌的心也在犹豫，她并不是不爱他，也并不是需要与他发生什么。灵魂相通，不就可以是全部？可是总是缺点什么，缺少点燃的激情，一触即发的绚烂与沸腾。毕竟那是她的坚守，是她最珍贵的东西，是她多年的家教沿袭的传统。她的美丽从未开启，她要让所爱的人看到一直保留的那份美丽。水库蓄了一池的春水，一向防洪能力很好的水池，闸门真的关不住了，它要决堤。

“还没有睡吧，等我，好么？”

“哦，是的，还没有睡。等你。”

穆言飞驰在路上，徐萌奔跑在心里。

徐萌对自己说，给他吧，得之我命，不得我幸。

穆言对自己说，要她吧，得之我幸，不得我命。

徐萌焦急，望着鬼魅的夜晚，踱步，踱步。近窗的一瞬间，有车停的声音，奔去开门，是穆言正要扬起拍门的手，会意，心灵相通的会意。

进屋，徐萌缓缓，接过公文包，放双拖鞋，脱去穆言的外衣。

狭小的空间，有着局促的慌乱。“我……能不能冲凉？”一声，打破僵局。“可以，当然……可以。我去备毛巾。”说着徐萌离去，找到时，穆言已经掩门，蒸腾在洗手间哗哗的水汽中。

徐萌大声喊，“我放在门旁的茶几了。毛巾。”

穆言说好，关了淋浴。

徐萌连忙逃也似的，走进自己的屋里。电视还开着，不至于没有背景。一直变换着频道，心不在焉地想问题，过电影。

那一刻，穆言进屋。尴尬地笑笑，还未擦尽的水迹，时隐时现在赤裸的胸膛。还好，下身穿了衣。

很久的对视，空气中有了不确定的因素，惶恐，疑虑。

“睡吧，萌萌，不早了。”穆言终于开口，又是寻常的老段子。

“嗯，挺晚了。”徐萌应。

灯未灭，朦胧也清晰。

穆言梳理着徐萌的长发，掠过她清秀的容颜，小心翼翼。不知道该如何开始，如何开始才不会吓到这颗柔弱的小心灵。

“小木，会疼么？”徐萌小声地问，感觉像小时候抽血的前夕，医生会告诉她，疼疼就会过去。她可勇敢了，小时候总生病，吃过很多的苦苦的黄连，扎过很多的细长的针管，输过很多的叫不上名的液体，可她从来倔强，不哭。

“一点点，会有些不舒服，放轻松就好。”穆言有些结巴，不知道该如何解释。

“那会……会流血吗？单子上会不会有印记？”徐萌想书里的描写，有些害怕，“我是不是……不该问许多为什么……”

“宝贝儿，没事儿，会没事儿的，跟着我，让我拥有你。我会让你快乐。”穆言喘着粗气。

徐萌慢慢的闭上了眼睛。

穆言开始不规矩，一边静静舔舐着徐萌发颤的唇，一边像探寻珍宝一样解她的衣襟。多少次疯狂的撕裂了女人的衣服，透着野性的奔放；多少次看到身材喷血的女人，不由分说地索取。可是，遇到徐萌却有不忍征服的犹豫，背负罪恶的逃避。已经两个晚上了，他迷茫了两个晚上，没有发生事情的两个晚上，今晚不能再溜走，今晚不能再错过，今晚不能再失去。

想到此，像探索迷宫的探路者，头一次放慢了脚步，仔细的观察徐萌的外衣，扣子有些不太好解，一排如罗马般繁冗的扣子，把穆言解得脑袋汗津津，他笑话自己的笨拙，也从未如此耐心。终于，来之不易，可以放心的看清，头一次全部的审视徐萌的每一寸肌肤，每一寸的一览无遗。

可远观不可亵玩焉的青莲啊，穆言心里又蹦出莫名的诗意。

想着，将徐萌开心地抱起。

“小木，我很重的。”徐萌脸红，绯红的紧。

“我不怕沉，我愿意。”嘘，穆言做了一个安静的手势。将徐萌揽到了床沿，好好的放平。

徐萌的心出奇的宁静，任穆言唇的亲吻，手的游移，伸向自己的芳草地。

一直迟迟悬而未决的事情，还是发生了。徐萌叹息。

想到此，心一阵抽紧，不由得睁开了眼睛。再熟悉不过的面庞，是如此的亲近，真实而顽皮。挺拔的鼻翼，翕动的睫毛，挡不住英气的眉宇，瞬间漾满了温情，如水一般融化了心。结实的胸膛，山峦般的伟岸，港湾般的静谧，那是怎样日思夜想的躯体，强壮而有力。富于磁性的声音，不再有距离，有节奏的呢喃，顷刻飘渺着云端的浪漫，嘴唇湿润而柔软，像棉花糖般带着清凉的甜……穆言已是大汗淋漓，他挥洒自如的一贯，却紧张不已，小心的搜索着，生怕她尖叫，她疼痛，他慢慢的，轻轻的，谨慎的进去，发紧。

女人不是可以坦然伸出双臂，却不要随意张开大腿的么……

瞬间，撕裂的疼痛，徐萌忍不住地呻吟。那是没有经历过的疼痛，非冰冷的针管刺入血液，非坚硬的石头划伤肌肤，痛彻心扉。昙花终于在夜间绽放芬芳，紧闭的心扉终于意外开启，那是超越了肌肤之亲的升华，越是疼痛越是铭刻在心，美好得安然。柔软的内心瞬间被填满不容置疑的包裹的柔情，似乎是一棵枝繁叶茂的大树，深深扎了根，落了地。幸福漾在嘴角，灵魂飞了起来，在不远处微笑……穆言动作，在扬帆的船驶入港口，觉到了徐萌的颤抖，他知道那是疼痛，“宝贝儿，我不动了，疼么……”徐萌违心的摇头，“只要你开心……”她知道，须臾就是历史，她已经是他的女人了。她知道，那是两个生命的水乳交融，是爱情拥有的实质性变革，是刺青印在了起伏的胸口，是标签钉在了隐秘的身体，是铭章镌刻在戏剧的生命……而他们都写着两个人的名字，让彼此的爱情有了不可方物的美丽。

电视上，毛阿敏的歌正柔情，“投入的笑一次，忘了自己；投入的爱一次，忘了自己。伸出你的手，别有顾虑；敞开你的心，别再犹豫。投入蓝天，你就是白云，投入白云，你就是细雨。在共同的目光里，你中有我，我中有你……”

24.非一般的破晓黎明

那一瞬，徐萌眼前闪过父母的印记。但，仅仅是一瞬，顷刻失去踪影。她不知道，父母如果知道她跟一个有妇之夫苟且于床，面部会扭曲成何等模样，他们正统的做派会失望成何等表情。也许他们会昏厥，会愤慨，会颜面无存，会不省人事。可是，又是谁让他们冷酷到没有触觉，徐萌微笑，已然忘记，只记得此时只是属于他们的幸福。她没有被人宠过，也不想被人宠，拥有穆言就是全部。她没有得到的宠爱，悉心的宠爱，追求了一辈子的宠爱，被穆言细心的拾起，捧在手里，含在口中，小心翼翼的珍惜。此时，她只是个女人，如水如镜的女人。

怀抱着穆言的头，汗津津，泪盈盈，“小木，我是你的了，我只要你，只要你，就好，就好……”

“萌萌，你是我的。只属于我的女人。”穆言依旧喘着粗气，疲惫的闭上眼睛。那一刻，他幸福无比。

“原谅我，原谅我。以后我会陪你，我们在一起，好么？”

徐萌抚摸着汗水淋漓的穆言，眼角滑过一滴痛楚，深深的点点头。

天空泛起了鱼肚白，不一样的破晓黎明。前一刻，还紧闭身心，后一刻，已然敞开胸怀。第一次贪婪的仔细地看着身旁熟睡的这个男人。她托着下巴，傻笑，凝视，疼痛还在继续，只是换成紧张后，松弛的甜蜜。

忍不住吻他不再年轻的面庞，数数零落的青春痘，和眼角挥之不去的纹路痕迹。穆言皱皱眉，以为是蚊子叮，下意识的用手摸摸，翻个身又睡去。徐萌忍不住的揶揄，吱呀呀的床板轻响，翻身看到身下的殷红，有些复杂的情绪，那是昨晚的印记，历史的证明，穆言的归属地。顷刻，起身，全无睡意。

赤身裸体站在窗前，透过隐秘的窗帘抖动心事。时有时无的泥土气息让她觉得自己拥有了新的生命，破芽的顽强与活色生香的嫩绿都昭示着新的世界的诞生。

徐萌希望他们有成年人的行为，孩童般的思想，天使般的心灵。

她想让他记得，这一夜，属于他们俩的沉沦，这一夜后，她是他的女人，他是她的男人，算不算一夜情，她不知道。只是知道，爱情已经升华。

五点了，她无事可做。从前的她醒来，所有的时间属于自己，现在的她，还是自己醒来，所有的时间却属于另外一个人，深爱的男人。

做顿早餐吧，不知道穆言喜欢吃什么，看看冰箱，单身的生活，都是速食。挑挑拣拣，还是无获。于是，穿起衣服出门，还好，附近的超市刚开，挑拣了料想穆言爱吃的东西，欢天喜地。

闹铃声响，穆言惺忪，看了眼手机，意味深长地看着沐浴过后的徐萌。“早！”

“怎么起那么早，真美！”

徐萌不好意思。

穆言起身，爱怜地摸摸她的脑袋。

“我先走了，上班了哈。”

“时间还早，吃过早饭再走吧！”指指热气腾腾的餐桌，难得不同于方便面的花样繁多。

热腾腾的牛奶，刚烤的三明治焦黄。典型的西式餐。穆言皱皱眉，他喜欢中餐的。

可看到徐萌期待的眼神，又重新回到桌前。

“好，吃了再走。”

徐萌站在一旁，满意的看着他细嚼慢咽，回味无穷。穆言诧异，萌萌，怎么不吃？一起啊。

徐萌笑笑，看到你吃，我就开心。

不，穆言佯怒，来，坐这里，说着指指腿上。

她不好意思，我很重的，会坐疼你的。

穆言笑笑，我就这么弱不禁风啊。担负一个小女人，还是绰绰有余。

徐萌听话的坐在他的腿上，穆言夹起一片火腿，小心的喂。

忍不住紧搂穆言的脖颈，一滴感动悄然滑落。

傻丫头，哭什么哭。滴到我脖子上啦。

徐萌破涕，知道穆言不想太伤感。

吃过早饭，徐萌没有收拾碗筷。而是要穆言记得这个特别的，迷人的出门之前，在世界上，还有一个人，愿意为他揽遍细枝末节，像孩子一样的惦记。为他穿衣，系扣，打领带，轻点无限深情的印记。

还有，穆言小跑着，拿起窗台晾干的袜子，嗯，是清新的舒肤佳的味道。袜子的破洞也被悉心的缝补起，针脚很细很密很整齐。手巧，心也细，回吻徐萌，又是一阵异样的触动，在悸动的夏日泛起丝丝的清凉。

25.不约而同的抹茶红豆

徐萌一上午都在恍惚，早饭没有吃，中饭也不打算吃了。

昨晚的幸福，今晨的快乐，都抵不过上午的空落落。没有穆言的时刻，心里空，身体也是空，一切都被掏空。

他就这样走了么？什么话都没有说。陪她，那是什么时候？

还有床单的殷红，那么的触目，她眼神慌乱，迷离，敦促着的只有一个动作：查网络。

Google，百度，下一步的事情如何做？

上午没有什么工作。徐萌眼睛扫视着四周，环顾无人，立马的打开页面，教授生理的那些课程。不久，已然忘记了穆言。

临近中午，突地短信声，“还疼么？开了一上午的会。等我，去给你买药吧。”

徐萌有些恼火，一天，一天的时间，他怎么那么沉着。吃药越早，风险越小，他经验丰富，不会不知道。怎么连句问候都是这么迟到？

徐萌气冲冲的回家，没有回复。

穆言急了，这是如何？没有开完会，就请假去买了药，急匆匆地跑到徐萌的家门口。

“砰砰砰。”徐萌还真的在家，一脸的憔悴。

门开了，“还疼么？”穆言买了一堆的水果和零食。扶徐萌躺下，看到床单已经撤下。

“你走吧，我不需要什么，不需要你可怜，承担什么责任，男人，男人都是不负责任的。”徐萌把嘴唇都咬出了血迹，她忍住，快哭了。

其实，徐萌违心，她小时候最爱生病了，虽然父母会愤恨给医院交奖金这样的忍痛割肉，也极不情愿陪护她打吊针，可是，毕竟父母会做软软的鸡蛋羹，时刻摸摸她发烧的额头还烫不烫，扎过针的手还痛不痛，那一刻她觉得自己坚硬的心灵早就融化成了一汪清泉。只是这样的时候，不多，温暖的感觉随着出院也就转瞬即逝了。

那穆言的心疼会不会也是转瞬即逝？与其抓住，不如尊严的放手。

他像是犯错的孩子，又企图故作轻松，从一大堆的食物里拿出一盒饼干，“萌萌，还没有吃饭吧，如果不想吃饭，先吃这个吧，我最喜欢吃这个口味了，我喜欢吃零食，呵呵，大过吃饭的兴趣……不知道你喜不喜欢。”

徐萌低头，也是她最喜欢的抹茶红豆。

兴趣真相投：红豆生南国，春来发几枝。愿君多采撷，此物最相思。

为什么有那么多的巧合，来证明他们的默契，他们太相同了，相同到不用配合。

这个几近不惑的男人，竟然跟她的青春是那么的契合：喜欢零食。他的细心，让徐萌感动。甚至她也不知道自己应得什么，也许什么都不必得到，什么都应该得到。

她点滴都记得，记得昨晚所有的情结：所有的局促和不安，所有的决心和果敢，所有的疼爱和体贴，还有赤裸裸的她与穆言。脑中时时会划过一丝一毫的闪念，不齿的闪念，但顷刻烟消云散。她祈求，在爱情的照耀下，灵魂也会得到净化和宽恕。

而穆言是心疼，真的心疼，是自己把她弄疼了，还没有办法负责。

身旁的很多客户都有麻烦讲的，常常有很多女人给予了第一次，哭哭啼啼地说，我要你负责。不过是以此为砝码，期望生活在一起，安定过日子。只是越是自由的男人越无法忍受婚姻这个枷锁：那种只允许正视妻子，心无旁骛，而称其他的女人为美色。

穆言还真的挺幸运，没有遇到女人跟她谈责任这样的状况，她们都自我，一面两面见了再无联系，谈什么分担？再说了，自己经常出差，偌大的中国来来去去早就没了踪影，自己没有固定的手机号，价格便宜样又足。

自古红颜多祸水，能够玩火而不自焚的，才为高人。能够在河边走而不湿鞋的，才叫道行。婚外恋当然有婚外恋的规则，可以不自律，可以不自控，可以不自禁，但是千万不要情非得已。

责任，是个沉重的话题，这在他这样的年龄尤为突出的体现。上有老，下有小，中间横亘是名誉。英雄难过美人关，没错，但关键是不能被美色所迷惑。这样被业内称为蠢笨。

对啊，徐萌也没有跟他谈责任，可他却有些不自在。她是不屑？还是自尊？穆言揣摩，穆言猜测。他甚至有些推翻她是不是真心喜欢，还是床上的冲动迎合。

也是，在今天处女都需要去幼儿园预定的今天，她给了她的第一次，就说明是爱他的，可是，今天的举动……

迷惑，实在是迷惑。

26.转经佛陀的宽恕

罪孽，孽缘，罪与缘交织，孽债深重。

把自己交予穆言的第一个周末，无法释怀。

徐萌，虔诚的佛教徒。佛祖有诫，莫做伤天害理之事，莫要为难他人，也折磨自己。控制欲望，遵循道德，是佛教徒的起码之德。可是她是凡人，无法摒弃七情六欲，对信仰的顶礼膜拜至多高山仰止。

爱情告诉他，如果深爱一个人，就要珍惜他，爱护他，不让他受委屈，受伤害。就要交付全部，包括灵魂与身体。

其实，对于美好谁又可以抗拒？无论是佛是人。活佛六世达赖仓央嘉措，不是也逃不出情网编织的魔力，那冥冥中指引的“罪恶”爱情：

那一刻，我升起风马，不为祈福，只为守候你的到来；

那一日，垒起玛尼雅，不为修行，只为投下心湖的石子；

那一月，我摇动所有的转经筒，不为超度，只为触摸你的指尖；

那一年，磕长头匍匐在山路，不为觐见，只为贴着你的温暖；

那一世，转身转水转佛塔，不为轮回，只为途中与你相见；

只是，就在那一夜，我忘却了所有，抛却了信仰，舍弃了轮回，

只为，那曾在佛前哭泣的玫瑰，早已失去旧日的光泽……

去了雍和宫，减轻罪孽的静雅之所，净化心灵的参禅之地。香炉袅袅，香火旺盛。世间沧桑，万物众生，周围形形色色，或同她一般至诚的参拜信徒，或涂脂抹粉沾染尘世困扰，需求平安与喜乐；抑或任何目的不报，纯粹

旅游玩乐的无神论者。而徐萌是这里的常客，经常为不得其解，不洞所思，于此来寻找答案，其实，本无所谓答案，也许答案自在心中，也许无意高人提点，无法强求，也无法拒绝。来了则住在心里，走了就随它而去。

这是个相对无人的周末，依然在每个主殿按次焚香三柱，不觉拐走进入偏殿，只见一身披袈裟的僧人打坐，双目微闭，徐萌失神落魄伫立旁侧许久，未想离去，不觉已是一炷香的功夫。本是无意破解难题，但声息却惊扰僧人，察觉睁眼，对其微笑。“施主，常来于此，小僧记得。”

徐萌惊奇，双手合十，“谢高僧铭记，只是每日行走雍和宫数人，你怎会记得清？而且我平素不来，只是周末有时间的。”

“有缘自会相见，有情自会铭记。”小僧笑笑，“不是说我，只是看施主，面若桃花，不过略露难色，定是情中有难，难中有劫，劫数天定，不能自已。”

徐萌彻底顿服，赞叹僧人的参透世间高明。那既然知其题，必然有其解，为何不讨教一二，破解？追问，“僧人高明，有何释怀之法？恳请赐教。”

“月有阴晴圆缺，人有悲欢离合，此事古难全。其实，施主自知如何去做，该来的总会来，该发生的终究会发生。但求不必逃避，只求无愧吾心。看施主面色和善，性情柔软。只是心灵偏软，有时候是好事，有时候也是坏事。缘分天定，顺其自然吧。”小僧叹惋。

徐萌叩谢，抬眼一瞬，小僧打坐的佛龛旁，有本手抄。“高僧，可否翻阅一看？”

小僧答，“施主随意。”

很多的手抄佛经，其中的一段吸引了徐萌的眼神。

问佛：世间为何有那么多的遗憾？

佛曰：这是婆娑世界，婆娑即遗憾，没有遗憾，给你再多的幸福，也不会体会快乐。

问佛：人们的心如何不再孤单？

佛曰：每一颗心生来原本孤单而残缺，多数人带着这种残缺度过一生。只因与能使它圆满的另一半相遇时，不是疏忽错过，就是已经失去拥有它的资格。

问佛：遇到相爱的人，不能把握怎么办？

佛曰：留人间多少爱，迎浮世千重变。和有情人，做快乐事。别问是劫是缘。

徐萌看到，记下，有了答案。

27.徐萌的智商，小希的情商

徐萌与小希的相识，绝对也是缘分。

小希是在论坛上偶尔看到徐萌的帖子，关于红颜竟自怜无人识的落寞，激起见面的冲动。当时她们都大二，花一样的季节，花一样的年龄，花一样的投缘。

这是她们不着边际关于花的暗号：

徐萌问，“女人喜欢什么花？玫瑰花，百合花，还是……”

小希答，“女人喜欢有钱花，有卡花，吃喝玩乐不怕花！”

这就是她们，一个清纯浪漫，一个现实理性。三年的友谊，彼此珍惜。

常常一起去北京些古香古色，有情有调的地方。比如奶酪魏，果仁张，都一处什么的。反正京腔京韵浓的地方，都有他们的驻足。也常常一起拼车，拼饭，拼买衣，80后的时尚活法，也是省钱途径：既不耽误情趣，又实惠经济。

今天他们却约在了奥林匹克公园。自从奥运规划扩建后，北京的变化日新月异。环路越摊越广，可是广场设施建设也一点没有停滞了脚步。由于公园正在规划，还没有完全对外开放，正巧，她与小希是都是奥运的志愿者，凭牌可进入。

走在宽阔的景观大道，远处是盘古大观的老龙头，渐近玲珑塔，鸟巢与水立方分列相望，别致的建筑林林总总。one world,one dream. 循环着恢弘，还有一群群的孩子放着风筝。和谐，真是和谐的家园，郁郁葱葱。

小希，智商已经很高，情商却远远高于她的智商。其实天生的情种，情商都是很低的，比如徐萌。所以基本上，每次徐萌都被划定为不带大脑型，接受小希苦口婆心的开导。

“不要联系了，马上离开他。”小希比划着，做了个咔嚓的动作。

“可是，还没有开战，阵都没有布置。”徐萌开玩笑的不服气。

“萌萌，你不是爱情的志愿者！不必开战，随时都可撤离，潇洒的撤离！当个勇敢的逃兵吧。战局已定，你必输无疑。”

他什么都不会为你改变。记得我的话。

成熟的男人，已不再年轻。打破，需要勇气。拜托姐们，长点脑筋好不好？无奸不商！那么谙熟游戏规则，断不会轻易改变，需要改变的太多，地位、名誉，太多太多。

徐萌明白，那些浪漫的艺术细胞，对于满秀，也印证几分，“梅须逊雪三分白，雪却输梅一段香”。

“我的独特，满秀的独特，彼此都无法替代。所以他断不会离婚，我只要自己倾尽全力。”

“是啊，退一步讲，如果他是个抛妻弃子的男人，你也断然不敢嫁啊？就算他离婚了，好不容易恢复了自由，怎么又会投入你的怀抱？他还想不想在国企养老？”

男人怕麻烦，就像女人爱漂亮，天生的。男人喜欢短暂的改变和挑战，却不喜欢长期的动荡与颠覆。无利可图，不会起早。

“萌萌，你拿正常感情对待，他只能回馈给你婚外情的游戏。”小希摇头，摆摆手，“就像你总是问我许多为什么？有些东西无法解释，解释不清。为什么不爱我，为什么不陪我，为什么不理我，男人最烦就是为什么。他们问题够多了，连自己都解释不清，怎么解释给你听？！算了，你根本不是做情人的料。”

“不要说你不想玩了，你就是想玩都玩不过他。何况还是如此的执着投入。游戏永远都不要把自己玩进去。到时候他阴魂不散，你再也爱不起任何人，残疾了，偏瘫了，怎么办？”

“萌萌，你一定一定要幸福，我们都希望你幸福。你这么好的女孩，会找到属于自己的幸福的，只属于你，而不是分享，而不是牺牲。”

“可是……如果我说，如果我属于他了呢？”

“什么？你给他了？那个混蛋要你了！我还不了解你！怎么可能，你视为生命的贞洁！”小希和徐萌彼此惺惺相惜，因为她们曾经一起约定，在新婚之夜给予真正所爱的人，她们不是80后随便玩乐的一代，有着70后的坚守。

“小希，你看错我了……为了爱，我没有信守承诺，说对不起的也许应该是我，应该对你，对自己说，可是现在我却不想说，我这辈子笃定的爱，在穆言那里，就把自己最美好的东西留给了他。”

小希有些亮晶晶在闪烁。“我以为我的爱已经很勇敢了，原来跟你比远不值得一提……”

“萌萌啊，我理解你，如果他疼你也好的，我不会拦着你。”

28.小三既定的发展模式

“只是……换个手机号吧，只能想到这一条保护你。”小希止不住的叹气。

“姐们希望你幸福，可是谁让你爱上这么一个人。”小希料想，只能顺其自然的发展，逆爱而行的劝说怎么都是无力。她在兴头上，那个男人在兴头上，该怎么样，找到那个男人约出来打一顿吗？明显不可行，没准抱团更紧。

“事情既然发生了，我们都无法控制事态的进行，如果是通过短暂的相识，留有一时的新鲜，不过萍水相逢的匆匆过客。你有情，他无意，或者你无情，他有意，都构不成继续的理由。问题是，你们在一个屋檐下，抬头不见低头见，怎么可能……你们会继续的，我有预感。”小希实话实说。

这次谈话像一剂猛药，让徐萌稍稍宽心，就像穆言重复的那句话，“宝贝儿，我不离开你。我在呢，我在……”

“迟早他会让你搬出来，一起住，一起有另外一个家。”小希笃定。

徐萌笑笑，多么荒唐的想法，怎么可能呢，他已经有一个家，我也没有让他负责任，谈分担，怎么会发展到这么庸俗的一步，我的生活不需要他的加入。

“说的别太早，不是不搬，时候未到。一夜夫妻百日恩，有良心的男人会对沾过的女人百般应承的。如果他爱你，会给你一个特别的家。萌萌，听我的，还是尽早离开他吧，以后你会很痛苦，会在爱情中沦陷的。”

“我们是 80 后，结束也浪漫一些。让他送你枚戒指，算是在幻想中结婚了，然后在现实中离开。”小希还在做最后的努力。

容我再想想，想想好么？

徐萌在想，徐萌竟然也开始想，如此的境况，手机要换，房子要搬，见面不能定时定点，做爱需要拉窗帘，彼此要一前一后的出来。很多突破，我们竟然谙熟：自学成材，有本能的自我争取，本能的自我保护。

这就是小三的既定发展模式么：感情好了，就想长时间的在一起，在一起生活，在一起吃饭，在一起睡觉，甚至在一起拥有固定的性生活，这样的微小的幸福足以让一个人剥离出内心的柔软，让一个桀骜不驯的人卑微在尘埃。

爱情在初夜之后，是结束，还是发展？

徐萌希望是发展，她竟有些隐隐的希冀。是希冀痛苦的长久，还是幸福的短暂……

29.女人不怕苦，却怕背叛

徐萌打文件，选择项，文章的字体变成了“小三”，莞尔，是的，徐萌很敏感，不由得她不敏感，因为选择了这条路，这条陌生的路，是她选择的，义无反顾。毕竟谁都没有逼良为娼，穆言自不会愧疚，徐萌自我安慰似乎也不太管用。

又是一个周末，在姐的一再盛邀下，她们慕名前去一个会所，徐彤的客户极力推荐。北京，就是这样的地方，有钱不一定很快乐，但没钱一定不快乐。

这是一个古朴的 LOFT，跟风 798 的风格。主人热爱雕塑，热爱美食，也热爱厂房。于是，就将三者有机的结合。

创作的雕塑摆放在庭院当中，顾客可以观赏，也可以出钱抱走；美食是消费的主流，而厂房无论出于怀旧，还是主人的品味都有些看头。

真乃，在城市中忘记城市，在小镇中爱上庭院。

参观了所有的长廊与庭院，徐彤捕捉了一些镜头，把相机放在包里，挑了个落地窗的明亮位置，落座。

看着菜单，徐萌没什么胃口，她现在除了想念，就是想念，还能盛下什么？“就点恋爱冰沙吧！”徐萌为这个名字停留，是属于她的冰沙。可为什么叫恋爱冰沙呢？

“这里面有咖啡，是苦涩；混合花生，是香甜；再加上点点的红豆，是相思。有点苦，有点甜，苦乐参半，但是还是忍不住相思。不就是恋爱的味道么？”服务员耐心的作着解释。

“说得真好，就是这种感觉！”徐萌不住的叫好。

徐彤倒似乎不太买账，板着个脸，“来你们招牌的两个菜，乳猪和烤鸭。”

“姐，不会吧，中西合璧，你肚量还这么大啊！能吃的完吗？钱可是不少啊！”

“我请，我愿意！”服务员已经不出声地走了。徐彤没好气，“什么恋爱的味道。吃饱肚子才是真理。”

很快，菜上齐。精致的碗碟，精致的菜肴，一如精致的价格。

可是，搭配却有些奇特，绝对的混搭。

烤鸭配乳酪，就着香槟下肚。而乳猪却配甜面酱，可以的话，还可以叫老酒。

忍俊不禁。徐萌下筷尝尝，创新有理！皮脆肉嫩，火候到位，散发着果木的清香，还真那么的回味无穷！

不过，浅尝辄止了，想起穆言的话，什么美味都要有节制的享用。已经打上了穆言的烙印，包括行为方式。

“怎么不吃了？”徐彤倒是胃口很好，她瘦弱，常常饮食不规律。

“饱了……我还是喝我的恋爱冰沙吧。”徐萌含着管子想心事。

徐彤今天有些反常，无论怎么调侃，也不辩驳，也不接茬。只是一个劲儿的往肚子里塞东西。

徐萌有些看不下去，“姐，慢点，慢点，东西虽然好，可是经不住你这么吃啊，别急，都是你的。”开玩笑是她的特长，可是姐自从动筷，就没有抬起过头，更没见着她发表意见，冷场，实在的冷场。好吃还是不好吃啊，难道是，饿了？

狂塞，胡吃海喝，徐彤没有味觉，可是感觉却是愈加丰富，终于再也忍不住了，放下筷子，捂着嘴，嚎啕大哭。

此刻，心如这厂房一般寂寥。

徐萌吓蒙，这是怎么了，一向坚强的姐，怎么好端端的变成了这等模样？

周围人都在观瞧，徐萌百口莫辩，小声对姐说，“姐，饭吃着好好，怎么突然哭了？别哭啊，人家还以为我欺负你……”

姐不管不顾，泣不成声好一阵，终于止住，“萌萌，你姐夫他……”话说半句，欲言又止。

徐萌急了，摇着姐的胳膊，“姐，你倒是说话啊，怎么了！出什么事儿了！”

好似下定好一阵的决心，徐彤坚定，“你姐夫，有外遇了……”

“这件事想了好久，知道不应该告诉你，可是却没有人去说，我已经很坚强了，可那故作的坚强快要把我淹没了！我有很多的朋友，可能说什么知心的话？只剩下你了，北京，我只剩下你一个亲人啊，萌萌……”红红的眼睛不再优雅，溢满了无助。

那一刻，姐决堤的水，仿佛找到了出口，发泄的出口，澎湃，汹涌，太难忍受！这件事如果发生在别人身上，她就会把他们归类为一种社会现象，可是真正发生在她与广宇，糟糠夫妻的份儿上，又怎会接受！那么苦的日子都捱过来，怎么和和美美就开始有了裂痕？

彻底，徐萌打懵。亲身经历，为什么老天却复制一个给她最爱的亲人。难道是上苍规劝无果的惩罚么？她已经是个罪人，有什么资格说三道四，对另外一个同她的角色深恶痛绝？她没有资格。

“姐，姐夫不就是玩玩么，男人么，玩玩，不会当真的。”

“他是当真的，我了解！多少文艺界的人有外遇，说是为了创作的新生，多么荒唐！我和广宇却从来都彼此信任。可这次不同，真的不同！”

“男人泡个妞，还不得使点计策，言语上哄哄，行动上表表，这个你也信……”

徐彤自顾自地摇头，“我能看得出那短信的真，那语气，跟十年前追我的态势一模一样！他喜欢这个女人，并且岁数好像还挺小。”

事情都这样了，还能怎么劝？

理性的分析，找找对策吧。“姐，别哭，别哭。知道是谁么？”

“不知道，我也不想知道，不想过了，离婚！”姐心里有些惊异于徐萌的镇定，但只是一个闪念，继续她的愤恨。

“姐，你别冲动！赌气不是办法的……”

“我不是冲动，我的爱情揉不得沙子，它会红肿我的眼睛，最终会失明的！”徐彤揉揉哭红的双眼，没了力气。

徐萌有些杌陧，姐外刚内柔，一旦爆发，后果还不知怎么混乱。

“姐，你先别乱……”

“我知道你要说什么，我不会乱来的，不仅自己不会乱来，也不会跟广宇闹。我想好了，离婚，带着孩子走，回老家。自己有自己的事业，经济不是问题，谁离了谁都能活，忍受背叛？没门！”

“萌萌，我不怕苦，跟了广宇这么多年，问心无愧，从来没有言过一声苦，说过一个不。我只是单纯，只想一起努力奋斗，开创属于自己的新生活，又有什么低人一等？可是，这件事？我真的没有办法原谅。他怎么能平白无故属于另一个女人？他是我生命的一部分，与我生命相生相伴，可是如果一段生命离我而去，你想想，又怎么会完整？”徐彤的眼睛闪烁晶莹。

姐的刚烈，让徐萌汗颜，着实汗颜。她不知道满秀知道了她跟穆言的事情，会是什么样的举动。来公司大闹天宫丢尽尊严？或是骄傲的如姐般的离去？一门心思在反射自己，时间凝固……

这是人到中年，必须面对的课题么？

前些天，编辑还跟她调侃，“天要下雨，中年男女出轨，都属自然现象。”

30.生长的爱情

想到了编辑，打个电话，又一期的专栏约稿，有了看头。徐萌，写下了这段婚外情。

暗暗生长的爱情　晓非

明知道不可以，也不值得。可他的名字就像是生了根、发了芽一样长在心底。她知道这是真的爱情，不计缘由，不求后果。无论关乎于道德，还是止乎于情感，就像一蓬野蒿散落于地，摇曳得生机勃勃。

眼前的男人器宇轩昂，却又随和清新的有如四月的暖风，纵有些许的玩世不恭，叛逆邪意，在她眼中始终未变的只有那份情。

如果相爱就可以戛然而止，那每个人就会立地成佛；如果满夜欢愉不过情欲，那也可径自各奔东西，只是它饱蘸了爱情的颜料，明媚媚的生艳，艰辛着美丽。

未登台就知道这出戏不讨彩头，未上场就知道没有观众的认可与鼓励，即使是相许凝视，顾盼生怜，不过是两个人的寂寞，可她还是愿意演，用心尽力的演，明白结局的自然，可还是忍不住哭了。爱情太过无力而渺小，以致时常呆立湖边，只想自身投入湖水的怀抱，麻痹受伤的神经。

不用去管爱不爱了罢，只知道面前的男人会柔软她的灵魂，融化她的肉体，让她，从“灵魂伴侣”的柏拉图神台上走下，沦为“肉体伴侣”的罪恶阶下囚也在所不惜。

终于明白，最好的缘分又是不能修为姻缘，却也可纵情相悦，有短暂的华美，刻骨铭心的意念。

初次，不是随便。只是这个男人的出现。宁可不再珍惜，宁可丢弃保守，宁可颠覆常论，宁可身体如昙花般绽放……皆是欣慰。

不想给他压力，不想让他为难，不想让他受一点点伤害。她告诫自己不得有一点点不近情理的要求，只是小心翼翼的坚守着爱情，有节制的与另一个女人分享同一个男人。什么黯淡的角色，什么世俗的定义，都无所谓了。她只记得这个男人的话，“我会陪你，我们在一起。”于是，感动着这个男人的心里的惦念，偷偷地躲在黑暗里。

她渴望光明，只是选择了如此爱的方式，面对的只能是漫漫长夜。即使思念如潮水般疯长，都不能随意宣泄。

她是疼他的，疼到心里去，刻在骨子里。吹散了骨气，只容得下爱情。

也许上辈子，她真的注定对他有所亏欠，缘定今生偿还。她的痴狂超越了世俗所能承受的界限，凌乱得他的思绪也有些郁结。

是的，他是你，她是我。

可以这样么？

就让我悄悄站在你的身后，环绕着你的脖颈，静静凝望双眸，在耳畔轻喃："我爱你……"

编辑接到稿子，没说什么，临发稿，还是小心地问了一句，晓非，为什么要写这个题材？是你的经历？对不起，我应该尊重隐私。

晓非笑笑，发生在谁身上不重要，重要的是，有所共鸣。

这个专题可以用吗？我想从现在开始，你知道，以前一直理智，针砭时弊，没有怎么柔情。

编辑笑，晓非，你恋爱了？想让全世界分享你的甜蜜？

晓非苦涩，嗯，算是吧，也不算是，还没有确定。

编辑爽朗，既然如此，恭喜你找到如意郎君，什么时候喝喜酒，吃喜糖可别忘记我。这么优美的文字，没有动了真情，不会这番悟性。

你相信爱情么？徐萌突然问了编辑这个问题，同样是个 30 多岁的男人。"为什么不？当然信。我相信爱情。"编辑很认真。

徐萌在心底，默默的应答，我也相信爱情，那是穆言的给予。

爱情，是什么？

不是守株待兔，坐吃山空，不是天上掉馅饼，爱情需要主动出击。

可是，爱情也是误打误撞，连懵带猜，稀里糊涂，偶然相遇。

12 年前，姑父因公牺牲，至此 12 年，姑姑从来没有想过重组家庭，因为太过深爱，逝去的人总把痛苦悉数留给活着的人去担负。可是，12 年后，吃尽多少苦与累，姑姑却向家人宣布：我恋爱了。

恋爱中的姑姑像个三岁孩童，眉飞色舞，手机就是她的武器，随时煲电话粥。

“上辈子你苦够了，下辈子就让我来疼你。”那个男人告诉她。

什么是幸福，什么是爱情，什么是缘分。姑姑会告诉你，总有一个人，在人生的转角处等待着，逃不走脱不掉，欣然去接受。你是他心中的公主，手中的不舍，口中的小心。

31.刮胡刀，刮着你的胡，牵着我的心

“小希你说……男人用什么样的剃须刀比较好？电动的听说刮的不彻底，我想亲手刮，哪个好？推荐一下牌子！”

“你不会因为恋爱，把自己的兴趣爱好也改了吧？”小希嗤之以鼻。

“男人么，越迎合他，越不会怎么在意的。”漫不经心的娓娓道来，“男人，喜欢挑战，这是亘古不变的道理。”

“改变你，首先得从改变话题开始，你看看你，以前是三句话不离本行，现在是三句话就往穆言身上搭！”

“哎，他最近工作忙，长胡子都顾不得刮，一点精神也没有，我心里不好受。”

“好吧好吧，不跟你计较了，重色轻友……”小希现在最多的语气，就是叹气。

徐萌欢天喜地的买回剃须刀，上刀片，不小心把修长的无名指划了道伤口，“哎呦，”疼痛是疼痛，可是加着暗喜，锋利的好刀！穆言会疼么？一想到就对着镜子比划，刮自己的下巴，一轮下来，刀片上很多白白的汗毛，总算下巴毫发未伤。这才放心下来。

不觉已是：春末布德泽，杂英满芳菲，首夏生姿曳，开轩纳清和。

公司内部却并不清和。

组织机构开始了小小的换血。党委书记很是意外地被调任到总公司高升，

说换届选举，新书记却直接是上级委任内定。一石激起小浪花，貌似是意外，实则众人早有风闻，该走的走，该调的调，已是差不离。否则，前任营销总监不会提前运作到了总公司，他是党委书记的忠实党羽。

机构改组后，掌舵人至此三足鼎立，平分秋色。都是虎视眈眈，波涛暗涌。三方不过是老主意，各自为政，培养羽翼，以求平衡。

也许因为是总经理的部下，穆言自觉刘总羽扇纶巾，运筹帷幄，豁达应对，按兵不动，静观其变。而党委书记因为刚刚调任，业务涉及尚浅，加强科学发展观的开展便提到了议事日程，基本白天大会小会都围绕治理整顿党风党纪进行，新官上任三把火么；最后就可叹这董事长了，董事会一直平稳运行，事业之火正苦于无处可烧，非得有些大动干戈的显露，怎么办？这不就烧到了晚上：开董事会，有模有样的座谈集团的发展战略，规划拿地的建设性、经济性、可行性。

由于外部董事大都执行决策权，商讨权基本归内部董事消化处理。于是，隔三差五，兴师动众，大会小会，深夜不归。穆言也是内部董事，列席会议。众多总监、董事大都敢怒不敢言，悉听遵命，为了公司发展大计，也得奋战到底。

其实穆言心里可劲别扭着，是总经理的良将，却被董事长颐指气使，卖命也不是，偷懒也不是，像那切不动的滚刀肉，炖着呢！多少双眼睛盯着，两方都想尽其才，得其用。自己真不擅长左右奉迎，他擅长业务。

今天又是开会，穆言照例告诉徐萌，晚上来。

只是今天徐萌有些安排，教小孩子弹琴，可能会晚，没有人给穆言开门怎么办？算了，问题自己解决，别麻烦他了，还是请假，提前吧。

是的，徐萌的兼职一直未放，不为赚钱的可观，只为情操的延续。

总是迁就穆言，自从跟随，从来都以他的作息为标准。

还好，直到回家的一刻，电话都没有响。

刚刚屁股坐热乎，敲门应声，徐萌急忙迎上去，开门。

“有什么喜事儿啊，看把你乐的。”刚刚开完会，依然是董事长主持，兴致很浓，说好不到深夜秉烛，谁都不许走，架势燎原，众人叫苦。穆言是真的累了，轰炸了一天，全是耳鸣，身心疲惫。

徐萌看得出，那双扑闪闪的大眼睛，早就失去了神采。穆言面对疼爱的女人，还是兴致的笑笑，徐萌悬着的心稍稍放下“呵呵，我买了秘密武器，专门对付你。”

穆言假装阴沉，“我都用对付了……什么武器，比你还有杀伤力。”

徐萌想笑，哪有如此夸人的？嘴上不说，心里却还是漾满甜蜜，“当当当，登场，这可很有杀伤力，如果穆总允许我小试牛刀，保证服务包您满意！”

穆言不看还好，一看简直要晕血过去，那段不堪回首，任何的片段都让他难以自持的伤痛。痛过，心绪平复，还是隐隐的伤。

他曾经那么爱用手动的剃须刀，自己刮，有人刮，即使不小心刮出血，也是心甘情愿的乐意而不在意。他知道，那是随手可拾的情趣，就像车是手动挡，表是机械表，很多的事情沿袭古朴的风格，习惯了亲历亲为。

“不不，真的不行，我晕血，怕掌握不好力度，刮出口子。我一直用电动，而且习惯自己刮胡子。”穆言回避，好像徐萌马上就要给他上刑。

徐萌正准备说，她来操作，她来小心，她来照顾穆言的这个小小起居。可是他却堵了口，罢了罢了，勉强也不是办法，话就咽了回去。

只是有些好笑他的言语，至于嘛，像个晕血的孩子，又不是刮骨疗伤，不符合他的英勇。

“好啦好啦，不怕不怕。咱把它丢掉好不好？小木不喜欢，就丢掉。”无奈，怎么是哄小孩子的把戏？哎，可惜了自己的心血，买了最最安全的先进工具，却是搭进去一周的伙食，白费！今后，一定要事先沟通，总比自己胡打乱撞的强。

穆言开始借题发挥，对徐萌约法三章，“我还有个毛病，不能闻香水味，一闻就过敏。”

徐萌乐得配合，忙抓过床头柜上的小本，郑重其事，“穆总还有什么安排，小的一一记下，以防冲撞龙颜。”

穆言忍不住扑哧，继续正色，“我还忌辛辣，忌酸性，忌生冷……”

徐萌忍不了了，“您是吃斋念佛的吗？不对啊，旁边还有女人的啊；您是煎服中药，不对啊，气色红润没病啊；您是女人一个月总有那么几天？拜托，那与你同床共枕的是男是女啊……”

穆言忍不住了，“小东西，你怎么那么油嘴滑舌啊，找收拾，是不是？看着我累了，收拾不动了，是不是？”

徐萌乖巧可怜，“您龙马精神，奴婢可不敢……”

穆言的手不由分说，伸向下方，“快说，你是男是女？”

“没见过，不知道是男是女……”

“敢说没见过，哼哼，还敢说没见过，今天就让你见见……”

急促，急促，急促。

“想死我了，想，想……”穆言呼哧哧。

徐萌羞答答，“小木，小木，别急。”

只记得一促赞叹，“萌萌，你的胸，真的很好看。”

“穆总，什么时候，你可以饶过我……”徐萌楚楚可怜。

同往常，穆言伸出胳膊，露出宽阔的胸怀，“来吧，傻丫头，躺这里，舒服。”爱怜的用下巴摩挲着徐萌的前额，“萌萌……”他想说，他是爱她的，他深深喜欢上了这个姑娘。

可终究没有说出，爱，放在心底就好。

32.小三的落幕，是眼睛一睁一闭

“这是怎么回事儿？”徐彤没法冷静，像每个怨妇撒泼。

发现了第三者，以徐彤的火爆脾气，当然找广宇当面对质，可是没用，广宇死活不承认。“没有的事儿，你别冤枉好人。”

“那你的短信？”她看得出他的慌张。

“什么短信，你凭什么看我的手机？谁让你看我的手机？你这是不尊重我，不信任我。再说，哪有啊，哪有的事儿，别给我无缘无故的安上莫须有的罪名！”

“放屁！”徐彤气昏了，优雅的女人也会动粗口。“别人给你发，是可以不理不睬，也可以不让我知道。可你看看自己给别人发的肉麻短信，百密一疏，忘记删了吧！”

“什么短信？没有的事儿！”

“你敢把手机让我看看么？没有的事儿？有本事就看看是不是有事儿呢？”

“有什么不敢的，笑话了，又没做亏心事，怕什么鬼叫门！”广宇有些理直气壮的反常，他原来不是这个样子。

徐彤一把夺过手机，转到发信箱，短信竟然没了！

“算你狠！你敢删短信！”

“本来就没有，你非得在七年之痒给我整个罪名啊！”广宇很少跟她吵架的，现在却为了一个不识庐山真面目的女人，跟她吵架！他竟然跟她吵架！

“好好好，我今天不跟你计较。”没有证据，一切为零。她今天可以不跟广宇计较，可是不能阻止无限的明天调查开始进行，一定要查个水落石出！

如果广宇态度好些，认个错，她也许就会原谅他。可是，为什么广宇恼怒到没有一点的好脸色，哪怕是哄哄。

换个角度想想，也对。他是心虚害怕吧，想拼命的掩饰：如果有真实的内容，就得靠强硬的态度。

别怪徐彤太聪明，别怪徐彤太执着，只是徐彤太爱广宇了。

在通往手机移动营业厅的路上，好似长征般的艰难困苦，挣扎内心。知道客服密码的，知道广宇粗枝大叶的毛病，广宇所有的密码都是统一，因为他对数字太不敏感了，敏感到常常忘记。七年了，习惯了，反正夫妻，你的就是我的，即使是密码，谁还需要瞒着谁？

可，如果，这个密码破掉了，看到了她不想看到的东西，会怎么办？离婚，那是在没有对手时的想法，可如果知道了对手是谁，强或者弱，又会怎么办？

清醒做事，糊涂做人，婚姻，也需要这样的定理。多希望自己糊涂起来，甚至失忆，可是她想起了过往的曾经。

在他们没有大 house 的时候，她和广宇天天骑着自行车，穿越北大清华去上班，就笑称自己还好没有在荒郊野岭跟鬼做伴，而是在金贵的水木清华感受人文气息；在他们住筒子楼的时候，跟周围的高材生一起搭伙做饭，单身小伙全都有意无意地接近漂亮的徐彤，一个浑然不觉，一个天天吃醋，以至广宇最后气急败坏的熄火罢工，天天领着徐彤下馆子；在他们能够付房子首付的时候，徐彤偶然去天津的一个艺术区，无意中打听到齐白石的真迹，广宇最喜欢齐白石了，为了给他个惊喜，她拿出自己攒了好几年的积蓄，花大价钱买回来，没想到回到北京托朋友鉴定，竟然是赝品。

徐彤哭啊哭，哭自己的笨脑筋，可是广宇在一旁乐，没事儿，媳妇，谁一辈子还不上一回当，你够小心的了，就当是为了我，有了免疫力！以后再也不轻举妄动给别人交学费就是了。

可是……不识货，一时苦，不识人，一世苦。越是爱得深，越是不相信。

到移动门口了……还是没想好是否进去，门口营业员小姐笑脸相迎，无名之火腾起，那个臭婆娘会是怎样的模样？天真无邪？娇媚如花？反正就是蛇蝎心肠的贱人，心里恶狠狠。

懦弱，懦弱不会将我打垮，我倒要看个究竟！

她保持尊严的小身体，摇摇欲坠。

“他娘的，竟然改密码了！他竟然开始防我了！”徐彤气血上冲，那也难不倒，果然只是两秒钟。

“刷刷刷，”眼睛一闭一睁，记录单子出来了。

短暂的痛苦过去，最最痛苦的时刻，来临。

怎么会是她！那一刻，天崩地裂，晴天霹雳。

33.滑雪，想停就停

“萌萌，你最近是怎么了？人间蒸发了？不来我家，也不联系我？”这个周五的晚上，徐彤的电话。

徐萌支支吾吾，“嗯，我最近有点忙。”

“忙什么呢，工作有那么忙么，八小时之外都没有时间跟姐说说话？别四脚朝天了，有两张票，跟我滑雪去。”

稀奇古怪的，徐彤自从在会所失控后，就没了踪影。打电话，发短信言语都还算正常，可就没了姐夫的消息。徐萌不再去姐家见面，也不敢提，更是因为穆言吧，自己还是有所顾忌。可今天好端端，没有铺垫的，怎么要去顺义的滑雪场？

已入盛夏，接天莲叶无穷碧，映日荷花别样红。夏天室内的滑雪，倒真是新鲜，避暑的胜地。

徐萌没有学过滑雪，这回还是头一遭。而徐彤已是老练，以前跟客户一起玩，常有的事儿。

自带的雪橇，自带的衣服，自带的手套，全副武装都是自己的。

“这是借我一个客户的，身材比例差不多，萌萌，你凑合穿啊！”

徐萌一边穿衣，一边小心翼翼的试探，“姐，你这是怎么了，好不容易有个机会弥合，平时你们那么忙，还不给彼此一个机会，改过自新？为啥不跟姐夫一起来？”

“他没时间，”徐彤打岔，“叫你滑就滑，哪那么多废话，你不是没滑过么？反正他多的是机会。可不是，他多的是机会泡妞，我现在绝对随他的意！我吃什么醋？天天创造机会，反正看不住，不如自暴自弃，不对，是自己逍遥又快乐。”

白雪皑皑啊，眼睛有些炫目，“带上这个，要不你漂亮的眼睛就损伤视力了。”说着给徐萌带上。“若在室外可以防风，防紫外线的，室内就是为安全了。”

带上眼镜，眼前一片黑黢黢，不过，实现倒是清晰许多。

人生如此，福兮祸，祸兮福。有时候，看似的黑暗却能屏蔽另一些光明的弊处。对于徐萌和穆言，关系的黑暗可以呵护娇嫩的情感；而对于姐姐徐彤来说，关系的阴霾却迫使她一清二楚辨个明。

徐彤看着徐萌的胆战心惊，为那份可爱的笨拙嗤嗤地笑，她手把手的教授要领：重心一定要前移，双脚一定要平行，减速停车，身体一定要随着雪橇顺力而行，双脚呈内八字，向外用力的蹬开。若感觉自己要摔跤，马上把雪橇横过来，就一定会体面而优雅的停。

徐萌只敢在初级道练习，微微偏些度数的坡，已是手忙脚乱，难以招架，直呼徐彤不要离开，搀扶她一把。徐彤笑着挣脱了徐萌的手，“萌萌，在这里谁都救不了你，只能靠天赋，自己体悟。记得顺力而行，想停就得停下来，祝你好运！”

说着，迈着大步，依着传送带，上了高级道，那是个最陡峭的山坡，都有些悬崖的惊险了，不禁让人倒吸冷气。徐萌傻了，也不滑了，单单转身，默默的揪着一颗心，高呼让姐小心，但踏雪无痕，放音吸声，姐火红的身影只渐渐的缩小为一个红点。也不知道过了多久，突然火红的红点一个急速，从高空落下，瞬间清晰的还原为姐爽朗的尖叫，徐萌张着老大的嘴，两眼发直，那彻底的放肆，是那么的游刃有余！

一个漂亮的转身，姐缓缓地停了下来，周围的人带着手套，扑扑拍着手称赞。

姐小脸绯红，滑过来，喘着气，拉着徐萌的手，兴奋，却突地冒出不着边际的一句：“萌萌，这情感也如滑雪，必须得收放自如，想停就停，想行就行，才极具观赏价值和艺术价值。”

徐萌只是嗯了一声，想着自己的心事，有些为难，别过话题，“姐，说说姐夫吧，好久没听你提起，他……有那个女人的下落么？”

徐彤刚才还拉着徐萌的手，缓缓地走，突然又是身子一侧，微微前倾，停住了。白昼似的背景掩映，一袭的红色，一如她惹眼强烈，是非分明的感情，“小萌，你能猜到那个女人，是谁么？”

“是……姐夫告诉你的？他扛不住了？”徐萌再一次睁大嘴巴。

徐彤轻蔑的笑，“他怎么会告诉我！自然死不认账。是我查到的。”

“是谁？”

下了很大的决心，临了，却轻易地吐口，“就是上次的那个小萍！想不到吧，萌萌！”姐没有看着徐萌，仰天望，与灯光交合，刺痛了双眼，也忽地刺痛了心灵。泪珠再也止不住，簌簌的大颗大颗的落下，好多天的委屈，面对至亲的人彻底的喷薄。

“小萌，我是不是，挺不争气的……已经试图很平静地接受这个事实了，真的，从知道的那一刻，就告诉自己要平静，真的已经很平静了！可是我受够了，小萌，姐现在真的……好难……”什么都说不下去了，茫茫的白雪地，那一刻，徐彤趴在并不坚强的徐萌肩上，有了释放的力量。

徐萌的心如雪地般茫然，只是轻轻地拍着姐姐，轻轻的，一个泪流尽，一个心哭泣，忧伤只属于这两姐妹的紧紧相依。

“5 年了，5 年，我对她那么好！当亲妹妹一样看待，到头来，五年来，我活该，活生生在眼皮子底下养了个白眼狼。不动声色的跟我抢老公！我做错了什么！老天要这样惩罚我！”再也说不下去。

而徐萌触景生情，再也坚持不住。

“姐，我想，我想，问问你，如果我也像小萍一样，你会怎么想……”

“你跟小萍怎么比，她忘恩负义，没有良心。你喜欢谁啊，上次说的那个怦然心动的？不是没有下文了？”姐还沉浸在自己的愤恨里。

“嗯，如果，是有下文呢……”徐萌下决心把话挑明。

“下文是什么？下文是……”

“对，下文是我就是跟小萍一样的人，我做了对不起你，对不起我，对不起穆言媳妇的事情，我……姐，你会不会不认我这个妹妹，我……我觉得自己特别的无耻。”

徐彤突然不哭了，眼神呆滞，好一阵没回过神，沉默。转身，并不利落的拖着雪橇一点点的返，“你跟我过来，到休息室去。”

徐萌只好乖乖地跟在姐的身后，用力的追赶。

两人都到了休息室，姐坐在椅凳，缓缓的换着衣服，“说吧，他是谁，怎么回事，你们什么时候开始的？”脑筋一连串的问号，还得挤牙膏似的问询。

“他是我们公司的，从见面的第一眼起，我们就一见钟情了……”徐萌硬着头皮，诉说了一切。

“那事儿……是什么时候？”

“前，前一个星期……”

“他强迫你的？”

“不，不，他不会强迫我的，是，是我们情不自禁的……”

“狗屁，狗屁情不自禁……”徐彤那吃了火药的脾气总是不时的扫射一通，许久，定定神，缓缓情绪。

“对不起，萌萌，我有点激动，不该这样吼你。最近被折磨疯了……天天紧张着神经，实在盯不住了。”

“不，姐，我早该告诉，不该瞒你的，可事情发生，你和姐夫的事儿……我就咽了回去。我不能说的，不能再伤害你。”

“我知道，都知道。可这又是何苦，何苦呢！他不能对你负责任的！小萌，小萌，你糊涂啊，小萌……”姐那双红彤彤的眼睛已经反射得尽是伤痕，无法愈合。

“你到底喜欢他什么，你究竟爱他什么！萌萌啊，你知道当小三的代价么！社会舆论我们都不去考虑，都不去追究，我知道你也不怕。关键是，自己这关难过啊，你这么不顾一切的去爱，你会受伤的，姐不想让你受伤，真的，姐已经很难过了，玩什么，不要玩爱情，你是玩物丧志，他是玩人丧德啊！”

“你爱他的成熟，是爱他比你多了12年的阅历和经验。他就是滑雪高手，收放自如。可你怎么办，至多是踏踏实实的摔跟头！”

徐萌不能自已，跪倒在姐的面前，“姐，求求你，别说了……我没想滑雪，我不会滑雪，我不要滑雪，我不懂也不想懂。我只想投入的爱一次。我逃不掉他，逃不掉……”

“我没有办法拒绝，真的没有办法。想对他好，忍不住对他好……那是磁场，吸引我深陷的黑洞。没图他的钱，没图他的责任，因为我知道他都负担不起。他又不可能给我青春损失费，又不可能离婚。只是希望他心里有个放置我的位置，就好就好……”说着，哭着趴在徐彤腿上。

“可是，你当初怎么想的？你自己刚才说的，最初，只要远远看着他，不会出格。后来又说，只要天天说说话，就心满意足。结果怎么样，你看看怎么样，你看看你们俩现在的状况！我知道，你什么都不图。可是，图感情，是最最可怕的，以后，你就希望他陪伴在你身边，即使什么都不做，在身边就好。女人的要求会越来越高，你会让他窒息的！”

“这是爱上一个人，必然需要走的路程，不会原地踏步！除非你不爱他。这才是姐担心的事情，才是不让你继续的原因，才是不让你再前行的初衷。如果不爱，一切都好办，一切都可以当没发生过，各自生活，可现在你们有交集了，爱的交集。爱情，会让女人失去理智，失去智商，失去贞操。因为女人是因爱而性。你不会就此罢休！”

“不要把我说的那么恶毒好么，姐……我知道这件事情，没有权利发言，对于你的事情，更没有权利指责小萍。所以我一直沉默，沉默，我想自己就是个罪人。可从小到大，我冷漠惯了，实在是冷漠惯了，太多的现实让我冷酷。可穆言融化了我，融化了我的冰冷。是他，给了我从未有过的温暖。”

“姐都知道，这样的感受，姐没法给你，朋友没法给你，但是他可以给你。如果真的是轰轰烈烈的爱一场，就不要管结果。只要他对你好……”姐，也彻底妥协，稀里糊涂的妥协了。

徐萌抱着姐，嘤嘤地哭，“姐，谢谢你，谢谢你的理解。我觉得自己说爱很苍白，它早就在我心里生根发芽，谢谢你原谅我。想起他……我心口疼，特别疼，爱情，这难道是爱情么……”

徐彤疼爱的抚摸着徐萌的头，“萌萌乖，有什么事儿，跟姐说吧。说出来就好了，一切都会好起来的，我知道那是爱情，是真情……”

34.无可否认的风起云涌

见到你的第一眼，
我就知道必然有故事发生。
就像我确信这故事发生一样，
那一刻必定是风起云涌。

有人问“爱情与自尊只可选其一”，
我说当然选自尊。
其实我不需要自尊，只需要爱情。

只是为了你轻松，你喜欢，你没压力。
违心选：自尊。

自尊不能当饭吃，爱情也不能当饭吃。
好想沉沦，饿死在你的爱里，
可没有爱，我却不能酒足饭饱的活着。

在跨越一条幽深却宽阔的峡谷么？
看不到对岸，却不会回头，
就这样走吧，也许对岸是走也走不到的地平线，
也许对岸是光明的彼岸。

男人们说，我们不要谈责任，背负无端压力；
男人们说，我们不要谈未来，制造过多障碍；
男人们说，我们不要谈分歧，彼此留下伤害。

好吧，我一遍遍的数着你的名字，
烙印脑海，三世不忘，
并无他求，只求挚诚之爱，
即使颠覆这世界，
我也要你做到。
如此，如是。

35.爱情，女人的月经

爱情，女人的月经。
不来吧，着急。来吧，又烦恼。
为什么是这样？独处自有独处的美丽，一群人自有其乐融融的温馨，而

爱情却是伤人也伤己的游戏，玩不起。

想起穆言的话，“东西无论好坏，不能全部享用，再好也是要有节制的。”

那么，有节制的偶尔同居，算不算对婚姻的不忠呢？

沁香的芬芳，尼古丁是一种奇妙的化学试剂。它的瘾力，让很多人欲罢不能，可是，穆言连这么诱人的卷烟，却都是很有定力。

“知道么，小木，我喜欢你修长的手指，随意的夹起一支烟，轻点烟灰，优雅却完全不做作，那姿态特别男人，是我喜欢的味道。”徐萌贪婪，贪婪的看着他吞云吐雾。

“嗯，你也试试？会呛人的。我没有什么瘾，只是熬夜的时候抽半只。”说着，就要给徐萌点上，逗她。

“不，我不抽，谢谢。”徐萌忙别过头拒绝。她知道，如果一旦尝试，她会戒不掉的。12岁那年，喝了生平第一杯咖啡，至此便离不开，勉强反复几次，不过是间隔了些时日，最终还是投降：没有咖啡，她会死的。不爱苦涩，是爱孤独。那种孤独到与苦涩为伴的怡然自得。

可她现在同穆言怎也会是这样？明知道吸烟有害健康，股市有风险，投资需谨慎，可是他们都把此当成耳旁风。

突然有一种雄性激素闯入她的生活，枕头上是他迷人的气息，床第上是他汗水的味道，潮热的夏末，她甚至因为舍不得这些气味，而迟迟不肯洗床单。穆言的气味实在太吝啬太宝贵，他不是天天可以陪着她的，而她必须拥抱着这些沾染着穆言空气的东西过活。

徐萌有些不耻，自己封闭的身体沾染罪恶，贪欲的罪恶，贪欲的根源竟是罪恶的救赎。她和穆言，就像偷吃禁果的亚当夏娃，虽然美丽纯朴，但是无处遁寻。

可是，穆言除了过夜，近来是很难见到一面了，以前是没察觉，现在察觉了，反而不那么容易了。

原本跳动的心，不是因为肉体饥渴，而是因为灵魂相遇。那要命，它是一场病！她慌张，甚至不知遇到穆言慌张到不知该说什么，常常，仅仅的几秒，在她大脑一片空白，无意识之时，已经错过了。有礼有节的微笑，点头，错过。她太思念他了，无法抑制自己不去过度的激荡的欲望，可他们已经那么谙熟了，都已经拥有彼此，自己幼稚的小心灵为什么还是群情激昂，想日日厮守，夜夜撒欢。这是真实的荷尔蒙，这是真实的生理反应，这是真实的爱情。像鱼儿渴望水，鸟儿渴望天，一样，渴望爱情。

可她必须学会适应沉默的日子，想念的日子，想念却必须保持沉默的日子，至此，终于理解秦代的焚书坑儒，文化大革命的水深火热。自由，她不能拥有爱情的自由。必须时刻警惕，斟酌，掂量，回味。属于她徐萌的时间，只是可怜的小小缝隙，而她就苟且挤在如此狭窄缝隙中苟延残喘。想起小时候看过的动画片，生活在下水道的忍者神龟，暗无天日，还无所不能，却也乐得其所。这就是她的生活，但是她想要的生活么?

他们在家可以是最最自然的平常伴侣。但在公司显然不行。

每天，每次，每个有他在场的环节，她两颊绯红，心跳不止，战战栗栗，如坐针毡。仿佛世界不再存在，只剩下他们熊熊燃烧着彼此。

总是不经意的瞬间，穆言与她不期而遇。也许是倒垃圾，他拿着垃圾桶，呆呆地望着展颜粲齿的徐萌，手足无措，不知所云，“我，我，我倒垃圾。”也许是拿着文件，与同样风风火火的徐萌撞个满怀，“你，你，你去送文件。”也许是跟老总一起谈事情，徐萌轻移莲步，衣香鬓影，众人眼前一亮，但她只向自己投射嫣然。穆言一贯是说话慢条斯理，而在徐萌这里却前不搭言，后不搭语，甚至染上了有些结巴的毛病。他就是觉得徐萌很美，美到心里，也甜到心里。总想忍不住的夸赞，告诉她，有多么美，那是从内而外散发的蕙质兰心。

写好了，又删掉，删掉了，再写。不禁笑自己怎么也会是个谨慎而克制的爱情狂热分子。在投入的，专心的，繁忙的工作中，猛然脑海中跳出徐萌蹦蹦跳跳的身影，或是淡扫蛾眉的素净，思绪随着游走，飘移到徐萌身边，猜想她在做什么。于是，嘲笑自己的谨言钝行，数落自己的心血来潮，还会忍不住发短信，“傻妞妞，你在做什么？”

“傻妞妞在给你倒茶。”的确，公司领导出席会议。行政助理临时请假，徐萌是好心善意，反正也是本部门的事情，等级不必那么界限分明。开会期间没有人续茶，她虽已是行政主管了，还是自觉地给每个领导都沏上茶水，但是惟独倒穆言的杯子，异样万分。甚至，拿茶壶的手都有些颤抖。凡是穆言，凡是涉及穆言的任何细节，她都珍视的如同已出。

想装作漫不经心，可是没有办法不全神贯注。

在追寻穆言可能到达的痕迹的路途上，手机已是不能满足，QQ，MSN，邮箱，现代的通讯工具应该都派上用途。

可还是觉得不够。

穆言如此现代的人，竟然会没有QQ，只为找寻早就适应现代的徐萌，特意为她申请。可就是佯装嘴硬，直说，客户需要我传东西。

他不会甜言蜜语，徐萌就是爱上这个怀揣着自己，悄悄上路的男人。

而穆言为了不让徐萌焦虑，自觉的开始报告行踪，这对一个喜欢自由、喜欢遗忘、喜欢懒惰的男人，实属不易。他知道，她心里只容得下他，专注的唯一。

“丫头，我到外面走访了，勿急。”

“丫头，我去总经理办公室汇报工作，等等说话。”

“丫头，你先吃饭，回来休息一会儿。”

徐萌嘴角轻蔑，心里幸福无比。怎么权把我当孩子对待了，我怎会介意他鞍马劳顿的马不停蹄？北京的节奏，让每个人飞快的旋转如同陀螺，各顾各，自理自，哪有什么闲工夫操心别人呢？包括北京的姨姨。去看谁，不需要计算成本？时间成本，情感成本，收益成本……

只有爱情，让双方不认为是没事儿瞎耽误工夫，添乱的活儿。

听说过，树与藤的故事么？编辑看到徐萌的稿件，在吃饭席间讲述。

现在有三个搭配，代表三种爱情，

一种，藤缠树，树是枝繁叶茂，藤是飞旋而上，一方强势，一方倚靠。

一种，藤绕藤，双方都柔美，互相依附。

最后，奇特的一种，树绕藤，树，本是笔直到不会旁逸斜出，但相爱却彼此的躯干有了藤的柔韧，缠绕着有了飞跃。

我喜欢第三种，徐萌不用考虑，她的爱情观如此，现实应该也会如此。

“杀了我吧，杀了我吧……”徐萌呢喃。她心说，杀了她就不会再有相思之苦，不会再有欲望折磨。

欲望，乐意沉湎在庸俗中，不愿离去。

轮到穆言手足无措了，“萌萌，我弄疼你了么……”他停下动作，像个闯了祸的孩子，回吻更深情。唇麻痹了疼痛，送上了高潮迭起，“我不动了，好么，宝贝儿。”

“不，不……你想怎样就怎样，我只要你怎样，我只要你快乐……小木，别离开我，来吧，住在我心里。不要走，不要走……”

穆言不好意思地笑笑，“宝贝，疼你还来不及，怎么会杀了你。我在，听话，我在呢……”

“还疼么，你也要快乐，我要你快乐……”

情愿死在你的温柔乡，记忆中永远是腻人的甜蜜。

一时间，徐萌忽然觉得，世界上只剩下他和她，无所相求，无所相得，却有所相依相偎相亲。她只要他的怀，他的坏，他的无所顾忌，柔情，温情，激情悉数翻阅，沉沦不再清醒。

36.那随处摆放，刻意营造的点滴

徐萌默默记下了穆言的所有喜好，包括对香水过敏这么小点的细节都不放过，一向喜欢环绕陶醉各种清淡香水的徐萌，将满的半的空的香水瓶子统统丢弃。

开始去商场什么都不放在眼里，唯一对内衣店情有独钟，试了穿，穿了买，纯情的，火辣的，柔媚的，娇美的，一应俱全。导购小姐有些烦，“穿着舒适，颜色款式随意。反正不都是自己看？”但她会羞赧，因为穆言会看的。她想在他面前，只有他看到，最漂亮的小南。

甚至恶补生理课，记录危险期安全期，一向不知道什么叫make love的徐萌，接受了朋友称作毛片的东西，但是瞟了不到两眼，就吃不下饭，只好作罢。

时常，她为自己在庸俗中堕落羞耻，如果是老婆，必修不就是名正言顺？这时，倒是体验到名分的益处，不用落个不三不四的罪恶。学而时习之，不亦说乎，合情合理合法化。但是小三不同，没有多少机会实践，只能无师自通，谈何容易？

不久，看最喜欢的“超级访问”，主持人问孙宁，王学兵怎么对你，最感动。孙宁动情，学兵不怎么花钱的，但是总想方设法知道我最需要什么。我们家楼道黑，他就买了一个带灯的钥匙包送给我，也许方便用得上。那一刻，徐萌才明白，穆言是用心在疼她，疼到心里去的。

所以，她要沿袭这样的细致入微，没有无孔不入的地区。并发誓，这不是千方百计讨欢心的小伎俩。

在穆言的办公桌上放袋牛奶，在抽屉里放几个橙子，在文件柜中放几盒饼干。不多，却星罗棋布；不频繁，却每周有料。知道穆言家远，来不及吃早餐，应应急也是好的。这不是上学才有的小动作？徐萌笑自己回到童年。

而关键的是，穆言每次来家都没正点，所以添置了好多他喜欢吃的零食，不是吃饭的钟点，除了备些随手可拾的零食，还真想不出什么可以款待。

可是，穆言什么都不吃，每次都说，小南，我有你就足够了，其他的，都不需要，真的。

是不是，我做得不够好？徐萌绞尽脑汁，费尽心思的琢磨。

自己所能做的，可以做的，一定，全部，都要发挥到极致。徐萌一向追求极致，爱情，也不能幸免。

对，穆言唯一还没尝过自己的厨艺。

可是自己这个厨师还没培训上岗呢！

请教谁呢？对了！理论派不如实践派强，看网上的菜谱千篇一律，根本没数，还不如奶奶靠谱！

37.奶奶，惊艳的羡慕

“奶奶，这个排骨莲藕汤怎么做？”徐萌打电话就开始急如风火，开门见山的虔诚请教，“您说慢点，我拿笔，做笔记！”功课要做就不含糊。

徐萌有些暗笑，再要强的女人，也有家庭妇女的贤惠。急着在厨房大显身手，喂饱男人的胃。

可……孙女怎么会是一个需要在厨房证明自己成绩感的女人？自己的孙女她怎么不了解，从来对厨艺都是不屑的，怎么突然这么兴师动众，郑重其事？奶奶顽童般的笑笑，“萌萌，招了吧，告诉奶奶，哪个男孩子这么有福气啊，需要我们萌萌学手艺。还把我祖传的手艺偷了去。”

徐萌不好意思，本来是要告诉奶奶自己有喜欢的人了，可是，她能说么?！穆言的事情不能说，穆言的事情说不得。爱上一个有妇之夫，家门不幸，祖辈蒙羞的。别说奶奶这么开明的人不允许，书香门第不允许，哪个寻常家庭又允许!

可奶奶，自有她的传奇。

可巧的是，爷爷也比奶奶大 12 岁，正好一轮。徐萌不知道奇迹为什么总发生在身边，无论发生在别人身上是幸运，还是发生在自己身上是悲哀。爷爷奶奶是个旧社会就开明的人。他们是力排众议，违反媒妁之言，私奔，从村里逃出来，多年以后才回去，早已是物是人非。爷爷是铁路工程师，铁路建到哪里，奶奶的小脚就跟到哪里，只是，爷爷先奶奶一步，走掉了，至今已有 12 年。

奶奶不是一个容易怀旧的女人，硬朗、坚强而健康。只是儿女孙子不知道，独处时，奶奶还是会颤巍巍的拿出发黄的相册，看着一张张的照片清晰地诉说着昨天的故事，独自悄悄的抹眼泪。照片中的爷爷，笔挺的中山装在身，魁梧高大，英武帅气，面庞硬朗而威严。身旁端坐着的是娇小淡秀的奶奶，素净旗袍恰如其分，婉约中不著痕迹着高贵。画面温和，静默美好。时光雕琢经年，无可挑剔的天作之合历久弥坚。

随着一个个孩子的降临于世，照片上添了或淘气，或乖巧，或静或动的孩子，也说熟了天南海北的方言，唱满了五湖四海的歌谣，踏足了贯通各地的铁路，不变的却只有爷爷的严肃，奶奶的贤淑。

一个女人一辈子，一个男人一家子，按理说，值得了。就是这样的传奇与疯狂，漂泊而幸福。

让人有着过目不忘，惊艳的羡慕。

她永远也忘不了，她背上行囊，踏上征途，就要漂泊在北京时，走下楼回头的一瞬，一向坚强的奶奶，不忍低头说想念的奶奶，趴在阳台，开开窗户，表情错综，“萌萌，常回家来！”

“哎！”徐萌酸楚，徐萌能说什么……她不忍心离去，她再强硬的心，也藏着儿女情长。

“嗯，奶奶你放心，我在家练好了，回家看你，给你做饭！”一边记着做菜的步骤，一边面对着老人的牵挂，除了善意的欺骗，孝道又该怎样遵循……

是好好善待自己吧，徐萌想，奶奶一定希望她幸福，希望她有幸福的归属，而她现在有穆言了。

38.思来想去的纪念，只叹烟云散

转眼，秒钟转得快。他们快要彼此相属一个月了。是个属于她，却也许不被穆言所记得的日子。

女人，给予的时候思来想去，长久的流逝，却是念念不忘。

而穆言呢，不爱刻意的准备，喜欢突袭的浪漫。可是，徐萌刚刚学了手艺，只是想给他个特别的惊喜。

穆言还没尝过我做的饭呢！徐萌兴冲冲，请教奶奶的手艺就要派上用场啦，开心！

为此又一次忍受了冯部长的绿脸，硬着头皮旷了工。

平生头一次没有人帮助，提了很多鲜活的食材回家，紧张的闷头围在三尺灶台前，做起了煮妇。围裙，调料，锅铲，都是新的。七拼八凑，菜品总算像模像样，大功告成了，自己检验，合格！

妥了！她问他，打电话，柔声，“小木，在忙吗？你知道今天什么日子不？我知道这样的约定有些唐突。”

“呵呵，是一个月啊！”

记得，他竟然记得，不用翻月份牌，不用找手机日历，他就记得。他心里是有我的。徐萌有些小感动。

“一起吃个饭，好么？”

“好啊，那出去吃吧，你定地方。”

“地方我已经定好了，还是包间，老地方，我家，哈哈。你还没领教过我的厨艺呢！”

穆言恍然，忍不住的开心，“等着徐大厨的手艺！行，我不干活了，诚惶诚恐赴这鸿门宴去。”

徐萌高兴，穆言总是爽快地答应她所有的要求，尽管这在常人看起来是举手之劳，可穆言实在是忙，忙到都没有自己的思考空间，又能给其他的人匀出几许？这是徐萌体谅到的，却是不曾体会到的。

穆言已经连着三天每天只睡三个小时了。公司转型缺不了他的一臂之力。

可是，下班了刚刚准备收拾走，满秀来了电话，“今天你接孩子，还是我接？”

穆言奇怪，“你接吧，我有点事儿要忙，晚些回去。”

“你知道今天什么日子么？”

穆言有些懵，“什么日子？”

“你忙晕了么？孩子生日！”

糟糕，穆言一拍脑袋。

“萌萌，对不起，临时有点急事，我……不能去了。”声音遥远而模糊。其他的话他不想解释，也不能解释，担心触碰到徐萌的痛处。

“什么事儿，很……重要么？对不起，我不该问的，真的比我们的事儿，还重要？”徐萌试图保持冷静，可是她的胃口翻江倒海，不知是饿坏了，还是急坏了。

“算了，你来决定吧。”徐萌抢先了去，她不想得到的答案是：比我们的事儿还重要。自己下台阶，总比被穆言僵持在那里略略有些自尊。

“我……得回去了。今天身体不太舒服，我想，跟你在一起，时刻精力充沛。”

“我……没有别的意思，只是想看看你。你知道我很在乎这天的。”

“傻丫头，我也在乎的，听话，明天在公司就见到了，明天，好么？”

徐萌动动嘴唇，快要哭了，可是，翕动到说不出话来。

最后，努力的挤出一句。“好，路上小心开车。”说完，再也坚持不住，匆匆的挂了线。

她已经尽了最大的努力保持优雅，保持无所谓，不介怀，随心所欲，闲来一笔。

可是，穆言不知道，她自己却知道，是有所谓，很介怀，精心准备，忙里偷闲。

可是，她却不能诉说。

今天的爱情运势不好，她双手合十，默念七字真言，对菩萨忏悔。

今天她查了日历，穿了最喜欢的花裙子，买了最喜欢的桌布。那熏了油烟的脸蛋，悉心的清洗干净，明艳得无懈可击。甚至还在菜品中数着粒，放了七颗花椒，那是她的幸运数字。

告诉自己一定要学会等待，握着耐心。可还是事与愿违了。

是的，明天，徐萌当然可以在公司看到他，但，只是远远的轻描淡写，微微一笑。跟包裹了壳的木乃伊，被无情的风吹干了。只能留下空洞而呆滞。一切，远距离的离去，遥不可及。

彻底的，果断的，默默把菜倒到垃圾筒，拢起一座小山，一点都不觉得可惜。一叠空盘子，堆叠了起来，未尽的菜汤滴答到水池，徐萌懒得去洗。不必给自己留什么残羹剩饭，她这个样子，干吗要徒劳的强迫自己吃东西？再说了，她自己需要吃饭么？款待自己，那是种奢侈。

算了，自己不是一向铁石心肠么，应该铁石心肠下去。

可是。徐萌这处过山车的跌落，不惊险，自己却委实充满了一肚子的委屈。

他怎么能这样呢！他怎么能这样对我！他明明说爱我的！

想起了编辑每周的约定，奋笔疾书，自说自话，假以物，借以情，发了邮件投了稿，才有气无力的昏昏入睡。

39.泡椒凤爪

不爱泡椒，不爱沾染泡椒的任何东西。因为辣彻心扉的无助。辣到落泪、胃痛，甚至抽搐。没有解药，没有救援，只能眼巴巴、硬生生地，不顾淑女绅士形象的吐着舌头，让辣所带给自己的余味后遗症，随着无声无息的风一点点的悄悄抽离，没有捷径，自然的飘散。你丑态百出，慌乱抓狂，只有交给时间疗伤治愈。

从此，你知道，不是什么都可以尝试，你怕了，不是什么都可以不计伤害。直到有一天遇到泡椒凤爪。爱吃凤爪很多年，喜欢到无所顾忌。隐隐的，你知道，途遇泡椒的凤爪，是蘸了危险的蜜糖，但是，你侥幸，你好奇，你人为降低风险系数。对，你告诉自己，也许，事实并没有想象中的那么可怕。

于是，一口，两口，下肚，小心翼翼。可是，不对，你发觉不妙，只是抽身难，相忘难，离去更难。因为你爱凤爪，所以你也应该爱泡椒凤爪。不过是分得清楚，剥得明白。想吃凤爪，想吃经过泡椒腌制的凤爪的独特味道，那辣味儿，忍忍也就过去了。

你没想贪心的，只是受到了惩罚，泡椒凤爪，比泡椒的角色厉害得多。因为无法停歇，因为欲罢不能，因为自作自受，因为徒劳无功，因为撞了南墙死不回头。

因为伤痛远大于甜蜜，因为追求远大于拥有，因为尝试了不该碰的美味，只能躲在卫生间呕吐。

你说，你的胃被泡椒伤了，再也不想见到任何的美食；你说，你的味觉被泡椒蛰了，麻木的红肿。于是，一桌有一桌的盛宴开餐，力邀你入席，你只能痛苦的摆摆手，失去鉴赏力，还没有恢复。于是，马不停蹄的相遇又马不停蹄的错过，任时间的指针拨动。

你输掉了全世界，而只因为，面前，一盘不该点的菜肴：泡椒凤爪，依然垂涎，得意地望着你微笑。

40.孩子是创可贴，哪里痛来哪里贴

盛好饭，父母在饭桌等着，一桌子简单的菜肴，很难得的家庭聚会，托遥遥的福气。

而穆言和遥遥自从幼儿园回来，就钻到卧室，呆着不想出来。“开饭啦，开饭啦，快点，木头！”一点没有出来的意思，叫不动！哎，这父女俩，还贪玩呢。

“来吧，骑高头，骑大马，哦，爸爸被击毙。”说着，穆言倒下，坐了个暴尸天日的动作。遥遥推推爸爸，不动了，哭了，哇哇的哭。

爸爸怎么不动了。

满秀在一旁笑，哎，真是遇到孩子，自己都成婴儿。这一招也太没有新意了，能不能装点别的。

“你挠挠这里。”满秀告诉遥遥，指指爸爸的脚心。遥遥悄悄地用手动作。

穆言终于忍不住了，哈哈笑起来。

哦，爸爸活了，遥遥开心的拍着手。

穆言抱起遥遥，放在床上，端详，无数次的端详。

这么小个人，小脸蛋，小鼻子，小眼睛，小嘴巴，什么都小，可是凑在一起，却是这么的俊俏可爱。自己小时候，是不是也是这样让母亲疼？

想起，徐萌在床上跟自己说的话，“我不喜欢孩子。”皱皱眉。

她怎么会不喜欢孩子，这个女人还真是怪。

“来，遥遥，看这里，看镜头，爸爸给照个相。”穆言顺手拿起手机。

遥遥急了，等等，等等，我要城堡，我要城堡，我是公主！

这个调皮的孩子，“来，披着被子，是不是就是城堡啦？”

遥遥满意的笑笑，跟蜗牛一样，蜷缩在被子里。眯着眼，伸个懒洋洋的腰。

“啪。”穆言抓拍一张，“存在爸爸手机里，当屏保哦。”满秀夺过手机，擅自存起来。

满秀今天心里隐隐芥蒂，平时她不常计较。可是，孩子的生日，如此重大，年年过，可穆言从来不会忘记！这回是怎么了？换了个单位，至于连孩

子生日都忘记了？

穆言很喜欢孩子的，她结婚前就知道的，知道就踏实，就敢嫁。一个喜欢孩子的男人，对家庭温馨和美怎会不留恋呢。同理可推，对于她也会负责任。

所以，自从有了遥遥，如每个幸福母亲，随处晒幸福可是她的权利。把宝宝的照片贴在博客，存在手机，发到qq空间，让任何可能认识的朋友分享。可是，穆言不同，他不喜欢摆弄照片，他喜欢活体实物，天天见着遥遥，就是两个字：腻着。

有朋友给她打预防针，“要小心七年之痒哦！”

她笑笑，“痒？那就挠挠呗？”

“可别挠破了。”朋友抬杠。

她老大不高兴。什么嘴巴啊，诅咒啊！遂不再同此朋友联系。

心里却是放心，我有宝宝，我有创可贴，哪里痒了痛了就往哪里贴！透气性好，防水性佳，亲肤感强，不，应该是亲夫感强，终生受益！

也罢，不多想了，一家人其乐融融，多好啊！

眼前的场景，让穆言吃着饭，考量在心。自己还有什么不满足？都说人到中年万事休，以前拼搏的自己到哪里去？

小富即安，那是他的人生准则。

没心没肺，傻吃傻睡，活着不累，长命百岁，是他的座右铭。

生活，放着悠闲自在，谁又想太累呢？

他的愿望就是，买好多的不动产，躺在床上不用动弹，收收房租，做做地主。以前的京城的纨绔少爷，不都是这样滋润过来的？奔波，很累。怎么赚钱，不是赚呢？

可徐萌呢？在他的生活波澜不惊之时，为什么出现了一个叫徐萌的女人？

第二日，徐萌是见到穆言了，在酒店。他为她悉心办了房卡，约了时间，请了假，推了应酬。亲自开车送徐萌过去，专心专意的放下手边的事儿，只为负荆请罪。

他为昨天的身不由己而愧欠。

“这是遥遥吧。”徐萌指指手机。

“哦，不好意思，被你看到了。”说着，就要换掉。

“换什么呀，不用不好意思的，很多父母都把自己的孩子设为桌面背景。”

“我觉得，我们的孩子，会比遥遥更可爱。”徐萌笑靥如花。

穆言动作的手突然停下来，“你不是不喜欢孩子么。”

徐萌笑笑，“那要看谁的孩子了，你的孩子，我们的孩子，我当然喜欢啦。不喜欢才怪。”

只是，我不想拿孩子作为要挟你的筹码，徐萌暗自告诫，她没这么无聊，没这么纠缠，名分：穆言这样柔软的人，给不了。

“只要你喜欢，我就生。”徐萌自信的扬扬头，没什么大不了。就像爱他为什么不能给他，爱他为什么不能生一个漂亮的宝宝？

宝宝一定很帅气，她喜欢男孩子，是穆言的翻版。

41.枉费女人辛苦，只是母爱伟大

霏霏从托儿所回来了，照例的一周见一次，在形同虚设的家里找感觉。一回来就粘着徐彤，在附近的超市随意逛着。

“妈妈，抱抱。”

“妈妈，给我买个爽歪歪吧。”

其实，徐彤又怎么不疼孩子？自己身上掉下来的，那可不是肉团，那是生命，怎么舍得总让别人带着？可是，他们太忙了。最近又因为小萍，彻底搅乱了局。

孩子的世界真是天真，孩子知道什么？她只知道，无事乐呵呵，天天爽歪歪。只知道可以挽着爸妈的胳膊一起走，天下就太平。

徐彤的电话响，是广宇，冷战期间她不想接。

“妈妈，电话响了，你快接啊！”霏霏瞅着妈妈的手机，急急的探着头，圆鼓鼓的小脑袋看屏幕，“是爸爸！”

“你接吧，妈妈给你拿酸奶去。”没有好气。

霏霏傻乐着，“喂，是爸爸！”

“我不要了，我跟妈妈在一起呢。”

“嗯，好吧，那跟你媳妇说。”霏霏长着胳膊，抻着手，让徐彤接电话。

徐彤心里好笑孩子装老成，乐开了怀，这才不情愿的拿起电话，“嗯，好吧，那你回来的时候给孩子买，我跟她先回家了。”

刚刚挂了电话，又响。烦死了，还有什么没有说完啊，今天怎么这么烦?

一看屏幕，徐萌的。

徐萌今天是不请自到。越来越觉得周末孤独，她只能慌着神的往徐彤这里跑，用暂时的热闹代替想念穆言的清冷。

广宇从工作室回来，路上看到京客隆特仑苏促销，特价。想想，缓和一下气氛，不怎么关心霏霏的饮食，这下子倒是当了一把好爸爸的角色。

知道徐彤不想接电话，听得出的冷淡。

难怪她冷淡，因为他们打冷战。

徐彤一而再，再而三的探寻，竟然从小萍的枕头下面翻出了套套。他想发火的，可却憋闷着无法宣泄：是他和小萍无理在先。迟早要发现，只能任由着她折腾，这样负罪的心才会减轻一些罪孽。

徐彤就想不明白，如果打打电话，发发短信也就罢了。谁还没有个精神倾慕？何况是朝夕相处的伙伴？他们那么牢固的坚守，怎么也没有想到有这一天，需要广宇充当苍蝇不叮无缝蛋的反面教材。是的，她就不该欺骗自己，她一直不想发生的事情，还是出现了：肉体出轨。

他们怎么可能不发生什么！男人是什么货色？徐萌说的一点没错，奇怪的动物！首先是动物，男人竟是动物的本能占了先导，别管是多么有情有义，也会变的！人品变了，一切就都会变，都变得龌龊！

自打发现小萍的那一次打击，她已经平静许多，再摊牌，已然出奇的冷静。是的，广宇是答应过，不再继续。

倒是广宇认错态度很好，“多多，我都答应。我发誓，那都是之前的事儿，真的，我们不会再继续了。只是你知道了这件事，不要告诉她好么，她会接受不了的。她会很有压力，很有负担，毕竟你对她那么好……”

“我对她那么好，她就不该那样！”

“我知道，是我的错，她还小，我担心她受不了。”

“你觉得我会受得了，是么？我不小了，就该受欺负，是吧……好一个心疼！老牛吃嫩草，你这潮流赶得好，时代不同了，兔子都吃窝边草！”

“好了，多多，算我求你，我认错行么，不会再有第二次了。你别伤害她，好么？”广宇痛苦地抱着了头。

徐彤不出声，一个男人痛苦地低下头快要跪下求你，还能说什么？可是，她有权利从那时开始打冷战。

“姐，你说我生个孩子好不好啊？”徐萌自从看到穆言手机上的照片，就隐隐的耿耿于怀。

这时霏霏跑来，她在玩一个丢丢球，一弹一弹的。抛下去，接上来，抛下去，再接上来。

可是很遗憾，从来没有接住过，只是满地找球。开始，徐萌还耐心的一边说话，一边帮她找，后来索性没好气地放弃了。既然接不了，还弹什么弹，笨死了。

无非是睫毛长的漂亮妞，一点儿的聪明劲儿都没有。

徐彤正对着工作台的电脑，做广告作品的后期校核，看得专注，忘了身旁的两个小东西。直到徐萌气喘吁吁，无所作为的倚在工作台，端望着无奈，摇摇头。

“萌萌，你刚才说什么？啥，生孩子？谁的啊，那个男人的？你疯了吧，绝对是疯了！生孩子？生孩子得付出多大的勇气！你自己都没长大，还再想当个不明不白的妈？歇菜吧！他就这么值得你去付出，为他生个孩子？”

徐彤停罢手中的活，捡起那滚到暖气片后面的丢丢球，教霏霏些技巧，如何最容易的接到，最后还不忘亲亲她胖嘟嘟的脸蛋，以示鼓励。霏霏试了试，真的是次次都接住了耶，开心的傻乐，擦擦满头大汗的额头，自顾自又追着球，跑去找爸爸了。

回了头，说徐萌。

“你看看，对霏霏都没耐心，怎么适合做母亲？孩子是教的哄的，不是撒手不管的。再说，你看自己像不像霏霏，弹弹球总跟她作对，难以控制，她还那么执着，像不像现在的你？萌萌，你怎么能为一个不明不白的男人生孩子！”

“那要看是谁的孩子了，自己的孩子谁不疼，再说，穆言的孩子，我能不疼！那也是我的孩子，我们的孩子啊！母爱是培养出来的，不是天生就有。”徐萌不服气，这个道理她倒是拎得很清。

“对，母亲的力量是伟大的，尤其当你爱上一个男人，怎么不想有个结晶？这点，姐，怎么不懂你呢？”

“只是那种苦，不是谁都能受的。虽说，文艺界的丁克很多，可我跟广宇是例外，我们喜欢艺术有种延续。霏霏是我们这辈子最满意的艺术品。为了她，我硬是咬牙挺了过来。”徐彤瞬间回到了痛苦与甜蜜交织的，那产床上的情形。

徐萌咬咬牙，“姐，有多疼啊？”她只是听说比牙痛还痛，不过也从来没有问过母亲。

“哎，那种疼痛，无法言说。上帝缔造了女人，就是来世间受罪的。哪个女人不得受？女人的痛苦总是无法言说，比如现在的你和我。还是，有个疼你爱你的男人在身边好，否则真就是撕心裂肺！对于生育，男人实在是太过潇洒，不过是随便播了种！”

“哎，记得霏霏的出生，我是什么样子呢？”徐彤忽的露出的微微的笑容，像是说过往的战绩，“至今还记得，只是……倒难以形容。有些像别人在锯我的腿，拿着锯子长时间的锯，在手术台上，我都想死在那里！可能不能让我痛快一点，死得痛快一点，无须忍受这样的千刀万剐。可是，为了肚子里的这个小生命，你得扛着，扛着腿要离开身体的撕裂，一直等到哭声起，医生欢呼，我已经觉得，腿不属于自己了。”

的确，生了一个孩子就像男人打了一场漂亮的胜仗，不用炫耀，可是处处都是勇敢的骄傲。

“给你讲个笑话吧，”徐彤说着来了劲儿。

“当时，广宇啊，要当爸爸了，瞎开心，特意拿工作室的DV，准备全程录像。结果，你知道怎么回事么，萌萌。”

“怎么回事？”

“他在手术室，落荒而逃！拍不下去了！孩子顺产，就是血肉模糊！医生探着头问手术室外的广宇，喂，拿摄像机的那个，已经生下来了，女的。要不要拍啊？把你姐夫给吓的，不要不要，擦擦就行了，别抱给我！”说着徐萌徐彤笑弯了腰。

“见怪不怪的医生笑笑，而我早就昏迷不醒，不过还是模糊的听到他们的对话，想象得到医生的评价：看看男人这点出息，满是一概不屑的表情。”

“我是想跟他们理论的，我们家广宇才不是。现在想，哼哼，说的真是没错，男人不仅没出息，还学会背叛和花心。你看看，就像这条短信。”徐彤的好友，给她发了一条短信，正中心事。“夫妻是用来出卖的，情感是用来遗忘的，美丽是用来摧毁的，忠诚是用来背叛的。”多么精辟的言语！

“男人啊，你对他好，你们悉心灌溉一个生命。那只是当时的感动，只是当时，然后悉数忘记。其实，不光是男人，我们的母亲，生育我们多么的艰辛，又有几个孩子可以铭记伟大的母亲？”

任何人的牺牲与奉献，谁又能记得谁一辈子？记仇容易，记恩难哪！

42.孩子，孩子

8月20日

最近总是想试图安静，但结果常常是失败告终。

好久没有去教弹琴的孩子了。不是不想，是不敢，怕见到那些可爱的粉嘟嘟，就好想有个属于我们自己的孩子，属于穆言的孩子，刻着他的模样，俊俏机灵。

之前的稿子，引起很大的反响，陷在爱情中的意识流，虽然平淡无奇，可真会有来自同一个世界的声音。编辑很高兴，说，小徐啊，挺好的思路，读者可是都打来电话，问晓非是谁，想联系，亲自见面交流呢！

我搪塞，最近工作忙得四脚朝天，编辑，我不太想写稿了，你可以开掉我。编辑笑，别窝在家闭门造车，还没到冬天就蛰伏？大家可等待你姹紫嫣红的春天啊。再说，怕是不完全因为工作，是欲罢不能的爱情吧！你看你那百转千回，思来想去的样子。

被他说中，很容易的被他说中。伤感，最近总是伤感，如果爱情可以用生命换取常青，那我宁愿折寿，宁愿牺牲一切，只要他在，只要同他在一起，这辈子就足够。即使失去自我，令倔强而刚强换了副模样。

是的，如果真的是那样的奋不顾身，小木也许，应该，决计会不爱我了。因为他会害怕的，害怕被我的疯狂火焰灼伤。

爱的，爱的，两个都爱……穆言喃喃。男欢女爱么……

他就是这样脚踏两只船，我为什么没有感到悲凉，反而欢欣雀跃？徐萌依旧枕在肩膀，靠着下巴，呆呆地想。

“言，我要宝宝，”“嗯？你要抱抱？来，抱抱。”

“不是，我要宝——宝——”徐萌咬着嘴唇倔强的强调，穆言摩挲伸向下身的手，又是突然停顿。

“你不是一向不喜欢孩子？”

“我跟你说过，我在乎是谁的孩子，若是离不开，复制一个小小的你，陪我好么？”徐萌撒娇，违心耍着赖皮。

“不行的，现在……不合适……”

“什么时候合适？”其实不想问的，连她都不知道答案。等自己腰缠万贯呼风唤雨，那还要穆言这个父亲作甚？等自己人老珠黄只想安定，那穆言还会配合她无端生出一个错误的结晶？

“萌萌，只有结婚才能有孩子的。私生子，得背负多么大的骂名啊，想想都难受……萌萌，你该多难受，我该多难受！我们的孩子该多难受！”

正常，徐萌的角色，徐萌的痛苦，徐萌的渴望都只是冲动，徐萌的勇气也随之烟消云散，孩子，那属于这个坏男人的，她与他的情种。

可是，她不敢轻举妄动，甚至有些不能肯定面前的这个男人是不是戴着面具，会不会翻脸不认人，让她输个精光，负债累累。

不怕输任何，输了所有，可没了感情，则全是畏惧。

孩子，一旦出生就会满地的撒欢，遍野的乱跑，你不能把他扼杀在襁褓，毁灭于摇篮，他是生命，需要奶粉、食物、阳光、呵护和爱的小生命。唯一的办法就是阻止出生，就是卵子不能受精，受精卵不能着床，即使着床也要终止妊娠。

她蠢蠢欲动的小心思。

朋友们的意见更是不言自明，意料之中的否定，甚至下了狠药来预防。

“你敢试试，要是整个孩子出来，我们绝交。不信你就试试！”

任何的事情都有底线，徐萌明白他们苦口婆心地劝，无非不想她受伤，等到幡然悔悟，那样的扼腕长叹是迟到，那样的追悔莫及是枉然。

徐萌轻叹，又重叹，一呼一吸之间，沉重的是迷茫的心灵。

孩子，孩子……

43.你成就了我的爱情梦想，我成就了你的情人生涯

7月7日

我害怕失去，所以编造了永恒。以致后来永恒成为一种信仰。

我坚定地相信爱情，所以它不仅存在了，而且成为了信仰。为此，我茶饭不思，生活索然无味。

若说生活是一锅汤，那爱情只是生活的鸡精。可没有了鸡精，生活的汤还是清淡无味，没有鲜劲。

爱情，不会是天荒地老，也会有瓶颈。最近签证总是通不过，爱情的签证。根本不知道哪个环节出现了错误，签证官只有一句话，回去反思吧，这次你没戏，于是，只好拿着盖戳的证书，无比郁闷的伤心别离。

小木又出差了，一周，还多的时间。确切地说，可以见到他的机会又被剥夺。常常是这样，不能在一起的日子，手指头数完，再用脚指头数。只好告诉他，拿好充电器，那样就不用担心晚上我们通话到一半，手机罢工。

只有出差，心里才会平静，甚至些许欢喜。因为晚上可以聊天到无所顾忌。每天都会，每天都有，只是常常太累，累到聊着天就睡着了。

出差还有一个好处，平等。即使不属于我，也不属于任何人。可以幻想他风流倜傥，处处留情，但即使这样也让我平静，平静到观望不出自己的悲

哀，兀自难醒。外面的花园，总有秀色可餐，自己不过是花园中一朵寻常的花，纵然有奇葩的特质，小木终究要回家，那朵花始终为他绽放。而我，可有可无的棋子，无足轻重的备胎，随意伤害的玩偶罢了。

听得见他心里的声音，别怪我这一生放荡不羁爱自由，谁能陪谁到永久，没有人可以主宰我的节奏和旋律。穿过你的黑发你的眼，趟过你的柔情你的真，可惜，除了有些许的愧疚，却无法把责任留给你。

是的，也许我并不属于小木，只属于爱情，不禁还是会问，可以陪着我走么？抑或结局无法改变，只是减缓小木离去的步伐罢了。爱情的空气包围着我无处不在，想逃离却越沉迷，难过到无法呼吸。

也许每个人心中都有一座独木桥，爱情的独木桥。也许每个人心中都有一座山，并不能登上峰顶，可沿途的风景又怎能错过忘记？而我，那爱情的近视眼，看不清就会凑得很近，从而忽视掉整体，不去管穆言的前世今生。轻轻的一句，懂了，萌萌，我懂你，已然盈眶晶莹。

爱很简单，简单到对我们来说是奢侈。那痴狂，小木懂，所有的，都值得。

想当第二者的第三者，不是好的第三者。因为，小三就算成为了老大也不会一劳永逸，也许就此又小三、老大的轮回。不想如此的轮回，但却步入另一个轮回。好的第三者，总是以泪水和痛苦为代价，以期不去伤害另一个同样的善良无辜。爱上同一个男人，分享是轮回，分享并不总甜美。

世俗的紧箍咒，捆绑得我动弹不得。继续一场永远不会及格的爱情考试，无论怎么进修、补习，也改变不了不及格的命运。

在困惑中一点点的求索，没有人告诉我答案。

7月7日

有些自责，有些无奈，有些愧疚，有的全部都是，对不起。

小南，对不起。

爱她，却不能跟她生活在一起；爱她，却不能大大方方的彼此拉手，宣告世界；爱她，却总是出差，不在身边。

分身乏术，工作与家庭，留给小南，只能屈指可数，太少太少。

这样对她不公平，太不公平。她应该有家庭，有孩子，有一个幸福的归宿。可是，我霸占，我侵权，我禽兽。希望她属于自己，永远的属于自己。

可我犹豫，摇摆不定。离开，却离不开；下狠心，却下不了狠心。十年前，这样的人如此对待，我早已恨得咬牙切齿，如今为什么会重蹈覆辙，不加控制的重蹈覆辙。

以前的出差是艳遇的里程，不过手到擒来。自己那采花大盗，如今却金盆洗手。换了公司，却没了情人。隐隐会觉得对不起小南。小南那么好，以致美好到难以置信，难以相信真实性。

难道必须残忍的破坏，才能残忍的知晓？十年，承受太多的现实，目睹太多的残酷，已经冷血，美好一旦走近，反而惶恐不安。

不能给她太多，期望太多，失望更多。不能娶她，不能光明正大的娶她，给她幸福，就是最大的失望。想她知难而退，狠狠的伤；就像当初的我，伤透了心，不会回头。

去出差，充电器，我带了。打心眼里谢谢她的提醒。

穆言这些天去了哪里？他蓬头垢面，无奈的奋战在战斗的第一线。成都公司要抢工期，领导班子亲自带队，打着支援的旗号，督战去。他是总经理手下的得力干将，成都项目公司的经理也是总经理的得力干将，助手有难，自己怎能不帮一把？出于私人关系也得把穆言带上，也不管他是否愿意。

可营销总监督战工期，在其位不谋其政？职位说明书并无这条规定，可，职位说明书不过一张纸：迎来送往的业务，喝酒应酬的项目，三股势力集团夹缝中生存，伺候这个，得罪那个，都没有在那张纸上写明。

多数时候，我们不都拿着与投入比例不相映衬的薪水，已成寻常的矛盾公式：只要老板手下有区别度，就会有这样的按劳分配的不均匀。

难怪国外的战略理论难以落地，多数企业都是领导一言堂，头儿拍了脑袋算。穆言私下摇摇头，荒唐，荒唐又能怎么办？难道大张旗鼓，拂袖而去？难道尖酸刻薄，数落频频？什么都不必，忍就是了。领导做得出，部下跟得紧。没有主导的权力，那只有服从的道理。

突然想辞职，离开这里，可是，选择离开，环境会更好吗？不过是刚出虎穴，又入狼窝，无分别。算了，他只能恢复到忽略次要矛盾，解决主要矛盾的意识日程之上了。

44.溜边插底，轻捞慢起

徐萌最近在公司有些憋屈，当然是因为长期见不到穆言，更是因为不能物尽其用，人尽其才的岗位。

就是那样的感觉，森林之王老虎，无意中走错了路，跑到山上来了，却看到猴子称霸王，一切都变了。山寨老虎，只能乖乖的驯养成猫性。

她太闲了，闲到脚抽筋，腿发麻，头脑发僵。

钱钟书老先生的那句话，是有事实依据的：恋爱，是闲人的忙事儿。

是的，她可以尽情做老师，教学生，不断的投稿，日复一日的变换角色。可她并不喜欢这样，不希望最最宝贵的八小时，一天最最黄金的时间，做些最最没有价值的工作，而自己的价值却需要在业余的休闲，力不从心的弥补。多想同公司共成长，看着它在自己的贡献中一天天的壮大。

可，徐萌依然只能在工作期间，迈着缓慢的步伐，做做杂事，打打下手，谁让她学的是行政管理呢？当初上学，没什么清晰的概念，行政？女孩子做行政安定；管理？没想刚毕业就翘个二郎腿，指手画脚的分派任务。可是现状就是：只能尴尬在公司做综合，说白了就是后勤保姆，综合添乱，综合把自己的职业规划搞糊涂。

可，在你看来是形如鸡肋，焉知在他人眼中又是如何？终究是围城：多少人羡慕，多少人嫉妒。

“那有什么，很多国企的打字员还是名牌大学的高材生呢！”一位年长的同事不屑，这是正常的社会现象，人才过剩，好像这个就不应该拿出来说事，白白贪图着这份安定，就不错了，有多少人还拿不到这样的工资，到处碰壁找活呢！

徐萌当然不想吃白饭吃软饭，做企业的蛀虫，不挑大梁挑重担，也许是芸芸众生，怎难耐常怀寄托，仰望星空！

你倒是可以像闲不住的风车，拧紧发条的钟，可企业定岗编制，需要根据你的贡献确定相应的报酬。年轻可以，干活可以，不过拿的钱比我多，就是不服，就是眼红。

老同事心说，我们任劳任怨多少年？从早熬到晚，一年熬到头，好容易拿到今天的数额，你一个刚毕业的学生，凭什么超越我？也得熬，才是经验，才是阅历，才是轮岗升职的基础。

好比舀食堂免费的汤：溜边插底，轻捞慢起。急不得，等得起！

这就是机制，一点没有脱俗，倒是谁都不会担心自己地位不保，遭人取代，尽管安心待在你的坑。

某个晚上，妈给徐萌打电话，“徐萌，你可是有段时间没去看你姨了啊。”

徐萌正憋屈，“在北京，我就这么一个姨姨，就一个最亲的亲人啊，可是，自打上学在北京，就没怎么跟我联系。”实在想说，妈好意思一直都跟姨姨那么亲，值得打个问号，怀疑怀疑。

“凭什么总让人家联系你？你是什么身份？你就不会去看看她？一个做小辈儿的，别忘了，是谁管了你工作！”妈电话里叫嚷了，“徐萌，你不能过了河，忘了恩情！”

徐萌心伤，对，我什么身份，不过一个穷要饭的，什么手艺没有，都要到家里了。姨姨是什么身份，皇亲国戚，金枝玉叶，珠光宝气？可也不就是因为嫁了姨夫，扬眉吐气？女人不要干得好，一定要嫁得好，倒是金科玉律。

“我没忘，我是后悔怎么接受了这份恩情！要是做我原来应聘到的那份工作该多好。”徐萌怀念那时的闯荡劲儿，遗憾自己就像温水里的青蛙一样没有魄力。

“你不懂，在北京没有关系，谁都敢欺负你。现在相安无事吧？你就是让安逸铺展得太平静！听话吧，萌萌，去看看你姨。”母亲累了，显然不想争论了，他们打电话总是吵架，不想这次又是不欢而散。

其实，徐萌也愧疚，她哪有那么刻薄，怎么会忘记姨姨对自己的关心？不关心，能给我介绍工作么？只是，她就是做的不顺心，精神的禁锢比什么持有都长期。

更关键的是，她不想去姨姨家，姨姨跟姨父，已经习惯了那个官架子，即使是对家人也很难转变角色，可不是，家里都哄着供着，笑脸相迎，生怕一个不注意，断了财路前程。这可是家里的活菩萨！

而，徐萌也有倔脾气。她不是逢迎的主儿，平日也不需要什么帮助，她要的是亲人的感觉。就是前几年在北京上着学，都没有怎么拜访过姨姨。原本的，只是希望跟她说说知心话，哪怕说说自己对未来的不确定和豪情壮志的规划。可是，姨姨和姨夫从来都板着脸，让她每次鼓起勇气要缓和气氛，都乖乖的转移到无关痛痒。

这还是一家人么？

照例是买了礼物，仅仅是去华丽的冷冰冰的家，看看。其他的，姨姨倒是跟母亲一致，礼数走得很到位。她买多少东西，姨姨就要乘两倍的给徐萌交换回去。拎出来东西的徐萌，很尴尬，特别的想不通，她需要这些吗？自己有钱，什么东西买不到？需要从别人家大包小包的拿？又不是困难时期。

她就不明白了。姨父她是不很了解，又忙，经常出差不在家，妹妹上大学住校。姨姨不就是自己一个人么，至于连知心话都不跟她说？连个热乎的直指内心都没有？颐指气使的，冠冕堂皇的，不冷不热的，跟亲人有必要来这套么，怎么了，如果放低姿态就不尊贵了，卑微了？

见到姨姨，还是惯常的听话懂事儿，什么都不说，什么都端着样。后来就随性谈到了吃饭，姨姨留她。以前上学，母亲总说，不要为难你姨，不要留下吃饭，她会很累的，母亲习惯了不给别人添麻烦。所以，每次姨姨说吃饭，徐萌都遵循婉拒。可现在她偏要留下来，别扭，倒真是别扭。看望姨姨，难不成是为了凑凑这一顿饭的温度？

可姨姨今天倒真是兴致，“萌萌，我们不是靠呼风唤雨的关系作威作福的。既然去了，就要有个样子。”

“师傅领进门，修行就在个人了。”

徐萌只顾低头挑着饭粒，既没听进去，也没吃下去。

45.追求，就是前面放个球，去追吧

要摊上个这么个领导，你怎么修行？

“要想人前显贵，必先人后受罪。”没错啊，冯部长的清规戒律。怕就怕这吃苦受累半天，只够得着高级熟练工种，没有领导的人格魅力。

能有多大的事儿？只要经他手，就像没有见过大世面，谨慎到寒碜的芝麻官。徐萌次次都看得出他的紧张，紧张，良性循环是重视，恶性循环则成了负担。所以徐萌的眼前，总会出现这样的场景：

“报……”此时镜头会切换过来一个快马加鞭，拿着鸡毛，挥汗如雨，赤膊上阵的烈士，无论传的是芝麻大的捷报，还是绿豆大的噩耗，从来都是颤抖的声音，战战兢兢，鸡毛就是令箭，令箭就是王牌，他要奋不顾身，踏踏实实的呈报圣上。

这时，徐萌心里一撇嘴，至于么……

穆言就气场大，才不会只盯着小处纠缠。

冯部长还有个优良传统：揪住细节不放，穷追猛打。对于一向粗枝大叶、大大咧咧的徐萌，父母可不只一次的谆谆告诫：人生哪有什么轰轰烈烈？就得锱铢必较，马虎不得，丁是丁，卯是卯。

对，徐萌不置可否。可是部长的锱铢必较那可是令人发指，登峰造极。有见到过这样盯梢的领导么？刚刚布置完任务，没隔五分钟间歇性催促？任何事情都有度量的，过犹不及啊！

对对，部长还有本领，他常常唠叨，小徐啊，不要着急，你现在的条件够好了，比起我们那些年，可差远了，我们那时苦啊。翻译就是，他都这样摧残和苦难了，你凭什么逃得脱？

穆言才不会这样，穆言总是鼓励她，萌萌，我一直对你信心满满，你可以发展，你一定行，你的资质特别好！

她处处都跟穆言相比，当然，只能得出这样的结论：

怎么修行？真是苦涩的哭笑不得。

算了，即使是碰壁再碰壁，也要极力争取，问问人事部吧，“部长，我

想提出申请轮轮岗。我有进修的证书，文凭。请你相信我的实力。”说着拿出销售进修的证书，还有市场策划的文凭。

“小徐啊，人还是应该做自己擅长的工作。你看，来公司不过几年，要安心学本领的，公司可少不了你们这些生力军，支持顺利运转啊！”人事部部长彭宛部长和颜悦色，心说，武孟军武董事长可没要求我给你调岗。

武董事长是徐萌在公司的真正背景。徐萌觉得那是勉强背景，不想提及。姨父与武董事长交情甚深，无人不知。可徐萌低调到只有接手调动的人力部彭部长才知道自己的来去缘由。她不想吐口，扩大范围，只想为举荐自己的人争光争气。

软碰硬，想想对策。“彭部长，我看了公司的规章制度，已经到了可以轮岗申请的时间，我的想法很简单，不过是想尽自己的所能为公司奋力做事情，您看，公司有很多的空位的。轮一轮对我对公司都有益处。”

彭部长的脸色有些发沉，心说，公司的空位都是为你开的？别以为你是董事长介绍的，就狂妄到不知自己的姓儿，“小徐啊，你这就是眼高手低了，而且是言高手低。你怎么知道自己适合这样的岗位？公司不会费精力也不会费成本去培养人的，现在正处在发展期，需要的是分分毫毫都不出差错，你可以保证么？再说了，那么多专业刚毕业的学生，还排队等着进呢，你好不容易做熟这个岗位，你走了，谁来接替？又去一个陌生的岗位，能保证高效率么，公司是要计成本的！”心却说，那么多空位早就有人排好队了，那么多关系户来回挤兑。位置这个东西，把你安在哪里，哪里就能发挥效力。安抚情绪，才能稳定大局。

对啊，彭部长才不管你是不是发挥出你的所能，他关注的是怎么不得罪利益集团的关系。

“小徐，好好做，你还是有前途的。公司现在好不容易稍稍稳定，是牵一发而动全身的，你现在拿着这样的工资知足吧，其实过些年就体会到平静的好处啦，这里可是最安全的。”彭部长最后小声地说，诡秘。

是啊，牺牲自由和能力，必然会需要换取安稳和拘束。她当然不喜欢不劳而获，但是为什么又有那么多的人，待在公司不想走？是拿很多轻轻松松的收入吧，一开始是惶恐，后来是心安理得，再后来就又开始惶恐。因为一开始会疑问，我能拿多少钱，后来就放心了，哦，原来我能拿这么多钱了，再后来就会想，呀，我这么闲散，能匹配这样的收入实在难得，可不能离开这样的优越。

多少人都是这样熬过来，徐萌如果想继续做，就得接受这样的模式动作，追求，就是前面放个球，发号施令，去追吧。追到追不到，也许一辈子的梦想破灭呢，但都不是自己能够关注，形式大过内容。

要不是因为穆言，要不是因为想天天见到穆言，她才不想这么做。心里长叹口气，穆言又在哪里呢？

46.穆言回来了

穆言出差回来了，并没有象征性的向徐萌报告飞机降落，安全抵京，然后回家休息，他是回徐萌的家，奔着她的兴高采烈去。

“娘的，一帮孙子，都是吃白饭的。”穆言忍不住动粗。

徐萌惊愕，送上一杯酸梅汁，切好了西瓜。

“不行，酸的，胃不好。这几天出差，吃饭总不规律，还喝酒，胃寒，彻底折腾坏了。”

她不语，换上了一杯凉白开，把西瓜端到厨房。

再回来，穆言已是和颜悦色了好多。“对不起，冲你发火，吓着你了吧。”穆言检讨他的失礼。

徐萌莞尔，“没关系，你累了，唠叨唠叨好，我听着呢。不烦。”

“领导班子真是冒傻气，销售虽然外包，但是不能自己什么都不管吧！我倒是想管，可一准备改变，就成商鞅变法闹革命！就会拿地，开工！忽略销售，项目公司的营销总监更换频频，谁都不闻声，不意识。影响销售策略，房子卖不出去，没有利润，那不是白忙活！”

“呵呵，看来是谁家的孩子谁心疼！你心疼了呀？”徐萌钦佩穆言的正义。

“我心疼，我没事儿起什么哄……”穆言不想一再的执着。

“比轩利实在差得太远。我清楚，自己不过是个挂名的营销总监，职位也是国企需要的机构编制，具体还是迎来送往的业务，真枪实弹的很难运作。这要搁在谁头上，不用动脑筋，才乐呢！可我不是这样的人，我不想丢掉业务！不想傻呆呆的白痴养着，做做力气活！”穆言愤愤。

“消消气，这是每个公司，摸着石头过河的公司必将面临的困境……”徐萌接话。

“根本没有必要走入这样的困境。参考一下专业人士的话，比什么都强。你看看，不是我贬低刘总，虽然他是我的老领导，是土建工程出身，管过多少项目，还会犯这样的低级错误？大会小会都强调苦干大干，这次尤其，哪里有抢工期，总经理督战到工地的？后备箱就挂着安全帽，上了工地就要检查钢筋水泥。我不反对，我绝对百分百的敬佩。可是企业进一步的完善，销售首先是重中之重。我能说什么？我就是心疼，可战略，又不是我管的事情。哎……”穆言都有些着急上火、语无伦次了。

徐萌小声，“那你为什么不告诉领导，提提意见？”

“我傻啊，大家都随声附和，我傻啊，自己跳出来举手说不？我才不呢，我也赞同，一起糊涂呗。”穆言冷笑。

不知是天热的缘故，还是心悸，徐萌的汗下来了。细想想，也有道理，想独树一帜，并不那么容易。王者为理，有理便为王。否则，饭碗难保。大家习惯指鹿为马，那就一起难得糊涂吧！

“还好，这不这个成都的项目，督战按期交付，要成立销售部了。你要不试试，从这方面发展？到时我引荐一下，到项目公司实践，未尝不是很好的积累。”

“哎，别提了。”徐萌把那无力的车轱辘话，又一次的倒给穆言。

穆言听了叙述，笑笑，“你跟人事部说，没用。他还不是奉旨办事，按旨宣召？协调利益，傀儡罢了，就是真的有空缺可以自己支配，你觉得能白白浪费名额吗？他需要的是这个，再简单不过了。”说着，比划着数钱的动作。

“那么多空位，坑已经有人来蹲。画个大饼敷衍，让你馋，可不是吃的。小丫头！”穆言无奈的摸摸徐萌的头。

“可是，公司蒸蒸日上，我也是祈望拥有归属感、荣誉感和成就感啊。”徐萌委屈。

“明白你心思，萌萌。想当初，我们那时候，调动更加不易，还好我赶上了好时机，倒是那句话起了效，跟对了人。刘总看我是块料，就破格提拔了任用。说到底，有现在的小小成就，真还离不开他的慧眼识珠。这辈子都不会忘记他的恩德，给了我舞台施展才华。所以这次回归，归根结底，是来回报，只要他需要。知遇之恩，必然要记得。”穆言像是回到了当初，精神振奋。

“为什么佩服刘总，还有一点，他的战略眼光还实在是长远了得：掌舵人的掌控力直接关系到公司的生死存亡。这几日为什么急匆匆的返京，因为马上需要赶着向总公司提交一个议案，关于同我们一起参股的香港公司勒令撤资的问题，领导班子的其他两位领导，包括总公司的所有领导，都不同意撤资，可是刘总力排众议，一人做事一人当，非得要把这个决议落实到位：必须保留国有资产的纯洁性，现在房价高得离谱，政府迟早会打压，政策调控，到时候的分水岭就是国有企业是否为合资企业。我们公司没有掌握国民经济的命脉，不关乎国计民生，清退不会伤筋动骨，到时遭到遣散，就跟碾死一个小蚂蚁一样简单，所以处处都得留心企业的存活。我就是要协助他整理议案的。”

想起，十年前，老领导任重道远的教导，“小穆啊，我一直很喜欢诸葛孔明的胸怀：臣本布衣，躬耕于南阳，苟全性命于乱世，不求闻达于诸侯……是啊，这不是霸气，是虚怀若谷的空明！”

他没有老领导的那番才情与气概，却有着不屈不挠的忍耐力。“我依旧钦佩的，还是他的执着的人格魅力，硬朗的领袖风格。”

穆言对自己的劝说，琢磨出了门道，“萌萌，要不还是等待时机，你说呢？学学销售也成，虽然不是一朝一夕。空闲的时候问我吧，我来手把手地教你！”

“呵呵，行，听你的。不是有句话么，莫愁前路无知己，天下谁人不识君。你在，我就好欣慰了。”徐萌真诚地望着穆言的眼睛，认真地听。

对了，忽地想起，在机场临时看到一本好书，本是自己看的，送给徐萌吧，“这个，刚下飞机买的，觉得挺好的，你看看。”

徐萌羞涩的亲了亲，穆言有些干涸的嘴唇，用自己的水水滋润着，杌陧，

"销售其实挺累人的，你看看嘴巴说的干干的，看着可苍老了。"

穆言斜斜的目光立马不怀好意，顺势抱徐萌上床，"哼，我是老得快，你还不是败在我的手下，祖国的花骨朵呦，鲜嫩欲滴。"

徐萌的杨柳腰，脉脉呀呀的气喘。星眼朦胧，涓涓露滴酥胸，"别急，别急，我是你的，是你的……"

"当然是我的，我验过了，只有我验过了。"穆言得意。

一袭热流顿涌大脑，过电的麻酥，徐萌忍不住的尖叫，她恰恰莺声，津津甜唾，身下，顷刻一片湿润。

穆言满足的吻过徐萌，喘着粗气趴在她身上。

不由得环抱压得她生疼却结实的身躯，穆言的背上挥汗如雨。

徐萌暗喜，不知是不是努力做功课的结果呢？徐萌幸福。穆言身体很好的，这是努力去爱的结果。

47.孝顺，就把娘接来北京

穆言已是好久没问娘的身体如何了。下了班，不急着回，倚在躺椅。

接电话的不是娘，却是大姐。

"大姐，你看娘去了？"穆言随口问着。

"小言……那个……妈病了，我正准备给你打电话呢。"

"啥，娘病了？怎么病了，是变天啦？发烧感冒？"

"不是……娘，心脏病又犯了，在县卫生所输液呢，明天想拍片仔细检查一下。"

穆言急了，"要紧不？卫生所能看好不？检查靠谱不？"一大堆的不确定。

"我想……你最好还是带妈去北京查查，情况……不太好。"其实，大姐也知道，心脏病是不能路途颠簸的，可穆言在北京，那是首都，接接娘，好好查查，怕什么？图个放心！而且娘的病耽误不得，昨晚犯病，看着是挺严重的。

自打小，三个姐姐就有些嫉妒穆言。妈一辈子都偏心。倒不是因为重男轻女，谁让穆言从小就聪明？小时候是聪明在家，等到高考又聪明到上海，可是如果没有娘的支持，怎么会到北京发展，现在在皇城根儿享受？

现在妈病了，他总不能像甩手掌柜一样，把这个沉重的包袱抛给她们吧！怎么说，这时候也得尽尽孝心，报答一下妈的恩情。

晚上，穆言躺在床上，亲亲满秀的耳垂，那是她的敏感地带，“秀，你今天真漂亮。”

满秀一打手，别过头，“反常啊，你这肉麻的，鸡皮疙瘩扫一地。”

“没有，嘿嘿，我哪敢有呢。咱们是不是好久没有……”说着，开始动作，例行公事的序幕拉开，没有新意。

“小声点，爸妈还没睡呢，遥遥在客厅。不行。”满秀忙拦着手，没有性趣。不停的出差，都说小别胜新婚，她怎么一点都没有感觉。已经习惯家里的任何事情，都由她操持，天生的劳碌命。

满秀是技术女性，天生大脑没心机。在IT业后台做技术支持，本是养老的地儿，可是最近怪事年年有，今年尤其多。总有投诉，越投诉越是解释不清，有些烦心，想着明天又是如何应付。

穆言正好中心事，嘟囔着，“那你可是欠我的，谁让你不给。”

“好好，欠呢，欠呢，明天补偿你。明天我让他们早睡，好不好。”满秀说着，勉强抿嘴笑笑，亲亲穆言，算是安慰。

“不，我现在就要补偿。”穆言不依不饶，假装生气。

“那，你说，怎么补偿？”

“补偿……补偿就是……你得听我说件事。”

“哼，我就知道黄鼠狼能白给鸡拜年？你那好心安的，绝对有蹊跷，绕着绕着就能把我套进去。还让我开心呢，明明就是另有隐情！”满秀孤自皱眉头，胡乱拿个枕头，气鼓鼓的垫在床头，闭目养神。

“别这样，秀，我不是跟你商量了么，你看看，这还没开口，就变脸了……是……这样的，今天给我妈打电话，她病了。”穆言小心翼翼的试探着自己的想法。

满秀睁开眼睛，有些担心，“是吗？厉害不？”

“有点厉害……我也不知道，送我们那卫生所去了。”穆言不知该怎么提起这来龙去脉。

“嗯，那有你姐姐们忙的了。”满秀若有所思。

“她们是忙……可是，忙也无能为力。秀，我想把我妈接到北京来，看看，不放心。”穆言索性打捷径。

满秀当时腰板就直起来了。

“穆言，你又不是不知道家里现在的情况！咱孩子刚刚入托就不适应，身体闹得那么差！你看看放到托儿所，就遭罪，还不得我爸妈管着，你放心，我还不放心呢！”

原来，遥遥的班主任疏忽，幼儿园孩子一起玩游戏，遥遥喊热，她就给脱了衣服，后来忙别的事儿去，已是忘记穿。天气微凉，薄薄的小T恤，坐在地板上一下午，怎么能不生病？遥遥倒也乖，玩积木太入神了，不吭声。等到班主任发现，已经一把鼻涕一把泪，不停地打喷嚏。可能小孩子免疫力弱吧，感冒没治好，肺部也感染，马上升级为肺炎。穆言出差，满秀工作也忙，遥遥不能总带在身边，也不能总是请假，就只好托付给老人照顾，已经连着两个星期没再敢送回托儿所。

“秀，得饶人处且饶人，你都跟她理论半天了，还找了院长，况且班主任自己也承认了错误，写了检查，保证了呀。等遥遥病好些了，就送回托儿所呗。再说，小孩子锻炼锻炼，皮实！”

“哦，感情是我蛮横了，我不饶人，那是你的孩子不？难道你不心疼？她生病的时候，你在哪啊？”

“我那不是临时出差么？走不开……”

“那我爸妈怎么办？哦，你一个出差，没事儿了，找不到人影了。用得着的时候，就让老两口费心费力；用不着的时候，就把他们扫地出门？”

穆言阴沉着个脸，“秀，你这说的是什么话？怎么这么不懂事？我是那样的人么！谁说不管你爸妈，我娘这不是特殊么。她现在身体不好，还没查出来怎么回事儿，而且这是老毛病了，总犯，这次挺严重的。我不放心啊！再说，你也不是不知道，我们县城的条件，以前我是没法管，没有条件管，现在咱有了房子，有个家，怎么不能把娘接来看看！”说着，有些想掉泪的动容。

“我也是思前想后了好久，眼见着遥遥的情况稳定，才说的。你爸妈不是自打你怀孕就住在咱这儿的？我忙，他们照顾你，应该的，我都没说什么呀！我们该长大了，也别让他们操心了。”

横竖都是他的理，满秀一肚子的窝火，拉下枕头，没说同意，也没说不同意，一声不吭的就侧着身睡下了。把穆言晾在那儿，尴尬不已。

的确，出于私心，她是不太想离开父母。可姐姐们那是在踢皮球，穆言看不出来，她还看不出？穆言的娘一旦来了北京，以后就别想清净，就得是他们的事儿。她太了解穆言了，太了解穆言对他娘的感情。说不好听话，这八成要管到临了送终！

凤凰男就是这样，说一不二，大男子主义。那就得轮着孔雀女毕恭毕敬？我们这是在生活！可也不能持久的找麻烦吧。他母亲是病了，可怎么情况也不问问清楚，不分青红皂白就给自己背包袱？

哎，我爸妈怎么办！苦了他们。

穆言什么话都没有说，以前，他会趴在满秀的身后，抱着她扳过身来，说说软话，夫妻的事情夫妻办。可在这件事儿上，没得商量，他必须把娘接来，早就想把娘接来了，现在是病了，就是没生病，他也要在身边看着娘平平安安的，这次绝对不能再等了，绝对不能了。

对，国庆开车回家！把娘接回来！

只是，满秀的父母，又怎么同他们说呢？

“明天，你先跟爸妈说说，睡吧。”说着，拧灭自己身旁的床头灯，同满秀背对背。

“秀啊，让亲家来吧。穆言他这是尽孝道。你想想，一个孝顺的孩子怎么能以后对你不好呢？我们信得过他的，当时结婚，妈就放心让他照顾你一辈子。老人，还是必然要管要照顾的。”满秀的母亲识大体。

父亲也在一旁点点头，支着招，“等亲家母来，我们就回去，你今天问问他的打算。毕竟这里不是养老院，北京的生活成本也高，我们在这里，老人太多，给你们添麻烦，反而照顾不好孩子。这些天，遥遥好多了，医生说，再过一两天就能送托儿所了。秀，你不要那么不舍得把遥遥送给别人带，多少孩子还不是那样跌打出来的？以前，你不是也没人管，满地乱跑长大的嘛……”

“爸，那不一样，那时怎么能跟现在比呢！反正我就是不舍得。”

“没有舍得不舍得的，是必须。那以后遥遥上学，你难道还跟在她屁股后面不成？孩子要自己学会成长。就这么定了，亲家母来了，孩子要不就全托，他母亲你们一起照顾；要不，他管他母亲，你抽空去医院看看，孩子你带着，就是辛苦我们秀了。”说着，疼爱的抚摸着满秀的头。

“可是，爸，妈，我舍不得你们走。”

“尽说什么话呢，你都当妈了，在爸妈面前还长不大，呵呵。你不是还有穆言么，穆言会照顾你的。坚强点，总会有解决办法！再说，家这么近，你常打电话，常回家呗！”

满秀心情复杂的点了点头。

48.Damn it

自从满秀答应了母亲来北京的事儿。穆言心中的天平就有意无意的倾斜，有些像巩固胜利的果实，利益的砝码。其实，夫妻也有微妙：你进我一尺，我还你一丈的微妙。

穆言倒是不常出差了，下班也准点，对满秀更加关心，还时不时地制造些肆无忌惮的小火花。这在穆言看来是补偿，在满秀看来却是即将奔赴刑场前的及时行乐。

好吧，也不管爸妈在不在，孩子是不是睡着，总之一概来者不拒。还真别说，女人三十如虎，四十如狼，天天把穆言累得够呛，像跑万米马拉松。这工作的担子稍稍撂下，老婆的重担又挑起，哪头都放不得。男人近不惑，难哪！

满秀也想，穆言对自己好倒是次要的，照顾爸妈，又对女儿好。

哎，算了，还是疼自己的，表现，就让他表现一下吧。

徐萌可不这么想，徐萌快要疯了。穆言自从那次出差回来饶有兴致了一番，徐萌开心得像个火箭发射到了天堂。第二天，就利落地把书看完了，只是想抽空跟他交流一下心得。可是，穆言竟然推掉了！他竟然敢推掉自己！

其实，也没想举案齐眉，跟个文人墨客似的，谈谈诗，论论画，助助兴。那岂不成免费家教了？她不是小孩子，她是穆言的女人，仅仅想念穆言在身边的感觉。

她知道，穆言是太阳，自顾自地燃烧，炫目，辉煌，但他也是徐萌的太阳，精准计算周期的轨道，徐萌会围绕着他公转，乐此不疲的公转，虽然爱情的光芒照得她睁不开眼睛，却无力抗拒。以前是内容丰富的地球，而现在像被火星撞，濒临毁灭，疯狂得自转，没有目的。

哪个女人能受得了独守空房？她总在想，今天穆言在，那无限的明天呢？在另外一个女人的怀抱。仅仅因为她比自己早了一步，时间是魔杖？面对清冷的屋子空无一人，是什么时候有了这种浮萍一样漂泊的躁动不安，心是悬离的，情是空虚的，甚至连眼神都有了空洞的元素。

她可曾多么渴望和享受这种孤独！学生时期从来不乏朋友，可是她终极的庆祝方式就是一个人的狂欢：严肃时，端坐在周末寥寥的图书馆，拿一部大部头，疯狂而满足地翻看，仿佛扯下所有的精华统统装入敞开的记忆；疲惫时，倚靠在午后暖阳下的窗台，斟一杯咖啡，焦灼而酸楚的深褐色液体洋溢着苦涩的热烈，沧桑到心田，却欢腾着桀骜不驯的热血；成就时，懒坐在星空下的操场看台，跟师姐一起，看着她燃一支云烟，黑暗中似有似无的火光闪闪，任烟灰散落，尼古丁特有的香气倦怠而慵懒；一年四季春夏秋冬，早习惯了深夜下自习，骑着车奔驰在林间小道，任耳畔风声呼啸，掠过树影的婆娑；习惯了拿着两只暖壶掌握平衡，快要熄灯，飞奔在宿舍和热水房，任周围一对对情侣上演甜得腻人的免费电影；甚至是，在高速旋转了一天脑筋，无法激发味觉时，信步游走在校门外的小摊，偶遇卖茶鸡蛋的阿婆，微笑，攀谈，挑一个匀称而饱满的鸡蛋，欢喜的剥了皮，一口涨满口腔，窒息的瞬间，滑入食道，体味那几秒钟噎着无法呼吸的刺激。总之，徐萌的孤独有着不同于他人的满足，那种填满每个细胞的满足让她骄傲，欣喜和圆满。

可是……现在……徐萌不再是那个因学业引以为豪的青涩小女生了，她张口闭口，不，她不能开口发出任何有关穆言的字眼，只能张开思维紧闭思维，任意在脑中驰骋穆言的信息。

她会焦灼惶恐，会坐立不安，固守在黄昏的暮霭中，像被遗忘在冷宫的妃子，消磨百无聊赖的时光，打发寂寞难耐的饥渴，等待着奢侈如盛宴般的宠幸。

恨自己如此简单，愚昧，蠢笨，任岁月流逝，蹉跎年华，而浑然不觉的老去。

可……穆言不知道么，即使是玩具，也有占身体 73% 的水分，循环着灵气，温情和蓬勃的爱意，也有疼痛和思想，而不是随意摆布的玩具，他可以扭动玩具的关节，小心翼翼的探寻玩具的秘密，阵阵的尖叫让他兴奋悸动，绷紧的身体让他舒适到飘荡在天堂，脉搏一股股强烈的血冲。徐萌就这样的为深爱的人顺从。Damn it! I lost myself!

徐萌恨恨，该死的，迷失了自我!

对，穆言总能分出优先级，分出什么是最重要的。

来，是他的自由，不来，也不是他的义务。

他的义务是上班，出差，回家。而她的义务就只有一种：等待。

“快回家吧。”

“你回你的家，我回我的家么？放心，我没有家，我只有你，所以你回家，我不想回家。”

“萌萌，别这样，好么？我希望你理解我，我最最希望你的理解。我已经够乱的了。别任性了，好么？你这样我怎么会放心！我会陪你的，抽时间，等我好么？”

“等等等，我的生活只剩下等待，等待你的出现，等待你的召唤，等待你的亲吻。这再寻常不过的举动，别人不过唾手可得，而我却要历经万苦千辛。”徐萌痛苦的蹲在地上，抱头痛哭。

“甚至在哭泣时，都找不到你的肩膀，找不到你的怀抱，找不到你久违的温暖。”

“萌萌，我没有办法，我实在是太忙了，我现在不出差，就得按点回家，去接她……”

满秀竟然有如此的待遇！哎，应是了，她是媳妇，应该有如此的待遇。

穆言也痛苦，爱情虽然不能时常想起，可是他也惦记，隐隐有种亲人一般的惦记，可是像妹妹？不像。要不他不会拥有徐萌。只知道这个如水一般纯净的徐萌是付出了多么大的隐忍力。现在，竟然不知如何是好，以前，就可以快刀斩乱麻，众多情人不再联系，可是，却舍不得放不下，舍不下牵挂和惦记。没有办法告诉自己，结束这段感情。是，是感情，这段感情，在现实的不断冲击中，已然开始步入他的生命。

“我没有怪你的意思，对不起，小木，是我态度不好。”

“我知道，傻孩子，我们都别说对不起了好么，我们没有对不起谁，你更没有对不起我……”穆言满是心疼，真想马上摸摸这个孩子的脸，给她一个轻柔妥帖的吻。

“我理解，我都懂的。”穆言心里涌起一阵酸楚，却没有办法做什么。“我希望你开心，你能快快乐乐的，在没有我的日子。”

是啊，你曾说，祝你幸福。没有你的日子，哪里是幸福？你也曾说，你也会有家庭有孩子，没有你的气息，不过行尸走肉。

可是，一句懂了，她所有的委屈便都不叫委屈，所有的伤痛都可以掩埋起。还是，过山车的激荡：心情一会儿欣喜，一会儿感激，一会儿又跌入谷底。

下班了，满秀催促，该回来了吧。我等你。

“该我说声对不起，萌萌，我要走了。必须走了。”

心里涌起一丝妒忌，是爱情，让人变得小气。

却不能阻拦，“走吧，我让你受委屈。”

“没有，是我不好的。我……一定找时间好么？你要开开心心的。等我，好么？”

穆言没有看到，屏幕的那端，徐萌满眼的泪花，用力地点点头，她能怎么样，她爱这个男人，她选择了这条道路，就得牺牲一些，以求奢侈的得到另一些，不耻的东西。只要空气中弥漫着爱情的味道，就足够了，那是她赖以生存的氧气，无法失去。

49.海洛因，复吸了

徐萌终于受不了了，别人夜夜笙歌，她却日日犯毒瘾，必须把自己捆绑在家，缓缓情绪。

没有上班，她一天没有上班，请了病假，公司没有人知道，因为没有人关注。

可是，穆言关注，不用费力就看到报告，指纹机没有徐萌的指印。徐萌竟然没有打招呼，就消失了？她从来不会不报告他，就自行断掉行踪。自从他们相爱，更是不能够，她恨不得每时每刻与他厮守，生怕，担心，他找不到她，他怎会不知道。

借故去看徐萌的工位，空落落，一马平川。以前会是个小人，露个小头，看到他来，嘴角牵动，但依然掩藏不住内心的喜悦。那种漾满幸福感的小女人，让他满足。可是，现在那个回应没有了，怅然若失。

“哎，为什么上天错点了鸳鸯谱。”小希感叹，其实，爱情，太深刻了，实在是百害无益。“有那么一点点动心”一点点就好，恰到好处，达到结婚的地步。爱情过于强烈，就像篝火越燃越旺，会把彼此烧化的。

“你了解冰雕么？”“知道跟冰雕久存的长久之计是什么？”“就是你也变成一座冰雕，而不是炭火。”好吧，为了和平共处，我得封存感情，我得冰冻爱意，我得收起火热，我得冷漠心灵。

徐萌骂骂咧，这是什么的狗屁爱情。忍，心字头上一把刀，忍不了，不能忍，忍不住。像千刀万剐处以极刑，像百爪挠心吞噬灵魂，像万剑钻心。她在跟自己作斗争，生理戒断很容易，她不是靠“性”趣爱好过活的人，是因为爱才会给予，肉体没有什么不可以抛弃。可是心理戒断，实在是难上加难，好吧，捆绑自己的双手，不要发短信，不要打电话，停止一切的活动，只要是沾染他的东西，统统丢弃。

不，徐萌舍不得丢掉，她把它们悉心的藏起，放在伸手不见的位置，以为不睹物思人，就可以控制意念，没办法忘记这个男人，可是却必须。

朋友的关切此起彼伏，直至打探到手机没电关机，了无声息。像一个身患绝症的病人，是患了爱情的病症，病入膏肓。安慰与劝阻很无力，在空无一人的屋子嚎啕，直至躺在床上，空望着天花板，白昼似的灯光照着，眼中没有一丝的生机。

这是每个即将失恋，准备失恋，经历失恋，必经的途径。朋友们说，徐萌想反驳他们，也许那样的爱情原本称不上爱情，或是真正深刻的爱情，也就无所谓失去。是对满足不了欲望的不甘心。

如果现在照镜子，一定可以吓死人。惨白的面容，红肿的双眼，杂乱的发型。但这些并不重要，重要的是心死的境界。多少次了，这样哭着，不过是宣泄一种无奈和无助，外表的颓废并不能浇灭内心的希望与光明，而现在只能定义，那是没有触及软肋，没有伤及最珍视的宝贝，没有找到最爱的寄托与归属。她想死在爱情的脚下的，没有爱情，生命有什么意义，想不明白。确切地说，没有穆言，生活怎样继续，更想不明白。

这个她爱的男人，如果是十恶不赦也就作罢。恶棍，贱男，伪君子，把可以想到的词汇搜罗一遍，但同他怎么都无法匹配。是的，从一开始就明白，她爱的是一个好人，没有办法把他邪恶化，丑陋化，卑劣化，这才是最绝望的。因为，总有一个理由去恨他，才有逃脱的勇气，可……竟然连恨的理由都找不到。

空气中只剩下爱的味道，你无法强迫自己填补一丝一毫恨的元素。这样的格格不入，让你连自我的人生观、价值观、爱情观悉数沦陷，无法颠覆。美好我们无法拒绝，美好的爱情更是不能够，颠覆，是个太过艰深的难题。

刚刚手机充电，开机，短信声突地响起，泪眼朦胧的她，突然看到屏幕的发件人，吓呆，惊慌失措，一个趔趄，手机重重摔在地。为什么还是那么的机缘巧合，缘分天定！

就是那渴望看到，却又不愿看到的人的信息，穆言的短信。

如果说，徐萌是受不了心里戒断的毒瘾。那穆言则是感受到了山珍海味的魅力。没有比较不生鉴别。以前遇到的女人怎么就不对了味道。一贯的暧昧，怎么如今幻化为乏味假惺惺。今天，当几个月前有过瓜葛的一个女人，重新出现在他 MSN 的视线里，攀谈都让他觉得很诧异。自己怎么会喜欢上这样一个了无生机，无血无肉的女人。是的，很会拿捏分寸，很会掌握火候，很会妩媚风情，很会制造情趣，像一个编好精准程序的机器。他们走的都是一条路线，笔直而短暂，即使是穿上高跟鞋，都是那么铿锵有力。不对味道，真的不对味道。比起徐萌的不谙世事，真诚单纯，实在没有可比性。徐萌深一脚，浅一脚的走路，摇摇晃晃，从来没有方向感。她需要穆言的搀扶，需要穆言来掌握平衡。徐萌，在他的眼里，是真正的山珍海味，真正的无污染，无添加，无防腐剂，无香精香料的女人，像家乡开得漫山遍野的倔强太阳花。你雕刻成什么样子，就是什么样子；你描绘成什么样子，就是什么样子，那眼睛如碧水蓝天一般澄澈、通透、清亮。

不，我要去找她。这种冲动太过强烈，就像初夜那晚那般强烈。他需要告诉她，只是大胆的表白，那个被称作浪漫的时代，已不再擅长，他需要内敛的鼓励，需要徐萌肯定的鼓励。

徐萌颤抖的双手，握着手机，可还是拿不稳，就像打开潘多拉的盒子，生怕飞出的是魔鬼。她紧紧闭着双眼，拼了，不过是条短信么。

短信的内容是，“晚上有空么？我买了药给你。”这在穆言又是蹩脚的暗示，暗笑自己不会表述，连思念表达的都这么像发生一夜情的专业术语，生硬。心疼这个姑娘，生病了，他只是想去看看，没有别的意思。

没有想到的回复，“没有生病，在戒毒瘾。”

终于明白，她是在躲避。心疼这个女人，属于他的女人。他应该负责任，必须负责任，有权利有义务负责任。

“我一会儿去看你吧，好么？”

“你要是爱我，就来吧。”徐萌彻底瘫倒在床。她向朋友们起誓，再不轮回。可死穴重新回归。

她复吸了。

同样，穆言也复吸了。

复吸的感觉真好，回归的不是爱情的空气，是纯度更高的氧气。比前一次更加的热烈，更加的持久，更加的甜蜜，爱情这个魔鬼，轻轻的，重新叩响两个人的心扉，本是彼此各奔东西，就这样，功亏一篑了。

50.和着这节拍起舞吧

自从复吸，穆言天天来徐萌家，似乎有说不完的话语来倾吐。

“哎，真是教不会。话说，上次跟你提的成都项目公司要成立的销售部，萌萌，你记得么？”穆言双臂交叉，踱步，踱来踱去。

成都，终于组建了销售部。

“你说说，美其名曰分公司销售经理，怎么总觉得像个体户自命CEO，简直就是UFO，天外来客！我问什么，答不上来什么。他是做销售的么，哎，本来我还想举荐，终归逃不脱的关系网，还是总公司直接委任。越级任命不怕，有业绩就行啊。可连那么简单的问题都答不上来，没悟性，又一个包工头……”

徐萌不解，“什么问题回答不上来，很要命么？”

“有关销售节奏方面，最最基本的常识。他不知道！”

“销售理论的制定，绝对有原因，自己落实的销售节奏，很多是没有章法可言，领导班子也不深思熟虑，不重视检验，呈上报告就同意批复。批复过后才问我的意见，老天哪，我能说什么？我说，不行，姿势不对，起来重睡？对，每个人都有对于一个事物以及行业的个人见解，没有对错之分的，可是有优劣之分，领导班子都站在了土建的角度，那是在同一个角度看问题！可专业的销售人员，他们应该更有经验去选择，在传统的多种方式中，什么样的方式最到位。”

“现在看似楼盘销售量上涨，其实诸多的隐患深藏，前期不讲策略，急于高价推出很多优质户型，在销售末期，就会出现烂尾。哪个顾客愿意花同等，甚至更高的价格购进并不佳的户型呢？对于开发商，前期风风火火，后期冷冷清清。最终还是折本。”

“要是我的策略，好东西不应该急于全部跟进，和盘托出。应该循序渐进，借势运作。将烂尾的持有率最小化，去化的速度才能最快。”

“是不是有点像，菜市场不太地道的小商贩，用好菜叶包裹烂菜叶，整整捆，像模像样的出售？”

“呵呵，有点那个意思，但没那么寒酸，我们的手段有一些赠送啊，抽奖啊，就是大家所说的补偿心理。关键是让个体和整体消费者平衡，趋于满意，这样才是好的捆绑策略。”

穆言开始认真地教徐萌如何掌握销售的节奏，侃侃而谈，“开始初定价要比周边楼盘低廉，或是持平。现在楼市低迷，业主会放弃观望的状态，再加上我们是国企，质量上已然拥有绝好的口碑，这就是金字招牌，就是绝好的卖点。谈到卖点，又要看整体楼盘的配套，业主一般买房，无论投资还是自住，都要考虑交通的便利，设施的齐全，附近有无超市、医院、商店、是否靠近地铁沿线，是否紧邻环路，总之起码要衣食住行样样基本满足。而保证这些之后，就要发掘楼盘本身，进行包装。”

“比如，究竟是闹中取静，环境优雅？还是毗邻长安街，交通便利？还是容积率低，绿化出众？甚至在户型的精装修上也可以做做文章，现在很多的开发商上送精装修，其实是“仅装修”。我们不妨做成货真价实的精装修，成本造价并不能高出许多，但经济利益可以有个质的飞跃……”

徐萌无限赞赏地看着眼前不再年轻的穆言，如今的风华正茂，当初却也是青涩胆怯，历经多少岁月的沉淀，才会如此的世俗成熟。想到此，有些爱怜，也多了份理解与动容。他没有什么不同，他们是一样的普通人，普通到散落街头，无人相认。也许十年前，若有缘偶遇，她还是会选择他，十年磨灭的也许是难得一见的激情、不再争斗的盛气；十年中成长的也许是艰难承受这个清冷的城市，但始终未曾消逝的是内心的天真与童趣。

女人不是都希望所爱的男人是不同？穆言的确是个与众不同的男人，生活那不同于工作的与众不同。他会踢玩具小熊的屁股，跟它争宠；会在徐萌炒鸡蛋要盛碟，抓起锅里的就尝，不住地喊烫；会自己去找，而且总能找到适合的：那第一次在家过夜，他不费吹灰之力就找到了洗净的袜子；一起去外卖店，他们划拳定输赢去买食物；去洗手间，不顾文雅，口无遮拦的说去尿尿。

他还是个孩子……他仅仅是个孩子……徐萌心怜。

“想什么呢？”一句话问得徐萌回神，“没事儿，想着给你做什么好吃的，套住你的心，先得套住你的胃嘛……”徐萌目光如炬，炯炯有神。

“咱也得讲究些销售策略，不能什么好吃的都和盘托出，倾囊相倒。得讲究点节奏，来点神秘感。是不是，穆总？”徐萌霁颜。

穆言就是喜欢徐萌这点，悟性好。什么话茬接的不动声色，不著痕迹，但又句句在理，妙趣横生。“傻丫头，就会联想。刚刚教过就现学现卖。”

“话说回来，在咱们公司啊，其实悟性好的人不多。”接着就点评一群人，很多徐萌知道不知道的都榜上有名，“有不成气候的，也有深不可测的。就拿我的手下，叶枚，以前不太了解，现在依然摸不清，总作对，能力暂且放一边，资质实在差得要命。”穆言不住的皱眉。

徐萌开玩笑，“穆总，如果我做你的部下，那能不能划归到有悟性的行列呢？”

穆言一本正经“排除私人关系，我看行！”

“呵呵……”穆言独有的广博，宽厚的音域。

其实，穆言想，若是销售部真的聘用徐萌，那工作绝对是可圈可点，他看人准的很：徐萌勤奋谦虚又肯悟。

“我想看看，资质甚佳，奇货可居的厨师给我做什么好吃的呀，嗯……好像已经闻到香味了呀。”穆言转移话题。

“呵呵，不知道你今天来，凑合凑合，鼻子刁的家伙！应该好了。我去关火。”刚要起身，硬被穆言拉着坐回怀中。

徐萌不好意思挣脱，“要说什么嘛？我去关火，饭要糊啦，我手艺又不好……”

“萌萌，谢谢你，谢谢你给予我的温情。这样的温情，只有妈妈给予过我，你是第二个……”

穆言不知怎么又想到了母亲，快了快了，娘再忍忍，儿子就把你接到北京。

徐萌愣了，有些动容，“我……我只知道自己没怎么做过饭，不知合不合你胃口，只是，我用心，很用心……”

“对，只要用心，好不好吃都是次要。萌萌，我要你知道，你已经很好很好了，一直都很好。菜不咸不淡，不腻不油。清淡爽口，真的像妈妈做的。感觉就在家里。”瞬时，眼睛闪烁泪花。

“你没看到我上次一直背着你傻笑么？我真的最喜欢你做的饭了。”

徐萌也感动了，这个深爱的男人跟她说像是在家一样，他已经把这里当家了。这是最大的认同，最大的奖赏。

徐萌揉揉眼睛，

“傻丫头，又哭了。”穆言帮着她抹抹眼泪。“不哭了啊！再哭不好看了。”

“没事儿，我高兴，真的高兴。小木，你知道我喜欢你什么吗？”

穆言也好奇，“呵呵，我可没你机灵，不猜了，你得直接告诉我。”

“你肯定猜不到，我喜欢给你洗脚，你可听话啦。你的脚特别好看，白净，修长，跟手指一样，不用修剪，不用装饰，天然的就生得好看。”

穆言不好意思，“哪有夸人脚生的好看的呀。就你夸我，非得把我夸倒不可。我可是头大了，头大了吃饭可是困难。”

徐萌莞尔，赶紧挣脱怀抱，“呀，饭糊啦……”

51.莫当守情奴

9月3日

你的独一，我的无二　晓非

许久以后

依然不会忘记

那些人那些事

那些景那些情

错过的错爱的

依然铭记于心

慵懒的张开双臂

别人以为你在拥抱晨曦

迎接新生

其实

只是伸个懒腰
然后继续怀抱旧梦罢了

用我们的歌
唱我们的故事
用我们的语言
表述我们的爱情
用我们特有的方式
给彼此幸福

怪不得别人不能懂我
也怪不得我不懂别人
人人不同，自然情情难似

如果爱情没有期限
宁愿继续等待
如果爱情没有期限
多想一身轻松
如果爱情没有期限
多想放手去爱
执手相看，轻扰细捻
你是我的无二，我是你的独一

纯纯的，蠢蠢的爱着你　晓非

人总是在疼痛中，不得不学会成长
所谓成长必然会伴随血淋淋的代价
于是，代价结痂，成为伤疤
只是，我总是好了伤疤忘记疼痛

在初愈的时候，又将它撕裂
可原本荒芜的土地，再一次翻新
会开出绝望的，抑或勇敢的花
一个靠吸毒维持生活的瘾君子
复吸之后，纯度会不会要求更高，戒断更难
大麻会升级为海洛因，海洛因会升级为冰毒
只是，走过绝路，扛过难事
面对爱情，简单却复杂
最近通话费暴涨，感谢朋友，此时依然陪伴在身旁
牵了一辈子的手，还会继续牵下去
与脆弱的爱情不同，坚持而笃定
顺其自然，慢慢来，不抛弃，不放弃
朋友对我说，人，应该有信仰
第一次思索信仰的问题
我的信仰曾经是什么，现在却是爱情
想到去追求，就会格外有力量
为什么我们的感情会那么纯纯的，蠢蠢的
局外人不可思议，最终却热泪盈眶

因为世俗，我变了，尝试改变的结果
磨圆了，磨光了，磨平了
为了爱情，我变了，力图改变的方式
磨伤了，磨痛了，磨傻了
清醒么？我该何去何从

只想起一首诗
君生我未生，我生君已老
恨不生同时，日日与君好
潸然，标记

竟恨生错时，如果是旧习的社会，有多好

正娶也可纳妾，做小没有概念

概念中，只有可怜而叹惋的，爱情

徐萌又有思路，准备给编辑寄文章，一口气两篇，其实更满意后一篇的，刚刚准备寄，却停了手，改寄前一篇了。

发现了敏感字眼，忍痛割爱吧。

编辑讲，小徐，终于等到你投稿了。怎么愈是惜墨如金？像浓缩的爱情，更香醇了吧。呵呵，我可按文章的字数，不按爱情度数的高低付稿酬的哦！

徐萌笑笑，说当然行，编辑。最近读者反响怎么样？

编辑真诚，小徐，听我句劝，同迷信金钱一个道理，不要迷信爱情，迷信任何的东西。

守情奴，不好当的。

徐萌插科打诨，明明知道是迷信，为了作品，咱还得保持，那是对真实生活刺激的反应。你的欢笑，你的忧伤，必须要有真实的载体。把它们无限放大，朴素的表述，就会打动人心。作者，是不是有种牺牲的精神？

编辑服了：今天我不仅要付你稿酬，还要请你吃饭呢。

徐萌诧异，咱可是无功不受禄哦。

有功，有功，你不是在房地产公司么？有些买房的事情想咨询咨询。走吧，你最爱的麻辣香锅！

徐萌笑笑，心说，这方面，你问穆言可是最在行，自己只是鲁班门前学着弄了弄斧。闻道有先后，术业有专攻，这话一点不假。

52.拜伦，为自由轮着崇拜自己

穆言的家。

遥遥病好，完全复原。孩子复原，母亲放松。满秀对穆言也不那么苛责了。生活由坑坑洼洼的丘陵地带，到达了平原，一片肥沃。而穆言心里的天平又倾斜了，砝码的重量重新又添置到了徐萌这边。

是的，徐萌与穆言的关系，又回到了当初认识的模样，甜蜜而亲昵。不，是更进一步，如胶似漆。

穆言最近的工作相对闲散，就是走访一些北京就近的项目公司，督促进度，也不用动脑筋。

下班后，照例去徐萌家，今天是周二，他们约定了心照不宣的见面日。徐萌兴冲冲，准备早早请了假，回家做饭去。顶着冯部长越加难看的长脸，硬着头皮。

自从对老大有了越加切身的了解后，徐萌批评自己带了有色眼镜。尽管穆言一再的叮嘱，尊重领导，什么事情多请教，既然都摸透了他的小肚鸡肠，就不要总请假。

徐萌才不听，反正见穆言的事情就是天下第一，谁阻拦都得回去。

“部长，今天家里有点事儿。”

冯部长心想，你能有什么家啊，就一个人在北京。哪里天天有事儿？

“有什么事儿？”部长盯着电脑屏，紧追不放。

“呃，有朋友临时来北京，得到家里吃饭。”

“工作都做完了么？”

“做完了部长，文件已经给您传过去了。”

也抓不到什么把柄，就连他这些天都无所事事，自己总不能像恶毒的王后一样，给灰姑娘整些夜晚数豆子，天亮检查的无聊工作吧，回就回吧。

“去吧。”冯部长一边玩着斗地主，一边心说，现在的年轻人嘞！

徐萌背着书包，轻快的小跑一路。

“小木，最近你好像有心事儿。”徐萌试探着问穆言，看着他微微皱眉，吃饭却是不太出声。

“是不是家里有什么事情，还是我的问题？”徐萌小声地不敢肯定，“我让你为难了……是不是？”

穆言恍惚得不着边际，听徐萌这么一说，摸摸她脑瓜，“别多想，傻丫头，不是你的问题，是工作。”

“哦，记得你之前，去大钟那里，回来心情挺好的，是不是该去他那里看看。”

大钟，与穆言私交甚好，结缘纯属偶然。穆言在轩利多年，有一次，他的楼盘项目推广，销售状况不是很好，幸好大钟的公司要在开发区建工厂，准备把公司搬到附近，就买下了整片的楼盘，充当为写字楼，意外的签下一笔大单。至此，他们的友谊也开始了不谋而合的一拍即合。很少有客户跟穆言走得这么近，大钟了解，多年经验，穆言虽然是做销售，但是对管理的思路更加清晰，所以总是请他做培训，同员工座谈，同自己思考公司战略的走向。讲管理的课，虽不是老本行，可穆言更钟情，要不也不会在课堂上与徐萌认识了。

所以，每当公司遇到难题，大钟都要请穆言开开药方，望闻问切。而穆言也会为他自己的工作思路寻找到灵感，的确是双赢。

对啊，他怎么没有想到，这时候，去大钟那里？好主意！不由得亲亲徐萌的嘴唇。亲爱的，谢谢你，我一会儿就联系。先喝汤，喝咱小南做的汤。

正说着，短信声响，穆言右手拿勺停了下来，左手拿着手机翻看短信。不由得笑出声音，把徐萌搂紧。

“小萌，你看看这是谁来的短信。”

徐萌一看，自己都相信有心灵感应，“说曹操，曹操到。”

穆言开怀，“真被你说准了。”

“来，吃个鸡蛋配合一下。”徐萌夹起盘子里的鸡蛋喂到穆言的口中。

“不，有多少我都要，我全要。你不知道，小时候家里穷，我最喜欢吃俺妈给做的鸡蛋了。炸鸡蛋，炒鸡蛋，煮鸡蛋，荷包蛋，怎么做都好吃，都是娘的味道！”穆言又想起了娘。

徐萌心生羡慕，穆言的娘真是幸福，儿子这么疼他。

“那你准备讲什么？要不我掺和掺和，偷偷跟着你，坐在下面听听课？”

穆言故意现出恐惧表情，“千万别，我可怕去的时候是卧铺，返程就得买挂票了。”

“为什么？票？两个人的票很难买？”徐萌圆碌碌的大眼睛迷惑。

“笨，小丫头，到时又会被你问的答不上来，挂在黑板上！”说着，捏捏徐萌的小鼻子，“你在，我会紧张的。回来再跟徐总汇报吧，呵呵。”

徐萌一脸的幸福模样。“行。”

“萌萌，那我明晚可就落跑了。”穆言又开玩笑。

这是徐萌印象中，穆言的第二个新新词汇，他运用这些词，一向像洋人学中文，没有什么毛病可挑，但就是说不出的不对劲，是忍俊不禁。

“嗯，跑吧，逃兵，工作对你来说是第二副业，主业在祖国各地。”

“哈哈，我就是喜欢自由。咦，你听说过，拜伦么？自由派的先锋哪！我可是他的崇拜者。”

“拉倒吧，你是为了自由忙轮着崇拜自己了啦！”徐萌口无遮拦。

穆言才不介怀，“呵呵，傻丫头，那说好了，明天别做饭了，要不你又要请假，我去买，好不？”

“我还是喜欢穆总点菜。”徐萌心说，得，当守情奴，就得当厨房的奴隶，不过，她乐意！没有穆言的日子，煤气应该没有什么用武之地。

“吃你吧，什么都不想吃。”穆言掠过一丝的狡黠。

53.我不会让你一个人孤独地走

“萌萌，快，帮我一把，好饿。”穆言一手提着必胜客，一手拎着沉沉的背包进门。

真是一身轻松，青春的气息：背着彪马包，脚踏阿迪鞋，身穿耐克衣，“你这是去高尔夫球场，还是办公事儿哪！”

穆言没有时间谈论玩笑，但依然有心情捏捏徐萌的小鼻子。“小丫头！陪我一起吃！”

“晚上几点的车？”徐萌又是刚刚下班，就急急往家赶，呼哧嗤的喘气。

“十点十分的车，还来得及，不过今天不能陪你了，亲爱的。”穆言无奈，“你看，这个材料临时交办，明天发给刘总，今天还要赶火车，只好在你这里加加班。”

“行，安心忙你的，没问题。”说着，接过穆言手中的背包。

“怎么这么沉？”

“手提电脑在里面，来，拿出来，我得赶紧把报告看一下。你先吃吧。”

徐萌把披萨盒打开，飘香扑鼻，只是这个上火的，配着什么下火呢？

想来想去，想到了新鲜的柚子。跑到厨房去。

再回首，穆言已经专心地看电脑的资料了。徐萌静静地把柚子一瓣一瓣的处理干净，配着披萨，一起喂给穆言，自己却顾不得。穆言只是张嘴，眼睛不离屏幕，并不出声。

徐萌很开心，这是她一直梦寐以求的爱情场景：跟所爱的人促膝而坐，就是寻常自然的举案齐眉，虽然会为些必要的世俗争名逐利，但即使是沉默也不会尴尬，看着他，就会幸福和安宁。

不觉，一个小时已经过去，穆言的目不转睛，终于放下了压力，这么快，提前完成任务！一脸的满足劲儿。不由得椅背一仰，太轻松，差点摔个趔趄。徐萌可吓坏了，忙紧紧抱住。

只一瞬的吃惊，看到徐萌惊慌失措，斜偎面颊，紧贴嘴唇，“宝贝儿，我没事儿的，只是稍稍不小心，嘿嘿。”

“嘿嘿，你就会说，嘿嘿，也不看着，幸好我在，否则，后果不堪设想！”徐萌佯装生气。

“嗯，知道啦，知道。”穆言呓语。“我没吃饱，能不能喂喂我呀。”说着伸向徐萌的衣襟。“今天可光吃素了，没吃荤。”

徐萌一把抓着穆言的手，“穆总，角色转换太快了啊，刚刚还专心致志的工作呢，不是说没工夫陪我吗……”

“这不是在你鼓励下超额完成任务了嘛，我要你，我就要你。”又撒娇的像个孩子。

“喂，不是扫兴，只是我发现一个问题，需要问问嘞。”

“管它啥问题呢，不行，不行，我要吃掉你。”

“就一个专业性的问题啦。”

“那你先从了我……还有什么问题比这更加专业哦？萌萌……”

彻底被带动起……

徐萌肩胛上顿露一弯新月，被穆言纷乱云鬓，枕头边痴痴呓语，抟弄得千般旖旎；羞云怯雨，揉搓得万种风情。是的，徐萌从来对穆言的宽衣解带不会横加阻拦，只有他，只便是他，可以碰到她颤颤的内衣扣，桃花心。

“宝贝儿，要问我什么问题？”云雨后的穆言格外有兴致听。

依旧枕在宽阔的怀，穆言的下巴不时得轻扫徐萌的脑壳，惹得她贪婪得舔舔穆言赤裸的胸膛。

穆言痒，忍不住咯咯。“痒死我啦，今天没喂饱你呀。”一语双关。

“哪都没饱！”徐萌面露不满，“胃没饱，脑袋没饱，身子也没饱。”

穆言假意配合着垂头丧气，“贪吃的鬼丫头！小心再找收拾。”

徐萌一副乖巧，“请穆总处置，奴婢愿意。”

穆言认输，“娘的，累死老子我了。好吃的总吃，不得撑坏啊。人老珠黄了，要不动了。何况今天还得风餐露宿呢。”转念斜斜的笑，“宝贝儿，今天怎么样，舒服么？”

“还风餐露宿，你至多是火车食宿，哈哈。”徐萌滑溜，钻进了被子下，“还问我这个，羞死！舒服行了吧，跟你在一起怎么都是舒服！”

“哦，应该奖励哦！快发问，过时不候，过时可要赶火车！”穆言心里乐开了花，这个小女人，越来越可人疼。男人长期持有一种花，还想长久拥有另一种。这是怎样的心态？我为什么也陷入其中？算了，不去追究。

徐萌披好睡衣，下床，也有些困惑思索，这就是男人所认为的女人么，床下如淑女，床上如荡妇，那好女人又是什么？算了，如此的范畴，根本不能去讨论什么好坏之分，她已经划归为坏的行列，必须有坏的规则。

走到书桌近前，笔记本还开着，“小木，我随便一问，你就随便一答。房地产的知识我不是很清楚。”

穆言饶有兴趣，“哼哼，我们的丫头又有什么刁钻古怪的蛮横？”

“哈，很简单的！你看文件上写，什么叫“毛地挂牌，净地出让”啊？”

哦，这个嘛，这么解释吧，毛地简单的解释就是未经过拆迁、补偿、代征的用地。而这时政府是直接挂牌的，尚未完成国有土地使用权收回和拆迁补偿工作，而这个时候，净地出让则往往是政府会完成出让前的土地使用权收回和拆迁补偿工作，但是费用还是由开发商出资的。

哦，那也有净地挂牌，净地出让喽？徐萌举一反三。

是的，北京就是这个样子，由毛地变净地就可以交给专业的机构，一级开发单位去运作，实现“三通一平”或是“六通一平”的基本条件，相对省事省力省时。但对于开发商来讲，随着房地产规范一步步的会透明，这样挂牌后，就是理所应当的出价最高者得。如此情况，拿地成本就比较高，利润空间并不是很大，而对于销售的压力就比较大了，所以制订一个好的销售策略，掌握好销售节奏就尤为重要了。这样才能赚钱啊，小丫头。

徐萌望着桌上的柚子，真是有些醍醐灌顶，豁然开朗。“那是不是可以这样理解？好比买柚子，称斤论个，付的是全款，而需要吃的是内瓤的肉，可是必须自己剥了皮，自己来付皮囊多余的款项？”

穆言哈哈笑，服了你，形象，真是形象，太会联想了，我甘拜下风。

看看表，时候不早了，该走，赶火车。

欢乐的时光总是短暂，可是，再美的宴席也是要散。徐萌无法名状的难以割舍，不言不语的换好衣服，几乎是同步。

穆言自顾自穿衣，笔记本装包，一切打点妥当，抬眼，徐萌也整装待发。“萌萌，你做什么，穿起衣服？”

“我想……送送你，有我在，不想让你一个人走。”徐萌小声，此时觉得自己像个没长大的母亲。

穆言拍拍徐萌的头，“听话，宝贝儿，乖乖地呆在家，我自己能走的，不需要人送，以前在轩利，就是到处跑，习惯啦。外面冷！”说着俯下身子又吻遍徐萌的脸颊脖颈。

徐萌在沉醉中坚持，“不，时间不早了，走吧！”说着，拿好钥匙，帮穆言背好书包，紧紧挽着他的胳膊，锁好房门，下楼。

穆言开始还有些犹豫，后来，竟听话的顺从了。不知道是有些感动徐萌的牵挂惦念，还是给予一个安慰她小妇人心思的机会！就这样互相挽着，谁都不说话，谁都很幸福。

送了很远，一直送到大门口，直至穆言上车，看着尾灯一闪一闪，掉头，车窗内的穆言挥挥手，最终消失在无尽的黑幕。

徐萌点点头，心里暗暗放了心：小木，有我的日子，不会让你孤独，永远不会让你孤独，不会让你一个人走夜路。

好吧，宁愿孤独的是我。

54.清晨·爱

第二天，大钟还是一贯的心细，亲自去接站，老朋友重聚，紧紧相拥。

“穆总，您的大驾光临，实属难得。”说着也如徐萌一般自然，接过穆言肩上的背包，拎了拎，沉的紧。

“拉倒吧，钟老总，总跟我来这套，你什么时候招呼，我不是快马加鞭奔了来，哈哈，老朋友，一点没变，还是跟我贫！”拍拍大钟的肩膀，顺从的递过包去。

照例参观了整个公司，明确了进展，对培训内容略加修改，稳妥，大钟便召集高层，悉心听了穆言的一堂着实有效的培训。虽说一天集中密度的灌输，有些填鸭，可大家都听得津津有味，一点不觉得乏味枯燥。

“行啊，小穆，实力还是不减当年，这换了公司，长进可是不小。”大钟直竖大拇指。

穆言关了笔记本，帮着拉了电源阀，“又贫。”

“还是老规矩，来我家，吃饭！”大钟今天太高兴了，收拾课堂的空当，已经有不少的部下群情激昂，呼声很高。

“哈哈，那是必须的。咦，今天谁掌勺啊，有了女主人？是不是我不太方便？”

“到底是谁贫，工作还是那么忙，哪里顾得上，倒是电话名单里又添了两个紧急人选。”大钟无奈的摆摆手，不便再提。

“哎，你呀。不能总这样，该成个家，要不到老谁管你？”

“哎，我也苦恼。我这叫为大家舍弃小家。我们哪，真赶上了好时代，企业成败就此一举，举起了，就是国际性的发展，举不起只能小本买卖。为了企业就得牺牲生活品质。你知道么，我现在天天工作16个小时！天天如此，一年365天。哪有什么时间谈情说爱？至多也是解决一下生理问题，天生就没有安稳基因。哪个女人肯这样跟着我吃苦受累？家就是旅店，可惜了它的华丽。”

穆言钦佩，北京的这样的老总更是比比皆是，他们开拓创新就好比为事业而生，在别人熟睡时，他们却是清醒，奔波在高速，谈判在饭局，点灯在办公。这点，的确自愧不如。分工有不同吧，自己的切入点就是将才，辅佐之用，非帅才，统率大局。

“别说我了，你呢，弟妹，孩子，还好吧？”大钟随意打岔。

穆言支吾，“还好，还好。”眼神有些游移。

“快做饭吧，不是托我的福么，今天准备露什么厨艺？”回身转移了话题。

大钟敏感捕捉到这个细微的不同。怎么同几个月前判若两人？上次来，只要涉及家庭，穆言这个话匣子可敞开了去，莫不是在新的公司做得不顺心？

“小穆，有心事？你是不是做的不开心？压力挺大？我就说让你辞职来我这里，你说你的根，你的项目都在北京。我就不能勉强你了，可是兄弟看你这个样子，怎能放心？那些年，在公司不是做得好好的，辞什么职……家里有事情了？有困难了？”

“都有吧。孩子大了，有些闹腾，总病。哎，我跟你可是距离越拉越远了，你这样的，钻石王老五，屁股后面跟着女孩子一大群喜欢着，我可不行，拖家带口，这屁股后面跟个孩子，不比掌管一个公司还费心哪！”

“呵呵，孩子怎么了，你不是喜欢孩子吗？”

“孩子也是把双刃剑，我啊，就只能开心的时候轻松轻松，一到生病什么的，没辙。而且，有些担心的是，我母亲病了……”

“什么病，要紧么？”

“前些日子去我们那里的医院，倒是没有查出什么问题。还是不放心，这不快到国庆了，把她接到北京再仔细查查。”

“应该的，应该的。”大钟肯定地点点头。

“哎，这是每个中年的寻常男人，必须面对的困境，上有老，下有小……”穆言自嘲，遗憾自己的无力。

“就拿工作说，也有瓶颈，这不想跟你聊聊，散散心呢。边走边摸索吧！以前在轩利，相对灵活自由，国企，关系比较庞杂，想理出个头绪，不是一个人能主导的事情。”穆言只是对牢骚侃侃而谈，而只有自己最知道心中的秘密，知道主要症结在哪里，那就是徐萌，只字未提，不能提。

大钟一边倾听，一边加紧了做饭的步伐，“好了，小穆，在我这里，不顺心的事儿咱先搁一边，来，尝尝我罕见的手艺！吃过饭，领你去个好地方。”

穆言顺手点上长桌的蜡烛，两个老男人的烛光晚餐么。

两盘西式的牛排，娇嫩，冒着诱人的油光，飘香四溢。摆在漂亮的餐桌，各占一边。

穆言皱皱眉头。

他不爱吃西餐的。忽然怀念徐萌做的皮蛋瘦肉粥，是那样的舒适贴心。

大钟是带他去听音乐会的。“在青岛，这个票很火，图兰朵。我知道北京什么都不缺，可是，没我的陪衬你也不会看嘛。你来，我就高兴！破回例，不工作了，欣赏高雅音乐去，哈哈。”

穆言脑海里全是徐萌弹琴的身影。他是爱屋及乌，以前不喜欢故作姿态的西洋乐器，现在越加喜欢，尽管从未听过，也从未看过徐萌的演出，但觉一定很精彩。

音乐会散场了。

“你在长椅那里等我吧。”大钟渴，去买饮料。

穆言坐在大厅，想起了徐萌，不知道睡了没有，“小萌，我听音乐会了，刚刚散场，坐在大厅。”

徐萌是睡了，手机响起。早就多了一个习惯，在穆言出差的日子，从来不关手机。

她揉揉眼睛，爬起，“好听吗？什么时候想听，我弹给你。”

穆言笑笑，拨响了电话，“这么晚，傻丫头，还没睡啊，等我电话么。”

“切，自作多情，谁等你电话啦，是想知道你今天顺不顺利。讲课顺利吗？”

“嗯，挺顺利的，研讨了几个问题，很有针对性和借鉴意义。对了，今天，大钟还亲自下厨呢，给我做饭啦。”

“哈哈，他也是不擅厨艺，被你训练出来的吧！”

“他才没有训练，瞎胡弄，实话说，不如你做的皮蛋瘦肉粥好吃。”

“好啊，好啊，回来我给你做一锅，撑着你。”

“哈哈，行啊，我肯定都吃光光。”远处，出现大钟的身影。“早点睡吧，乖，明天还要上班呢。”

徐萌没有睡，在手机上，写下了这样的诗意：

清晨 · 爱

在一起的半年，感谢有你

这样一个天朗气清的宁静，生活在不同的轨迹

你还是出差在外，顾及事业劳累不已

我还是了然牵挂，描绘情感始终不渝

一点点局促，一点点平和，一点点甜蜜，一点点羞涩

在你早餐的时候，送达内心

好吧，像承认需要粮食一样承认

我爱你。

清早，这精神的食粮早早送达了去。

第二天，穆言在睡觉，醒来正好看到徐萌的短信，这也是他最近养成的习惯，出差的晚上不关手机。

“呵呵，小萌，我也爱你。”

徐萌在上班，接到这条短信，眼眶湿盈盈。他从来没有郑重其事，那是他们彼此深埋在心底的相恋相惜。

55. 你是慕斯，还是牧师？

穆言拉着她的手，奔跑在地铁，喘着粗气，漾着笑意。

地铁门开，徐萌一个箭步飞身跃入，“咣……”门利落的闭合。迟缓的穆言没有尾随而至，他们的手就此松开。车外的穆言无奈的摆摆手，耸耸肩，贴着车窗用力的比划，意思徐萌都懂，下站下车，他再等一班赶过去。徐萌在车里焦急得直跺脚，地铁徐徐驶去。此时，梦醒。

还好是梦境，徐萌松了口气。缘分，缘分真是奇妙的感应。虽然天数已定，也不能排除人为的撮合，撮合有理有利。总还是会历经磨难在一起。

徐萌倒真奇怪自己的重色轻友的水平，爱情风平浪静，自己倒断然是谁都不会想起。也怪，谁会去打搅她的甜蜜？是不是自己开心，朋友们也都享受这份宁静？连姐打电话的语气都是，没事儿，没事儿，你忙你的。

不过，话又说回来了，只能在梦境。生活中的穆言才不会坐地铁。他懒呢，懒到开车都开出了毛病。明明十分钟的路程，近在咫尺，都要发动油箱马达，甘当汽车的主人，也是汽车的奴隶。真不知道有一天车坏了，打车也无望，只能靠着 11 路走路，会有多么难为情。

徐萌乐不可支，而穆言总会一本正经，“我很少健身了，我还是喜欢冥想，冥想很多值得思考的事情，不过想着想着就睡着了。”穆式的不着边际。

“要再给你起个外号，穆式的思索，就叫穆思，对，慕斯！我最爱吃的慕斯，哈哈。”

“你这联想啊，那我凑一个，还牧师呢！”

遐想着，电话就响了，是穆言。

“萌萌，这几天冷么？”穆言关切，入秋了，开轩纳微凉。

不符合穆言的性格，确实让徐萌惊异，“是冷些，没事儿的，我可以照顾自己。”

“傻丫头，还会照顾自己呢，衣服都丢我车上啦！丢三落四，乱七八糟，我不在身边，生活要学会有序呀！”穆言开始在电话那端絮絮叨叨。

徐萌没有感到烦闷，相反是窝心，着实窝心。

“明天跟妞妞一起过节，顺便带过去吧。”

徐萌似乎不太相信自己的耳朵，明天？国庆！举国欢庆，家庭团聚。以为自己孤单照旧，不会有什么改变的余地。穆言，不言而喻，节假日不应该属于自己。

“你应该在家的，否则她会着急。”徐萌第一次不情愿的涉及满秀，实在不想他们的谈话掺杂敏感的话题。有些人，有些事，不愿意去触碰，只要不触碰就不用去思考存在的必要性与真实性。

“没事儿，我想陪着你。就明天有时间，然后我就回家啦！”穆言柔情。

“回家？哪个家？”徐萌不想太感动。

“回老家，明天走。”

“国庆要戒严的，你怎么赶得过来啊！”

“我绕环路就行，七环路。”穆言偷笑。

“别懵我，七环路还没建呢！我倒有个办法。”徐萌心里闷闷乐。“你坐飞机来吧，的票我给你报了。”

两人在电话里天真的笑，笑到喘不过气。

穆言要来过节了，想想果真，自从认识，每个节日，穆言都会抽出时间陪徐萌度过。

小妇人的心思又开始泛滥，今天本是患了肠胃炎，绞痛，钻心的痛，可是爱情有这个魔力，让她忍着痛，跑到超市，仔仔细细把菜挑选。

穆言的小男人心思也泛滥。节前的公司，好不容易略微的清闲，理理思绪，看看徐萌的落在车里的衣服，有些陈旧，不够得体。于是，身随心动，想去趟西单，看看有什么徐萌适合穿的衣服。

两个人都没有过节的心境，因为都在为彼此的满意做着准备。两个人也都有过节的心境，因为期待着明天短暂的相聚。

56.我说艾格是挨个

第二日，穆言早早的醒来，巧得很，公司安排了他值班，最好的借口。

此时不去，更待何时?

“公司今天要值班，我去看看。”他没有看着满秀的眼睛。

满秀的爸妈昨天刚走，国庆穆言就要把娘接来了。家里老两口不在，突然间有些空落落。还是爸妈在，好啊!

边收拾床铺，叠被，本就屋子冷清，穆言竟然还要跑到外面，不陪她过个节，火气腾就大了。“脑筋没有进水吧，都国庆了，戒严了，阅兵了！需要值什么班？节假日值班，谁不就是做做样子啊？你值的班还不够多？平时晚上都不回来。”有火却得压着，嘟着老高的嘴。

最烦有人管他的自由了，特别是晚上的自由，“说着白天值班，怎么又扯上晚上不回家了，我那是工作，我能回么。”

“对啊，工作就是挡箭牌。可不是，小时候放羊，放的远了，跟羊群睡；现在工作，做得晚了，跟女人睡。”满秀火气彻底按捺不住。最近也不知道怎么了，直觉，直觉总是告诉她，穆言外面有女人，而且穆言对这个女人很上心。

却说不出有什么不妥，一切都正常，但就是不对劲。

“你说话不要这么难听吧，我没有撒谎。”

“你撒的慌还不够多吗？你跟我说从来不擅长撒谎，不喜欢隐瞒，可是我还能相信你什么！宁可相信母猪会上树，白天撞见鬼，也不要相信男人那张破嘴!”

“行了，烦不烦？你爱信不信。不想跟你吵，想在家就在家，不想在家，哪里随便你去。”

“这可是你说的，你说我想去哪里去哪里。好办，今天我和遥遥就跟着你，去值班。”满秀一赌气，就是到了天涯海角，也得跟定你。

穆言愕然，没有想到将了他一军。“别胡闹，我是去值班，万一被同事撞见了怎么办？”

“被同事撞见了怕什么，我是你老婆。你是怕被女人撞见了，心虚吧！国庆谁去公司啊，笑话。我今天就跟定你了。”

“你就是不相信我，总不相信我。行，今天你就去，谁怕谁啊。”

穆言僵在半空。去也不是，不去也不成。算了，走一步，看一步，见机行事吧。

说着，整理物品上了车。“走，遥遥，咱们跟爸爸一起去工作。”话语里透露着不满和挑衅。她要崩溃到极点了，我一定会抓到证据，满秀心说。

两人一路无话，各怀心事。满秀想着如何盯紧穆言，草草打道回府。穆言想着怎么趁机甩掉盯梢，到徐萌家里。

车子正入四环口，穆言放在车上的手机响，不由分说，满秀抓起就看，是刘总，“刘总的，你开车，接不接？”

“当然接。”穆言刚刚悬起心，又落地。

“嗯，好好，行行，您放心。”穆言答应了，挂掉。

“我要去刘总家，拿个文件，挑头转弯了，不知道下一步他怎么安排，你带着孩子，不合适吧。”

满秀不甘心，“把我放在家乐福吧，跟遥遥玩一会儿，等你。”

“嗯，”穆言轻应一声，绝尘而去。

幸亏，多亏，可亏了万能的刘总，关键时刻的障眼法，这个电话太及时，这个电话太救命。

其实，刘总只是在家找不到 16 号投标文件，问问他，是不是放在办公室。的确，最后是他看过，没有别人拿去。他一路应着，是的，是的，只是此是的，非彼是的。此应答，却促成了彼借口。

左顾而言他，说的就是这个道理吧，穆言的嘴角，一丝得意。

等红灯的间歇，穆言留言，“马上到了。”松了口气。

那端的徐萌，看到短信，满心的欢喜。

“叮咚。”门铃欢快的响，一如徐萌欢快跳跃的心灵。今天的日子很特别，今天的节日是同穆言一起！

平时是四菜一汤，今天要不要铺张浪费成满汉全席？

呵呵，穆言可没有那样的肚量，他总是食又言，寝又语，斯文又调皮。

“萌萌，这么晚才开门！”穆言直嚷嚷。“等着我脖子都长，眼睛都直，寻着香味一路小跑来的。”

“就你话多。”徐萌拍拍穆言的头，深情的拥抱。

搂着徐萌的小蛮腰，亲亲，“最近，瘦了。真是瘦了。”

“可不是！为君消得人憔悴，被烟熏得黄花瘦。”

“得，文学真是武器，总是正中我这个靶心。得杀死人，这样看来，我都死多少回了。”穆言一脸的无辜。“你打扫屋子啦，都是拖把的水迹，我小心地滑，小心的滑啊滑。”说着一手拿着衣服，一手已经麻利的换了拖鞋，轻快的氛围，已经把刚才的哨兵完全抛在脑后。

徐萌一直在笑，心里笑，嘴上笑，脸上笑，像是个水萝卜，哪里都是甜。都说笑是女人的美容品，一点不假。顾不得看他，一直起着油锅，开着油烟机，有秩序的进行。暗自欣喜厨艺，看来烹饪有天赋，奶奶传授，她按章操作，像模像样，自己这个煮妇可是越来越炉火纯青。

超市的菜也是新鲜，昨天抱病忍痛去买，真值。初秋，碰上了刚上市的橙子。

穆言进屋，把衣服丢在床上，看到桌上的清新欲滴的橙子，自顾自拿到厨房，不管三七二十一，乱剥橙子皮，但就是挺懂事，不乱丢，乖乖的蹲在地上，悄悄在垃圾桶旁边处理。

“来，厨师张口。”穆言递到徐萌嘴边。“谢谢穆总，服务到家啦。”

“哈哈，是想先让你以身试法，尝尝是酸是甜还是苦。”穆言打岔。

“尝过了，很甜，你可以享用了。”关火，盛菜，“开饭，你吃水果吧，先开开胃”。

“不急，等等。”穆言连忙把橙子放在灶台，接过徐萌的碗，拿起端到餐厅。

“萌萌，看我给你带什么礼物？”眼神透着神秘，说着在衣服上擦擦湿漉漉的手。

“这个是你的衣服，我拿去洗衣房洗了。”

“嗯，我看到啦，谢谢。”

“还有这个，好看不？”

徐萌奇怪地看着，“这个是我的衣服，没错。这个格子新新的，是你的衣服？”

“尽说胡话，我自己穿女式衣服啊。给你的，来，先试试看！快把外面的衣服脱掉。”

徐萌忽的两颊绯红，却不动身。

“怎么啦，不喜欢？”

徐萌羞涩，不言语，让穆言扭身转过去。

“哈哈，我才不看，又不是没看过。”

“就贫，不许转过来，等我换好。”

很快的功夫，徐萌喊，“回身吧，只是没有镜子呢？”

穆言回头，“哈哈，我这不就是镜子？哎呀妈呀，可担心坏了，号码没有买错，是M，眼睛没花。”说着嘿嘿，左比划右支楞，像是个裁缝，自己做衣服。

啧啧称奇，“萌萌，你穿上真是好看，特别好看。我可没有给人买过衣服，合适，真合适。”穆言陶醉自己的作品。“昨天手机坏了，去买个新手机。说着就到了中友。以前你强烈推荐的地儿，广告效应，植入脑筋。好不容易找到什么仕女专层，兜兜转转了半天，才看到艾格，哎，累死了，真是挨个。”

“服务员讲，现在的女孩子都兴穿这个，看看挺符合你气质的，你还是适合英伦风。”穆言喜滋滋，点着头。

“英伦风？哈哈，这话从穆总嘴里蹦出，真是横空出世！”

“别给我文绉绉。”穆言一本正经，“什么横空出世，我可不轻易抛头露面挨个逛什么商店，男人嘛，什么时候都是随意拿起一件衣服就走。广告上都说，一年逛两次海澜之家的。”

徐萌彻底捧腹，不，是折服。这个孩子，有心，还如此表露。

“说，赶紧招啊，你是专门的，还是故意买的。”手伸向穆言的胳肢窝，挠起了痒痒肉。

“徐总明察，我是顺便的，真是顺便的，买手机顺便。”

“让你不承认，让你不承认……”徐萌彻底展开攻势。

穆言微微的触动。简单的，好好地爱。

想起还有一个礼物，光顾着兴奋，差点忘记正事儿。

“还有，这个，萌萌，这个课，去听吧。对你的提升有些帮助。”

徐萌接过入场券，咂舌，“这个课我一直想听的！几家媒体联合房地产行业的精英举办的峰会。很贵的！”

“呵呵，我是主办方长期的讲师，这个面子，还是给的。嗯，还真巧，在你的母校人大举行。”

“你怎么不听？”

“我不是告诉你了嘛，我回老家。”

“呵呵，男人也儿女情长呀。”徐萌调侃。

穆言一脸的沉重，失落的笑笑，“哎，一直没跟你说，我娘……病了。”

徐萌的心提起，什么病，严重么？

还不知道，前一个月，我姐打电话，情况不稳定，是心脏。在我们那检查过，我想还是把老人接到北京吧，正好照顾。

“对不起，不该耽误你接妈妈，应该让你早点回家。”徐萌搓着衣角，有些歉意。

想起远处村口的炊烟袅袅，那是穆言的家乡，想起病床上视茫茫，发苍苍，齿牙动摇的穆言母亲，更是惭愧，“小木，想跟你回家……知道我回去不合时宜，你都不知怎么介绍，都想躺在你的后备箱，没有什么心思，只是担心。”

“傻丫头，丫头傻。别担心。我的计划就是今天陪你。什么都别想，要好好听课，知道么！”

徐萌听话的靠在穆言的肩头，“放心吧，给你做好笔记。”

生活依然还得继续，艰辛还会徒增，只有徐萌，是属于他的开心果，可以忘记暂时的忧郁。真不知道这样的快乐可以握在自己手中多久。

57.这是她想要的唯一

头一回吃得安心，不用接满秀电话，徐萌和穆言心里都格外的从容。时候不早，徐萌想催促穆言赶紧回家，因为不想尖利的声音破坏这难得的美妙。

正巧，徐萌的电话响，老同学的号码。

“过节了，限行了，在家也没意思，同学出来聚聚，徐萌，大美人，捂在屋子里都发霉啦，出来晒晒太阳，透透气。”同学一阵的调侃，电话听着很乱，看得出来去的人不少，活跃气场。

“嗯嗯，好的，你们先混着，我收拾一下就来。”徐萌应着。

“有事儿要走么？”

徐萌并不正面回应，“我的时间永远向你看齐，只是，你走吧，孩子和她还等着……”

穆言想想也是，满脸的歉意，“萌萌，真是不早了，毕竟今天国庆。你不是出去？我先送你。”

简单的穿戴。

刚要进车，穆言的电话还是响了，徐萌的脸色有些不大好看，真不应该答应，这个节日有点憋屈，说不要听到，还是听到：你有播的权利，我可没有听的权利。想着想着，无名火就不知冲谁发，招呼也不打，头也不回地转身就走。可不是，反正送她八成又是泡汤，不用他提，自己先拒，岂不是利落干净？

不喜欢勉强，一向都是。

其实，想身后追兵拦腰堵截的，毕竟，每个女人都会虚荣，希望被在乎她的男人宠。

没曾想，追兵真的跟了上来，摇下窗户，很歉意，“怎么不等我？回来吧，上车，我送你……”

声音有着不容置疑的无法抗拒。徐萌几次三番的推阻，虽是不情愿，心中却是心满意足：这是她想要的唯一。

然而好景不长，电话又响了，徐萌都有摔碎的冲动，手机上面的名字，秀。对于她的称呼，只能是再可怜，再正规不过的“徐萌”二字，即使在公司，旁若无人时，他也只谦虚，礼节的称呼她为“小徐”，和北京人套近乎所谙熟运用的“徐总”。那一低头的娇羞，那零距离的接触，只有他们 only two。

对，她无法容忍爱情遭遇竞争，可以共同分享，在不同的世界共同分享，但无法相提并论，正面冲突，那熊熊的嫉妒之火，燃烧正旺。

徐萌知道自己嫉妒，出奇的嫉妒。

这回可不能不听，“嗯，嗯，马上……”毕竟，不想后院起火，不想节外生枝，穆言止不住的叹气。

徐萌料想，好一个乔装，“停车，停车，我要下车……”

“萌萌，别任性好么，现在在高架，车子不能停的……”

“那叹什么气，最受不了你叹气，”她差点说出来，你看你这个窝囊劲。“你给我停下，高架也有公交车，我就是等一辈子，也不会让你为难！”

徐萌很为自己的自尊姿态骄傲，这也是她想要的刚烈。因为，她知道，穆言的焦虑多半因为对自己的愧疚和无奈，她喜欢自己骄傲的像个公主一般。

“你确信能到站么……”他开始松口。

这个胆小如鼠的男人，“不用你管，停车，否则我跳了。”

无奈，穆言停下车子。

“小心我的头发，留在你的车里！”徐萌头也不回，硬生生，砰的关了车门。

穆言没有办法，他只能离开另一个女人，回到另一个女人的身边，容不得犹豫，缓缓地开启。

在太阳下炙烤的徐萌，心戚戚……悠悠的心里揣摩，坚硬的是外表，不争气的是内心。

瞬间，电话声响起，“对不起，萌萌，刚才态度不好，我道歉。别生我气啊。”徐萌难以平衡的心，被谅解取代。

“她在远处，马上来。不许生气，我挂了。”嘟嘟的声音。

徐萌怅然若失。算了，算了，不想了，去聚会。

不一会儿，又是一条短信，“萌萌，再给我个机会吧。明天送你听课，好么？早晨在家等我，不准耍小脾气。”徐萌破涕为笑，还算“知错就改”！

她啊，总是在妥协与倔强中摇摆不定。

“嗯，等你电话。”徐萌匆匆收线。到了，迎接她的是，朋友们熟悉的面庞。

58.我们都是跑龙套的

这是工作后，徐萌参加的第一次同学聚会。

已有不少的人在席间侃侃而谈。节日的北京，节日的酒席，格外的热闹。

徐萌在同学中占有举足轻重的地位，之前几个的场次都因为临时脱不开身，忍痛割爱了。这回，反正穆言不能陪永久，不如自己找乐忘却。

还是一帮子没心没肺，捶捶打打的没正行。有秩序的打情骂俏，有规则的寒暄落座。而徐萌正因为是学生时的不为情所动的冰美人，但却是聊天必不可少的开心果，而格外被推崇，排在了显要的位置。

徐萌的语录在大学便有言在先，榜上有名。别跟姐谈感情，那会谋杀了姐聊天的乐趣。

现在事隔三秋，徐萌却深藏不露着玩味，我们都变了，变了很多。不知道如今的同学知道了她隐秘不为人知的这一面，会不会大跌眼镜，有家室的人唾骂，没家室的人嘲笑，人生百态，悉数阅尽。宽容？不会有人选择。

这才是聚会的正常形式：没结婚的牵牵线，搭搭桥，相对顺眼的，不要挑剔。刚工作的数落数落微薄的薪水，缓解一下沉重的压力。

“我怎么觉得咱们都是跑龙套的啊！”

一句话，勾起了大家的兴趣。

对，我们80后，什么都没有，唯一不用努力就拥有的只有年龄！我们正年轻。

徒有一身武艺，渴望舞台。台子上有滥竽充数，也有卧虎藏龙，只是都逃不脱一个暂时性的悲剧：跑龙套。我们都是公司的螺丝钉，哪里需要就往哪里拧，做着不经过大脑的重复机械劳动，绞尽脑汁的吃力。别管是人才浪费，还是脑力剩余，人多就是弊病，你来了，就有人出；你走了，还有人进。铁打的公司，流水的兵。于是，为了户口，我们苟延残喘困国企；为了税前的薪金，我们兢兢业业奔外企。金融危机，多少公司对人力实行开源节流，不裁员已经是万幸，怎么会有大张旗鼓的招聘？迟到，扣钱；不礼貌，扣钱；加班，不加钱；超额，不加钱。你得为老板的任何一个决定忍气吞声，因为这是媳妇熬成婆的必经途径。

北京的生活压力大，究竟大在哪里?

大家开始蠢蠢欲动，又一阵活跃。

房子啊，房子，什么时候可以踏踏实实住上自己的房子？出生在80年代，并不是我们的错，总不能在上学的90年代就谋划买房子养家糊口吧。不是心态浮躁，是浮躁的心态根本赶不上房价的泡沫。游个新马泰，不过是一个平米的价格；转个欧洲列国，不过是几平米的银子。几年下来的奢侈旅游，也只能与厕所平米数旗鼓相当。平凡的新新人类，什么时候拥有了自己舍不得吃舍不得穿舍不得花的栖身之所，那无异于葬送了自己一生的挥霍享福。首付已经吃尽积蓄，还完月供就垂垂老矣，到儿女都可以结婚的年龄，又得为下一轮首付的倾囊相助而努力！偏激，的确偏激，可是偏激得现实。难怪，女人嫁的是房子，而不是男人，没有房子的男人得慎重考虑。女人嫁的是安全，不是男人，没有安全的男人又将终生托付到哪里?

好吧，如果不要房子，不要安全，只要爱情，那就大胆“裸婚”吧!

对，没有钻戒，婚纱，照片，最最关键没房没车，就具备了基本裸婚条件。不过记得虽然糟糠之妻情深海，可是贫贱夫妻百事哀。一个学生时代公认的帅哥才子，不由得大家集体会诊他的“病态”。

一个一贫如洗的才子与一个挥金如土的富家女相爱了，关于金钱，他们始终有分歧。他甚至想把好好经营的爱情搅黄，几次下决心，几番施手段，均未得逞，矛盾焦点就是几近“倒插门”的命运。他的大男子主义，看起来凛冽，实际完全是不成熟的大男孩的主意。

“何必给自己设置障碍呢？爱一次不容易，不如现在接受所应接受的，将来有能力再还应该还的。”徐萌点题。

大家赞同，都觉得有理。

“有时候，为结婚而恋爱太功利，应该为恋爱而恋爱。”一句话，舒坦了她全身的细胞，放松了谴责的警备，再一次投入。我要对穆言好，全心全意，徐萌暗地告诉自己。

59.挽留，并不能解决问题

台上的嘉宾侃侃而谈。

“这里是北京，这里是人大。我们都强调，现在房地产已经进入了双核时代。一面是政策保障，一面是商品供应。它是会相互促进，加速发展？还是相互干扰，给很多都是投资、投机的炒作，形成泡沫？想要房地产持续健康，就要销售量稳定。可我们现在程式化进程加剧，全国有655个城市，但是真正房地产运作的，只有60多个城市。相对北京，容器一定，下面的供需越来越大，越来越迫切，政府就需要市场循环流动，才能掌握平稳的供应量。但现在依然不得不承认，对于北京这样一个特殊的城市。存在很多的夹心层。”

徐萌暗暗得把自己划归到这个层次。

“是中低收入的群体，两边不靠，东西不是。商品房买不起，保障房没资格。”

“这个城市，是精英在创造财富，他们应该有房，应该在这个城市，拥有一处不动产，符合28原则。但是夹心层，政策还是应该扶持，推出公共租赁房和限价房，租赁性为主，产权性为辅……”

我不要做夹心层，要凭双手自己创造财富，做这个城市的精英！徐萌又开始了桀骜不驯，“穆言也是这样奋斗的，我为什么不可以！”想到这里习惯性的看看调成静音的手机，是想看看屏幕有没有出现小木的字样，没有讯息。

峰会结束了，徐萌背着书包慢慢踱步，走出会场。金秋十月，空气清新。

这是节日的人大，喷泉唱着欢快的曲。一排排的红楼，错落有致。不过两年没有回到母校看看，一花一草，一树一木大学四年只是匆匆而过。来不及品味，来不及欣赏，没有花前月下，卿卿我我，就已经流走。

还是原来的青草地，一片葱茏。虽然比起穆言复旦的广场学术气逊色了几许，但活泼却是添了几分，一如她与穆言的性格。

周围一对对的情侣亲昵，与蓝天白云相映成趣，以前觉得是矫情，现在觉得是幸运。

忍不住卸下书包，把自己扔进草地，思绪肆意的奔放，想穆言，尽情。如果身旁有穆言，就可以手挽着手，肩并着肩，就这样终老，永远是快乐。

哎，不去想，想起是罪恶，想起是阻力，想起是不可能实现的梦境。穆言现在在做什么呢?

突然，手机响，“傻妞妞，好久没有去田间了，地里的稻穗金灿灿，一派丰收的景象，美不胜收。呵呵，你要是见到，一定会惊呼的！”

徐萌看到狡黠的笑，忽然脑中闪过的穆言母亲。“母亲怎么样？”

“还好，谢谢丫头。”听得出，电话的那头隐隐的沉重。

“她一定会好起来的！课听的不错。”

“萌萌，我抽空把你的号绑定到我的亲情号了，以后打电话方便，可以不花钱。”

小木。亲情号。喜欢亲人这个定义。亲人。母亲。

她一定会好起来，徐萌默念，有了主意。还有些时间，她要去信仰圣地，虔诚祷告，讨个吉利。

第一次不是因为自己的信仰、自己的难题而来到雍和宫。像每个善男信女一样，匍匐在地，虔诚的祈祷，甚至有些难为情，为一个没有任何关系的，一个叫穆言的人的母亲担忧烦心，为什么会如此，尽管没有见过一面，可已然把她当成自己的母亲。尽管没有去过穆言的家乡，心早就飞了去，感动上苍，母亲的病情就会以最快的速度康复。

“希望她早日好起来。”香炉袅袅，依然。

依旧行走至偏殿，其实，无意中想看看小僧徒还在不在原来位置。

可巧，今天他还是打坐于此。

“命数自有天定，人间苦难皆空。施主，我不算命，顺其自然吧。”小僧微微睁开眼睛。

徐萌双手合十，虔诚献上洁白的哈达，这回轮她痛苦的闭上了眼睛。

隐隐的直觉，很多，不是挽留，就可以解决的问题。

60.突如其来的扫地出门

从雍和宫回来，疲惫，课程排得紧，连着五天，打起精神以图再战！

回家，掏钥匙开门，咦？怎么门开着？是走的时候忘记锁门了？还是……进小偷了！徐萌不由得紧张。

猫着腰向屋里小心翼翼地张望，哦，原来是房东小两口从国外回来。

怎么不通知一声？此时，父母的礼数问题倒是被徐萌注意，还出国呢，真不如朴实的农民兄弟。

“小徐，我们刚刚回来，挺累的。我想，跟你说个事儿，这个房子，我们暂时不能出租了，想自己住。”房东甲，一个看似世俗的女人，语气淡淡，事不关己。

徐萌懵了，这是唱的哪出戏？她不能容忍这样的不打招呼，突如其来的扫地出门。

人是在屋檐下，可这却不是低头不低头的问题，这有合同约定是法律！说不让住就不住了，怎么办？找什么房能容易？现在是租赁市场的旺季！前些天，同事还叫苦，他找房子已经两个月了，还是没遇到合适的。怎么，难不成让我睡大街！

徐萌想讲讲理，“可是合同还没到期……”

不行，就是不行，人家就是客气，就是要收回房子的使用权，所有权归房东，当然一脚蹬出的主意，谁也难追。蓄谋已久，一定是蓄谋已久。

“我们的确有急用。”

“我们会退给你多余的房钱。”

“我们也知道，你们外地人，不容易。房子难找。请你谅解。”

语气中透着优越，伸手不打笑脸人。再理论也没用，找房吧。

徐萌真有人在屋檐下，怎能不低头的无奈了。

她想穆言，首先的心思就是想到穆言，尽管知道怎么办，可是穆言若在身边该多好，哪怕仅仅给她个拥抱，给她个肩膀，给她个亲吻，都会平复掉很多焦虑和不安。

而现在，她的伤感，无所依托。

那就问问长辈吧。

想到妈，不行，妈那么远，不解决问题，而且肯定会说，该怎么办，就怎么办，学会独立。那语气里充满着理性却不理智。

想到姨，姨肯定也会说，再租呗。反正他们就是不会帮帮忙，同你一起度过，这看似完全不是什么难关的难关。

哎，还是问问吧，姨却有了另外一番言语，“那就先找房子租，对了，正要问你，小萌。你们公司在通州的盘要开了。我跟你姨夫就先不打算买了，妹妹马上要直接办出国，移民什么的，还需要钱。公司的人都走关系要拿，要不，让你姨夫帮着给你拿一套？让你妈赞助！付个首付，月供再说。”哎，远水解不了近渴，况且她对于啃老，本就没好感。

去问姐，徐彤答的果断，搬过来跟姐一起住吧，别受那窝囊气！可徐萌想，姐家太远了，跟公司就是城南城北的对角线。再说，小萍……已经够糟糕，三个女人一台戏，这戏可不好演。那需要钱？多少姐先借你。也不是办法，姐夫新开的工作室，资金周转有问题，他们没有北京的户口，银行又不给担保，而徐萌又不是直系亲属，没房没车，没固定资产，一穷二白，也不行。姐姐、姐夫已经把自己之前一直攒了些个钱都垫付得差不离，不能再麻烦他们了。

哎，家家有本难念的经。

女人最怕什么，最怕没有安全感，她一直以来最最缺乏的。即使是暂时的安全，老天现在都要拿了去。

徐萌想，再不安全，自己也已经成人。得，去找房子吧！

国庆七天，除了上课，就是东奔西走，登记，看房，却没看得上的。

而这边，房东却有了软招不行，来硬招的主意。

他们误会了，以为徐萌想抻着，耍脾气，不搬。

因为这些天劳累疲惫，徐萌没有顾上解释，天天早出晚归，跟整日呆在家的房东小两口话不投机半句多。是啊，只能骑驴找马，总不能今天说了，明天搬吧！

国庆放假的最后一天晚上，回到自己的卧室，屋子……怎么像被洗劫！鬼子进村扫荡了一般。

原来房东有一个大大的衣柜放在徐萌的卧室。当初出租有言在先，一半放房东的衣服，少一半留给徐萌。徐萌的衣服多，挤着缝，掖着脚，几乎把所有夏天的衣服搁在衣柜里，塞不下的就放在自己的皮箱，为节约空间，堆叠在衣柜的顶层。

现在柜子倒是不见了，而皮箱却明显坏了，大敞开着，衣服乌烟瘴气的一床，其余的摆放全部乱了套，甚至书本都是七扭八歪的躺地上。最最可笑的是，连厨房的油腻腻的瓶瓶罐罐，炒瓢蒸锅都似设着关卡，列队检阅，摆放当中。

简直是油锅里撒盐巴——炸了。

他们！他们竟然敢把我的书放在地上……他们还是文化人？我的书……现在别说睡觉了，本是不大的空间，连个插脚行走的余地都没有！

“小徐，跟你说一声啊。你白天总不在家，我们实在等不及，今天收拾家，就把柜子拿到我们的屋子了。”房东乙，一个贼眉鼠眼的男人，倚着徐萌的房门栏，双手插裤兜，轻蔑。

“那你为什么不等晚上我回来说一声，我好腾出来？”徐萌望着满床的衣服，满地的书本，点缀的锅瓢保持斯文。

“拜托，小姑娘，你回来几点了？十点了，你不睡觉，我们还要睡呢，什么时候能等到你？”

他们就那么等不及，清理门户……徐萌本是想说，我那是看房了，不都是你们让我平白无故的搬来搬去。但是，不想说了，她凭什么通情达理的让路，还得惹一身的委屈？

“那我现在怎么睡？我得睡觉吧！”

“谁不让你睡了，都是你的衣服，你的东西，收拾一下不就结了，还问我们怎么睡？”房东瞥眼，一脸的不屑。

“你们太过分了！还是出过国，留过洋的，你不知道么，擅自进别人的屋子，是侵犯隐私权的么！”

“喂，拜托小姑娘，租房子的能有几个钱？好像我们贪你什么金银财宝！这是我们的房子，进自己的屋子理所应当，难不成还偷你的东西？你住了我们的房，我们都信任你，哦，现在轮到你不信任我们了！笑话。”

徐萌快要哭了，“这不是什么信任不信任。我租了房子，这个屋子就归我了。”那情景就像自己被别人强行扒光了凌辱，暴露得赤身裸体。

“房子什么时候是你的了，什么时候成了你的？笑话。我们只是交给你使用，又没交给你拥有。”

“我要告你！”百无一用是书生，徐萌再争辩下去就是有理讲不清。可法律又是什么有力的武器？

“告吧，反正你又没有丢东西，证据，警察要的是证据！”

彻底撕破脸皮。

快11点了，徐萌再也受不了了，砰的摔了门，她今天不想在家过夜了。随便，随便走到哪里都好，可哪里才是我的家，安全的归属地？

还有什么奢求，只要躲到一个不被人欺负的角落就行。

月明星稀，一个人走的街道冷清清。只能想到穆言，那千里之外的穆言。甚至没想到最近最亲的姐姐。

穆言一定睡了，冷静冷静，还是发短信吧。

穆言却打来了电话，“妈妈睡了，我在外面，不能太大声。”

徐萌不哭了，也突然不知道该怎么去讲这份别人体会不到的苦楚，包括穆言，语言此时是那么的无力。

“咱搬家吧，萌萌！北京人太欺负人了。咱不受那气，找好房子，咱就搬家。房租我来承担，等房价低了在南边买个二手小户型。”穆言很轻松地说了自己的对策，懂不懂她的感受不知道，但句句应她所急。徐萌不知道该说什么好，甚至有些无措于穆言的鼎力支持，其实，她只是气不过，发泄发泄，只在乎这份千里之外的心意，这份两肋插刀，义不容辞的责任和关怀。

“傻丫头，很喜欢听你说，也非常愿意分担，定好了咱就搬家，好么？今天就乖乖的回去，凑合凑合睡觉，必须休息！”

徐萌恍惚，所有的床笫之欢和甜蜜时刻，危难之际，有了最好的证明。心里默默的告诫，等有了钱，分期还，现在存个悬念，以后留个惊喜吧。

61.突如其来的倒戈翻盘

穆言回到老家，发现许久不见的母亲，憔悴在风中，走路颤巍巍，耳鬓又徒添了一袭银发让他心疼。田间的凛冽把她吹瘦了，吹黑了，吹病了。

心脏的毛病，让她气息微弱，说话不敢用力，甚至有些吞吞吐吐，咬字不清。可是，那慈爱的表情，永远定格在穆言的脑海，一如曾经的记忆。

茅檐低矮，溪上青青草，满地金灿灿的麦苗，连着望不到边的地平线，跟娘的风烛残年是那么的不相映衬。倚杖柴门外，临风听暮蝉，村头余落日，墟上直孤烟。西下的潮红，不瑰丽，却悲艳。

娘，劳碌了一辈子，拉扯大了一群儿女，临了穆言孝顺报答的时候，却还是生了病。

告别了姐，回京。回家的娘，竟然还是虚弱，在家竟然只能躺着，吃饭都得挣扎着起，困难。满秀看着如此的情景，照顾着，也有些担心。

穆言国庆后没来上班，特意同刘总请了假，亲自给娘挂号，排队，买药，约了很有名的专家瞧病。

跟满秀一道扶着娘去，几天后，医生叫他去一趟。

“你母亲的心脏，有衰竭的征兆，已经到了晚期，必须立即进行心脏移植。”主治医生廖政鲜，一个医术高超而严谨的专家，果断而凌厉。

穆言懵，“廖医生，一定要进行移植么？需要谁的心脏？老人年龄都这么大了，为什么必须这样！”

“还不好说，这应该是我们研究比较稳妥可行的一个方案。现在的医学技术相对成熟，虽然手术感染几率会比较高，但这方面不必担心，我们还是有把握的。只是，需要严格验证配型，进一步观察，耐心等待捐献者。如果想延长您母亲的生命，必须立即进行手术，不能耽误。所幸她目前情绪稳定，你要谨记，一定不能让她知道自己的病情，过度的波动，高涨，低潮，都不利于术前准备。马上住院，给她一个安静的准备期。”

“好，我马上办住院手续。”慌张张，又一阵的忙乱，忽然想起，又折返到廖医生那里，“医生，费用方面……”

“这个……手术费用并不是很高，但是术后的持续费用客观地讲，很可观，你要做好充分的准备，因为需要终生服用抗排异药物，保证巩固效果。”

“行，行，不管花费多少钱，只要能救我母亲，我只要救我母亲！”穆言那男儿有泪不轻弹啊，忍着了，手头的钱应该还够，只要度过了这次难关……心里不断地安抚着自己的无主六神。

那边，徐萌还在找房，一直自己一个人找，辛苦，可心里却异常踏实。因为有穆言在，穆言就在她的心里。

可是，穆言却是三天没有来公司。

若是从前她会问。可现在，一方面，自己马不停蹄不容耽搁，另一方面，穆言的母亲病情也不知道如何，莫要添乱问东问西。

今天，终于看到了一处满意的住房。户型，交通，地段，离公司的远近，都没得挑，就像特意为她定制的。可是，有两个人也在观望，跃跃欲试。租赁市场竟也火爆到这个程度：好房子是抢出来的。房东一见抢手态势，倒比较懂行规，也不加价，只是提出签合同时，需要付一年的全款，能及时套现，就及时套现。可徐萌等不及了，那边的两位也在窃窃私语，合计着不肯松口。

一边杵着两个人争抢，一边是全年的款额自己不够垫付。怎么办？

房东说，你们今天必须定下来，多少人等着看我这房呢，犹犹豫豫可耽误了生意。如果定下，交了押金，这房子就留给你们，合同明天签。

这就是房东，刚刚离开一个不讲理的主儿，又迎来一个冷漠的主儿，可最终的关键，房子，徐萌还得住。

“容我打个电话吧。”徐萌只是不知穆言状况，只得拨个电话试试，平添了打扰。最终落槌定音，还得找赞助商。

而穆言此时正在医院，刚付了母亲的手术款。电话响，看是徐萌。

接得有些为难。得知了陆续的情形。

“嗯……差多少，我娘的病需要钱，恐怕是有些困难。”穆言翻盘，他不知道该怎么跟徐萌解释，解释无从说起。

缘来，是如此计划的，公司最近在通州开盘，本想投资再买一套，娘身体这么不好，还是不动产保值升值。剩下的，手头决计有些宽裕，可以给徐萌租套大些好些的房子。以前的房子房间距都是那么窄，实在说不过去，一睡觉就得拉窗帘。所以告诉徐萌不要担心钱，只要舒适。可现在，娘这样的病情，一下子应急，全掏空，资金也不好周转，以前的房子也不能马上卖掉，现在房价看涨，现在卖了就得赔几十万甚至上百万。所以，没顾得去思考，这几天已经为母亲的病郁郁寡欢，折腾得心力交瘁。

“哦，那算了。”徐萌自觉的挂掉电话。

穆言竟然轻易变卦了。

“阿姨，房子，我先不要了。”徐萌失落的走出屋。如果穆言倒戈，这个房价对于她来讲，实在力不从心。衣食住行，她不能无限放大住，把其他三项缩减为零。西北风，还没打算喝个干净。

那边的两个人倒是很开心，竞争对手自动弃权，失去了竞争力，准备马上签协议！

徐萌想，穆言竟然变卦了。他在哪里？是搪塞我么？是在骗我么？对，母亲治病当然第一位的，只是有些不敢相信现在的他，母亲的病情，那是早就知道的事儿啊，可国庆，却为什么满口答应？

可约定怎么就朝秦暮楚，让他扮演了查漏补缺？蹊跷。他说过的，房子挑个舒适的，以前的简陋了，可他不知道么，舒适是要用钱买的啊，这样大手大脚合适么？对，穆言喜欢，也不想让徐萌受制。她是自觉着有些奢侈的受惠者。

对，穆言只是说说，又没字据凭证，具体可行的办法不过空中楼阁。事情怎么会演变成自己主动去要，而不是对方思考好要给，徐萌觉得自己在抢，抢得霸道，穆言那是治病救娘的钱，自己怎么可以随意挪动？

算了，罢了，按自己的标准，找房子吧。靠谁都不如靠自己，况且，本就不属于自己，何必强求？这个房子刚合适，可并不属于自己。就像穆言，的确合适，但却并不属于徐萌。

不必苦恼，是你的想跑也跑不了；不必徒劳，不是你的想得也得不到。这世界说大就大，说小就小，就算你有房子的约定，就算闪了腰，也要继续用心去寻找。

62.是骗局还是另有隐情

且不说那丢失掉的好房子，徐萌倒是理智了许多，而首先理智的是需要明确：不能怪罪穆言，他要照顾娘，百事孝为先，就是夫妻，还经济纠纷呢，何况他们这样的关心，不过是情分。

过后，就按自己的标准去中介重新登记，日子又沦落到了当初，天天找房，天天没有进展。火爆的市场，资金的限制，范围窄上加窄。还是那句话：好房子是疯抢的。

“徐总，您看，这地，这施工，红火的……”一旁，年龄比徐萌大得多的李伟殷勤的鞍前马后。

李伟是掌管整个通州项目楼盘的总经理。

徐萌谦虚，“李总，您别一口一个总的，叫的我不好意思，您德高望重，我不过乳臭未干……”

“咱们的销售量，全得靠您支撑。”

李总那宠辱不惊的面庞，闪过一丝神秘。“别人不知道吧，我能不知道，总公司钱总裁嫡亲。不打招呼，咱都得照顾嘛。”

徐萌客套，“打过招呼的人多的都绕总公司三圈半了，要不也不会这么个阵势。”说着指指销售图，户型最好的三栋房，显示“售罄”。

“明天才摇号，行情现在就一片看涨！”徐萌假意叹气，“真难轮上我这毛孩子。”

“这话您说的见外。您的关系怎么能一般二般对待？要哪套房，那俗语儿说的好，还不是一句话的事儿？其他人，吃了也得吐出来。”李总极尽讨好。

徐萌暗笑，都是看官看得眼红的主儿，快要知天命，还想爬一爬，窜一窜。姨夫的关系太隐秘，一再嘱咐，低调，低调。

上次姨姨说的话，她就没放在心上，本没打算买房，可房子实在是租不到，不由得不去思考。父母商量，同意付首付，只能算借，还要算利息！母亲说，借不借，你自己考虑。

徐萌都疯了，这是在教育孩子？独立，就是一涉及到钱财就算得门清？

打小就习惯，抠门是一贯的家门教条。

是得考虑考虑。

可这个盘，地段过于偏僻，交通也不十分便利，只能作为投资，短期无法套现。起码需要像炒期货，放个三年五载。可是，她现在需要消费，远水不能解，近渴依然存在。

之后，姨夫出差回来，问，房子的事情考虑得怎么样，碰巧，她在姨夫公司附近办事儿，就随便到办公室坐，谈了谈。

姨夫建议，买了吧，反正以后也是要在北京定居，正好她们姐妹有个伴。

徐萌就说了自己的想法，想暂时还是缓了。

不过去看看也不是不可，却是熟悉业务。

姨夫点点头，也好，我就不轻易打招呼，一打招呼这事儿就得定。楼盘你先去体验，有什么想法再说。

临了，姨夫塞给姨姨给她的东西，她不要，就在办公室扭打起来，可巧李总候在门口，准备着汇报情况，撞了个满怀。弄得气氛尴尬不已。

“这个倔丫头，”姨夫忍不住的叹气，正色。“咦，李总，来汇报工作的吧？”

“萌萌，你先走吧。”

李总却误会，以为徐萌跟钱总，关系是那样的，就像徐萌跟穆言的关系，怎么想怎么发笑。多大的人和多小的人，搭调么？后来旁敲侧击，才打听到内幕。

后来，李总就更会意错了，直纳闷徐萌为什么只看不买？如果买，那钱总早应该跟他打招呼啊？难不成是走副总路线？看来这二年，邀功请赏也不容易，还得加紧步伐。

李总想着，徐萌随意问着，“李总，我今天来的算早吧。排号的有好多，但我还算是头一个亲临现场支持工作哦。”

李总笑笑，“可是不早，总公司的人已经接待过一批，不过咱公司你是第一个，哦，不，你是第二个，已经有人买过一套了。”

李总感慨着羡慕，跃上眉梢。“穆总，你认识不？可是提了一套特棒的。”

“哎，他真是有福气，那户型，南北通透，敞亮，楼层也好，不高不低，二层。实话说，就是趁着混乱撞了好运，本是总公司的人已经内定，哇，真见过这有钱人，跟菜市场买白菜一般，来两块钱的……一口气定了三套，最后只是因为资金周转不开，挺遗憾的，就来退了一套。可巧，穆总来看房，直接交接。”

徐萌这下可彻底懵掉了，他不是没钱么？她不是给母亲治病么？怎么一买房子就财大气粗？就把治病的事儿抛到脑后！

对，他是没有什么责任管我，没有义务过问我是不是穷死在垃圾堆，可我们都这么惯熟，却完全蒙在鼓里。

“昨天下午，穆总定的。”李总继续笃定的猜测，“应该是梁总办的。”梁萧天梁总是通州项目公司的副总。

“哎，人家的经济实力。买房就跟逛超市，看准了就提。咱可实力不成，还得问问银行贷款答不答应呢。”李总望楼兴叹。

“真是身在工地没有得房的命……”

徐萌貌合神离，但面对李总，依然挂着笑容，“您别谦虚，您那是没有中意的。这批户型，这批地段还是没能入您老的法眼。”

“老总要不在自己的地盘上建个根据地，占个山为个王，对得起自己嘛，对不对，李总？”徐萌歪着头，看看年事已高的李总，风尘中那饱经的沧桑。

“是啊，”李总是沧桑，“这片地，就是我的孩子，我天天早晨来，已经习惯站在顶层观望个把小时，看着它打好地基，树起钢筋，浇注水泥，一天天飞快的成长，特别的高兴，高兴。”那眼神跟含辛茹苦的父母，稻田里等着收获的农民，并无二异。

“要说，买房，真的，可能你不相信，我们跟你们待遇一样，兴许还比不过你们的优越。只是有优先选房的便利，等那片小高层建好了，我还是喜欢那个容积率低的，有些像连排别墅……”

“看看，说实话了吧，您是向更高的目标迈进。哈哈。没有最好，只有更好啊！”说着，徐萌做了个前仆后继的动作，李总为她的可爱忍俊不禁。

“徐总，中午晚些走吧，一起吃个便饭！买卖不成仁义在嘛。”

徐萌乐不可支，“真是看不出，平时您一本正经，原来生活中实在幽默风趣！”

“那要看对谁不苟言笑，对谁谈笑风生了。”李总一语双关。

“嗯，这期的世界，就交给需要的人民吧！二期开盘，我定了，跟进！”

李总点头，“到时需要随时给我打电话，先给你选定户型，挑一套满意的留着。跑一趟不值，多辛苦。若是信不过我，想看盘，我直接让他们接你。”李总爱怜。

“行，”徐萌忙着起身，“时候不早了，明天要开盘摇号，是关键的点儿，我也不客气，就不耽搁了。下午还赶着个事儿。”

“李总，临了，还有个请求，上次在总公司，看到的，我跟我姨夫……希望您不要声张出去。这层关系，公司基本没什么人知道，我姨夫……他的脾气您也知道，比较低调，我也比较低调，您……懂么？”

“懂懂，怎么不懂，徐总吩咐的事情。照办就是了。放心，我不会说的。房子下次给您留着。”李总送别了徐萌，也忙着热火朝天的开盘的造势准备工作去了。

63.问世间巧有多合

徐萌是真有急事儿，不是客套。约了姐姐、姐夫逛街，很难得一家人开心着调和调和。

房子琢磨着寻觅，其他事儿，也不能不管不顾。

以前，逛街总是同姐姐一起，现在为了缓和紧张气氛，姐夫也在受邀之列。广宇想想也是，最近，工作室忙到眼前一片云雾缭绕，都不知道世间的市场行情了。抽点空闲，找点时间，领着多多，陪同小萌，去商场逛逛。快入冬，该添件衣服。

来之前，姐姐又生了一肚子的气。因为又发现广宇给小萍打电话，时间还很长。

“你有些无理取闹，强词夺理了吧，姐。”徐萌在一旁，小声提着反对意见，“姐夫他得工作，小萍那是他的同事，总也不能一句话都不说吧？现在的工作室人手不够，离了谁都不行啊！”

“我让他一句话都不说了么？有工作怎么不能谈？可你见过一谈就谈两个小时？我说电话怎么总占线，总是打不进！家里需要他帮忙，找不到人影，你觉得我还能陪着笑脸说，没事儿，没事儿，不生气？”姐理直气壮自己的有理有据。

徐萌心想。姐心里已经结下疙瘩，一时半会根本解不开。得，一起逛个街，自己怎么又稀里糊涂的变成矛盾调解员了，自己的矛盾心思又有谁管？

想了想，回身服软，问广宇，“姐夫，情况是不是属实？你以后不能欺负姐了，否则我跟你没完。”

广宇正愁没处伸冤呢，“我欺负她？我又不是天天呆在家里的家庭妇女，工作室筹不到钱已经够烦的了，还得哄着你姐，怕她生气，哦，打电话的权利也剥夺了？我就差安个雷达，事事都得报告！几点几分我在哪？那还有没有人身自由了！”

“哎，我不是这个意思。算了算了，你们握握手，算是讲和，给我个面子，好不好？”公说公有理，婆说婆有理，这个家务事儿，她清官再断，也断不清。不挑起争端就是万幸。劝和自己真的不擅长，于是，拿出了小孩子的把戏。

姐姐、姐夫，在徐萌的强硬掰扯下，手牵到了一起。

徐萌多少有些成就感的开心，给他们空间，给他们台阶，就一溜烟地跑向前。

随意的抬眼，忽的相中一件衬衣，一见钟情。同见穆言一般的一见钟情。很职业，很绅士，他穿一定很帅气！竟忘记出来的目的了，总是提及穆言就不长记性。

回头，人群攒动，直勾勾盯着广宇观望，比划着身材，跟穆言差不离，“姐夫，你帮我试试那个衣服？”

广宇没听清，以为徐萌要给自己买，忙摆摆手，“不用，不用，我有钱……”

徐彤接话，“说你傻，你就喘，她是让你替她试试，衣服架子，懂了么？”

广宇不好意思的挠挠头，跟服务员拿了适合的码号，进了试衣间。

徐萌看得出，姐比刚才开心了许多。“姐，怎么一下子开心啦？”

徐彤笑笑，“哎，算了，谁让我爱他呢，就是一时说说气话，忍了。刚才已经跟我承认错误了，谢谢你，萌萌。”姐感动的握了握徐萌的手。

“姐，我们还说这个……”

一转脸，想起广宇去试衣服，徐彤又是怒气冲冲，“你又准备给那个男人买衣服了吧？不是姐说你，我看你是脑袋进水，被驴踢，被门挤，反正就是一句话，不正常。你现在，自己都没有地方住，都要沦落街头了，你告诉姐，他帮你了么？男人如果爱一个女人，怎么不肯花大价钱？”

“姐，他妈妈病了……”

“病了怎么了，他以前没有钱？又为什么答应你？别见他了，更别买什么衣服，我告诉你……”

“哎，姐，你不明白，就像你为鸡毛蒜皮生气，又轻而易举的原谅，一个道理。当局者迷，或是当局者深陷爱的困境。爱多的是妥协，多的是理解，多的是关怀。我也本没打算让他帮忙的。姐，那件衣服漂亮不？姐夫如果试着合适，我就付款。今年是他本命年，想让他穿着我买的衣服，平平安安。”

“啥，他本命年？今天也是你姐夫的本命年！”徐彤脱口而出。

这个……也太巧了吧，“那……你呢，姐，你多大了？”随口问了一句。

徐彤答。

“太……太……太……太过巧合了。机缘，机缘……”

“怎么了？”

“穆言跟广宇是同一年，你跟他媳妇是同一年，你们的孩子还是同一年……”

64. 兵分两路的烽火硝烟

穆言不由得偷着乐，捞了一套房，误打误撞运气好，早来的不如赶巧的，人最怕比较，比较，那就会几家欢喜几家愁。还好，他属于欢喜的范畴。落实了房子，踏实多了。母亲只管安心排号，住在医院等着手术，廖医生说了，手术成功，应该会彻底康复，技术，十年左右的时间，还是可以保证。

一切稳妥。

上天就是让他惊险了一程，扭了扭腰。

紧张的脑细胞缓慢了转速，就想起了徐萌，上次回答的仓促，是他的过错，绝对是他的过错。

眼前又浮现徐萌自信满满，自尊强强的小身影。

哎，也不知道这个丫头，房子找的怎么样？

约出来一起吃个饭吧。

徐萌寒心，他戒备我，竟然不想来家了，怎么，想谈判，说再见么？

地点是穆言定的，一家面馆，他最中意的一家面馆，味儿地道，店干净。徐萌知道穆言喜欢吃面，老规矩。服务员拿来菜谱，穆言忙递给徐萌，问她想吃什么，拣喜欢的点。她摇摇头，自己最不喜欢吃面，再说，地方都没的住，怎么有胃口？

“傻丫头，还替我省钱呢？”

“没有。”徐萌没了开玩笑的兴致，简短的答复。

看看她不太高兴，穆言没再追问，自行做主，“服务员，两碗招牌西红柿面。”点过，探着头，细细观瞧徐萌，“好么，丫头？”

“你嫌弃了，不来家里坐坐？”徐萌忐忑着低了头，不想看穆言，准备着他说再见。

“傻孩子，房东不是在么？房子找到没？”穆言根本就没此心思，问了正事儿。

哎，徐萌这才抬头，松了口气。自己都气糊涂，房东当然在家，他还关心我，哼，摆着姿态关心我。

“没有，自从上次那绝好的房溜了，就再没找到！”徐萌不想解释，就想臊臊穆言。

穆言听得出话里有话，埋怨呢，“萌萌，上次的事儿……是我错了，我是糊涂。国庆答应，那的确是想好的，本有闲钱留下的，只是……娘的情况有变，她得手术，挺大的手术，现在还住着院呢……我怕资金周转不开，不敢随意动钱了。”穆言支着脑门，埋下了头，很少见他如此沮丧的。

“原来是这样……”徐萌一下子就柔软，菩萨还是未感知世间疾苦，料是自己虔诚不够，穆言的母亲怎么会这么严重？

徐萌叹了口气，立刻原谅了他的事出有因，是真的另有隐情，“你告诉我，怎么会不明白你，不明白你的心？你就是自己憋着，扛着，让我猜测，我要不是在乎你，我没事儿做什么猜测！我哪有功夫琢磨人！……”

“我只是不想让你担心的，萌萌。你自己找房子心够乱了。”穆言愧疚。

“母亲现在怎么样？”

“在排号，但愿老天保佑，可以快一些手术……”

“希望她彻底的康复。”徐萌又一次真诚的祝愿。

“还有……这个……”说着，从包里掏出了衬衣，“我……周末买的，看着挺好看的，觉得你穿着合适。”

穆言眼前一亮，“好漂亮的衬衣！萌萌，你的眼光真好！只是，不怕你笑话，就是一直……嘿……舍不得……谢谢你。”说着，握着徐萌的手，感动。

“穿着吧，明年你本命年的。”

徐萌并不说，明年也是她的本命年，他们一同的属相，而她只想穆言平安。

徐萌不说，他倒真的忘记，“谢谢小萌，我……一定穿着，好好穿着。”空气里一时间都是感动的气息。

服务员上面了，随意看了一眼穆言，惹得他不好意思，放下了正握着徐萌的手，转移话题。

“对了，萌萌，你听说咱通州的盘开了么？自古是西贵东富，南贫北贱。盘到东南六环开外了，可照现在的流行说法，真叫泛 CBD 商务区。”穆言对于流行的牵强附会很是会心一笑。

“但以我多年的经验，这块地，地铁必然会发展，离环路口也不远，交通跟得上。应该是不错的选择。”穆言自顾自欣赏着蜻蜓点水的分析，肚子好饿，拿起筷子，挑了根面，调皮的缠了个圈，送进口，催促徐萌，“快吃，快吃！”

徐萌只是下意识地拿起筷子，并不吃。

分析的头头是道，还挺能装，“我还没买，住的地方都没有，买什么买。”徐萌刚是满心欢喜，就又马上堵得慌，不租房子没的关系，那他买房，又该作何解释？自己坦诚的心理，直率的脾气，本想把昨天去通州的事同他讲讲清，可话到嘴边又多了个心眼，咽了回去。自己就会不分青红皂白的掏心掏肺，穆言难保准是什么心计。哎，我们什么时候竟然互相算计了！算，且先听他自己怎么说。

“哎，不耽误，该买就买，该住就住，两条线。”穆言以为徐萌还在为自己的住处犯愁，想往旁着引。

徐萌冷笑穆言的事后诸葛亮，并不喜形于色，这个混小子，还遮遮掩掩，哼，主动问总行吧，“小木，你买了没？”

穆言一边含着口中的面，一边忙着答复，“嗯，我昨天提了一套，不要说啊，拿私房钱买的，谁都不知道，只有你知道，呵呵。你要不要买，我跟梁总说说？”答的倒是爽快，随口问，张口答。穆言曾经提及，他跟梁总的交情，都是一路的销售起家，一条绳上的蚂蚱。

哦，他倒不觉得有什么不妥？房子已经开盘，现在才随意说说，太没诚意了吧！跟我来这样程式化的客气！

“哦，是两条线，该给妈看病就看病，该提套大房子就提套大房子，不缺钱。我也是，该找房找房，该买房买房。我昨天就有先见之明了，去看房，准备买的。”就着，顺道含沙射影。

穆言早察觉到徐萌的别扭，可是他也有自己的顾虑，若是帮着徐萌在梁总那里言语，那他们的关系就会有人怀疑，这二年，国企依然老毛病，打听事儿的人多，管闲事儿的人多，人多，嘴就杂。所以只能装着糊涂，打马虎的反问，

“那买了没？”

其实，内心，他是希望徐萌买的，如果徐萌有关系，挺好的机会。

“人家给了名额，可我没提。”

“为什么没提？那个地方升值空间很大的！”穆言急了，就好像给他的房子丢了一样，也是，自己好不容易才捞到一套房子，怎么徐萌有人给名额

都不要，多好的机会！人，真就怕比较。

徐萌早就气晕，什么人啊，你买到了，之前不问也就罢了，在这儿显摆什么？懒得解释，敷衍，“我不想要爸妈的钱，我不啃老。”

穆言可倒是不依不饶了，“萌萌，你傻啊，你这是什么，你这是幼稚。”

徐萌马上光火，“我怎么幼稚了？”

“家里给你钱怎么了？现在你需要周转。好好工作，踏实赚钱，以后又不是不还？多少人巴不得这个机会呢……”

“那是他们家大业大，我觉得这个钱，没必要借……”

穆言索性放下筷子，不吃面了，说教起来，头一次如此的激动，“怎么没必要了，怎么没有必要了？你这是没有超前意识，没有投资盘活的意识。北京的房价始终会涨，只涨不跌。就是有朝一日卖到5万一平都有可能，你倒时还不买，还买不起怎么办？现在的机会，咬咬牙，紧紧裤袋，过去了，绝对上算。是咱自己住，怕什么没有保障？过了这个村，可没这个店了！再说了，凭你的能力，什么时候可以赚到钱？赚到可以买房的钱？你说没有归属感，全部都来自于没有安稳住处的原因。住处是第一位的！”

“可这房子买了我也住不得，不知什么时候才能赚钱，住处都没有，天天还月供还贷款。我头脑简单，轮不过来思考这么多问题。”

“你不要只盯着小处不放，行不行，你现在不就是没地儿住么，马上就有地方住，可是，等你有精力思考买房子的事儿，房子早就卖光了！”

他们完全偏离了各自的轨道，越说越远。

“我不跟你吵。你有你的处事方式，我没有权力干涉。”穆言跟徐萌说不通，准备以此结尾。

徐萌突地想，你倒是没有权利干涉我的处事方式，所以就不借给我钱？

“那好，小木，那这么办，我向你借钱。我们都这么熟了，你了解我，以人格保证，不会不还的，我打借条，你借给我。”谈话戛然而止。

穆言理短了，叹了口气，“萌萌，你不明白，你问我借，我怎么不会借给你？打什么借条？怎么不信你的人格？给你都肯。但是……为何这次，连租房的钱，我都没拿出来。哎……我好难，我娘……她做这个手术，真的很危险。各方面都不得出纰漏，我是真不敢手头没有积蓄了，我得储备着，以备不时之需，就是这次买房，都没跟满秀说，自己去买的……”想起担心的事儿，再也说不下去了，哽咽。

徐萌至此真是后悔了，这不是她想要的结果，彼此伤害，伤害原本那么的相爱。没想什么都知道，她保留穆言的隐私，尊重穆言的决定，一直都无条件的相信，他做出的每一个决定都是有原因的，都是有不便明说的原因。就算庸俗又有什么关系……

这是他们第一次吵架，第一次汹涌澎湃的吵架。

爱情，也需要来点麻辣的调味料，涉及现实的调味料。穆言徐萌太平静，所以应该起波澜，刀尖轻轻一挑，就是连串迭生的变数。

65.论钱的可恶与可爱

可这变数，竟然因为钱，谈价格谈分担谈到伤感情，何至于此……

她一直厌恶钱，因为钱，人会错失很多情感，隔离了很多快乐，徒增很多烦恼，已经被父母的教条和吝啬捆绑了一辈子，不想再因为钱，让如今的感情再蒙受什么误解，那样她的良心将会惶惶不安。

是啊，如果在乎钱，就不会自己还没有住处，就欢喜喜的给穆言买件喜欢的衬衣；就不会知道穆言生病，急匆匆去买药，然后惊觉那是自己留着买书的钱；就不会苦撑着肠胃病的身体，满超市找他爱吃的菜……徐萌不求他知道自己的不易，甚至自己都可以忽略，因为过程是艰辛，结果却是快乐。因为穆言会开心，仅仅是开心。

徐萌总觉得他们是一类人，彼此珍重而惺惺相惜。肯为浪漫，坚持付出，愿意付出一切，甘之如饴。给予的幸福，金钱难以代替。

力所能及的帮助，是顺理成章的给予；而倾尽全力的付出，却是万金不换的爱情。

况且，潜意识中，徐萌本就不希望穆言有如此的认为，是因为经济利益的关系，才在一起，她需要爱情的纯净和清白。

话说回来，辩证的看待，正因为钱的关系，我们疯狂的痴迷很多东西，也正因为没有钱，我们在过于平淡的现实中，寻求替代品。

北京这个大城市，消费对于普通的老百姓，的确奢侈。有氧的运动，户外的旅游，健身房的跑步机？哪个又不要花钱。怪不得很多的人，坐出了将军肚，生出了小肚腩，那都需要下班租赁有租期的健身房地盘，将上班无法消耗掉的脂肪，通过汗腺的传播途径，甩在这方寸之地。

可是看看现如今发明的虚幻时代，下班找找车位停泊，咱就是有车一族；晚上抽空偷偷菜，就不用跑到荒郊野地闲栽。现在所有的享受，就是建立在把时间留给拼命赚钱，把身体留给公司隔间，把娱乐压缩到极乐幻想里。

是么？每人有什么样的经济实力，就会过什么样的生活？很多人冷言冷语，年轻人就不配拥有房子，是的，正常的年轻人，有多少同我们一样，辛辛苦苦的拿一辈子死工资，本本分分待在坑，拥有房子之日，差不多该买棺材了。

难道就因为我们年轻，就该错过了自己本该拥有的美丽？而等我们有能力美丽的时候，已经没有心情的老去？就像女孩子，年轻的时候，总是喜欢漂亮的衣服，但却常常没有经济实力，而年老的时候，又穿不得了。

人，真是矛盾。

连徐萌自己也是矛盾，想跟所爱的人，一起建立属于自己的安乐窝，即使再苦再累，也属于两个人。

可是，现在，只有她自己。

“小木，我们不要吵了，好么？”

“是的，我们不该吵架的，萌萌，对不起。”穆言也悔悟自己的冲动。

“小木，你是不是觉得我的浪漫很幼稚？跟我人本身一样的幼稚？”

“没有的。”穆言摇摇头。

“如果有一天，我很有钱，我会不会是熠熠生辉？全身的光芒？”穆言不出声，闭着眼睛。

是啊，有了钱，娘就可以安度晚年，不会担心没钱治病，而他也不再犯愁；就可以给小南一个安乐窝，他们就不用争来争去。他最爱的人，最需要的东西，他都给不起，有什么别有病，没什么别没钱，在他这里就是灵验的最好证明。他就是心疼，就是无奈，又能怎么样？他只能气喘吁吁的爬行，望着周围的灯红酒绿。爱，是需要有资本，需要资本的彰显与支持。男人，就是这么辛苦，而对于他，这个普通而混蛋的男人，格外的辛苦。

66.葵花宝典，易走也易识

时隔不久，穆言就突击到了通州的项目公司，说是突击，因为去时，正是工作时间。本没打算视察工作，只为房子办个交接手续。付了款，再次感谢梁总，寒暄着客套，便心情甚好的移步到了销售部门，下班时间离着不远了，刚好跟同仁们打个照面，鼓舞士气。

公司过去的销售业务全部外包，那时初创。后来又试运行着成立了成都的销售部，可依然未上轨道。难怪的，销售经理都是总公司直接委任，也不允许社会广纳良才，就连上次提问成都销售经理那么简单的问题都哑口无言，想要业绩，真还差着不是一星半点。

但随着公司的楼盘越做越多，总向外面扔钱，终不是办法。老总们回过神，着急啊。这次的销售，公司是有意在培养自己的队伍，上次成都的没做好，这次刘总特意同总公司举荐穆言，很顺利的就让他把关，面试上岗几个有些工作经验的策划专员。说是把关，实则还是局限，换汤不换药，在现有关系的应聘队伍中挑挑拣拣些“精兵强将”。没办法，总公司就是这样的惯例，用外面招聘的，总不放心。哎，穆言想，矮子里面拔将军，将就呗。

其实，包括他自己，对这帮人天花乱坠的道行也没谱，建议刘总还是照常外包，算是让这些专员度过一个实习期，顺畅接轨。

刘总认可，而明察暗访的任务，他就责无旁贷了。

这是批有活力的年轻人，穆言打心眼里期望自己没有看走眼，毕竟这是他来这个公司招聘的第一支队伍，队伍好坏，直接关系到他的伯乐声誉，是不是千里马，拉出来遛遛，一目了然。

专员们显然对穆言的突然造访有些不太适应，查岗不预约可不是个好习惯：那看得出的剑拔弩张。穆言笑着让大家放轻松，“其实也没什么，就是想看看，你们都做到什么程度，我们一起探讨文案创意。有想法的都可以提出来嘛，说到文字功底，我也许还不及你们擅长，有什么好点子，集思广益！”

话是这么说，可大家紧巴巴的神情一点没松弛，不由得都站起来，一个站起来，其他的都接着齐刷刷。

穆言还在耐心做着疏导，“明白大家的尊重，没事儿，你们该做什么就做什么，我不干涉，保证不影响。”穆言就开始随意瞅瞅。就近低头，顺手拿起小张桌上的文件夹，里面夹着一打的打印稿。

“这个不算私人物品，可以看吧？”穆言拿起，看着小张的脸色一会儿好看，一会儿难看，红白不是。

题目是广告用语大全。“哈哈，你们的葵花宝典？”穆言加紧了翻看速度，认真读起来。

不读不要紧，一读真要命。

什么广告用语大全，简直是广告忽悠大全。

以下是实录：

“楼盘，圆屋顶的叫巴洛克，尖屋顶的叫哥特。从地理位置上来讲，有山说山，有水说水，无论多远都是依山傍水。从建筑风格上来讲，尽可能跟欧洲扯上关系。从周边设施来讲，最好扯上 CBD，如果实在没有，那就强调这是生活区。从交通情况来讲，3 公里之内都是地铁口，有条公交就是交通便利。从小区环境来讲，长根草都叫绿化。从户型来讲，大的叫豪宅，小的叫精致豪宅……”

看不下去了，八卦小道。

穆言哭笑不得，“这样的打印稿你们是不是人手一份？快像公式速查手册了，是不是？你们自己的创意呢？”一声失望的叹息。

“感情老百姓怎么都得着咱的道？可是，同志们，老百姓不是傻子啊，会被你轻易忽悠进了坑？他们不会来楼盘实地考察？那我们的广告岂不是弄巧成拙？岂不是聪明反被聪明误？又岂不是赔了夫人又折兵？我们是国企，无论从楼盘的质量还是户型设计，区域配套等等，都是有别于外面开发商的，那是我们的品牌！前期所有铺垫不能最后毁在我们销售这个环节啊！这个责任不好担的，当然，我完全可以替你们担下来，可我们产生不了可观的利润，大家的薪水从哪里来？这总是关系到你们的切身利益了吧？哎，我的意思你们完全的曲解，为什么不能认真花花心思，给自己一个创作，而不是抄袭的机会？”

说完便头也不回地走出了屋，料想个个都是老油条，现在的年轻人动不动就想走走捷径，捷径就那么好走么？捷径是条什么样的路？易走也易识的道！

67.谜底揭晓，礼物出场

酒不醉人人自醉。穆言今天是飘飘然的喜悦。

今天是个好日子，心想的事儿都能成，今天是个好日子，打开家门，咱迎春天！

穆言那个开心啊，母亲的手术很成功很成功很成功！廖医生资深主刀，下手术室就告诉他，没有问题，只是老人年岁大了，身体比较虚弱，插着氧气瓶，可能一时半会恢复不了，没有办法马上苏醒。

穆言才不肯循序渐进，他着急啊，着急。只管尽人事，听天命，料想自己的执着，天地日月可鉴。就一只手握着娘的手，一只手扶着娘盖着的被，趴在病床一动不动，寸步不离。除了吃饭睡觉上厕所，就是疲惫时趴在床沿休息，只管保持一个姿势，守了一天一夜，看着插着氧气管的母亲，输着点滴，双目微闭。

他是感天动地，娘，醒了，心跳很平稳，身体很健康！娘第二天就能下床了！喊着要回家！穆言说不行，您恢复恢复，娘不肯，说医院多贵！真的费钱。咱回家住，一样的。

拗不过娘，廖医生也批准了。

把娘接回家歇着，她已经开始做饭了，娘直说，自己忙惯了，别管是农活还是家务活，都得做，闲不住。

呵呵，穆言径自放了心。

晚上有饭局，公司成功开辟疆域，打了个漂亮仗，董事长请所有的中高层领导列席。在他单独的私人会所吃过饭，就在一体化的包房奢靡，随意唱唱歌，尽尽兴。

哼哼，何谓漂亮仗？公司是可算踏破铁鞋无觅处，又在北京六环的地方，抢了块地。各路的媒体纷纷进行报道。其实，平心静气，公司还是缺乏实力，这次完全是歪打正着：因为房地产的大佬都没有适时叫板，跟他们凑凑热闹，抬抬价格，炒炒地皮。以致竞拍很无趣，他们一路举牌跟进，非常顺利。其实走的也是步险棋，原因很简单，虽然招拍挂地块捆绑廉租房和经济适用房征地，已有先驱，早不是什么新鲜事儿。可这次，如此大范围的捆绑，一半还多的地块，尚属首例。房地产商一直持观望态度，望而却步，不好染指，这次更是觉得不值当。

哎，拿地的决策，公司领导层愿意也自有他们的考虑，今天就不去想了，穆言的脑筋此时只能容下一人，开始惦记，有些惦记，不，是十分惦记徐萌。

“萌萌，今天能出来么？”

“不能。”

“为什么？”

“我还没有找到房子。”

“出来吧，就算陪我好么，特意定了房间的。真的。”

“不－出－来。找过房子时间不早了，很晚，我要睡觉。”

“有多晚，能超过十点？听话，来酒店睡哈。”

徐萌当时在看房，她是嘴硬，心里犹豫，不得不承认，都这么些天了，她也想穆言。哎，败在他的手里。10点多进家门，今天看了三家，还是老状况，一家没看上，另外两家又被别人捷足先登。想着恼火，没脱衣服，靠在床边，倒头就睡，手里握着手机。

推杯盏盈，觥筹交错之间，穆言穷于应付，疲于应付，懒于应付。他知道徐萌睡着了。要不是等他，就会睡得很踏实。知道自己不能耽误一时一刻，只想拉着徐萌的手，徐萌柔软的小手，在凉爽的秋夜中跳欢快的华尔兹。

今天的茅台，不知怎么回事，烈又浓，好像是造假上头，好不对劲。

不太对劲的戏码还在后头：身旁，很多人醉了，昏暗的橘红灯映衬下，暧昧粉墨登场。有人歌唱，有人跳舞，有人谈话。

今天的客服部赵部长却是明艳。因为参加晚宴的只她一位女性，独树一帜。特意盛装的打扮。一袭抹胸的丝质礼服，完全包裹着她略略富态的身躯，胸前的水钻很别致，晶莹剔透。赵部长是个极有些品味的女人。胸前白皙的皮肤若隐若现，无限遐想，却又不过分的低俗。正独自喝着茶几上摆放的马爹利，愣神。突然身旁，徐萌的领导冯部长一把搂着她几乎是要亲吻。众人惊愕，停下手边所有的活儿，专心专意的看好戏。一直保持的距离，如此的失态还是生平第一次，真是无法言说的羞愧。赵部长呆若木鸡，结结巴巴，酒醒了却无法挣脱，抱定处之淡然的心态调侃，“把我当成你媳妇了吧。喂，酒喝多，眼花了，眼花了，不认识人了。”

没想到的是，冯部长不慌不忙不承认，“我知道你是谁，赵部长嘛，我喜欢你很久了。”语出，四座皆惊。喧闹的嘈杂寂静到只剩下环绕立体声。冯部长继续一脸的坏笑，谄媚着，“没关系，没关系，让我抱抱，抱抱不行，搂搂总是可以吧。”

还是穆言反应迅速，压低声音，大步流星的走近，严肃地对冯部长说，“冯部长，您喝多了，赵部长今天不舒服，她要先走了。”

冯主任摆摆手，舌头早不听使唤，“我没喝多，我清醒着呢……”然后就像复读机般重复着。

气氛一下子凝固，一场本是繁冗拖沓的宴席，自是不欢而散。

穆言心里轻蔑，不由得可怜，喜欢人家，何时表白不可以，非得挑个大家都在场的地景现眼！也怪不得他，挺可怜：喜欢是一个人的事情，爱，却是两个人的事情。爱，就是得到！小南，他的小南一直都只属于他自己。

从会所出来，穆言让司机泊到了安全的地带，谎说自己喝酒头疼，下车走走，勿等。司机停车，穆言舒了口气，转头就换上了出租，掉头直奔徐萌的家里。穆言怀揣着小鹿，砰砰砰。如初始般一见钟情的砰砰砰。因为，有个特别的礼物要送出，一定会给她个惊喜，今晚算是为谜底揭晓来个隆重的仪式，这才是精心定了房间的主要预谋。

“萌萌，该出门了，我在楼下等你。”一贯的温柔。

徐萌睡意惺忪，隔着手机，都听得出那喷着的酒气，“是不是又喝多啦。”

“呵呵，说你鼻子灵，还是耳朵尖呢，猜对一半，我是喝酒啦，可是能转得过玩笑，就证明酒量还行。放心吧，没醉滴。”穆言还是不改他的调侃本性。

徐萌起身，匆匆换了衣。已经太憔悴了，找房找房，穆言从来不言语，可是，一无所获的停滞，让家里集市的状况并未改变，在堆砌凌乱的衣服堆挑出合适的，都非易事。

只是今晚的答应，明白自己是爱穆言的，还是别让他失望的好，难得定了房间，出去度个名不正言不顺的蜜日。

门外，出租车早已等候许久，远看车窗，不用看，那千遍万次的注视，是穆言再熟悉不过的身影。

“师傅，走。”见徐萌又是一身的清爽，酒顿时醒了不少，来了精神。整条街空旷，路人都回家歇息，没了踪迹。一路上，只记得紧紧握着徐萌的手，生怕跑掉，一刻不曾松开，一刻不曾分离。就像前两天握着娘的手，一样的动容。最后又竟自靠在徐萌肩，徐萌抚摸着他的脸，疼爱。

转眼到地，司机师傅提醒，“小木，该下车了。”徐萌晃晃肩头，穆言醒。走出车门，仰望星空，俯视大地。这是个子夜静谧的城市，这是个多少万人难寐的不夜天。那如浓稠的墨砚，深沉到化不开，调不淡。酒店星级很高，门前璀璨灯火，流光溢彩，遍地华灯若漫天星汉。喷泉并未因无人观赏，而停止畅响的欢歌。可这些都不属于他们，因为繁华的太不真实；却又属于他们，因为唯有他们在真实着享受这份繁华。有钱是好，可是有钱却不一定有浪漫，有纯真，有快乐，有个相爱的人。

门童已经睡去，他无所顾忌的拉着徐萌的手，真实的感受着面前的这个女人带给他近一年的所有感动，一如以往的灵韵，撩人耳目，动人心旌。拉着她一圈圈的旋转，简直要让她脚底生风，转到眩晕。穆言是那么的开心，开心到像个孩子，子夜时分都舍不得让她进酒店了。

突然穆言停着，抱住徐萌，“谢谢你，小南。谢谢你，一直在我的身边。”他常常说谢谢的，但此谢谢非彼谢谢。她知道这是爱的倾吐，“小木，什么时候这么客气，不许跟丫头客气。”徐萌掉泪，穆言应声，“知道啦，我的傻丫头。”

打开房门，两袖清风拂面飞，浮枕酒迷醉。徐萌真是累了，见到床就似亲人，“小木，我睡了，在家洗过澡了，你洗洗就休息吧。”穆言说好，不忘记吻吻徐萌的光洁如玉的面颊，跑去洗手间冲凉。

徐萌就躺在床上迷迷糊糊睡去。也不知过了多久。突然润湿的舌尖轻叩迷醉的防线，情欲的森林。知道穆言是想要她，周围的灯光昏暗，可她实在是有些力不从心，困意四伏。

“小木，我累了，最近找房子，特别的费心，真的，特别累。都不合适，太贵了。”

“别总自己看，可以跟同事一起去，其实你们没有那么忙，请假找找也好。”

徐萌马上火冒三丈，你又不是我，又不知道无家可归的落魄，寄人篱下的漂泊？你怎么会体会到家里纷乱得无法下脚，也许明天就面临沦落街头的无奈？你不了解！

你就会凭空的想象，想象我的清闲。

你就会享受，享受这样同我在一起的奢侈夜晚。

徐萌淡淡，“没事儿，大不了睡在外面么，就像今天一样，只是家当就得丢街上，也是，我没什么值钱的东西。我这么穷，没了工作，更加的饥寒交迫，跟穆总怎么相提并论？我赚钱难，可我勤勤恳恳，堂堂正正，除了对待你的事情……”

“萌萌，说什么哪，不许这样说自己！至于么，我就是问问情况，只是告诉你不要着急，慢慢来啊。”

“至于么，你总是这样考虑问题，什么时候换位思考过！你想想，我都到了问你借钱的地步了，要不是迫不得已，轻易开什么口。算了，又提钱，真是被钱折磨怕了。你是对的，真的是对的。我理解，我都知道，我根本不愿意拖你的后腿，成为你并不光明正大的债主。可是，谁都有困难，我现在真的挺难的……有的时候，真的不知道自己长不长脑筋，有没有逻辑，图了你什么！”

穆言沉默许久，紧握着拳头，长叹口气，“我也只是也想给你个惊喜，帮到你。”

“你看，我都拿来这个了……”说着扭亮灯，一串丁玲玲，徐萌没好气，“能有什么，还能有什么！比沦落街头更让人沮丧！”

“你好好看看？看清楚！”

“看到了，是钥匙，不是我们家的，至于哪里的，我没有兴趣去猜。”

穆言暗笑徐萌的傻傻，“当然是你的，不，是咱们家的！”

徐萌以为听错了，什么，再说一遍，她辛辛苦苦的找寻，原来穆言一直在努力……

简直不相信自己的耳朵，太多不清醒的夜晚，已经没法分辨真假。拿起叮铛响的钥匙，放在手心，是真的，没错，是真的。

“我没骗你，这是我原来在咱附近投资买的处房子，当时你找房，我就琢磨着，离公司有些远，而且这里一直有租户租着，就没同你说。可巧，合同正好这个月到期，租户刚刚搬走，不管远近了，咱先凑合住吧。跟满秀说，同原来的租户续了约，继续交她房租就是了。还是这样稳妥，你总轻易相信别人，千万别被房东中介坑钱什么的，不安全，外面的人太杂，形形色色的人不好相信的。”

“就是离家稍远了些。辛苦你跑来跑去。只要有时间，我就送你回家啊，萌萌。”

穆言还有多少神秘是她不知晓的……女人没有要求，并不代表没有需要。女人有家又为何，不过是踏实，也许自己解决问题并不成问题，但是考验一个人是不是真心的，却是可以抓得到手的实际。

穆言有这个实力，无论是不是费了吹灰之力，还是举手之劳，她都欣慰。

“我会付房租的，”徐萌淡笑，“这是我的原则。“

68.宁可强得羡慕，不能弱得可怜

第二日，开会。

别说共产党的会多，群策群力，一旦上会研究，还就是智慧。

公司这次拿的地，真是很鸡肋。

地段，地段，成功的还是地段。

可他们没地段。只是拿下地，就得抓紧着赶速度：赶着施工建造，工程造价，设计规划，更缺不了穆言这个环节，包装销售。

各个部门各行其责，却又彼此相系。虽说还未动工，可定位很重要：客户群是中高端还是低端；楼群的密度高低是板楼还是塔楼，限高多少，标准逐渐清晰。

有规有矩，等钢筋水泥筑起，也就差不多一锤定音了。

此次评标委员会，列席的人员比较整齐，公司使出浑身解数，对这个项目，给予高度重视。三大老总，各总监，各部长齐聚，均未委派额外的出差任务，到场评标。会议预计一天时间，经首轮竞标，有十二家公司初选入围，进行第二轮的筛选，每家公司分配一个小时的阐述时间。领导们都做好了长期抗战的准备，填鸭式轰炸，又要从早到晚了。

穆言照例是坐在刘总身边的位置。两个人会前不时的窃窃私语，交换意见。身旁的领导也饶有兴致的翻看投标说明和会议资料。

会议正式开始，有条不紊的进行。各家阐述理念，使出看家本领，独门秘籍，争取自己公司能够竞标胜出。

可公司领导自有其着眼点，他们都在关注：哪家对于廉租房的处理比较到位。

12 家公司，皆心知肚明：廉租房的地是浪费，怎样把损失降到最低，不影响商品房的销售，是招标看重的重要处理。果然各家均对廉租房做了技术马赛克。这并不是对此群体的消费者忽略不计，而是想让买商品房的顾客，不要有所芥蒂。为此，基本都做如下的规划：在商品房和廉租房之间做隔断，过度艺术的，做的是绿化带；过度朴实的，做的是落差层。

“对于廉租房，我们还要做足限高，能做高多少层，就做高多少层。这样我们预期的开盘价，才能有所上扬。造势，推广，销售的节奏都要跟进，顾客的心里就是看自己购买的商品，是不是物有所值。”一家公司做出补充。

不觉到了尾声。

一家家的汇报已经筋疲力尽，评标委员会的领导也是筋疲力尽。穆言凭着多年的销售经验，胜负差不多看出端倪，兀自低头，已经在填表格算分了，心想该同哪一家去合作，落实节奏。

评标分两级，经济标与技术标。穆言核准算分后，只剩两个名额，宏图公司与锁眉公司。就技术标而言，宏图公司很占优势，想法独到创新，只是经济标略微高些；可是锁眉公司，经济标虽低，但创意还是比较局限。穆言看重的是实力，料想与宏图公司合作应该没问题。

最后会议结束，交表上报，综合评分。可是……结果宣布，最终胜出的，怎么是锁眉公司？哦，真只为那经济标低了一点点？仅仅一点点啊！目光是否有些狭隘？

“这个年代，是卖观念的，只是观念如水，金钱为器，容器的形状，决定水的盛放形式。观念基本是可以被金钱改变的。能省一点是一点。今年还没盈利，就不能太造钱。”

投标结果敲定后的一小时，刘总特意把穆言召集到办公室，语重心长的那一席，“明白么，小穆？”看过穆言技术标的评估表，给予宏图公司很高的评价，他知道穆言没打眼，着实的欣赏宏图，定是想首推。可锁眉，事先已有内部人打过招呼，这次评标声势浩大，依旧逃不过表面文章，不便说明的原因，早就不是经济标决定的问题了，人情关系。

跟穆言继续商讨有关的后续工作，意味深长：好好跟锁眉沟通一下 idea。穆言明白老领导的意思。担心他有情绪，切莫否认自己的判断失误。

“规划流程的具体细节，以及日后销售的配套步骤，要全过程紧盯。”刘总信任的拍拍穆言的肩膀。

最后还不忘提点，“你知道，我们不能让别人看笑话。”

穆言明白，这是三足鼎立，无时无刻不在进行的明争暗斗。

不住地点头，“您放心吧，我一定尽力。”

遁入了踢皮球的模式：踢来踢去，责任重担有效转移。他哪里是怕担责任，而是心里不爽，不太爽。这定标，本就不是他的想法。穆言有性格，却也还是性情中人：他的团队是终端，若销售量不佳，没有人会指责上游，所有的责任，都得他去扛。

有时候，不得不嚼别人吃过的馒头，别管好不好吃，都得咽下去；有时候，不得不炒别人炒糊的菜，糊了也得做出焦黄的香味；有时候，不得不救别人出现医疗事故的病人，即使濒临灭亡也必须起死回生。

虽说自己尽力，可必须保证成功。好在，老领导给他制造难题，也是允许他协调难题。不过，做不好？在他的词典没有做不好。他不能也来不及思索是否可行。必须做到最好，以前的轩利，就不会有人同情。同情，是个同弱者划着等号的标榜词汇。

回想在轩利的戎马生涯：宁可强得让人羡慕，也不能弱得让人可怜。

他是强者。北京，这个蕴藏无数能人的城市中，一名骄傲的强者。

优胜劣汰，物竞天择。压力，无形的压力，才是最恶毒的杀手。你不能被任何人打败，但，首先是不被压力打败，最终归结，不能被自己打败。

69.两把钥匙开一把锁

“萌萌，我最近又有的忙了。”穆言开车带着徐萌，奔在三环路上。去看看房，既然定好搬家，抽空熟悉一下路线。

“是公司的那个六环的新项目么？”

穆言点点头，“昨天竞标刚刚结束。”

徐萌倒不关心哪家公司竞标成功，只是吃饭席间，听大家议论了几句，觉得此公司应是众望所归。

倒是对拿地的新闻，摩拳擦掌，很是兴奋。昨天偶然的打开电视，北京电视台进行了全程的追踪报道，很多同事都上镜啦！公司的一举一动，牵动着市民的心，保障着大家的安居乐业。这让徐萌很有归属感。

“昨天看北京台的新闻了，采访刘总呢，看他的高兴劲儿，平时见他总低着头，老态龙钟，不苟言笑。笑起来还挺好看，哈哈。肯定觉得咱公司倍儿争气，倍儿棒呢。这下咱可有钱赚了。32万多平方米啊，得多大的一个盘呢！”说着，摊着大饼，扑棱扑棱比划，不知道是要搬家，可以挣脱无边苦海的悬崖，还是看到公司的业务越做越强，家兴我荣的自豪，徐萌一路上跟个小鸟一般地说个不停，淡香犹带，红晕分明。

“是么？刘总说什么了？”穆言一边观瞧路况，一边紧握方向盘听徐萌唠叨，听着问着，问着想着。昨天没看新闻，竞标会一结束，在刘总那里逗留片刻，就奔回家照顾娘了。娘好动，闲不住，得看着，不能让她总下地，必须卧床静养，身体突然换了另外一个人的心，医院保密，还不知道贡献者的姓名，反应不反应都是后话，这跳动怎么也得经得起磨合期啊！

徐萌继续侃侃而谈，“刘总说啊，感谢政府给我们这个机会，拿下这块土地。国企，没什么优势，唯一的就是保质保量地完成工期。作为领导，他深感肩上的责任重大，他的任务就是切切实实让老百姓住上舒适又实惠的房子。”徐萌边说边回想，“大概就是这么个意思。”

“呵呵，话是这么说，他也就是对政府，对群众表表决心。”穆言想，那是媒体效应，昨天还不是跟自己又倒了老半天的苦水。

“怎么，这块地拿的不好么？”

“可不是，汇集两条高速路，制造噪音，交通也不便利，没有环路出口，周边没有教育配套，离商业区也很远。更要命的，还捆绑廉租房用地。其实领导班子都犯愁，都在想呢，这味道并不美味，怎么吃才不至于难以下咽。”

“那干吗还要辛辛苦苦从菜市场捡的别人不要的菜叶，抱着不放？我们没钱啊？我们可是国企，财大气粗，拍个地怎么了，北京多少地王的产生不都是国企？”

“总公司自有它们的考虑，策略还是倾向保守跟进市场。公司刚刚起步，正处在上升期积蓄实力，比起相对成熟的地产公司，必须先求生存，不能急，骆驼与马，怎么能是一个重量级？所以只能买得起这样的烂叶子喽。”穆言苦笑，巧妇难为无米之炊，有时候有米，巧妇也只能炊炊罢了。

“我们是喜欢好的地段啊，拿到好的地段就像是拿到保值的金条，当然做得就是只赚不赔的买卖。升值空间大，利润率高，大家谁不想抢好地去拿啊。可是一到好地，我们就没有了发言权。每家开发商不都是众星捧月的追逐啊，所以次次溢价率都飙升得忘乎所以，望尘莫及。举了几次的牌，就完全的肌无力。没办法，先天的小儿麻痹……”他是观望了公司的几次招拍挂，回回都只能是遗憾铩羽。

“我们啊，还是钱不够哪，经济是上层建筑，是拿地的基础！其实……也不是钱的问题，是三方的决策，10 亿元之内的才能由总经理决定，而 10 亿元之外的一个区间由董事长决定，再高数额由董事会议价，需要公司内部群策群力调控，并不是任何一个人所能左右的。”

“可好地拿不到，我们也不用捡这差地凑合啊！算着经济损失，成本还捞不回来呢！”

“那倒不是，房地产业还是赚钱的，只是赚多赚少。这次算是迂回，曲线救国。因为这块地，有近一多半是廉租房的面积，从政府的角度，是解决了政府民众住房难，为今后的可持续发展拿地奠定些基础；而从群众的角度，则会认同国企的责任感，做的是口碑，也为商品房的销售开拓了市场。一石二鸟吧。”

得，感情，这步棋，走的基本没有按这步棋本身去考虑，明修栈道，暗度陈仓：完全挖掘了它的商业价值和社会效应。

“也是，人生多少事啊，不是醉翁之意不在酒，声东击西？”徐萌眨眨眼睛，笑自己人生阅历的肤浅，洞悉这冰山一角的不容易。

穆言笑笑，“服了你，文学辞藻又是一套套的。”

“呵呵，咱不就擅长这个？”

“嗯，咱们站着开发商的角度，是获利，可从购房者来讲，一边是真正需要的消费群体买不到房，一边是投机投资购房者疯抢房源。可我们还必须做区分度。就是必须向购买商品房的群体看齐，要去迎合高端人群的口味。廉租房只能忽略，起码不能影响商品房的销售，他们能卖个好价钱啊，高出比廉租房高好几倍的价格呢！这个冰冷时代，不是你宅心仁厚，就可以同情弱者了。在金钱面前，一切都得失去光泽度，没有了吸引力。”

说着，惯性着转头，看看徐萌，“你说，是不是这个道理？”

徐萌点点头，“没错，众人皆知的不言而喻。”

穆言偶然的回眸，却发现了端倪，“萌萌，怎么还穿着我买的那件衣服呢？都瞅着你穿一个星期了！”

“呵呵，我稀罕呗。你买的，我就稀罕。”

“拉倒吧，快换换吧。”穆言嘴上调侃，心里却是美滋滋。

“嗯，最近不是搬家么，一直在收拾东西，衣服弄脏了，不想换了，等搬了家就安心，再洗。刚巧，上周末有点空闲，听说新世界打折，带着银子随便逛逛呗，哎，打的什么折扣啊，折了折，还是好贵，你说，5000多的衣服，怎么才打5折，那谁能买得起？可去的人，怎么都像不要钱一样疯抢？”徐萌感慨，在这个城市，做到了中产阶级，实在是稀松平常。自己的实力，那到商场买衣服，不亚于跟买房一样力不从心。

穆言听着，想起了件事情，“嗯，对了，萌萌，这个你拿着，既然上周末没买到，这周末搬家，那就下周末去吧。自己安排时间，管它打折还是正价呢，去你喜欢去的地方！”

徐萌一看，是张捆绑各个shopping mall的商通卡。

“萌萌，你的衣服总是那么小孩子气，都是在哪买的啊，既然是工作，就该职业些。本还想亲自给你选衣服，只是最近可能没有时间了。”

徐萌心说，我怎么能收你的钱……难道真要步入小三的传统模式，贴上世俗化的标签？就忙着推阻，“呵呵，我不要，我去动批的，去寻宝……”

“别闹！你看我还开着车呢，去什么动批啊，我从那个年龄过来的，知道那人挤人什么滋味，就是寻臭味去了。购物环境好，人的心情就会好。算是为你乔迁新居接风洗尘，听话，装好！”穆言知道自己后续又得忙得满地找牙了，看来是不能帮徐萌搬家，只能靠她自己，委屈了，算是补偿吧。

“萌萌，你知道我最欣赏你哪一点么？”

“哪点啊？”徐萌歪着头，看着面前这个她永远都不曾看得够的深爱男人。

“你，这个孩子，特节俭，对自己太抠。相反对我倒是大手大脚。”穆言就是这样的性格，他喜欢他就给，女人贤惠，他双倍。

徐萌手里拿着商通卡，低着头婉转，“你还不是一样的抠，可是希望我过得好！”

“嗯，你是公主。”穆言禁不住腾出开车的手，疼爱的摸摸徐萌的小脑瓜。

“不，我是灰姑娘，属于穆言的灰头土脸的姑娘。”

穆言、徐萌只望着前方的路，怀揣着彼此的情，只是不言声。

沉默太久，徐萌一边把卡装进包里，一边试图活跃气氛，“小木，你知道女人的一多一少么？”

“哦，跟我有关？猜猜啊，是如果男人多给钱，自己就多一套衣服，少给钱就少了一套衣服？”

“您这是哪跟哪啊，太不配套了。是嫌自己身上多一斤肉，衣柜少一件衣服！”

穆言恍然大悟，暗笑自己思维的不着边际，停车熄火，“说不过你。到了，就这里，上去吧，记好楼，三单元，二层二号。”

“对了，拿着钥匙别弄丢啊。在哪？赶紧找出来，数数。一共三把，防盗门一把，里面门两把，绝对安全，晚上不要随便给陌生人开门，我有钥匙的。傻丫头别再丢三落四的了，再配一副放在公司备用，丢了我可不能随叫随到，给你开门呢！”

徐萌懂事地点点头，夹杂着一丝丝的惆怅，如果穆言同自己在一起生活，何至于如此的叮嘱，百事据悉；如果穆言同自己在一起生活，那就不会一把钥匙只开一把锁了，两把钥匙开一把锁，多的是安心，多的是富裕，多的是甜蜜。

钥匙？锁？有趣的比喻，穆言是一把锁，钥匙却是两把，她是一把，满秀是一把，孰轻孰重？锁没生锈，钥匙也没抹油，没有更容易开启的心灵，只有先生和后生。

70.只叹穆言是后生

徐萌搬家了。

穆言只是问候了搬家的时间，告诉了搬家公司的号码，又一再叮嘱，如何交接验收房屋，如何同房东协商款项，如何归类打包物品，老妈子了一番，人影就蒸发在了空气中。

不能奢求太多，徐萌告诫自己。如果什么都齐备了，那就是先生了。只是穆言是“后生”。给她一个家，却不能给她一个家庭。

倒是没出什么差错。

家，是姐一家帮着搬的。姐姐、姐夫亲自开车督战，尾随搬家公司拉一车又一车的家什物件。

“真小看你这个小姑娘，一个人的东西怎么那么多！这要成了家可怎么办？”姐夫并不知情，哪壶不开偏瞅哪壶提。

姐妹俩有口难辩，沉个脸。直看着搬家公司的忙里忙外，初冬的天气，说话吐息已都有哈气，楼层不高，工人们却汗流浃背，累的够呛。

待搬家的使命完成，姐夫跟两姐妹打了招呼，一个人到地下车库停车去了。姐妹俩在地上等候着，徐彤饶有兴致的观望着眼前的流光飞舞，移步换景。

这是个颇成熟的小区，有限与无限的空间中，无处不在的奢华般的自然，草坪、灌木、挡墙、树木，多层次的景观元素，营造着“风、光、湖、绿”为一体的曲径通幽，好似“家在园中、园在家中”说不出的舒坦。风清扬、湖潺潺、树影斑驳、天籁共鸣。只是初冬绿色些许凋谢，如果是春日应该更是不错的风景。园中还有一片偌大的广场，各种健身器材放置其中，两三个孩子，在父母的带领下，骑马，滑梯，晒太阳，不亦乐乎，还有外国孩子，金发碧眼，同芭比娃娃一样粉嫩可爱。24 小时保安在楼门口走来走去，井然有序的人性化管理。

回望身后的楼群，外立面是独有的平面劈开砖，那陶土及岩石的肌理感，是长久的不会变色反光。当然，这都是徐萌后来的介绍，徐彤看了自是不甚感慨。

“嗯，你这一搬家，姐的心就稍稍落地，自己一个人住好，省去很多的纠纷，少了摩擦。也不会有人逐你赶你，天天提心吊胆。社区看着品味就高，有我们那里的味道。绿化面积很足，关键是楼群密度小，住着不拥挤。高度也恰到好处，不压抑。”

“嗯，穆言也说楼间距大，他的荤话……做爱都不用拉窗帘。”徐萌无奈的跟姐说着悄悄耳语。

“姐，你说说，我现在怎么说这话都不害羞啊，都服了自己。”

“哎，你爱他，他对你好，得了呗。”徐彤挽着徐萌的胳膊，随意伸进她的口袋握着徐萌的手。

像摸着冰棍儿般的冰冷，徐彤赶忙拿出来，“萌萌，你怎么这么冷，白白的没有血色？感冒了？”

徐萌倒是习以为常，“没事儿，姐，累的。这几天收拾家，特别累。”

“他还是没有时间帮你？哪怕就看看？你这么辛苦他如何知道？”姐又开始打抱不平。

徐萌不再声张的摇摇头，“没有……要不今天他也能来，本想让你们见见的。”

“哎，算了，萌萌，姐还是劝你。以前劝你不听，现在能怎么样，顺着你的心……谁让你爱上这么一个男人，就得接受这样的现实啊，他也得能管，管得过来啊……”

这时，姐夫从车库出来，还是不知晓事情的原委，又飞出一句，得，屋漏偏逢连夜雨，“萌萌，这儿挺好的，连停车场都老大了去的，可是离你们公司有点远，那上班怎么办呀？”

徐彤得管教一下广宇收不住闸的嘴，忙着打岔，“你别管，又不知道情况。该问的问，不该问的自己忙自己的去。”

姐夫就不吱声了，自打小萍的事儿出，他总是在被动中挨骂，随时不知会牵动哪根神经，两个人冷战已是家常便饭，这次好不容易借个由头，一同出来，可路上徐彤一句话都没说，刚刚开口，又是一句训斥。

“没事儿，姐夫，我自己坐车，坐两站公车，就是地铁口，挺方便的。”徐萌知道姐担心自己的承受力，怕任何有关穆言的只言片语伤及。

一行人前后脚上楼梯，准备去房间参观。姐夫先上，之后的一段是徐萌，徐彤走在最后。

“他说，如果有时间，就开车送我。”徐萌压低声，跟身后的姐补充着。

“你信他的话，还不如信自己的两条腿，踏实。”徐彤必须泼冷水。

“我当然明白了，我没靠他，就这么一说。怎么还不容许让我小小的开心一下啊！”抬头，看到姐夫已是到了门口，轻喘着气等待。徐萌拾级而上，紧跑两步，从包里掏出钥匙，开门。

“刚在后面小声嘟哝什么呢？”姐夫进了家门，还是不识趣，又迎来徐彤的一阵狠狠的白眼，终于放弃好奇，一个人跑得远远了。

家里干净利落，家具基本齐备，格局没什么变动。目前，唯一有着徐萌气息的是，那块，一进门就可以看到的颜色很柔的窗帘：徐萌特意提前买的，最喜欢窗帘了，有了家的氛围，就要有标志性的窗帘，她的标志，粉色的。

徐彤拉动窗帘，打开窗户，透透气，进进阳光，“萌萌啊，姐刚刚说的别介意，这里真的挺好的，你不是一直想有一个家么？属于自己的家。看看，这满屋子的敞亮，一个人住，一屋子的安逸！”

“哎，我期望这是属于我们的家，现在他不能常回来，敞亮有什么用，没有他就没有生气，盛着一屋子的寂寞。”徐萌苦恼，“它宁静的让我可怜，让我颤抖，让我一个人抱着自己睡，只是有点冷。”

“哎，那你就当他是聚少离多的朋友呗，就拿娱乐圈的分分合合来说，每天都在上演，多好的感情都抵不过时间的利器：刘烨和谢娜不是曾经那么好，现在还不是各自投入了各自情人的怀抱？周迅人家经历过多少感情，现在依然潇洒，还有勇气投入下一段的幸福恋情？就是天后王菲，也有过失败的婚姻，离婚又结婚，孩子一个个健健康康。你倒是说不够折腾的呢，可人家还不是幸福？我还希望自己梅开二度，枯木逢春，老树开花又一季呢，何况你？要有豁达的心态！”

“可是……我豁达不起来，我是真的爱他。”

“我知道你是真的爱他，可是你们又不能在一起，时间长了就淡了，他不过就成为记忆中的模糊剪影，你说说，哪个朋友不是时间长了就渐渐淡出我们的视线，哪个父母又不是抚养着孩子上学了，成家了，嫁人了，看着他们的背影渐渐远去？做人，必须学会放手，无论是多么的难以割舍。”姐一套套的教导连篇累牍，自己已经都没什么信心面对自己，每个深陷感情漩涡都得面对的徒劳无功。

“是的，爱情有不同，越是深入，却越觉得不安全，不确定的因素太多，不知道多久后就不属于自己，像是随时要丢失，你再也找寻不到的真。”徐萌马上燃起的光芒又黯淡。

“萌萌，你只属于你自己，人生得意须尽欢，莫使青春空对月。今朝有酒今朝醉呗。”

“天天酒醉，那是麻痹的醉，不是甜蜜的醉。生活只剩下空洞的等待。以前主宰一个人的节奏，现在却步入别人的旋律。”

“你可以选择不去步入啊！你可以自己玩，或者找别人玩。”

“我怎么会随便对其他人宽衣解带？我只会为穆言守身如玉的。尽管他没有权力要求我这样，就像我没有权力要求他离婚。”

“对，他根本不需要你这样，他有老婆，除了你，不知道有多少个情人……”

话锋突转，徐萌却是不干了，“不许你这样侮辱他！”

“喂，萌萌，你长长脑筋，我侮辱他，为了一个男人，你跟你姐谈侮辱！告诉你，我还看准了，我还高看他，他真的有情人，还不少！不过是他对你动了些感情，还没有动什么深层的感情，也不知是触动了他什么心灵深处。你也不想想，他是什么男人，中年的，成熟的，城府极深的男人！就跟你姐夫一个德性！”姐妹俩一触即发，又开战了。

“什么城府极深，他才单纯。工作和生活是两个状态。工作理智而沉稳，生活单纯而童真。”

“呸。他单纯，我一说什么，你就否定什么。他单纯？他善良？他是为了迎合你这样的幼女装装样子，多少阅历情场老手，什么时间怎么处理，什么不是他来掌握节奏？”徐彤心里冷笑。

“我只要他开开心心的。”徐萌泪盈。

“哎，没救了，”徐萌那一根筋，“小萌，以后你就会知道，一个男人娶你，是对女人最大的褒赞，而一个男人不能跟你在一起，就是最大的悲哀。所以他对你不好的。”

“不，”徐萌摇头摇得似拨浪鼓，“他对我好，对我特别好，就像家人一样，上洗手间会知道不用抽水箱，用水龙头接，结果弄巧成拙，没关好水管漏了好久。这时他就会调皮的安慰说，还好，时间不是很久。他会给我洗苹果，自己不吃，喂我吃。他会……”徐萌沉浸。

“得得，你打住吧，一提起他，话匣子就合不住了。我撑不住……中午一起吃饭吧，正好一家人聚聚，你啊，总是照顾他，自己没功夫照顾自己……对自己好一点吧，萌萌！我这个姐当得也不称职，家离得远，总不在你身边，才让你有了机会跟他发展成这个样子……”

“别说了，姐，跟你有什么关系，我怎么会怪你，你自己都难……其实，你就是在身边，我也会跟他在一起的，不过是换了一种形式而已。”

71.粉饰的太平

粉色，满眼的粉色。

徐萌喜欢所有染着粉色的东西，那是温暖的代名词。手机是粉色的，眼镜是粉色的，书包是粉色的，衣服爱穿粉色，甚至内衣大多都是粉色。还会做着每个女孩子都会做的——粉色的梦。

爱情的梦幻也是粉色吧，她要将房间毫不犹豫的装扮成粉色的。

穆言又是一个星期没有露面，忙得像个蚂蚁。六环的那个项目他被奇怪的派到了驻地，开始了紧锣密鼓的全过程筹备运作。这还是他初到公司第一个下基层的项目。刘总对其委以重任不是没有原因，虽然没有过多的提及，但公司有个不成文的潜规律，每个提升副总以上的人选，需要到项目公司至少全过程操控一个整盘，就是名正言顺的实战经验加管理水平的双核领袖人才了。拟兼任总经理的人事任命马上跟进，只是迟迟未下。因为公司现在处于内部调整期，刘总首先不愿让自己身旁最得力的心腹调离，没有回旋余地；其次，自己也有些偏心惜才，希望尊重穆言自己的意愿，是否适应，来去随他意；至于第三，就是销售中心的事务，穆言很是得心应手，工作中心还是应以总部为先，舍本逐末，对大家都不利。

且不说刘总的考虑与穆言的心思，单对于穆言和徐萌都是考验。每当通电话刚没几句，穆言就低语，“我这里又来人了，嗯，等一会儿。”如此反复，打过来又打过去，来来回回，时断时续，最后徐萌被迫放弃，她知道穆言夜以继日的忙碌，不能给他再添什么心理负担的。

可爱情，总是开启女人的诸多的浪漫潜力，让一个人因为另一个人而精致。

摒弃了自己的所有喜好，换上了穆言喜欢的碗筷与桌布，花瓶插上了他中意的白百合，备了他最爱喝的酒，思念到忍不住，就调一款鸡尾，算是慰藉。好久没有如此享受生活，好久没有如此兴趣盎然。一切都是新的，崭新的开始。

如若自己亲自装扮的家，有一天穆言回来，那会是怎样的惊喜？很少为了一个人的惊喜，准备什么，在这看似的风平浪静。她满心欢喜，一想到穆言的欣喜就格外的有动力。这个属于他们的家是件艺术品，是件随意涂鸦的作品。参观者只有两个人，那为什么不让每个参观者都不虚此行？

自己粉刷墙壁，自己粘贴壁纸，自己悬挂装饰品，自己设计吊灯，自己串接珠帘，都是自己的杰作，都是自己的心血。可也让她学会了、承受了、克服了本不应该属于她一个人的困难。

所有，不是不去想，就可以一帆风顺，万事大吉。常常是不期而遇，屡屡受挫，祸不单行。

首先是壁灯，在某一时刻没有征兆的砰的一声爆裂，徐萌除了庆幸自己没有毁容，只能惊吓之余为黑得一塌糊涂的夜晚埋单，找灯泡，镇流器，安装调整线路，总之初级电工必备的技能，她都需要学会。

之后，想家里粉刷成粉色的模样，就自己到建材市场去买涂料，结果被人骗了一倍的钱，事后才知，悻悻而归。

再后来，厨房的水龙头莫名其妙的漏水，怎么修都无济于事，联系物业，排着号等了一天，终于在不太黑的周末黄昏搞定，却耽误了同从上海千里迢迢赶来的薛萌在北京的会合小聚。

当一切的困难克服后，徐萌就想，这些毛毛雨算什么！不过是点点滴滴的奏鸣间歇，为她布置的鼎盛甜蜜提供酸酸的回忆。

只是有件事情，却把她彻底折腾到措手不及。

那个被风吹过的冬天，其实，并不平静。

一直以来，家里持续的响起闷闷的类似电钻声音，频率不高不低，不偏不倚，正好是恼人的烦躁不安，挥之不去。特别是在夜深人静，在她即将入眠，在她准备晨起。总之，无孔不入。那刺耳，总能把熟睡中的她，惊醒。

调查了所有的住户最近装修的进度，结果失望至极，全单元只有一家装修，还是远离她的一层楼，投诉失去了方向性。

不得不敲敲头顶一家的门，看看他们在做什么，门开，是对和蔼的，安详的老夫妻；再跑到脚下的楼层看看，门开，同样是对和蔼的，安详的老夫妻。再求助万能的物业，是不是暖气，煤气，空调的原因？统统检查，没有毛病。送走物业，依然嗡嗡响个不停，气极，想到110，警察来，茫然又怒气：都说有困难找民警，找不到噪音源，民警又不是警犬，嗅觉灵敏。结果在最短的时间，又给了徐萌一个背影。

徐萌至此才想，如果穆言在该多好，如果穆言在，他们一定会一起躲猫猫，寓教于乐，绝不放过每个死角，不找到誓不罢休。即使找不到，穆言也会疼爱的摸着她的头，让徐萌赖在他的怀里，拿胸膛充当耳塞，用心跳代替倾听。记得还是在以前的家里，某次，煤气坏了，徐萌就束手无策，还好，穆言当时就赶去，排查到的原因无非是：煤气表里的电池没有装好，接触不良的原因。她总是笨手笨脚，而聪明的穆言怎么那么轻易？她是缺乏很多经验，生活中的一粒沙，都会成为行走都困难的大难题。

可是穆言告诉她，生活需要我们磨到心里布满老茧的，很多事情都要有条不紊的一一去面对，穆言总是说，丫头，我不在的时候，你可怎么办啊！是的，他现在是不在家，她该怎么办？甚至可悲到，无法打个电话来应急。

对，没有男人的女人，没有家的女人，跟另一个女人争夺男人的女人，活该，任何都是状况，怎么都是状况。徐萌哭到昏天黑地。哭够了，哭毕了，擦擦眼泪，给自己打气：徐萌，没什么大不了的。

面对垃圾桶里一堆凝着眼泪的废纸面巾，突然，“纸”？窗外的透明纸？疑虑的凑近观瞧，翕动，听听，有些响动，半信半疑的撕去，结果太难以置信，没了噪音！噪音应该是长期消失了吧！

哈，娘的，把悲伤和软弱留给过去！

她欢呼，她高兴，她要告诉穆言，自己有多么的成就克服了一个艰深的难题。可是，欢快的手臂奋力挥舞，却渐渐平息，因为，现在，甚至连任何的好消息都无法与时常不能相见的穆言通信。

她喜欢给予与分享，只是……没有遇到穆言，一贯好好，可遇到穆言，是怎么回事，以前坚强的自己都跑到哪去！

想穆言了，日思夜想，越来越浓的思念，浓到化不开的思念。

72.由俭入奢易，由奢入俭难

由俭入奢易，由奢入俭难。

生命中突然有了丰富的爱情色彩，一切都黯淡了颜色。

六环的项目总算有了些眉目，穆言要赶回总部歇几天，喘口气，“萌萌，我想你的汤，想你的粥，想你的菜，想你的热乎乎。我已经好些天没有睡过一个囫囵觉，吃过一顿可口的饭了！我明天去，可得等我吃饭哪！”

“好好好，”徐萌喜上眉梢。

这是他第一次参观我们的家啊！这是我们第一次在新家的团聚！

她为他，到菜场跟小贩斤斤计较，讨价还价。她为他喜欢吃的菜，跑遍整个北京城，想起“红尘一骑妃子笑”不由得摇摇头。每当她大包小包提回家，同事无不羡慕，哎，你看看，这小日子过得，真是贤妻良母。

贤妻良母的称号？徐萌的脑筋掠过那由来已久。

那时大学，评比优秀宿舍，徐萌所在的宿舍轻松胜出拿了冠军，原因只有一个，评委说，人性化的细节设计。原来，徐萌担心睡在上铺的同学爬梯子，脚心受凉冷冰冰，更怕不小心打滑摔下来，就去旧货市场买来棉垫，给梯子都穿上厚厚的新衣裳。宿舍的庆功宴，姐妹们一致交口称赞，萌萌，你真的好有贤妻良母的潜质！你生命中的男人，该是多么的幸福好福气！

每当徐萌白白嫩嫩的手，弹钢琴的手，就这样下油锅，一个低抛，肉滑出去很远，溅起一汪高挑的油星，溅到了她的裙子，她的拖鞋，还有她的脖子。啊，好痛。穆言如果在，一定会送上一个轻柔的吻，轻柔的告诉徐萌，宝贝，让你受累了，还疼么？吻吻是不是好些了？别弄了，听话，咱们吃什么都好，最最重要的是在一起。

是的，徐萌好多了，不知道有多好。像飘在云端一般的不真实。记忆中，母亲没有吻过她，脸庞尚且没有，何况脖颈？

她想，没有他，没有穆言的出现，她应该不会有这样主妇般的忙碌，忙碌着全都是幸福，那平凡人的感动。喜欢所有不加修饰的原始，爱情，也是如此么：只要两个人相亲相爱，就如同男耕女织般质朴。

想尽量做得无可挑剔，其实，她不知道，她最大的毛病就是没有毛病，完美无缺。

男人是惯不得的，这是好女人的悲剧。抑或，好女人不过是坏男人的杯具，杯中道具。

73.没有婚姻的爱情不成说

“萌萌啊，你看看这些故事，不同的小三有不同的故事，结局却是相同。”

薛萌自从知晓了徐萌的故事，劝阻无效，就开始收集，不停的收集相关题材，好像期望搞个专题节目，譬如纪录片，批斗会，315 打假之类：痛斥小三的晚会。她不想丢下朋友，看笑话，看态势，看发展。

结局？本就不需要结局，只是结束的早晚有不同。故事？故事天天千千万，周围上演就有不计其数。大多都是男人忘恩负义，女人寸断肝肠。可是，情感与理智终究不能同步。明大理的人，不一定做得出，难道这就是口是心非，爱莫能助？

薛萌自己目前却是遇到了一个案例，现身说法。

她的男朋友，跟她分手了。

当男人说想你很疯狂，当男人说爱你很轻易，但当男人说娶你，却是迟迟未决。

薛萌和她的男朋友，曾经是众人多么羡慕的一对青梅竹马，从中学就彼此倾慕，到大学比翼双飞，再到工作同在一个城市，八年了，八年，抗战也该结束了。

薛萌等不了了。既然没有什么不合适，为何不能在一起，即使再多一纸婚约的束缚？可是，男朋友受不了这样的束缚。

"现在这样不是很好？"

"你觉得我很好么，如果女人没有婚姻，还有什么好？"

"婚姻是什么，关键是两个人在一起，你还注重这个形式，来点纸上谈兵？"

八年了，没想到，八年的时间，竟然没有读懂。他自私，他不想安定，他婚前恐惧，都不去讨论了，总之跟薛萌的想法长期达不成一致，是不是太可悲，太残酷。

"我们分手了。"薛萌的宣告不是武断，如同她的人，简单也干脆，没有回头。

当告诉自己要离开，切断了所有的退路，竟然没有哭，她发现天空缘是那么的蓝，它本来就在那里，那么的蓝，而她一直追求的爱情，阴霾太多。

青梅竹马？两小无猜？形影不离？不过是些锦上添花的理由。

逃避不一定躲得过，面对不一定最难受，孤独不一定不快乐，得到不一定能长久，失去不一定不再有，转身不一定最软弱，别急着说别无选择，别以为世上只有对与错，许多事情的答案都不是只有一个，所以，我们永远都有路可走。

"萌萌，我不会接受一段没有婚姻的爱情，等不到婚姻，就必须放弃爱情。爱情不能当饭吃，可婚姻必须有饭吃！我希望你站在同样的角度。"

婚姻？爱情？小三？不可能有婚姻的爱情。

"萌萌，回应可以有多久？因回应得来的踏实又有多久？我们为感情所浪费的心绪，会被现实击得粉碎的！"薛萌回想逝去的时光，为自己忍痛不已，"我们该有属于自己的踏实，属于自己的财力，才不会被欺负，被生活所欺负，被男人所欺负，萌萌！"

"他没了你也照样过日子，有了你就是生活添了花，可你若是没有了他，有那么简单么……他只是考虑他需要什么，让你去迎合他的节奏，却从来不考虑你需要什么。他最爱的是他自己，他太自私了！"

"晓雪，优秀的女人再优秀，没有爱人生也是不完整。女强人再强，眼里始终藏不住落寞。人生如果都剩下光秃秃，干巴巴的事业，那只能是空洞洞的枝节失去内容，没有感情的铺排与渲染，人生会经得起琢磨和考证？如同蹄子抽了骨头一样绵软，建筑只剩钢筋一样突兀。只是，我知道，我与小木的情感，归根结底，是不正常纠结的不伦不类，干柴烈火。”

“我是你最好的朋友，我理解你。可其他不知道有多少人根本理解不了，也不想理解，甚至不去理解你的心情。等周围的朋友都成家了，还能满足他给你这么少的时间，还能忍如此难耐的寂寞？你不是他的夏雨荷，略施雨露，承蒙恩泽的夏雨荷！将来若是有个还珠格格，你和肚子里的骨肉都不会得到他这个所谓阿玛的照顾！”

手机响了，是姐，“萌萌，小萍自己说的，她要走了，回家结婚。难道我的噩梦就这样轻松的结束？”

徐萌想想，姐真好，这么快，就得到解脱，可喜可贺，忍耐与付出终于有了回报。可是自己呢？

她呆呆地望着，挂在家里墙壁上的一幅画，上面的言语一语中的：执子之手，与子偕老。死生契阔，与子成说。

74.一身的艺术细菌

“萌萌，我回来啦！”穆言兴高采烈，拿钥匙熟练的开门。今天的他，格外的高兴，高兴回到陌生而又熟悉的家。

以前有钥匙他也没必要开，现在即使没钥匙也要回来，因为家里有个惦记着的女人。

而徐萌欣慰，再也不用思谋着穆言的脚步声，而是踏踏实实在厨房，迎接穆言从身后冷不丁地抱着，给手忙脚乱的她添点小麻烦。

这还是自己的家么……变化太大了！满眼的粉色，都是青春的气息，那气息引领他：走遍了每一处的角落，每一处的细节。怎样的一番别致与精心啊，主人的品味彰显极致，比生平参观过的所有样板间都别具匠心，脱颖而出。

“萌萌，这个……是我不在的日子，你所有的工作？”穆言真是恍惚自己走错。

“当然是我的创意，绝对原生态的水平。”徐萌边挥舞锅铲，边在厨房的烟雾弥漫中得意的笑，这是她想要的效果。

穆言真是合不拢嘴了，“萌萌，你实在是做什么像什么样，一身的艺术细菌……”

“咦？”

“不不，一激动，说错了，一身的艺术细胞！哈哈。”

“来，加点鸡精，生活才有滋味！”穆言疼惜的环抱徐萌的腰，说时迟那时快，徐萌刚要起锅，就添一勺鸡精。

徐萌感叹，“你做事总是这么恰如其分，火候拿捏到位。正好关火，不多不少，谢谢画龙点睛！”

“呵，别夸我。只是来得早不如赶得巧而已。我又不会做菜，再不帮忙，不给吃饭怎么办？这点觉悟还是有的。”穆言依然一贯轻松。

“其实，不吃饭，吃你也行……”穆言趴在徐萌耳边，眨眨眼呢喃，惹得徐萌一阵耳红心跳。

“要不我在屋里跑两圈？”徐萌诡秘。

“端着菜，瞎跑什么，起哄！”穆言嗔怒，转身开水龙头洗手。

“我可放凉了耶，怕你吃着不舒服，跑两圈热热。”徐萌一本正经的冷幽默。

这下倒轮到穆言笑岔气了，“哎，你呀你，小妖精……”说着甩甩湿漉漉的手，一手接过徐萌手中的菜，一手在徐萌围裙上蹭得欢喜，“小心烫，我来。”

热气腾腾的饭菜飘着浓烈的温馨。望着自己的杰作，徐萌满意。

“还是老佛爷的标准，四菜一汤，哈哈。”

“切，我是伺候老佛爷的，来老佛爷请上座。别动别动，我去拿碗筷。”

徐萌心里暖暖，穆言工作天天围着领导转，难为他这样跑前跑后，起身就解开围裙。心疼的接过碗筷，柔情的把他塞在座位里。“安安心心吃顿饭！现在多安心，”徐萌温柔，“只是，你不常来，胃也不好，家里吃的舒服一些。”

有些尴尬的沉默。

“来，做，还是老习惯。”穆言指指自己腿上。徐萌笑笑，“不是有多余的凳子嘛，坐着不舒服，你吃不好的。”

穆言偏不肯，“你舒服就好。”说着，不由她分辨，顺势揽入怀。

“怎么只有一碗饭？”

“呵呵，看着你吃我就开心。”徐萌满足的坐在穆言怀中，如此的近距离，自己真贪婪，贪婪穆言“美色”的孩子。穆言也径自专注，“来，先不吃饭，让我好好看看。多少天都没正经瞧过了，可委屈了我。咱萌萌原来还真是白，不是抹粉的呀，不用抹粉气色都这么好。”

徐萌好笑，“我们祖祖辈辈不用抹粉，都是天生丽质。”

“对对，天生丽质，给佳丽喂口菜吃。”

徐萌笑痛了肚皮，“快别喂我了，再惯我，以后，就得懒到饭都不会吃了。”

“哈哈，要这么说，我现在可比你懒多了，不过，小时候还是挺勤快的呢！”

“切，你什么时候勤快过啊，小时候放羊的时候？现在懒成什么样子？就是油瓶子倒了也不扶，是吧。”徐萌揶揄。

“小看我呢，就是高考那么紧张，放学我还帮娘劈柴呢！特别有劲，看，看这里。”说着，穆言撸起衣袖，露出上臂，作了一个弯曲的姿势。

“哦，这就是传说中的小耗子啦。”徐萌停不住笑声。

“还不错，合格吧！”穆言得意。

“合格，合格，实在……合格。”徐萌摸摸，同意穆言的小小炫耀。

75.不必阴霾

“萌萌啊，人随性，不妨懒懒；只是，需要勤快的地方，不仅仅是嘴勤脚勤手勤，而是——脑勤。”

穆言又转变成了老师的角色。“至于公司的人际关系，没有必要去讨好周围的任何人，讨好任何领导，就是两个字：简单。简单到做好自己。只是，唯有一点，你性子急，性子急就容易被别人看穿心思。什么事情，不忙讲，先想想再说，如果不知道怎么办，就沉默，记得，沉默是最好的办法，最好的明哲保身的办法。”

“嗯，爸妈告诉我，少说话，多做事，言多语失。可我一直觉得职场没有那么险恶啊，在公司这么久，风和日丽，也没觉得什么如履薄冰。”

“公司的浑水，水很深的，很多人，心思很沉。也就是跟你聊聊，我看人挺准的，心里自有一杆秤：人事部部长的心机就很了得。哎，随他们去，我并不想趟这摊浑水，夺什么是非功名。”

“人事部部长，那经常跟你打交道的，会走的很近，要小心啊！常在河边走，怎能不湿鞋。人在江湖混，怎能不挨刀。还是得小心背后有人射冷箭的。”徐萌不无担心。

穆言坦然，“我怕什么，什么都不怕，什么大风大浪没有经历过？况且自己有学识有技术有内容。他们呢，草包一堆，温室里的花朵，离开公司拿到外面见阳光，哪个能活？哪个有真才实学？都是天天工于心计，研究跟对人，站对位置，怎么能自我发展！别把我惹急了，惹急了，他们谁也没有好果子吃。”霎时的穆言，露出凶险的光。

徐萌背后，阴森森的冷，她也担心自己，自己日复一日，这样温室的花朵，出去怎么能活？

有些感同身受，趴在穆言怀里，害怕着，“我不许你走，你不能走，不能丢下我走。”

穆言看出了徐萌的担忧，揽过她柔柔的发髻，忙着宽慰减压，“呵呵，萌萌，别受我的影响，其实，也没有那么严重。现在公司如火如荼，在成长的过程中难免遭遇困难，犯些低级错误，孩子哪能从一出生就不犯错呢？同样，你的成长也会犯错误。成长是同阅历的增长呈正比的。你们刚刚毕业的学生，最容易就是非黑即白，很多看得太绝对。其实社会不黑也不白，大多都是灰色的地带。我的视野不一定是你全部的视野，而我分析的道理也不能不打折扣，你要阳光一点的。”他知道自己不能太自私，不能总把阴暗留给徐萌，而把阳光带走。况且，公司的权利斗争，也不是徐萌所费心的范畴，她不是充当惩防并举、反腐倡廉的角色。

“只是，这些话我只能对你说。”是啊，穆言的忧愁，只会向她释放，那是信任的倾诉。

徐萌点点头。

“我喜欢北京这个城市，压力满满，机会多多，舞台广阔。只是城市大了，心却远了，可是，很庆幸，这个城市不仅有我的梦想，还有所有实现的可能，正如遇到你。拥有你，拥有你的关爱，这辈子就已知足。是你，让北京的上空更加明澈。因为，喜欢一个城市，多半是因为城市里的人。”

穆言呵呵的乐，“我也喜欢，以前没有感觉到原因，现在知道了，因为有个小丫头。”

76.爱，是深埋在心底的

徐萌第二日拨响了徐彤的电话，昨天她一动都没敢动，穆言吃着开心，聊得尽兴，很晚了就住在家。接到了姐的短信，一直惦记着，也顾不得将这个喜讯来龙去脉，刨根问底。

为什么要走？为什么不争了？姐夫为什么又不挽留？

没有什么为什么，只有水到渠成，其实小萍的能力极强，是个不可多得的拍档，可是，小三被迫于压力再也无法承担下去，走了未免太正常。

其实，徐萌也早就料到了这步境况，只是没有想到来得如此迅速。

人，总是对司空见惯的不珍惜，对未曾探知的神秘着，一旦得到也许不会那么快索然无味，可是离开旧有的又会觉得别扭。

是的，姐夫离不开姐姐，算准了，离不开，单凭那段传奇，就足够他们自豪一辈子。

今天徐萌教课，下课后，家长给了两张国家大剧院的音乐票，想着约姐去那气势恢宏的场馆轻松轻松。

这个传说中的水中巨蛋、天外来客，与严整的长安街建筑群形成了巨大的反差，卓然而立。那“城市中的剧院、剧院中的城市”不仅宛若“湖中明珠”般瑰丽，而且内里别有洞天。姐妹俩已经来过多次，这是文学界和文化界的聚集地，听音乐会也不过是找了个熟悉的地方，畅所欲言罢了。

“小萍明天的车么？”

“嗯，明天九点。”

“也好……彼此退一步海阔天空。走了走了，走了就了了。”

姐沉默好久，“但愿吧，起初，我觉得真的回不到当初，自从有了小萍，一切都不对味了。小萍走不走，其实我压根并不关心。可是，昨晚跟你姐夫都没有睡，说了一晚上的话，已经过了容易感动的岁数，可昨晚他又让我回到了十年前的动容。”

徐萌知道，姐姐不想让姐夫、小萍、自己都陷入绝境。毕竟，如果站在小萍，站在她的角度，眼前的这个男人，无论多么可恨，多么不可原谅，该发生的躲不过，已经发生的又逃不脱。

姐很动情，讲述了昨晚一个男人对一个女人的表白。

徐彤刚刚睡下，广宇就蹑手蹑脚的进屋。今天出奇的睡的早……徐彤想，不是小萍马上就走么，为什么他们不抓紧时间怀怀旧，道道别，互诉衷肠？

广宇一向喜欢熬夜，三点四点常有，可徐彤每天都知道广宇何时睡下的，已经习惯，听着他一系列的动作，直至发出轻微的鼾声。尽量他们好久都没有过那种生活，但是她已经习惯睡在身旁的这个人，习惯耳鬓厮磨的同床共枕，即使同床不同房，也会心绪平和。知道广宇会尽量动作轻缓，生怕惊醒熟睡的她。其实每次她都会醒，只是配合着不出声。

但是，今天她想出声了，因为时间还早，因为不久，横亘在他们之间的第三者就要走了。没有兴奋，没有伤感，只是有些怅然。

“今天怎么这么早睡？小萍就走了，不说说话啊……”

“哦？你没睡么？嗯，我想今天早点睡，跟你说说话。”

“嗯，咱们是没好好聊过了，你想说，就说吧，我听着。”

广宇的眼眸突然在黑暗中明亮了起来，“多多，记得咱们是什么时候认识的么？应该是三月呵。”

那是个春意萌生爱意浓的月份，徐萌瞬间回到了七年前的杨柳天，“3月15日，消费者权益保障日。哎，跟着你，爱情还是没有保障！发生质量问题，向谁投诉？又告到哪里去，婚协？”

广宇只是自顾自回忆，“记得太清楚了，那天你穿着蓝色的衣服，比现在还清瘦，梳着马尾辫，一蹦一跳跑去村口寄信，我正巧去你们家乡旅游，没曾想被人偷了包，丢尽分文，打听到最近的邮局便走进去，满世界地找电话打，想让家里人寄钱来，可连打电话的钱都没有啊。看到你，就像看到救星，暗生爱意，哪有长的这么俊的救星？哈哈。别管救星俊不俊，那也得先救命，你帮我打了电话，还直安慰，先去你们家里，边住边等也不急……”

“是啊，我那时怎么鬼迷心窍，怎么让你先拜见父母去了……”

“是你不承认先喜欢上我的嘛！哈哈，其实，我丢钱是丢钱，心里可是暗自欢喜，丢钱了捡个媳妇，也不是不可以！后来的结局……”

一阵的笑声……之后，沉寂。

广宇心里感叹，多多，你肯嫁给我，就是我最大的惊喜了。

“老婆啊，知道我这辈子最最忐忑、最最紧张是什么时候么？”

突然的一声老婆，叫的徐彤有些惊愕，他很少这样叫的，一般只是称呼她，多多而已。徐彤不明就里，黑暗中摇摇头。

广宇却是深情，“知道么，当我遇到你，后来又去了省城，已经留下我的旅馆电话，可心里一直就惦记。你当时真是淡定，说，你走吧，我先说服爸，之后我们再会合。我说，等你，一定等你，一定会等到你的团聚。知道那些天我都是怎么度过的么，一宿一宿的睡不着，甚至上厕所、吃饭都是一路小跑，生怕错过电话，错过机会，错过爱你……从没有这么真心的等待过一个人，为一个女人茶饭不思，寝食难安，也许很俗，但我知道，那时就坚定的认为，这辈子离不开这个人了，你就是我老婆。这就是我想要的爱情……”

“可是我们心里都没底儿啊，你怎么知道咱爸会同意？家里就我这么一个闺女，他一向不愿意我来北京，而且，你怎么知道我的心思，愿意跟你去？万一留在老家了呢……”

广宇打断，“没有万一，等到白头也会等你，你说服不了爸，我亲自回去，直等到老人家同意的那一天为止……多多，这些话，我憋了十年，从恋爱到结婚，一直放在心上，从来没有忘记，因为无时无刻不在想起。你在我心中的位置是谁都无法代替的，从见到你的第一眼起，从认定你老婆的那一刻，从我们来到北京，来到这座陌生的城市，一起吃了那么多的苦，走了那么远的路，就注定了携手相扶。我没法感谢你，没有给你更好的生活，让你受了这么多的委屈，心里很愧疚，很难过。老人把你放心交到我的手中……”广宇至此哽咽，说不下去了。

“别说了，一切都会好的，一切都会过去的，是么？”

“我知道，选在这个时刻说，不合时宜，有挽回我们破裂婚姻的嫌疑，可你一说离婚，我的心都碎了……我真的很爱你，以前我不是个轻易说爱的人，可现在才觉得多么的重要……”

徐彤在黑暗的夜，任泪无声的落，紧紧握了握广宇冰凉的手，紧紧地握了握，“我会陪你到永久的，比永远还要久……”

广宇温情，“多多，今天，我想给你暖脚。好些时候，都没这样做了，前些年，总喜欢把你的脚放在怀里的。还记得咱们曾经来北京住的那个铁皮屋子么，没有暖气，你冷得直哆嗦，只有把脚放在我怀里才能入睡，现在，暖气有了，你睡的也安心了，只是没有脚丫放在我怀中的那份熟悉了。”

徐彤开心，推推广宇，“还说呢，夏天热得挥汗如雨，你这胖子，那么小的地方，把我挤的，简直成床上的棉袄，造着热气。”

往事真美好，往事很动情。

徐彤恨恨地想，这个男人啊，爱在骨子里的男人，这些话，为什么十年后才说！迟来的表白，让她整整的等了十年，十年……

这个可恨的男人。

77.滴滴看这眼药水

穆言这几天赶回总部办公，任务不紧张，气却不顺畅，因为：下属叶枚，实在不配合。

不知道是怎么得罪她了，就像徐萌的上司不知道她为什么总是跟他作对。

“小徐，你的工作态度有问题。是不是有什么想法？如果不满意我的为人处世的方式，可以明说，或者……不喜欢这个岗位，不想让我领导，都可以反映。”徐萌心说，早就不想受你领导了，想到穆言身边去，无奈国企这等级，怎么允许随随便便的调岗换位？没有背景，留下的只能是背影；有背景的，家教严厉，努力也是白费心力。莫想，想起来就生气。

但言语上，还得违心，这方面，徐萌实在佩服自己的功底，驾轻就熟，又开始了她性格分裂，“哪有，部长，我挺踏实，挺安心的。请你相信，真的没有什么特别的想法。”说着，瞟着脚尖，懒得直视部长那无神而呆滞的眼睛。

“那好，你给我解释解释，为什么最近总请假，总迟到，还早退，做什么事情都是心不在焉，这要是在私企，肯定炒鱿鱼！”

徐萌心说，你在过私企么？一步步的履历很分明，不犯小过错，没有大功绩。都是战战兢兢，跟着领导，唯唯诺诺，没有魄力。

原来，部长就是大学老师曾经提及的那种，笃信“坚持”二字的人，在无望，近乎绝望时，总是选择：坚持。即使吊死，也要选择在一棵树上。还好，他没吊死，终归是媳妇熬成婆，拿着死工资。徐萌倒真有些钦佩部长的坚持了。有次在宴席间，部长又喝高了酒，大声对徐萌推心置腹，“你大哥啊，是从这个公司出不去了，你说，我现在能做什么？只能领导别人，只能领导你。其他的不会，上传下达，听取上级的任务，然后把活儿分配下去。”所以，徐萌越知道部长的不容易，也就越发悲哀至极。如果不远的将来，自己也成为了不能主宰自己，该是多么的可怕，人为刀俎，我为鱼肉。

“只是最近有些生病，部长……而且，同学来北京，招呼的紧，照顾的多。”徐萌打着哑谜。

其实，她不知道谁知道，还有谁知道！总请假，是穆言回家吃饭，她需要去超市买菜做饭，等待穆言的来临；总迟到，是搬到了穆言的家，离着公司远了距离，就是常常打车也是气喘吁吁地赶不及；总早退，是穆言手头没有工作，不想待在公司，就把她早早送回家里。至于，常常小错事情，那是她把心思都怀抱给穆言去了。

徐萌对眼前苦口婆心的部长有些歉意，但仅仅是一点点，她的心灵盛不下任何，即使是批评。隐隐，觉得欠债越来越多，部长会越来越不满意。于是，乖巧的站在办公室，任领导的唾沫星子横飞了一个多小时都意犹未尽。没办法，没关系，罚站呗，如果罚站能赎罪，那就罚站吧。

那边，穆言在琢磨，自己要不要动作。曾经同徐萌分析，叶枚究竟是什么来头，思来想去不得要领，就凭她是元老，就可以为所欲为？即使是芝麻绿豆大的简单程序都会出错，一而再，再而三的出错。

六环的项目刚刚起步，本应坐镇，可董事会不久上会需要研究的销售分析报告十万火急，他远程遥控不放心，就亲自连夜赶写，Email 给叶枚，嘱咐她千万呈送领导，可迟迟未有回馈，耽搁了送报期，董事会开会单单缺了这份极其重要的材料。刘总当时就是怒不可遏，不留情面隔着电话批斗：小穆啊，让你写的报告呢？他却是在六环飙车，外加丈二和尚摸不着头脑。明明写完已经递送，而且百般叮嘱叶枚，难不成是自己失忆？而那边叶枚电话无人接听，没办法，迅速开车到总部，跑去她办公室，推门一看，文件呢？就在桌子上，堂而皇之的嘲笑穆言的疲于奔波。事后问，她竟然信口胡诌，以为董事会不急着要这个资料，就没复印下发。年龄如此大，工作多少年，如此幼稚低级错误除非她恶意栽赃，怎么会出现差错？再说那销售报表，excel 的图表，本是清晰明了的数据，硬生生是排的错了序，差点影响项目公司今后的销售进度，损失几个亿啊！叶枚为何会如此？那不怀好意的眼睛总是辨不明。若是疏忽大意，怎会不可原谅？可问题的严重性已经到了，她得寸进尺，甚至时常跑到总经理那里去挑拨离间，诋毁他的名誉。

穆言恨恨，终于忍不了，要滴个眼药水看看。娘的，跟我斗，太嫩！只是还想做些努力，找个机会，彼此解开心结。可人家却是傲气冲天，不屑一顾。

逼不得我今天必须反映！思谋着，就到了刘总的办公室。敲敲门拉开一个小缝，刘总正在打电话，“好好，就这样啊，老白，时间你定，地点我定，哈哈。”

穆言刚要转身退去。刘总示意不必回避，扬手叫他把门关上，坐下等等。

一番说笑后，终于收了线。

穆言刚要开口，被抢了先。

“小穆啊，有个消息，咱们公司又得拿地了。北京的这个行情，地段，地段，还是地段，这次可是个好机会。区政府刚刚商议，内部有地块，想招标运作了。国土局天天整招拍挂，落个招标倒真新鲜！咱们，是得跟进区领导，吐吐口算是没问题。”老领导已是心知肚明，换届他当然不会退休，可若是想向总公司发展高升，这个点很关键。

说着，从抽屉里拿出一把车钥匙。“明天你有空吧，跟着我，一起同白区长吃个饭，聚聚，把这个给他。公司领导班子已经商议好了，一定要拿下这块地。我的关系我来搞定，应该没有问题。”

说着，就开始跟穆言商量明天如何这般，这般如何。

穆言刚要吐口的话，咽了回去。

78.副总，为什么不可以？

这车送的果然很是时机，拿捏的分寸有佳，公司没有争议的拔中头筹。

各媒体嗅觉灵敏，又是蜂拥。穆言在看报纸，房地产界最有影响力的《京城地产》，“公司副总经理穆言说，……”穆言不看还好，一看不禁暗自思忖，自己明明是销售总监，是他教唆记者带个冠冕堂皇的帽子？还是记者无意张冠李戴？解释不清了。

总经理办公室，刘总刚巧也在看这个报道。时事新闻板块，显要的位置赫然入目，就是一丝不易察觉到的微笑。这时，敲门声砰砰。

“请进！”看是穆言。

“刘总，您看了报道咱们拿地的那份报纸了吗？”

刘总摘下老花镜，抖抖手中，“呵呵，刚送来，做的不错，小穆。”

穆言以为刘总话中有话，“您看到了，只是……哪有的事儿，子虚乌有！”他知道，虽是鸡毛蒜皮，可还需要慎重，不要留下隐患，误会就产生在沟通不畅。

“嗯，我正在看，小穆，公司造的声势还是很到位的嘛！媒体要跟进，让业内时刻知道我们的动向，很好很好！嗯，你来找我，什么事儿？”刘总不动声色。

穆言凑上前去，指指那称呼的字眼，“呵呵，新闻界一向嗅觉敏锐，如此大的盘，房地产业界是条大新闻，只是……不知道这帮子人怎么搞的，随便弄个官就让我当，也得看您答应不答应啊。错误犯得严重，我得问问。”说着便找版面的电话准备接通。

刘总做了个拦截的手势，意思是不必兴师动众，“小穆，跟了我这么多年，还不知道我处事的风格？怎么现在婆婆妈妈？这些小事介怀什么？不就是一个称呼么，随他们去，拿下地就是天大的好事儿，值得庆功。再说了，这军功章有公司的一半，也有你的一半啊！”

穆言得到证实，稍稍放了心，“哪里的话，刘总，您过奖了，我不过借花献佛，牵线搭桥都算不上，不过拿地这个事情彻底的尘埃落定，还是让人踏实放心的。”适时，扭转了话题。

刘总点头，“小穆，安心做，做出个样子来。你的人，我请来的，我一定会负责到底。再说，怎会不信你？这届期满，我应该向总公司调任了，你副总的位置？为什么不可以呢？”

穆言会心，问题已经解决，一石二鸟：既巩固了自己的利益集团的地位，也对其他的利益集团有所警示。

玩味，有些喜欢这个无心的错误、马虎的记者。是水是火，及时挽救，未尝不是一个天赐的良机。

他现在却是想告诉徐萌，倒想听听她怎么说。一路兴冲冲地开车回到了家，徐萌的家。想给她个惊喜。

徐萌今天可是什么饭菜都没做，今天穆言没说回家，好容易放下想念，托着腮帮，重拾思绪，编辑又催稿，写写专栏。

听到有钥匙响动，徐萌的心开始突突地跳。他回来了，他竟然回来了！我的小木竟然也学会突然袭击了！这在普通夫妻很容易做到，对于徐萌却是难得的惊喜。

穆言不是不善于惊喜，是善于尊重。她有自己的生活，未经允许从来提前预约，可是今天他想强抢民女，强闯民宅，虽然是自己的房子，不由得莞尔。

穆言深情，从包里拿出报纸，挥舞，“咱们公司又拿地，囤口粮了啊。”

徐萌接过报纸，草草浏览，脑筋却是一门心思想着如何招待这不速之客：冰箱空空如也啊。

“家里没有吃的。”说着放下了报纸，词不达意。

“你看到上面写的什么了吗？”穆言兴趣盎然，完全没有接茬的意思。

“什么呀，”徐萌漫不经心，“家里真的没有吃的东西了，你饿着怎么办？”

“傻孩子，你不也是刚回来，饿着呢，”穆言无奈，这丫头，怎么现在对煮饭这么感兴趣。“看看这里！”说着，指给她。

徐萌这下子用心了，狐疑，“你什么时候成了副总，升职啦？”

果然，每个明眼人都该有的反应。“我用得着在报纸上升职么，怎么也是堂堂正正的下委任令。瞎写到这个地步，公司算政治问题了吧。”

“咳，倒是无关紧要。不过，国企保不准大家怎么看，只是担心领导们敏感。我想，你还是应该同刘总讲清楚，事情虽不是什么大不了，可公司哪个人不拿鸡毛当令箭？现在好不容易有个借题发挥的由头，还不让你难堪啊。”

还是徐萌，每一面都让人妥当，一样的意见，本就应该这样做。穆言不由得心里暗暗点头。

“话又说回来，站在公立的角度，副总又怎么了，怎么过分？你那么有才，比公司哪个人差？他们又强你到哪儿？你应该有好前程！”徐萌不平，愤愤。

“呵呵，之前我们不都清楚？不是一句你有才，就可以什么问题都解决。争风吃醋天天都在上演，真正的唯才任用是屈指可数，激励机制不过就是个幌子，哪个不是任人唯亲？”一提起这些陈规旧府，穆言也是无奈。“哎，同年轻人论这些，有些消极，只是某种意义也希望你看淡，看淡些名利的东西。因为自己可控的因素太有限了。”穆言笑得勉强，现实，我们的确很现实。

“其实，哪个公司不都一样？走到天涯海角，基本一个模式，伴君如伴虎，如履薄冰，亦敌亦友。表面一片歌舞升平，很难料想变革。双刃剑，关键看你看中的是哪个刃。要么满足于安逸，要么就勇敢的奋力搏击。”

想到此，脑海突的跳出叶枚的影子。是的，他就是点了眼药水，又能怎么样，其实根本无力指挥制裁的生杀大权。叶枚的出路只能由她自己的背景决定，那背景间的交涉沟通，与他无关。

“不过，我想自己依然不能愤世嫉俗，仍然需要找到随波逐流的平衡点，不是垂拱而治，而是要在平和的心态中得以提升。对吧，小木？”徐萌最后点睛，捧着穆言的脸，凑近了亲亲。

穆言赞许，“学的不错，悟的到位。”

“走吧，今天到外面吃！我们萌萌可以解放一天，不用围着灶台转啦！”

79.生活，那牙缝里塞的韭菜

叶枚的欺行霸市，的确与穆言无关，而是与另一蹊跷有关，微妙的关系，不大的关系。

这个事情本不应该与叶枚扯上干系的。

穆言不会在背后嚼别人舌根，虽然道听途说，却并非空穴来风。

已是陈年旧事了。无意间又被提起。

很多人都有窥视别人隐私的癖好。

“谁嘛，做这种事情，跑到公司做，也不处理干净。”

这是客气点的评价。

话说，潘副总中午在公司的公共休息区休息，起身去了洗手间，走一遭出来，才发现侧面竟然粘着套套！期间走过的部下，看到没看到不知道，可是潘总不干了，脑中只浮现诸多掩面而笑的尴尬。这为了面子，也得查个水落石出。只是不便声张，便就悄悄委派自己的心腹，项目管理部吴部长查办此事。

吴部长却不想沾，他怎么能查呢，在领导的休息区发现这个事儿，不是领导做的还好说，可要是领导做的呢，查出来怎么在公司立足？那个领导肯定要把他处理掉。凭此事受制于人，很被动。

本是难堪的做局，吴部长却是高明，权交办给当时的手下，叶枚。二人牵制就平衡许多。女流之辈，不会构成威胁，领导至多没有办法炒她鱿鱼。无非乖乖工作，守着秘密。剩下的，她知，吴部长知，潘总知，还有事出的领导知，范围圈定。而此时潘总掌握着这个秘密，就相对安全了。难得，处理得这么一举多得。难道，这就是“与人斗，其乐无穷”？

叶枚纵是径自放心，把所有的监控录像调来，看了个干净，结果自在心中，有了备案。

穆言只是心里疑惑，我们公司也会发生这种事情，我们公司也会发生这种事情……

哎，生活，就像一人饭后，牙缝里塞的韭菜馅。有伤大雅，昭然若揭，却又俗不可耐，奈何不得。剔掉，没法引起注意；不剔，自己牙碜咯的慌。无非是茶余饭后，大众娱乐。

也难怪叶枚如此。

正想着，有敲门声，“请进。”

是刘总。

80.顺水推舟，抑或推波助澜

措手不及刘总到来，穆言有些摸不着头脑，赶忙起身。

没想到，刘总却是来问询叶枚的状况，“小穆，想向你了解一下，小叶的情况。”

穆言跟在刘总身后寻思，叶枚怎么了，事情传的这么快，难道刘总知道她的恶劣行径，老天也开眼了？

“嗯，刘总，小叶怎么了？”试图探听状况。

“小叶也是，当初吴部长反复，横竖难为不想要，倒不说明原委，只是言辞有些影射人品，我并未妄加评论。一再慎重考虑，征询各位领导的意见，念及元老，一起打拼，创下公司盛世不容易。刚巧，你那时来，正好让她重新悔过，反思反思，就调给了你。我知道，你是好心，尊重了我的决定，可是现在，我知道你皱了眉头。不知珍惜哪，怎么还是老样子？影响到你我沟通都造成误会，绝不能够允许！公司发展是不能容许小人存在的，时刻会有危机！”刘总低着头，默默踱着步。

“前些天她来找我，按捺不住讲条件，说孩子小，希望涨涨工资，我持保留意见，觉得突兀，有些不妥。后来念及她是女人，心就软，同孙兆兴交换了意见，算，还是涨了。”

“可，后来就蹊跷了。按说，工资涨了，该消停一阵了吧？昨天又来了，说想稳定，把在外的档案调进公司。我已经很恼火很难办了，总公司明文规定，保证总部队伍纯洁，不能再调档，多少优秀的同志我都无能为力。我同她解释，她倒叫板了！以为我为难她！这样的下属？不做好本职工作，一而再，再而三的跟领导提条件？我觉得这个人，在你手下不合适，影响发展。你看，是不是调到其他的部门？”

穆言心里好笑，眼睛痛痒不止，眼药水没机会滴。稍稍缓解了症状，眼药水倒来了。他是不能力挽狂澜，救叶枚一命了，即使于心不忍，但也只能顺水推舟。

“我没什么意见，一切依您的意思。”

刘总什么意思？叶枚自行走人。人事部下了调令函，让叶枚回原来的项目管理部，可原来的部门已是没有她的岗位。只能调配下一级档案员的职位：一切不言自明，她不想降低岗位，就得自动递辞呈了。

只是这一切，叶枚并不知晓。只是恰巧撞见刘总进了穆言的办公室，出来，局势就全变了，不久，调令函下来。

直打得措手不及，却是孤注一掷的认为，所有的全部都是穆言的推波助澜。她恨恨的记得，穆言的所作所为。可现在她得去求人，求别人帮助，将她已经铸成的草率行径挽救于水火之中。

自是不敢再找刘总自讨没趣，找党委书记，自己真正的背后靠山，可是孙书记此时在外地，正好逃脱干系，推的一干二净，表示无能为力。

最后的杀手锏，找潘总求情，潘总说，工资已经给你涨了，是刘总涨的，不知道吧！可你没珍惜，现在说什么都无法挽回，你的所有功绩都抵不上现在所犯的错误了。

真的是十恶不赦么？失意之时，好心人不把你往火坑里推已是万幸，又怎么会有人，会为了你的死活，将自己惹祸上身？不值得的。沉默，沉默的大多数。

那巨大的机器，只要保证运转，功能齐备，离了谁都可以存活。若是其中的一个螺丝钉坏掉，不会修理，而是直接丢弃，换上新的，运转会更加顺利。尤其，不知天高地厚的特立独行，必然会被无情的排斥。

81.娘，你让儿子怎么办！

叶枚的显示一直是请假状态，自从调令函下，就失去踪迹，再也没有在公司现身。

不久后，却回来了，一身的人逢喜事精神爽，似乎是时来运转。

角色，一下摇身成了总公司某项目公司的经理。

“领导，这是我的调动函。”叶枚蹬蹬蹬的高跟鞋声音，穿透空气，弥漫着一贯的唯我独尊。

却是让穆言一愣。不想回避冲突，冲突却是提前土崩瓦解。

怎么工作立刻确是有了着落？哦，还有单位接收，不错，还是项目公司经理!

穆言本不奇怪，人往高处走，水往低处流。有些人离去，有些人跟进，此处不留爷，倒是自有留爷处。

可这还就是下属应有的态度？对待曾经的上司，从不尊重？自从调令函下放，什么招呼都不打，什么情况都不说明，就不上班了？连辞呈都不给你递，我鄙视你。现在是直接通知签字，盛气凌人的可以。

算了，这也就是叶枚的风格，永远掌握主动权，杀他个措手不及。我们没有对错，只有合不合胃口。既然有了更好的归宿，为什么不能远走高飞？

应该的。

可穆言的眼中钉走了，他却并不觉得轻松。实话说，还竟然是说不出的怅然若失。怎么会呢？少了一个对立唱反调的主儿，世界清静，天下太平。又怎么会失落？难道是那丝丝无缘由的嫉妒？她怎么能游刃有余，潇洒得走？算了，不同的人走不同的轨迹，跟一个下属较什么劲儿，穆言又开始数落自己的胡思乱想了。

其实，穆言并不知晓，叶枚是真没办法了，置于如此的尴尬境地，千托万选找了这吃力不讨好的公司，当了经理。说白了，公司就是驴粪蛋，表面光。因为皮包的公司性质，充其量是二道贩子，麻雀虽小五脏俱全，不过勉强维持。她刚刚进去，甚至连自己原来薪水的四分之一都没有。唯一的好处就是：档案终于可以名正言顺的调进总公司。滑稽就是实惠总是来的不适时机。

她，只能以苦作乐了。

这是穆言后来，才明晰的。

“小穆，妈……妈……昏倒了！”满秀在电话里，语无伦次。

“别急，别急，怎么回事儿？”穆言也懵了，一头雾水。这是哪跟哪，今天上班前，妈不是好好，“你在哪，怎么知道的？”

“我……我……回家拿文件，忘记拿了，回家……看到妈躺在地上……”

“那还不快拨 120！”

“哦，着急，忘记了！”满秀整个人僵在那里，傻了。

穆言挂了电话，都顾不得跑去地下车库开车，直走楼梯，三步并做两步，出去就拦了辆出租，奔向离家最近的医院。

12 月 1 日

母亲的检查结果出来了，是乳腺癌晚期！

刚刚全面检查出结果，却并非心脏移植的并发症。怎么就那么疏忽，多少次检查，怎么会……平白无故！

真不明白了……移植做得那么成功，跟这毛病有什么牵扯！我只能，却又不得不相信自己的耳朵和眼睛。已经听不到医生在说什么了。

今天心里特别乱，什么都想起，不着边际，不知道该怎么去救母亲，娘啊娘，儿子还没孝顺你！

精神恍惚……

我辛辛苦苦的赚钱，做什么伤天害理的事情？只是想让娘安安心心的过过好日子，可结果呢？连她的命都难保，我不孝啊，自作孽，天惩罚。

难道是因为小南么，难道那是惩罚？我开始数落所有的罪过。

利欲熏心的社会不就是各取所需的交易？打着感情的淡漠旗帜眉来眼去？好吧，就算上我和我的女人那也是投其所好，上床，不就像礼貌性握手一样稀松平常？可那并没伤害任何人……

有钱不是有了一切？有了钱妈可以多活多少岁？抬眼就是好生活，迈腿就是好节奏。舒适的，暖饱思淫欲的好人生。

哎，先筹钱吧，多少撑着点。

娘，你让儿子怎么办！

对，问问满秀，也许她爸爸会有些办法，看看医院能不能发掘些关系。

82.疑人不爱，爱人不疑

穆言感觉自己越来越力不从心。

母亲的癌细胞扩散呈几何倍数增长，已是很少同徐萌联系了。满秀，真难为她，天天在单位、医院和家之间来回奔忙，以致孩子都没有时间照顾，办了全托。累出了黑眼圈，累瘦了身躯。可她却一句怨言都没有。

每个男人都有良心发现，也有清醒感恩，尤其当生活的重压扛在肩头。只要一家人都健健康康，还有什么索求？童话或是往复，随风带走吧，如果做出取舍，他只能舍弃徐萌。

过日子，这日子还得过。

“谢谢你，媳妇。”又是一天会议的穆言回到家，今天荆州政府一行人来访，商议项目公司在当地楼盘事宜。突然冒出这一句的没头没脑。

满秀一边将排骨汤盛出放在饭盒，一边诧异今天穆言的甜言蜜语，“都老夫老妻了，又不是演电影，不说谢的。”

“让你受累了，没什么，对不起，秀。无论之前我做过什么，现在说对不起还来得及，请你一定要原谅我，好么？”

“原谅什么，你……有事儿，瞒着我？”满秀觉出了一丝悔过的气息。

“哦……不……不，哪有的事儿，看你尽往啥地方想。我是最近太忙，让你这么忙里忙外的，我心疼。自己的媳妇不疼，谁疼呢！”

满秀憔悴，生活日复一日。不想去想，也没有时间去想，她只知道自己的时间表排的满满，无数周而复始的任务，“应该的，没有什么对得起，对不起的，都是一家人，不说两家话。老人生病了，做儿女就要尽孝。妈等着，饭要凉了。”说着收拾包裹，忍住噙在眼中的泪，擦擦被厨房蒸汽熏湿的额头，披上衣服。

这就是女人，刀子嘴，豆腐心，不过是心口不一。抱怨与争吵都是过眼烟云，穆言再怎么冷酷无情，也是遥遥的爸爸，那搀扶着一辈子走的男人。

疑人不爱，爱人不疑。

女人，简单些好，简单些会多平静，少焦虑。生活已经奔波成性，莫须有的罪名，为什么还要自己吓自己，徒增几条莫须有的皱纹呢？

“走吧，今天有些时间，我们一起去看妈，顺便问问廖医生，化疗情况怎么样了？”

“对了，拿着这个。”满秀有些犹豫。“不知妈愿不愿意带，反正冬天冷，带着也不热，不碍事。她是个爱美的人，别让她觉得离美丽远了。”拿在手上的，是个假发套。

那别人的无奈，竟然重复在自己的家庭，想来就辛酸，穆言也抽空托人捎了礼物，一把梳子和一个推子，不知哪个能用得上，也许哪个他都没有勇气拿出来。

也默默的放在了口袋。

医院，母亲刚刚又做完一次化疗，气色比上次见红润了很多。

“娘，吃饭，满秀给你做了清清的排骨汤，你最爱吃了。”

母亲许久苍白的脸色露出笑容，看到儿子儿媳都来了，就跟身旁的病友唠叨着，“我儿子忙，呵呵。狗蛋，你得感谢满秀，哎，上辈子积什么德，得这么个好儿媳。”

穆言一个劲儿地不好意思，“您看，在北京的医院，还是叫我土坷垃的名字。”

“大伙知道！不过是狗蛋叫顺嘴了。俺儿叫穆言，俺儿媳叫满秀。”老人对着大伙止不住的乐。

穆言回身，真诚，“谢谢你，媳妇。”

一抹红晕飞脸颊，满秀开了饭盒，小心的盛出了汤，默默的坐在一旁。

“娘，今天气色好，看儿子给你带了什么礼物？”说着拿出梳子，“听人家说，这个梳子功效很特别的，舒筋活络，我特意托同事们带的，来，我给你梳梳吧。”

穆言的母亲怎会不清楚，怎不知道化疗是什么结果？自己头顶已是一块块的秃，不行，不能让狗蛋知道。想着，便拦着穆言的手。“娘挺好的，自己会梳。”穆言那刚刚抬起的手，又无力地垂下，他知道母亲多少已知晓这一切意味着什么。

“嗯，我放在这里了，娘，有空你就梳梳，他们说对治疗有益处的。”忙不迭地起身让位给满秀，“你陪着妈先吃，我出去一趟。”意思是，询问廖医生。满秀会意，捧着小碗，拿勺一口口的吹吹，喂给穆言的母亲。

穆言轻叹口气，急匆匆走出病房，快步去了廖医生的办公室。

“廖医生，下午接到您的电话，我正在开会，实在抱歉，我……母亲的病怎么样了？”

廖医生倒是很镇静，“没事儿，你们的工作忙，我理解的。不过，有些情况还是需要跟你说明。你母亲现在经过了二期化疗，情况得到稳定，癌细胞基本控制住，只是今天下午的检查，又似乎有初步恶化的迹象，这种迹象是不稳定的。你知道，现在医学发达，但病情，我们谁都无法控制。关键是老人家的心情，心情一定要好，这是我一再嘱咐家属，不能让她情绪过于波动，无论是高兴还是悲伤，都不能。要平稳才有利于康复。总之你们家属做好准备，老太太年岁也大了，经不起折腾，要让她不受罪的走，应该不是我悲观的想法。你明白么？”

穆言信心满满，终还是被打懵了，“您是说，我母亲没有希望了？医生，你一定要救救我母亲，多少钱我都出！”

廖医生对这些生老病死早见怪不怪，病人家属的心情他理解，可是哪个阎王爷召见需要得到他的认可，去时留情留意？他所能做的不过是暂缓离去的脚步罢了。道理是明，劝得婉转，“你放心，我们会尽力，治疗是没有问题。只是，我还是建议，多想想她这辈子没有想到的福，尽尽孝心吧，穆总。”

不知道怎么走出办公室的门，只知道满腔的苦楚如潮水般涌动，人生大抵如此，总会面临亲人的离去，可是这是他最最难以割舍的母亲啊，怎么老天也要夺了去，那他还剩下什么？

以为电视剧上的哭天抢地都是作秀，现在真恨不得自己找个角落也去哭天抢地的动容。

是的，还有很多的人陪他走，可是母亲的那份独特不会再有了。没有心思，也不会有心思，想到还有什么独特可以替代。

即使是徐萌的那份独特。

要好好赚钱，挽留母亲的生命久一点，再久一点。

现在急用钱，通州的那套房子出手；下午开会，荆州的盘要跟进。

我要救娘！救娘！

83.生活不是黛玉，不会因为受伤而风情万种

12 月 24 日

小木，最近不来家看我了。

匪夷所思。明明上次还相安无事，再问时，已是态度冷冷。

我问，你不爱我了么？他说，别这样说，没有不爱。那让我怎么说？我说拜托你爱我么？不能够，没有勉强的爱情。

究竟做错了什么？想不通，或许，从一开始相爱原本错误，错误一注定，只有无尽的痛苦。可若是爱一个人就要铸成痛苦，那又何苦相爱？生活不是

林黛玉，不会因为受伤而风情万种。

只是，小木是云南白药，是红花油，是风湿止痛膏，是包治爱情百病的跌打损伤药。

我们之间是不是有什么误解?

荒唐，可笑，我竟然担心这段畸形的感情有误解。

我是想问，你，是不是有什么事情瞒我。

不，这样问，不妥，我能是什么样的身份，站在什么样的角度，

旁敲侧击，“小木，你是不是，有心事？”

他一贯的泰然，难以琢磨的表情，闭着眼睛冥思，“没，没有，放心，没有什么事儿。别多心。”

不过回来吃个饭。我不是他的房客，他也不是我的房东。

“萌萌，你为什么总想着让他回来吃饭……你不是他的保姆。”徐彤今天同客户谈生意，在这附近，顺道来看看徐萌。

“哎，事实有了印证，每个人都有全身而退的可能，他要撤退了，萌萌！混蛋有很多种，他是最有型有款的那一种。我依然很露骨很直白，男人找情人，就是花钱买乐子，可你看看，人家现在用花钱么，就造一个安乐窝，放松心情就来玩玩，还免费吃饭！他为你，为你这个家，究竟做出了什么？别人的情人都是，“大别野”住着，小汽车开着，大钞票花着，小衣服买着，滋润的不得了，落个社会的蛀虫称号，也值。就是用身体换金钱，拿青春买享受，衣食无忧逍遥游！没让你索取，可你倒贴……你都穷得叮当响了！他不会知道你的窘迫，他很享受，对，他只会享受……”姐就差指着脑门子骂了，自己的妹自己疼在心上。自从小萍走了以后，她情绪时好时坏，有些反复。

“你觉得一个男人辛辛苦苦开着车，跑到一个女人的住处，为的是什么？孤男寡女，干柴烈火，时间又不能很持久，在哪里吃饭不是吃呢？”姐没好气，“那是抱你上床循循善诱。别信男人什么鬼话。爱你，那是哄你！过了多少苦日子，等到苦尽甘来，就鸟尽弓藏，兔死狗烹，以前的恩情全忘记！背叛，只有背叛！”

徐萌哽咽，“姐，他肯哄你，说明他还在乎你的。”

“对啊，两个都在乎，两个女人都把最珍贵的东西给了他，他当然哪个都疼，哪个都在乎了。可是两个女人就要都受到伤害！男人怎么不想想，他付不起这个责，就不要解开衣带的纽扣，不要褪下善良单纯女人的内裤。每个人心中都有坚守，如果不是为了爱，女人怎么会受着疼痛，满足男人的需求？”

徐萌的心一点点的碎掉碎掉，自己心里一直以来的伤痛，今天，被姐像拔萝卜一样，硬生生的揪出来，扔到她面前，很疼，真的很疼……

车，开车，开车来家的穆言。徐萌真的很喜欢银白色，标致的小狮子，穆言的标志。

手机闪了屏，于萌给他发了条彩信。

彩信很演绎，一堆车的标志，演化成性暗示：马自达是女人的丰胸，海马是穿着丁字裤的臀部，别克是整齐搭调的套套，大众是劈腿镜面的女郎。

还好，没有穆言的小狮子，徐萌吐了口气。

女人因爱而性。

如果，连爱都不行，还有什么扛得住消磨。也许吧，他是满秀眼中的好丈夫，唇齿相依；是遥遥心中的好爸爸，陪她玩耍；但却不是徐萌的好情人，寥寥温存，留下的只有漫漫长夜，还有徐萌痛扁自己，那被称作钻了牛角尖的“爱情”。

“姐，我想回家了。”

“回去好，萌萌，忘记这个男人。”

84. 回家，是个转折

又一个轮回，奄奄一息；等待穆言出现的轮回，又一次被击倒，不知道该走向哪里，回家，想妈。

急匆匆定了车票，毅然决然的旷了工，踏上归途。临回家的前一晚，已是热泪盈眶，大半年没见父母了，不知该带些什么……可爸爸却说，什么都不用考虑，什么都不用买，人回来就好，徐萌感动，无所相依的时刻，亲情就是最终的归途。从未有过这样的感觉，旅途是如此的归心似箭，轻快，只有轻快，背个轻巧的背包，把所有的烦恼与不快抛在脑后，那就是回家。

到家了，母亲倒是很开心，可不过半天，却莫名的变了脸色，“说不带东西回来，还真不带了，真的背个包就是回家了。赚钱了，也不说给家里拿点钱……”

不背包回来，难不成背炸药么……

换作以前，依旧会安慰自己，父母是无时无刻不在苛责，让她为家庭承担一份责任。

可她受够了这种教育。现在尤其。

相煎何太急！她心里有谱有数有压力，可一个物质小康的家庭，竟然让她成了恐归族。在北京够难的了，够乱的了，够烦的了，她真的没有乱花钱，为什么一回家，父母就不能说些其他？只有钱。我的，不是父母的么；我们是一家人，为什么要这么生分，生吞活剥的周扒皮？

内心的馋劲，又发作了，馋，馋家庭的亲密，馋家庭的幸福。父母不是不疼她，只是这种疼，她无法接受。

“你变了。”妈陷在沙发上，捧着衣服，戴着老花镜，纳针脚，幽幽的一句。

“哪里变了？”

“都变了，说话的口气，为人处世的方法，包括口头禅，跟以前都不一样了。”只是着急，眼花，穿不上去。

她知道自己已经有了穆言的影子。

徐萌还是心疼了，帮妈把线纫好。

母亲继续絮叨，“也对，这个世界，没有什么是永恒的，关系，更是经不起考验和证明。就说，母女关系吧，也会变的，不可能一成不变，你应该学会成长。”

徐萌叹惋，着实的受伤，是的，没有不变的，我们都在变。可，如果母女都能变化，那，有何信任可言？穆言，可以信任的么？她不知道，只知道，他给了她这辈子最珍贵的温暖，一辈子求之不得的温暖。也许，这在别人不算什么，可是对于她，意义不同。一个有如孤儿一般的孩子，被领养的感觉。

那一刻，真想问问母亲，她是不是他们捡来的，怎么狠得下心如此。

要走了，头一次没有什么牵挂。临行前，决意留下些钱，两不相欠。

没有回头的走进火车站，知道送别的母亲依然会落泪，她柔软的内心也会泪流，可是，谁又真正为她的不易动过情？心里，响起母亲一贯的话语，“不要儿女情长。”

看到留下的钱，母亲却是很高兴，短信徐萌，“知道你为这个家操心了，做得很好，父母只需要你的心意，我们给你留着。”母亲为她的教育成果喜形于色。

徐萌却迷茫，母亲从来会懂得自己需要什么么，责任感？比责任感更重要的，是在心里埋藏了20多年的，爱的渴望。

算了，算了，还是别对我这么好。已经适应了这样的冷酷无情。

徐萌难过地闭上眼睛，那20多年的锤炼已经坚硬，像巧克力外壳不好接近，可只有她知道，那不过是脆皮，一层薄薄的脆皮，扛得住凶恶却扛不住温暖的脆皮。内心那奶油，甜腻腻，穆言轻松地就探寻到她的内心，只有他探寻。

没有什么是可以顾及，可以牵挂，可以留恋，可以放不下。潜意识，本想回家找寻遗失的温暖，把爱情的温暖悉数还给穆言，一刀两断。现在却决定，好好的善待，虽然这之间没有因果，但在她的心里，却有直觉的感召。

自己什么都没了，不能再失去穆言。亲情的缺失，需要爱情去弥补？好比遇到简单的难题，却用更艰深的难题去替代？一波未平，一波又起；一题未解，一题又来？是欲盖弥彰，还是饮鸩止渴。

85.过关斩将几回合

这已经是荆州市当地政府，第五次来京了，为了公司好大一块盘：那一块大蛋糕。

来了自然是宾客，好吃好喝好招待，但公司的人却表面笑脸盈盈，内心阴雨绵绵。是为何？为谈判。

此盘标志着公司正式进入二三线城市的步伐迈出了新起点，可是，起点的代价是等价交换。荆州政府想，谁让你是国企财大气粗？都是国家的饭碗，兄弟本是同根生，分什么你我？

话是这么说，可谁都不想这么做，无奸不商，无利不图。

荆州政府率先抛出橄榄枝，我们这里有税收减免的政策，有利于你们开发商，这块地，依山傍水，楼盘绝对可建有档次的景观楼阁。

公司老总一碰面，这是好事儿啊，为什么不早下手？等等，有什么附带条款？一看，谈判就排到了议事日程。

理由充分，翻译成通俗用语大体如下：

这么便宜的地价上哪里找？独享坐地升值的尊荣。但有尊荣必须有付出，你们公司要支援周边范围道路配套建设。

荆州政府云，反正你们的盘在此，打通一个盘，出血出力为自己，绝对有好处。但轮我们出血又出力，这个是不容忽略的坏处！

荆州政府得意洋洋，可谁让我们的盘便宜呢？那么多开发商排队等着拿这块肥肉，只是我们都是国家的机构，沾亲带故，才给你们机会呢。

公司老总想想在理，这个盘的确便宜，捡着便宜还真不想松口，好吧，只能松口市政设施建设。于是，便就一来二去。

穆言心里笑，真像家家酒游戏，可双方还得抻着，用专业的素养、技术的语言，不卑不亢地据理力争。其实，谈判有抛绣球的，也有接酸果的，要的还是集体的智慧。

荆州政府侃侃而谈，其实我们双方都在探索，走的是新城开发模式道路，通过 BOT 模式，进行道路桥梁等基础设施建设，改善新城建设整体资金状况，带动区域整体商业氛围。

第一个回合，政府声明，楼盘周边所有设施我们伙同出资。公司想不行，人力全部搭上，经济也损失一半，不能全部包圆。未达成一致，休庭。待一星期后再战。

第二个回合，公司声明，只肯做一条公路，其他的上马有困难。政府商议，能否公路你们单方出资出人力出技术？公司料想太便宜，我们由一篮子的工程，缩减到一揽子的工程，承压依然很大。未达成一致，休庭。待两星期后再战。

第三个回合，政府妥协，这一揽子工程，还得你们跟进，我们不懂技术，你们内部便于协调，运作方便，房地产本就有优势。作为补偿，结个拜把兄弟，再给个小盘，依然是你们自己发展，我们免税。公司一听，是个诱惑。实地考察才知道，这个盘近乎荒郊野岭，跟北京的八宝山没有什么区别。

沉淀许久，也算……与其收回坟头，还不如得着好处，反正修路也是手到擒来的技术，不过是费些功夫。

终于，经过双方的多轮磋商，落槌定音，成交！

穆言笑着不言声，真是各怀鬼胎，以期达到喝酒欢腾。

若是此盘落定，期房销售，娘看病的钱应该又有了着落。自己现在真不怕没人巴结，就怕巴结的人没法应付。凭以往的经验，这回的升值空间是绝对大，利润增长点极高。

哎，别管远水能不能解近渴，还是杯水能不能为车薪。理财的模式还是炒楼，稳妥又长久！

86.情书，是写给一个人的作品

过节了，又是一年元旦时，可是穆言却不在身边。徐萌又重拾起了爱好，只为一个人写作品。情书，是写给一个人的作品。

小木：

喜欢这样叫你，有些做作，有些孩子气，可是很贴心。

我们每年的总结大概都会这么写：在即将过去的一年，走向崭新的一年……呵呵，我笑了，会回首，思考一年的收获与财富。对，拥有了最大的财富，就是你；收获了一份弥足珍贵的感情，是爱情。

还有，为一个人，改变了许多，乐于忍耐，淡定平静，坦诚身心，以及对金钱不是那么有所顾忌。

丫头怎会不知道，跟30岁的男人枉谈爱情，那是年轻人的事情，不过是相遇，欢愉，错过。只是我信你，一直对自己说，我的小木不会的。丫头也知道，你不能总在我身边，家庭不能忽略、回避、放弃。所以不会强求什么，没想公平不公平。不是我年轻我简单我想得少，只是不想为难你。

如果是你有情我有意，纵情性欲，丫头都能放下，可是……相爱，容易；相守，难。难上加难，难于上青天。

知道自己的角色，我们见次面，不过是踢了一场球，唱了一次歌，吃了一顿饭，非长久之计。彼此眼中的快乐不能每时每刻，常常插播工作，插播家庭，所以我常常只能排在“不太好”的档期里。

有多久了，想忘记自己的存在，悄悄地离去。拼命让自己忙起来吧，让工作塞满所有的光阴，可是只要一空下来，或者根本无须空闲，忙碌不忙碌，都会想起你。只是短信不便回，电话不能打，我必须让劳累的你歇歇脑筋。

告诉你个小秘密。我问爸爸，怎么认识妈妈的，爸爸说，很普通的形式，相亲。只是爸爸有个特别喜欢的女孩，她也喜欢爸爸，遗憾最后没有在一起。所以才有了你，呵呵，爸爸年轻的时候有魅力吧！我苦涩的笑，多年以后谈起我，你会不会也跟遥遥讲，“爸爸年轻的时候有魅力吧！”

这一年，我最好的朋友一度放弃我，一度又回到我身边，由不解到理解，由感动到心疼，默默陪伴。

昨天，许久不见的哥们说要元旦聚聚，问我，怎么都不见你，消失了？掐指一算，正好是认识你的整一年，我没有回答，只是问：你有过刻骨铭心的爱情么？他说，还真的有。为此我从来不抽烟的人，抽了生平第一包烟；我没什么思想的人，成了民间思想家。我说，现在感情都过去了么？他说，没有，在我心底。我问他，男人是不是都是健忘的？健忘你的好，健忘一起度过的日子，健忘美好的曾经？他说，不是，只是男人更容易转移注意力，而你不行。我问，那难过了怎么办？他说，写信，不停的写信，把所有记忆的瞬间都写下来。

相识的瞬间刹那在脑海中跳跃：你第一次牵我的手，把我吓坏了；你第一次吻我的唇，让我陶醉了；第一次把自己交给你空空的疼，第一回听你说爱我……想着你吃我煮的饭说是妈妈的味道，想着你躺我的床说是最放松的时刻，想着酒店每个惊喜的夜晚，想着你温柔地说等我……

没想强调什么，我只是幸福。

这一刻，终于泪如泉涌。爱情不是只有甜蜜和快乐么？为什么会有忧愁和悲伤？

而我，又会如此的洒泪动容。

想起艾青的诗：为什么我的眼中常含泪水，只因为我爱得深沉。

如果上天给我个机会，不认识你该多好，那样就不会一见钟情，从此爱上你；如果上天给我个机会，早认识你该多好，那时的你一贫如洗，我们就平等了，就可以一辈子只爱一个人，开心的过着庸俗的小日子。

每个男人都渴望拥有一个红颜知己，每个女人也同样渴望拥有一个蓝颜知己。我们不是赶潮流，我们只是不容易。

记得相爱初，一起听的歌：如果，这就是爱，再转身就该勇敢留下来，就算受伤，就算流泪，都是生命里温柔灌溉。也记得相爱时，一起看的诗：只有一个人，爱你脸上的皱纹，爱你的两鬓斑白华发生。

我想，自己书写了20多年的文字，记录生活中的际遇，而爱的语言，却只能传递给你一个人，爱之于我，如同，飞蛾扑火般的壮美。

圣洁而晶莹。

87.沉重的节日

穆言在看邮件，他再也忍不住了，眼前只浮现一个小女孩，泪水盈盈。

“萌萌，在家么，一起过节吧。”

夜晚，爆竹声声，烟火绚烂。徐萌望着窗外近黑的鬼魅，点点头。他们是有默契的，他们一直有默契。

还是钻进厨房做饭，徐萌不是动不动就拿文学气息喷穆言一脸的女人，她只是村口的农妇，翘首期盼男人回家吃饭的女人。

穆言拿钥匙开门，头一次，没了言语。脱了外衣，静静坐在客厅。以前，他会到厨房看徐萌的忙里忙外，嘿嘿笑，现在却沉默了。

桌上徐萌的手机震。

“小萌，你的电话。”客厅，穆言在喊。

“看看是谁的？”徐萌大声的应和。

穆言一看，“妈妈。”“你妈妈的电话。”

徐萌又喊，先不接了。

以前的穆言不会刨根问底，如今的穆言却不能坐视不理。

等菜备齐，穆言就拉着徐萌的手，“刚才忙，现在给妈妈回个电话吧。”

徐萌撇撇嘴，不想。

为什么？

没有为什么？就是不想。我不太想她。

你一个人在北京，总也不回家，怎么不会想妈妈呢。

徐萌搂着穆言的脖子打岔，我有你就足够了。

穆言轻轻放下她的胳膊，“听话，打一个，不知道你为什么那么不情愿，无论多么的任性，就算，是我的要求，好么。萌萌，母亲永远是爱你的，只是爱的方式不同，她为你受的苦，为你受的累，你应该一辈子报答的。”他差点就告诉她，所有的转折。

可是，没有说。何必呢，让她徒增担心，她一定会担心死的，又想为他做些什么，可是，他却给不了她任何的东西，这让他心疼，不忍想下去。

“听话，乖。”穆言用眼神鼓励。

徐萌，叹了口气，顺从的拨响了电话，“妈，对，对，我在家，没事儿的。你放心……”

身旁的穆言不由得紧紧握住了徐萌的手，把头别过一边，眼睛里有些湿润。也许，不久的将来，他连这样的机会都没有了。子欲养而亲不待。

我们习惯了冷漠，却无法习惯生离死别。母子的生离死别，尤其。

母亲是给徐萌介绍对象的，自打她回北京，就隐隐的担心，也隐隐地感觉到自己是有些过分，可是，独立，是为她好，没有亲人在身边，不至于以泪洗面，裹步不前。毕竟，有多少人闯北京，投身在社会的洪流中，没有谁比谁优越，谁比谁多金。上一辈是上一辈的富裕，这一辈有这一辈的活法，如果都躺在功劳簿上，她是体会不到奋斗的艰辛与乐趣的。她怎会不想徐萌？只是母亲是个严谨到苛刻的人，她就是想到哭，也断不会跟徐萌吐露一个字：那会纷扰她追求梦想的脚步。

既然选择了地平线，留给父母的只能是背影。

“妈还是赞同，介绍，感情基础稳固长久，自己认识，倒不是不幸福，总还不是那么踏实的。听妈的，妈是过来人。”电话那头，母亲难得絮叨。

徐萌负罪，却漫不经心，除了穆言，她还能拥有什么？有些尴尬，又不好言语。

“有两个孩子，名字他们俩倒是真般配：一个叫程晨。在北京中信银行总部，家在咱们那儿，有车有房，父母都是老师，一样的知识分子家庭。一个当兵，叫周舟，也是有车有房。你们仔细谈，第一次相亲，该注意的一定注意，其他的，我就不多过问了，都还踏实可靠。”

徐萌知道踏实可靠意味着什么，只是嗯嗯，并不动作。

“嗯什么，拿笔，记一下号码！”徐萌示意穆言先等等，他会意，去厨房洗苹果。

“好的，我等着他们联系。”

终于挂了，徐萌长舒一口气。

“来，吃口。”身旁的穆言温柔，喂徐萌苹果。

“打了好久。”徐萌不好意思。

“没事儿，应该的，你说就好，我不讲话。”

“知道是尊重我，哎，我们家里窝藏了一个罪犯，一个小偷。他偷走了我的心哪。”

穆言吃着苹果，突然停住了。放在桌上。

“咱吃饭吧，萌萌。”

以为自己又说了什么不该说的话。以前她一直是口无遮拦，屋子里满是欢笑。可现在穆言变了，变得不爱开玩笑，也经不得玩笑了。

徐萌有些把握不准，她在胡乱猜测，“小木，能问你个问题吗……以前，现在，是不是有好多女人喜欢你。”

穆言脸红，“嗯，怎么会，我不帅，没有的事儿，怎么可能。”

“可，做销售的，大家都知道做销售的经不起诱惑！”徐萌鼓起勇气，说出世俗惯例。

“嗯，是的，我遇到很多女人，不过是过客，没有关系来往。她们比你多金，可是没有你干净，萌萌，你是个干净的孩子。”穆言不想隐瞒，脑海总闪现着那些天塌下来的，怎样难耐的日日夜夜……

眼前这个，有些倔强，有些任性，有些叛逆的孩子。都是淡淡，跟她脸上的红晕一样，恰到好处。她依然是他的小南，让他呵护和心酸，却疼到无力保护。他甚至没有能力给徐萌一个家，一个像样的家，他知道的，徐萌断不会收。还是保留些空间吧，这样她会自尊些，自在些，洒脱些。有所相依，也有所不依。而他铁石一般的心肠也柔软，一直愧疚地说，对不起。

是么，徐萌不信。他的心中一定有一个神秘的女人。如果没有又怎么会对我的眼神有些特别，真想透过这双复杂的眼睛，探寻到真相。也许，自己的这份干净会让他珍惜，也会将他吞没么?

“小木，你相信这个世界，有挚爱的传说吗?”徐萌闪烁着眼睛。

穆言坚定地点点头，“我相信。”

“你已然是我的生命，生命中……生命中无可替代的那部分。”徐萌哽咽。她想说，没了他，生活依然可以继续，可是又将回到原来那个冷漠的起点，她怕，她是真的怕。

“我知道，萌萌，在我的心里，你……是我的亲人。”

亲人，徐萌没想奢求什么，有这个称呼已是足够。

“萌萌，你救救我吧，小萍……小萍……有了。”又是一个电话，徐彤在那端很久，嘤嘤地哭，哭到止不住，哭到听不清说什么。

徐萌手捂电话，放下穆言的手，去阳台。

“怎么了，她不是回家了么。”

“是回去了，可是一直没有来例假，昨天跟你姐夫说，她去医院瞧了。有了。他们竟然一直瞒着我，有了……明明说好的，好好回家，她过她的日子，我过我的日子，没了，都没了，什么都没了。”

“姐，姐，你别激动。”穆言还在客厅，她不敢大声。

“我没激动，你觉得我听到这个消息该保持平静？我接受不了！”

“那怎么办？”

“现在还能怎么办？把人家接来！广宇自己种下的，他自己来处理。孩子必须做掉，不然怎么办……不能留下来！小生命是无辜，可是我难道不是无辜的么！”

徐萌不知道该说什么，这顿饭，这个节，有史以来，第一次这么的沉重。

88.偷菜容易种菜难

自从那天穆言一声不响的吃饭，她手不停歇的接电话，两个人就有些貌合神离。悄悄地隐瞒了彼此的心思，悄悄地不去伤及对方在意的敏感话题。

而徐彤，自从知道小萍的身孕，就精神恍惚，一直以来，包容的强大力量轰然崩坍，她就是再强，也强不过一而再，再而三的刺激。

徐萌也没奈何，只想起一样不容忽略，一个马上就要到来的特殊日子：一周年的日子，多想抓住这些烟火，他们已经在一起一周年了，365 天的等待，不算漫长，但在徐萌看来，太短暂了。

庆祝，始终是心里由来已久，却是难以启齿的愿望。

周围很多平凡的女人，会伸出不再细嫩的手指，炫耀结婚周年的璀璨戒指；也会骄傲地挺挺漾着岁月痕迹的脖颈，任由一群人围观猜测项链的克拉；抑或是办公桌上刻意凌乱着的小摆设，小装设也是温馨的谈资。秀的也许是真实，也许是虚荣，但都是爱的见证，爱的表达，爱的拥有。

想有些不一样的东西留给他，就像把自己打包送给穆言的人生，纪念日，他们的纪念日也该是与众不同。

可徐萌要出差了。部长派她去外地进修学习，业务骨干培训。

“小木，我要出差了。”

“走多久？”

“一周。”

“嗯，还好，不长。”

穆言料想，可以赶上一周年的纪念日。

他想送个特殊的礼物给她，就是陪着徐萌踏踏实实过一个属于他们自己的日子，时间长一点，再长一点，一整天。虽然平淡，但他明白这是徐萌最想要的礼物。其实穆言也被通知出差了，无限出差的长久，插播这样一个有限的时光，似乎有些吝啬，在他的争取下，特意调整了行程，准备请一天的假，回来，回来给她一个惊喜。

那是麦琪的礼物么？那是看似寻常，却是彼此最为珍贵的拥有，那是来之不易的浪漫，双方都不曾知晓的秘密。

出差前，部长语重心长的叮嘱徐萌，这次的学习培训非常关键，公司的发展就靠徐萌这样的新生力量持续壮大的，一定要珍惜这次机会，为人生的飞跃奠定稳固的基石，为公司的兴盛添砖加瓦，云云。又是，官话套话废话不加删减，层层堆砌。徐萌检讨自己真带了有色眼镜，把部长中肯的鼓励左耳进，右耳出，已练就为一种淡定的功力。可还是得毕恭毕敬，不住地点头，口中信誓旦旦发表着不受大脑控制的言辞，心里则打着小算盘，叫苦不迭，盘算着礼物会不会搁浅。

想到给穆言一个什么样的新奇礼物了，做一本十分电子杂志，记录他们相识的点点滴滴。

出差，倒算是一次名正言顺的创作旅程。

备齐了所有的影音资料。甚至从图书馆借了 PS 图书准备恶补功课。备好了一切，准备出发，才发现，没有扫描穆言所有在报纸杂志发表的文章剪报。早就是他的忠实读者，哪怕仅仅是采访他的一句话，一段影像，都被悉心的收起，不会错过，大大小小统统入囊中。小心翼翼的扫描所有的铅字。她笑了，这些琐碎，从来不屑一顾。感动过去就过去，还有什么可以收集？可为了穆言，什么都愿意学习，什么都愿意尝试，包括本不擅长的未知，都要倔强到直至可以使用。时间一分一秒地过去，不觉已是 9 点，属于一个人的专心致志。扫描完毕，才肯搭车回到驻地。

午夜 10 点钟了，大家欢歌笑语茶话会后，三三两两的回来，而她一直静静的埋头在宿舍，为的是加紧制作杂志的脚步，总想多一点点的时间留给自己，就会迅速的制作出彼此都满意的倾心。

时钟又过，已是一点，同宿舍的朋友一声不吭，也在电脑前勤奋。

随口问一句，“姐们，做什么呢，这么晚了，小心长皱纹啊。快贴贴面膜，洗洗睡了吧。”那边的姐们，也是忙碌得不亦乐乎，头都没有抬，“你不是也没睡？我在勤奋的偷菜呢。哎，这个世界真无奈，偷菜总比种菜快。”说着摇摇头，继续战斗。

徐萌也不曾抬头，她在感叹，无聊的事业奋斗整夜，无聊的人生尽情挥霍，无聊的人才大有人在。

话又说回来，难道她不无聊吗，为一个不相干的人，盲目的在做些什么？换回盛极一时的欢喜？或是他们五彩斑斓的快乐？人生中很多日子无须纪念。没有什么不可忘却，没有什么不可抹去，匆匆流走的是岁月，生活是一个七日接着一个七日。记忆，不过是冠冕堂皇的摆设，多少人生不过是模糊一片，糊涂一世？在历史上、在别人的记忆中留下或璀璨或阴暗的点数，又能如何？

算了，不去想，想了是寂寞，想了是孤独。

可是情到深处不寂寞，情到深处不孤独。或是自己随着影子起舞，或是自己捆绑自己快乐？

电话声响，同宿舍姐们的电话，“哈哈，秀，这么晚还不睡？”

徐萌心里一惊，怎么一个名字。

“哦，我也睡不着，对对，偷菜，呵呵。他不回来了？”

“再等一会儿睡，好不容易出来，好不容易，孩子不烦我了，还不让我偷一会儿菜。”

“好的，等着我去看你……”

之后的，她已然听不下去，其实，不用辨认，就知道那标志性的声音是满秀。匆匆就关了电脑，再做杂志就露馅了，收工。

世界真是小。

“我的一个朋友，不好意思，这么晚打扰你。她老公跟你一个单位的。”

身后姐们的一句话，漫不经心。继续偷她的菜，乐此不疲。

偷菜容易种菜难，其实，有心容易偷心难。

“姐，我先睡了。”徐萌满腹心事，脸都不洗，抱着被子，蒙头大睡。

89.糊涂的庆祝，疯狂的纪念

“小徐，小徐，你先回来。上级有个临时决定，全国房地产协会要在深圳召开一次盛大的峰会。这次会议，领导非常重视，不仅中高层领导全部参加，而且特意委派我们部门跟进，我慎重考虑，决定派你同我一道参加。”

徐萌突然接到的电话，愣了，深得部长器重是好事儿，可这变卦有些不是时机……“部长，会议开几天？”

“一周。你赶紧向学校请假，回来准备，明大我们就出发。”

纪念日，泡汤了。

正好跨界。

穆言呢，他去么？

“小穆，你准备一下，从项目回来，全国房地产峰会，开一周，跟我一起去。”刘总电话匆匆，“就这样，明天等你，出发。还有啊，央企要介绍经验，准备一下交流材料，到时发言。”

穆言突然接到电话，也愣了，这么急，倒不担心材料。可是，这周，母亲要复查，她执意不肯在医院住，化疗完就往家里跑，这周需要化疗一次。还有小南，都在计划，有些乱了阵脚。

“秀，刘总临时通知我跟他去深圳参会，走得仓促，恐怕不能回家了，你先跟妈去医院。我恐怕得一周，跟廖医生多沟通，辛苦你了。”

满秀点点头，“行，随时联系。”

忙碌的生活，中年妇女忙碌的生活，跟穆言倒的确互补，满秀已经习惯，却是摇摇头。

“小萌，公司要赶去深圳开会，可能……我回不去了。”

"你也去?!"

"怎么?"

"我也去，呵呵。"

徐萌喜忧参半，喜的是，他们竟然可以一起出差，忧的是，精心准备的夜晚，看是泡汤。

可，纪念日？只字未提。他抛在脑后了么?

她没小肚鸡肠。这不符合穆言的性格。

以前，会接着她的话，简单而稳妥，"没事儿，去了深圳一样过。"

但是，现在他却匆匆挂了电话。

自己已是神经质，甚至有些走火入魔，一点点的不同都会在心中引起轩然的风波。

回想那晚的对话，有些怀疑，我们都这么惯熟，为什么现在反而觉得愈来愈不了解？这个曾经那么疼惜他的男人，难道真只是花言巧语的一时兴起？还是他忙了，累了，倦了？该体谅他，不该胡思乱想?

变得不笃定自己，生怕他厌恶，害怕爱情逃走，消失的那一刻。

真的没有天长地久的爱情，只有曾经拥有的冲动?

这个问题不用反问，只需自问自答，只有当事人才能明白，你是信任的，它就是存在的。

也许吧。

"怎么了，有心事?"

晓峰关切，看到一路上大家都在飞机上有说有笑，只有徐萌心不在焉，心事就写在脸上，藏不住。晓峰是财务总监孙兆兴带去的助理，事业蒸蒸日上，是只潜力股。平时对徐萌照顾有加，但也只限于工作时间，他是个不自信的男人，联络徐萌的私人时间刚刚排到议事日程。

徐萌当然不知道，内敛智慧的晓峰其实对她也心有所属。

有些为难，"我，爱情遇到些麻烦。"

什么？晓峰不平衡。这攻势还没展开，怎么莫名其妙的名花有主？原来她已经有男朋友？还对她不好？他怎么敢对她不好！这个人见人爱的姑娘，绝对贴心顺意。说他不心动，那是嘴硬。

哎……心里叹惋。只是，徐萌为什么不快乐？是谁让她这么不快乐！恋爱中的女人应该气色红润，快乐如天使。

“我觉得自己做得再好，心却越离他越加遥远。”

“你是很好了，在我眼中真的很好。”晓峰低语。“不过，这个要问问你自己，是不是付出，他都需要？也许在你是欢喜，在他是烦恼，会恼怒你的事无巨细。想想也好笑，我们小时候看的动画片，康夫为什么离不开多拉A梦？因为他缺不得。当他无计可施时，机器猫就是他的救世主，总能化腐朽为神奇，反失败为胜利，让他在现实中清醒有动力。”

“所以，小萌，作为一个爱人，对方需要的，也许仅仅就是默默的支持与理解，那你不要心态不平，给对方时间空间，也需要付出忍耐的。如果已经尽力，就不必后悔和惋惜。记得，别拿别人的错误惩罚自己，别拿自己的错误惩罚别人，更别拿自己的错误惩罚自己。”

徐萌听了这番话，倒是对晓峰刮目相看了，句句说在她的心坎上，“谢谢你，我记在心底了。”

今天，是纪念日。也是各个公司交流发言，畅所经验的时间。徐萌就坐在台下，听着穆言沉稳犀利的见解，一如一年前，恍若隔世。

一年前，她也是坐在台下，坐在北大的课堂，冥冥中却是钟情而想入非非。一年后，她却平静，他们属于了彼此，有了交集，不再是台上台下遥远的距离，以为灵魂与身体同时交付，就可以无时无刻不是心贴着心，可，缘是由心生的么？我们是不是都违背了原始的初衷，柏拉图？没有份的爱情，身体却占了主流？低级趣味，动物本能只能落个来得快，去得也快的结局？

就这般看着，猛然发现今天穆言的特别醒目，原来，是穿着徐萌买的衬衣！那举手投足的重视，在纪念日不着痕迹的表露，他心里有她的，一直都有。

“没有细看我的衬衣吧。”穆言走下讲台，给了徐萌适时的提点。徐萌笑，笑他们的暗号还是对得这么默契。可礼物呢，穆言还记得么？算了，也许他忘记，也许本就未曾忆起。回到酒店房间，徐萌一直攥着优盘，盘里有她精心做的电子杂志，她熟悉的过往，与穆言的一切，就在一个精密的记录里。

夜深了。穆言仅仅一条短信就没了踪迹，他还会来么？打开电视，一段声情并茂的朗诵正上演。

“爱情，是什么……

这个世界，什么都古老，只有爱情，却永远年轻。

这个世界，充满了诡异，只有爱情，却永远天真。

只要有了爱情，鱼在水中游，鸟在天上飞，黑夜也透明。

爱情不是在明月下闲散，也不是在长凳上叹息。

有泥泞也有风雪，有欢笑也有乐趣，什么都会有的。

但我会珍惜，随着岁月加倍的珍惜……”

听着听着，恍惚了，是的，什么都会有，同甜蜜一样不可回避。

忽然，短信声响了，“在哪呢，丫头？做什么？”是穆言……

徐萌紧张到牙刷落地，她已经放弃分分秒秒的等待，准备洗漱睡了。

“我要睡了。”

“想去找你。”转眼间，由不得她思索，门铃响起。

犹豫，还是开了门。穆言倒头就抱着徐萌，一股酒气喷鼻。不好声张，悄悄掩门，这可如何是好。在自己的房间……穆言……

穆言站立都是问题，打着摆子，头疼欲裂。扶着他躺在床上，刚要离去，穆言扯着她的衣襟，“萌萌，萌萌，别走，别走，陪着我，今天是什么日子，你不记得了么，不要离开我，不要离开我……”睡梦中，穆言仿佛看到高阳向他走来，一会儿是满秀，一会儿又是徐萌。

徐萌穿着浴袍，一扯，酥胸半遮半露。冥冥，穆言微睁双目，看到如此，再也奈何不住。借着酒劲开始抓狂，不由分说，循着香气开始热吻徐萌带着清香的双乳，像个溺水的孩子，找寻水源。开始，徐萌还反抗，后来，已是被重压在床，动弹不得。他不再轻柔，不再贴心，不再看着徐萌的眼睛。强烈的冲撞和入侵，直视心扉，让徐萌手无抵抗之力，一阵快感攀顶，痉挛抽搐。轮穆言动弹不得，翻身落床，沉沉睡去。

她为他精心掖好被角，穿好衣服，一夜无言，静静坐着，直到天明。这就是属于他们的日子，糊涂的庆祝，疯狂的纪念。

90. 他也缺少舞台

徐萌回来了，穆言也回来了。

他们还是没有时间看那个电子杂志，徐萌为此郁闷。不仅因为制作很辛苦，困难重重，更因为回忆，回忆他们一同走过的路，不容易。

徐萌说，“小木，一起看吧，只属于我们两个人的感动。”

穆言说，“小南，生活中，除了感动还有更多，等着我们去应付。我自己拿回去看，好么？”

徐萌犹豫，半信半疑的交给他优盘，他怎么有时间，这个电脑菜鸟，恐怕都不知道点哪个程序观看。

回京后，隐约想起一路穷追不舍，把电话打到深圳，未曾谋面，却殷切的说要为她接风洗尘的男人周舟，这些年，已很少有人把相亲说得这么清新脱俗。

正在公司忙碌，就接到对方的电话，不由分说，约定晚上布个饭局。

徐萌曾想，换个思维方式，换个思考问题的角度，换个重新认识男人的机会。天天考虑穆言的想法，天天在乎，真的有些累了。于是，应着了。

落座饭店，注视的第一面：魁梧、高大、帅气。是寻常女孩子都会联想到的：安全而伟岸。不过徐萌笑笑，对于一个心有所属的女人，心中异样的涟漪，真的很难再回旋激荡了。

吃饭加谈心，相亲形式的既定套路。

几番谈吐，菜也下得差不多，男人突然提出，要去外面买包烟抽，徐萌应允，再落座，缓缓喷云吐雾间，硬朗的面庞略显沧桑，深锁眉头，气氛有些凝重：“我被你刺激到了……我是个很少抽烟的人……”

刺激？徐萌一愣，不就是见面么，寥寥的勾勒，何谓刺激？“你真的真的很好，从一见到你，就感觉到了……你是个好女孩，是个过日子，踏踏实实的女孩，特别适合做老婆”这让徐萌受用，穆言也曾是意念此番。“只是，如果，我们要是早认识半年……然后，好好待你，结婚，有个家……”

“半年前，我犯了错误，酒后失手打了人，差点没把那个人打死……那时，我到了提干的节骨眼，脾气却是急躁，晚上去喝酒，一来二去就高了，下意识的跑到外面吹冷风寻清醒，可巧，对面有个人遛狗，狗冲我狂叫！我就对狗主人说，让它别叫了，宠物如同自己儿子的疼么，别人指点怎么会答应呢？一把抓着我挑衅，我那酒劲上来，不由分说狂轰滥炸，他送到医院，酒也醒了，一看，那人的鼻子已经掉在一边……于是，事儿就犯了，对方要索赔，30万，这个天文数字他也敢说！最后还是我妈来赔了钱，赔了不是，事情才算平息……”

“等这事出了，就觉得自己太累，活得太辛苦，如果当时有个家，有个可以倾诉的对象，有个老婆可以解劝，事情也没这么糟糕……就想，凑合成个家得了，怎么都是寄托，我累了，真的累了”徐萌也有些难过，为彼此的北漂生活……

可曾是那么天真地想：只要有自己的房子，独居，宅着：那是间不用设备很齐备的屋子，有电脑连接外界，有微波炉保证生存，有床可以安歇，就是这样了吧，享受浮生偷得半日闲的惬意，倒也欣欣然。但，现在远远错了，有了这一切，你也需要一个同居者，一个制造人气的男人暖屋，一个到点回家的男人喊你做媳妇，一个吃着你勤勤恳恳准备的饭菜的男人夸你手艺好，一个环抱你腰间、亲吻你面庞的男人在充满油烟味的厨房偶尔替你系围裙……

我们需要一个家的意义，也许就是下班可以打发时间的意义？下班，惯性你应该从哪里来，到哪里去。不是撒野乱跑的单飞，也不是赶场聚会的玩友，是到点回家的妻子丈夫或是孩子的父亲母亲。意味着责任，更多的是寻找约束自己的理由，寻找相互关心的依靠，因为人，都害怕迷茫，都担心孤独。

只是，婚姻真的像生育孩子一样，是社会的规律，人生的必然么？都为了寻找老有所依的依靠么？就像备份另外一个自己，在不测、疾病或者灾难来临时，不要被抛弃？就像面前的男人？家的意义，也许就是遏制盲目发泄的打架斗殴的预防针，止痛剂？

沉默，男人突然眼睛一亮，话锋突转，“可是，半年后的今天，我又活过来了，确切地说，不那么着急了，在对待家庭的问题上。我是个趟过女人河的男人，什么样的女人没见过没相处过，太多了……多到数不过来”他扬了扬自信的眉头，轻蔑的笑，“我不是自诩清高狂妄，的确条件也不错”徐萌违心附和地点点头，之后就听得他悉数哪个贤惠哪个清纯哪个丑陋，但万变不离其宗，按照逻辑归纳法操作，就是她们都是有钱的主儿，“有点家业守着，我又不是没能力没本事，守着家业还是绝对没有问题，北京是个现实的城市，物价高，消费高，我们真的得活得现实点……”

徐萌明白了，这个各方面条件都表面出众的男人，不甘心凭自己的优秀条件套不到一个“富婆”，一个有资产有家业的女人，一个青春而听话的女人，这就是感觉，这就是现实。

“你看看，你现在25岁，皮肤保养的好，看不出实际的年龄，但是不得不承认，眼角的细纹还是可以知晓大概的年龄，女人是输不起，等不起，耗不起的……跟我谈2年朋友掰了，我们27岁了，你再寻找，只能年龄档次提高2岁，找27以上的男人，可我不一样，我还是可以找25岁的女孩，甚至更小……所以说，男人永远比女人的选择权要大，大得多，不是么？”

徐萌料想，也许关于男女选择权的振幅，这个男人的科学推断是务实而正确的，但因为选择权的期限，匆忙决定了自己后半生的幸福和一辈子面对的对象，是不是太草率了点？世上的男人千千万，没错；好男人少，找到自己喜欢的男人少，找到自己喜欢，彼此相爱的就更少了。我们一步步的缩小范围，发现可以相遇、珍惜、最终结合的，实在是少之甚少。

结婚，是需要冲动的。结婚就意味着一辈子，一辈子维系在一起，法律的约束，心里的承受，都是。我们会觉得惶恐，就这样交付一个人一辈子了么，就这样下半生牵起你的手一起走么，真像结婚时，对上帝的誓言所云：疾病与贫穷，也不能拆散我们结合在一起……这需要一时的勇气，也需要持久的动力……

“因为没有感觉，所以我只能玩，玩过3年多。男人，哪个不爱玩，但是谁又想负责任？之前我会跟很多的女人讲，我不会对你负责任的，不想有婚姻，我们是一种玩乐。可是还真不知道他们看上我什么了，真的很奇怪，而且特别有奉献精神……”

奉献精神！男人总是来者不拒，生理使然，标榜自己的清高，让你情我愿合理化！而这个词让徐萌痛，让徐萌伤，让徐萌觉得生吞活剥，她那代表着众多小三的一份子，代表这个特殊群体真情实意的一份子，恋上那个有家有孩子的男人。

“但是，我知道既然是长辈的介绍，就不能乱来，不能随随便便的玩，可我得承认……我在挑。”

至此，徐萌理解，充分的理解了，没有感觉，不过是借口，背景与实力双管齐下，才能促成这个缺乏舞台的男人心有所动。

后半生，我们不仅需要感情，也需要舞台。在这个崇尚性别平等的社会，婚姻，对于男人，何尝不是第二次的生命……

91.她是在一分钱没有时跟着我的

刚刚见了一个，就不靠谱，见光死。

正常，这是相亲惯常的结果，缘分，借口，生拉硬拽的撮合。

不由得回到穆言。

“亲爱的，谢谢你，谢谢你所有的爱意。”简短却冲动，徐萌只是身随心动。即使有些犹豫，这不是他们不言而喻的短信时间。

可是，无巧不成书，大水冲了龙王庙。

短信，短信，因为这条短信。满秀终于终于抓到了证据。

正坐在穆言的车上，准备回去接妈去医院，看到了，清晰地看到了。无需解释，不用解释，穆言明白两个女人的针锋相对，会有怎样的对峙。可，满秀出奇的冷静，一路冷静，是最好的利器。

“啪，”响起刺耳的摔门声。

关门战争，开始。

“你看看，你做的好事，人家一口一个亲爱的。”

“怎么了，怎么了，狗蛋，犯啥错了，秀，你别生气，快点，承认错误去。”老太太拄着拐杖，颤颤巍巍地走出来。

“没事儿，妈，没事儿，您进屋，一会儿咱去医院。”

“医院，医院，今天不去医院了。”满秀对老太太也没好气。

“别那么任性，说什么呢！小声点，妈在呢。”

“我小声点，你让我小声点。看看你办的事儿，能不能小声点。有本事就别做啊，做了就别怕我宣扬！”

穆言硬生生把满秀推到了屋里。

“妈受不得刺激，你知道的……”

“她受不得刺激，我受得刺激。你看看你妈养的这好儿子。翅膀硬了，学会欺负人了，我哪点对不起你……我为这个家，为你妈操了多少心！穆言，你还有没有良心！你的良心让狗吃了！你出差，你一个出差，就完了，走了，还不是我照顾你那生病的老娘？嫁凤凰男，有什么好？担惊受怕，任劳任怨。以前的一切，你都忘记了，甚至忘记当初我义无反顾的跟了你，不顾家人的反对，坐一天一夜的车，提着大包小包走十多里山路，只为见你父母，只为我们在一起……”一堆的委屈和埋怨倾倒，再也不想回忆下去。

“你出息了，你忘记了，都忘记了。现在手里牵个老娘，怀里抱个婊子。我算什么，我什么都不是！”

“别这么刻薄行么，秀？我知道自己还有个娘子，地下跑着还有个孩子的，我知道，我都知道……”穆言蹲下身，痛苦的闭上了眼睛。

是的，满秀是在他一分钱没有的时候跟了他，没有嫌贫爱富的跟了他，义无反顾的跟了他。在十年前那个魂牵梦绕的女人绝情断义、弃他而去的时候，跟了他。

他头痛欲裂。

“你……们……不……要……吵……了。”老太太喘不上气，呼哧呼哧，只听扑通，拐杖掉地，人沉了下去。

“娘，娘，你怎么了……”满秀听到声音，拉开门惊呼。

而那边的徐萌并不同步，她根本不知道，自己一直追求的宁静，穆言拥有的宁静，毁于一旦。

可是，徐萌病了，她不是无病呻吟，她是有了心病。

试试表，高烧38度。

想对穆言的思念过滤的干净，可是，没有回头路可走了，只是慌得六神无主。

短信，短信过后，怎么没了声息，越来越害怕，害怕穆言的远去。像判了死缓的犯人，随时等待着宣判。

“小木，小木，我生病了，病得很重。你不来看我了么？”她摇摇晃晃走着路，脑中是一团浆糊，眼前是一团迷糊。终于支撑不住，趴倒在床。眼前，一会儿出现小时候住院，父母顾不得管，独自把她丢在医院；一会儿又出现生病时穆言就在她的身边，他们都是爱她的么？为什么，为什么，现在她什么都没有做错，她究竟做错了什么！最最亲近的人都不理睬她了。

穆言，她没撒谎，没撒娇，只是在软弱时需要借一个肩膀，穆言却撒手了。无声，手机无声。好可怜，相依为命的手机，竟然是跟穆言保持联系的唯一的途径，最需要他的时候，往往，常常，没有约定，就找不到了人影。

他已经懒得理她了，懒到问候和关心也没有。

穆言是看到了徐萌的短信，他在医院，在医护室。

还不够乱么！徐萌！只能加上如此的注脚。他甚至以为是她害得全家鸡犬不宁。

廖医生摇着头，皱着眉，“之前已经告诉过你，不要再让她再受什么刺激了。做儿女的，就得顺着，就得尽孝，早晚的事儿了。怎么还要刺激她！”

“还有多少时间？”穆言那双痛苦的眼睛不再神采飞扬。

“好一点，一个月，抓紧吧。”廖医生无奈。

穆言沉重的脚步，无限沉重。母亲不知是第几次化疗了，虚弱的躺在床上，像风中的秋叶，随时会被风带走，随时会被风吹散。为什么那么的瘦弱，像个婴儿，安详地躺在那里，点滴的液体，静静的输入她的身体，只有针管同外界相通，却无法感受儿子一直握着她的手，一直看着她的眼睛。泪水滴在母亲的病床，母亲的手上，然而母亲不再有知觉。

关了手机，只想一个人静静，只有母亲和他，这一刻的安宁。

徐萌忍不住拨响了穆言的手机，“您拨打的用户已关机。”耳旁竟然是这样的声音。

对，开始了，开始躲我了。一个单身女孩，爱过一场的下场是，收获了世人痛骂唾弃，相爱的人拒之门外。不理不睬，悄无声息。这是每个没有结果的恋爱必将遵循的模式，无一逃脱，包括她的唯一。

这还是那个愿意和她生个胖娃娃的穆言吗？连生病他都不会看，懒得看。还是那个说爱他的男人吗？

不断地给她希望，又不断地用失望无情地把她摔倒在地。

“被男人玩过，终究是要被无情的抛弃。”耳边响起魔咒，挥之不去。

为什么被玩的总是女人，把女人玩弄得团团转的总是男人，而男人毫发未伤。

“这个社会，是男人主导的社会。”耳边又一个魔咒响起，是的，如果女人自己糟践自己，自己虐待自己，那么谁又会在乎你？

人可以被毁灭，但不能被打败。徐萌恢复了清醒。

“自己对自己好，自己在乎自己。”又一个声音响起，不是魔咒，是徐萌郑重其事对自己说的话语。

想到此，她竟有力气从床上爬起来，吃了些东西，乖乖喝了药，舒服多了。

她要去相亲，相亲！

92.终有一天感动你

电话声响起。陌生的声音有些刺耳，是个不受欢迎的角色。

“我是程晨，你是徐萌吧。”

“谁？”徐萌沮丧得没好气。

“就是……之前要联络你的，我出差去了，刚刚回来。”

徐萌病恹恹的去会面，知道自己的憔悴，已经不在乎了。可穆言的刺激又让她强打精神，没了你穆言，我怎么就嫁不出去！

照例，简单的吃了顿饭，聊聊天，没有新鲜的元素。

可是，小程在反复强调一句话，我希望有个家，在北京太孤独了，有个热乎你的人，就是温馨。

可是，你的标准是什么呢？

小程想想，心里模糊，没有标准。

分手后，程晨却开始了穷追不舍，死缠烂打。

“见到你的第一面，就被你的箭射中了！觉得你就是我这辈子要找的另一半！”程晨开门见山。

徐萌喝彩他的大胆，却不理喻他的轻浮。

“小程，你追求的是征服欲。想要的不过是一个家，而不是我这个人。”

“我就不明白了，我是想有一个家，可也在乎跟谁建立啊，你就是这个家的人，你这个人，同建立家庭并不冲突，并不矛盾。实在不明白你的逻辑！”

别再纠缠我了，好么？徐萌反感。她差点说出，我有男人，别碰我。细想想，不对，怎么还是这个思维！她没有男人，穆言并没跟她结婚，她还没家。

却不知该用何种言语回绝，“你还是个孩子……”徐萌开始柔软，“我也是个孩子，无聊无趣的孩子。我们两个孩子在一起，会乱套的。”

“怎么这样说自己！你需要的是一个可以保护你的兄长？父亲？我是不成熟，可是会努力成熟，保护你！”

心一阵的揪紧。这个同样善良的孩子，如同自己的影子。执着，坚定，不容退却，步步紧逼。没有办法拒绝，却必须拒绝。她知道，她并不爱他，不爱就不要造成无谓的伤害。穆言的沉沦已经伤害了她，不能再让如此善良的孩子遭受同她一样的轮回。

“我本以为，感情，是在培养的。认定这个人，就结婚，磨合，长期的磨合，80% 的磨合，就是生活。”这是程晨对感情的理解。

徐萌不解，婚姻难道不是靠爱情的维系？而只剩下磨合？一开始就不快乐，又何必选择开始。

在她的眼中，爱情是绝对长久的快乐，就像她与穆言，彼此惺惺相惜。

爱情的快乐元素，点燃激情的快乐元素。

终于明白：她与穆言现在就处在磨合期，因为爱他，而愿意磨合，磨合之后是历经磨难的甜蜜；可不愿磨合，就是徒增烦恼与忧愁。之前他们是前者，现在他们是后者。

"你连开始的机会都不给我。"

徐萌凄凄，孩子，你是没有控制情感的能力，一旦开始，便会不由自主，如果同我一样，开始就注定分手，会崩溃的。并非由爱生恨如此的简单，图穷匕见，刀光剑影，灼伤自己也会灼伤爱你的人。你不会挥挥手，不带走一片云彩，不会洒脱地说再见。以后，你会胆怯，会惧怕，即使遇到同样疼你爱你的人，都会打个问号，过过脑筋。担心被欺骗，被伤害，多么可怕……

"你没有经历过，凭什么这么武断！就这么没有勇气！"

"我……"徐萌想说，她已然经历，正在经历，所以更不想他跳入难以自拔的悬崖。

"别管了，现在说一切，真的来得及。我们还没有开始，根本就没有必要开始。别把我看得那么重，我不值得你这样。"徐萌规劝，她血淋淋的把可以让程晨绝望的话，顷刻倒出。

"不，别这样好么！我只要你！"她听到电话那端拳头重重地砸击的声音，不能问，问了会心软，问了会不忍。

"我的心就像碎了的饺子馅，万端的碎裂。我不会放弃的，我会自己包扎伤口痊愈，直到追到你。我傻吧，只要你不结婚，我就有机会，就有等待的权利。"

"程晨，真的没有必要。没有必要为我耽误时间。某时某刻，你找到了生命中的另一半，就会不屑我的存在，会轻蔑的笑现在的幼稚，会想不通自己怎么会如此的痴狂。"

"我还能见到你么，想见见你，就走，看一眼就走。"

徐萌狠了狠决心，"你不会的，你会舍不得走，还是不要见了……"她必须学会拒绝，即使是拒绝善良，拒绝美好，拒绝一样渴求爱情的人。

尽管我们都追求不顾一切，疯狂不计后果的爱情，可现实中，却实在害怕过于强烈。没有人可以活得像台舞台剧。我们都是寻常人，需要寻常人的生活。

什么时候开始上演如此的老套节目，相亲就是走马灯，就是一场又一场准备充分的招聘会。不断接受一个又一个陌生的名字，不断记录一个又一个陌生的号码，妄图说服自己生怕错过旅途中巧遇的那一个，但都抵不过先入为主，那是真正爱人的温度，那个脑海中叫穆言名字的人，与她命系一线，情系一牵。

终于认输，在相亲的漫漫长路中败下阵来。

93.小三不是没有眼泪，是含着眼泪奔跑的人

小萍回北京了。

广宇在西客站等待着她的身影，矛盾。他知道，多多知道，只有小萍不知道他们都知道。是他嘱咐徐彤不要讲的。

以前，他会说，“别逼她了，别把她赶出去，会无家可归的。”

后来，小萍倔强的要走，无法挽留。他又会说，“她已经无家可归了，我们什么都没能够给予，我惭愧，只是天公不作美。”

人生苦短，老婆是风里来，雨里去，相濡以沫，聊以慰藉，吐泡泡的鱼，可是情人却是相忘于江湖，时时准备相忘，迟早的分离。

同意小萍回北京，同意陪伴左右，把孩子的生命带走，无非是表明自己的仁至义尽。

“哥，我不会为难你。”小萍反复强调的立场，只是让他些许不忍心。明明是自己的骨肉，只是时机不对。说不爱小萍，那是违心，可是爱到可以离婚的力度，还是差了些劲儿。

广宇倒是很细心，跟徐彤说，“小萍回来，别穿我给你买的新衣服，新鞋子。好么？这个就算我求你，别刺激她了。”

徐彤能说什么，广宇已经心细如发到如此程度，她已没有力气，随他去，“行，我都做到。”广宇说，只是担心小萍的承受力，寻了短见我们担负不起。是的，广宇为了半路的，伤害原配的，都是善良无心。

徐萌看不下去了，广宇他凭什么这样欺负姐，就凭小萍年岁轻，怀了

孕？

我要跟小萍谈谈，让她不要再打扰姐稍稍平静的生活了。不是说离开，怎么还在纠缠？说过的话，又失去了信誉，好像在扯出尊严安慰自己？

可是，她在迷惑中前行，一直迷惑自己扮演什么角色，很多理智告诫的定理，却拗不过感情。自己都深陷其中，身不正，影子自然歪，又怎么去说别人呢。

“小萍，你回来啦？下午下班我有空，见见面，给你接风洗尘。”徐萌也开始把规劝说得这么清新脱俗。

小萍倒是爽快地答应，“行，下午我要去跑个广告客户交接一下，上次临走，手续没有办齐。我们有多久没见面了，很久了啊。穿一件漂亮的衣服，呵呵。”

没有什么精挑细选的见面地，一家小吃店。一如朴素的徐萌和小萍，没有心境。

眼前的小萍，憔悴了，不知是妊娠反应还是一路的风尘仆仆。

“你瘦了，我们好久没有见面吧。”徐萌唏嘘。

“一年了。”

个中发生了多少事，我们都变了。

小萍还是不善言谈，一如初始般，腼腆而内向。

这一刻的沉默，没有姐的加入，也没有穆言阳光的润泽。

“小萍，你喜欢北京么。”徐萌试图打开僵局。

小萍的双眸很亮很亮，“喜欢，特别喜欢。北京有我的梦想，有我的青春，有我一辈子都忘不掉的东西。”

徐萌知晓原因，想让氛围尽量轻松，“是啊，有我姐和我姐夫，你当然怀念啦。喜欢一个城市，多半是因为城市里的人。”

“但是，现在我还是想回老家了。北京有太多不真实，不想去回首。”

“怎么了，你受过伤么……”

“北京的繁华不属于我的。这是命，这就是命。”小萍差点对这个不怎么熟悉的陌生人倾囊向倒，“想起七年前，广宇哥把我从老家接到北京，下了火车，托着大大的行李箱，坐上那么长的公交车都会惊奇。我满身的小心，小心翼翼呵护着，迎接这个城市。那种亲切，现在还记得。坐在公车上，不能大声喊叫，可我想高呼，北京，我来了，来到你的怀抱，我会在这里有份踏踏实实的工作，有个温暖的家，有孩子，终老都会跟它在一起……”小萍已是说不下去。

徐萌也在回忆，那时上学，真是好。父亲送她报道，亲自为她铺好床铺，叠好衣被，那刻的亲情那么清晰；每年都有接站的师兄师姐热情指路，搬行李，端茶递水；上下铺的姐妹为学业各自竞争，小矛盾小乐趣不断；老师偶尔也会对他们不爱听课，窃窃私语，发发脾气。

一年又一年，可是，我们却变得太快。被社会的漩涡盲目带动到失去自我，包括编织童话，掉在爱情的陷阱。

“这次回来，有很多的感受。说不出来的感受。我就要嫁人了，就要成家了。”小萍眼里噙满泪水。“想回家，找到属于自己的根。命啊，这就是命。”小萍反复，徐萌有些戚戚然。

却不能规劝什么了。

也许，我们所珍惜的爱情，真是给予我们无限的痛苦，结成伤疤，不能撕，撕了也不会开出勇敢的花，只能在阴雨天隐隐的痒，痒到想挠，挠出血痕，挠破依然伤了自己。

94.A、B面的检讨

很可惜，伤疤还是会犯的，没有解药。这时，倒真是有些羡慕小萍，在她最需要的男人在身边，就在身边，而她需要穆言时，却怀抱冷宫。

广宇是无情，可是广宇有良心；可是穆言无论有情或无情，有无良心，她却都不知晓，一年了，一直觉得偶尔睡在她身边的男人，同床同梦，可是，穆言渐渐沉默，她却不敢肯定那份真实。

只是，后悔为什么要搬进这个家，到处充满穆言的气息，而痛苦只属于她自己。被一个相爱的人，略去不计，曾经看着你的眼睛的人，如今却视而不见，多么的不可思议。

她的武器只有文字，并且刀刃永远的面向自己。

A 面

明知道没有结果的爱情，为什么还要坚持？因为世人总将婚姻的结局作为权衡爱情的标准，而我却希望诞生另一种爱情，纯美而真诚。

可是，我真的做了只有弊没有利的事情，奉献了所有，还需要继续包容、忍让、理解，伟大到连自己都难以置信。于是，在你兴高采烈或是不理不睬或是厌恶嫌弃的各种态度中，轮回……抓狂……等待。这是怎样煎熬的三个词，在情义上，我有权利上蹿下跳，在道义上，却只能忍气吞声。

而你，当真做了只有利没有弊的事情。把爱情当激情，拿纯情当崇拜，把伤害对方笃定为自取其辱，把反复无常运用到得心应手。心安理得的接受，我在爱情巅峰时倾倒的心甘情愿，在爱情低谷时呈现的逆来顺受。其中还有一些小惊喜：并不是每次打压都可以带来反抗，并不是每次伤害都可以换得起义。你骄傲，因为不用呵护就会自行痊愈；你不屑，因为没有挑战太过轻而易举。唾手可得怎会珍惜？俯首皆是怎会在乎？

愧疚感一点点的消退，虚荣心一点点的膨胀。

于是，我知道，可以脱离世俗不顾一切的去爱，可惜，我爱的你生活在世俗中，很牢固很坚定。

B 面

我没想因为玩了一场不够认真投入的游戏，忘记世俗的规矩为何物，更别提打破了，笑话……

你难过？我没让你难过啊；你深陷？我没让你深陷啊！我只是没想顾及你的感受，时不时兴高采烈或者不理不睬或者厌恶嫌弃，都是随性所为，没有必要掩饰，反正你会陷入轮回……抓狂……等待，其实这些我都不是很关心，回家就有老婆孩子热炕头，同时，让另一个女人在我的背影下纠结、牵挂、痛苦？倒是没有幸灾乐祸，只是我忘记了，真的忘记了。

有些暗自欢喜。哎，真的是无辜耶，我道貌岸然的无辜着。我很自爱！爱我的光辉形象，爱我光环上所有的浓墨重彩。当然啦，也爱你的锦上添花。

并且完全是出人意料的演出。演得不错！让我这个唯一的观众象征性的鼓个掌吧！经由我身下的女人不计其数，你至多只能算有味道的一个。

什么？你只是脱离世俗的单纯爱恋？拜托，是初中生么？不知道什么是成年人的感情？好吧，让我来教你，只做爱不恋爱，只发生关系不发生感情。什么？你什么都不图？你的傻真是让我碰到大跌眼镜的极品了。好吧，让我来告诉你，我可是图呢，图你的年轻可爱，纯情坚贞，换取到的虚荣心和成就感可是能换好多呢！

想想吧，在我的有生之年，应该可以做梦笑出声音。不费一兵一卒，就可以迷倒一个方圆十里之内，不按世间规则出牌的另类女孩，死心塌地、一往情深的爱得死去活来。难道让我去迁就你？可不可以醒醒？我是谁，我是公司的中高层领导，正在有组织有计划有预谋的奔向巅峰。那爱情的旗号别遮住我通关的道路。我很繁忙，很理性的哦！你吃饱饭了么？除了你的那点可怜，就剩桀骜不驯、放荡不羁、孤家寡人一个了。我可是有前院有后院，鲜花无数，草长莺飞，你群魔乱舞的干扰可不可以离我远点？你可以头破血流，自取灭亡，可与我无关。一个殉葬者，我可以象征性的留些眼泪，古时的殉葬是被迫，现代版的果然有所进化，进化到叹为观止，自投罗网。我何德何能遭遇此奇景，荣登帝王的级别？这个倒是我冥思苦想的，唯一与我有关的。是爱情，让我把你变成一个属于我的女人后，没有麻烦的看着你等待，看着你心理障碍无法接纳任何人，看着你耗尽了青春，不得已的永远属于了我，拥有绝对的占有权支配权使用权，真的，我是无意的，不过，爱情，还真是个好用的工具。

无论怎么样，你都与我无关。我有家啊，家不是我的责任，代表红旗不倒的平衡。道路还没稳固，金钱还没赚足，找个窝容易么？你没窝没家啊，那就哪凉快哪待着。你的痛苦和忧伤不是我关心的。谁会关心别人胜过关心自己？你关心我胜过关心自己？你就用心尽力的爱我吧！疼的越深，越难自拔；伤得越重，越知悔改。如果不回头，我也无能为力了，只能发给你点时间，自己随便找个角落养伤去吧！拿着时间的创可贴敷敷伤口得了。

畅快淋漓的写，只是耗尽哀伤，不想这样理解穆言，这样的奸邪和恶毒，都是她不愿意看到。

穆言不会如此，他教给她孝敬父母，挽救她于水火，他有的都是宅心仁厚。为什么不亲自问问他，问问他的理由，他的答案，没有冲突怎么就铸成了裂痕?

95.情场失意，职场更失意

祸不单行，雪上加霜。

徐萌莫名其妙的捅了马蜂窝。

叶枚的前车之鉴，穆言一直没来得及诉说，让徐萌引以为戒，吸取教训，她便陷入了办公室政治。

事情突如其来，策划管理部有个人被调动到了项目公司，工位空了出来。

这个消息如长了脚一般，传得快极了。

以前，若遇此景，徐萌也会蠢蠢欲动，摩拳擦掌，但却是要事先同穆言商量对策的。

这回，却想给他一个惊喜，刮目相看，经受了爱情的打压，她就不信这个邪，认为自己依然可以发挥初生牛犊不怕虎的韧劲，过渡到业务口。

能力大家有目共睹，不妨投石问路，结果无非两种：一种有幸接收，那就踏实干事业；一种碰了钉子，那就继续安稳在原岗工作。就算少不更事，也是体验么。

不走寻常路，这就是80后?

打定主意，便率先私底下征询策划管理部樊部长的意见了。可，结果并不简单，是第三种，没说同意，也没说不同意。此话怎讲?樊部长举双手赞成徐萌加入，但前提，徐萌必须自己去跟本部门冯部长说明，申请调令。他解释，部门培养一个人不容易，他自己不好挖墙脚，引来隔阂，徐萌自己提出，比较合适。

这可真难住了徐萌，这是樊部长按自己的规则出牌嘛，于情于理都不合乎程序。正常应是，若徐萌的能力突出，如鱼得水，他应该自己同冯部长交涉，履行部门一级的调动，而徐萌只需服从组织分配。可若是徐萌自己的个人行为，难免在任何环节就阻力重重了，最后再落个策划管理部部长翻脸不认人，后果可不慎尴尬。

徐萌分析后，直数落自己鲁莽，不三思而后行。只好断阻截流，搁浅吧！勿要轻举妄动。回绝了樊部长的好意，只静待时机。

事情按说该告一段落了。没料到，董事长那天从项目公司飞回，专意找她谈心，问她是不是又想调部门了，还想调到策划管理部？

本是平息如何又提起？这让徐萌有些莫名，可还是承认了。武董事长当时就又是一顿生气，语重心长的叮咛：小徐啊，你的资历和经验都不够，年轻人有冲劲是好的，但是你得耐得住寂寞，磨得起岁月，金子在哪里都会发光的，你就是性子太急，太急啊！在行政部清闲，踏实，是非少，最安全，你怎么就不能大家闺秀的待着，怎么就不能让我省心！

徐萌被训斥了一番，虽有不服气，可自打进公司的那一天，因了姨夫的关系，同董事长谈话也不在少数，这样的话，这番道理，听的多了去，耳朵都长茧，正常。包括姨父，一见面就是苦口婆心。只是……董事长怎么知道我想去策划管理部呢？好事不出门，坏事传千里。好吧，不让去，蛰伏也好。想着，便连连唯唯诺诺，并未听出董事长的话中有话。

风平浪静不过三天，人事部彭部长又打电话通知徐萌，小徐，策划管理部，你愿意去么？徐萌懵了，怎么彭部长也风闻了？难道每个人都要照惯例打压我一遍么？徐萌刚说，我倒是愿意去……彭部长说，好了，小徐，那你静候佳音吧。

电话刚落，策划管理部樊部长的电话又是跟进，小徐，上次，你不是说好不来我们部门了么？怎么现在又是要来了？跟你们部长说了不？徐萌实话实说，没有。那你找上级领导了？徐萌说，也没有。樊部长就简短，不动声色的挂断了。

一头雾水，简直是雾水一头，直打得徐萌措手不及。之后，便有些难以控制了。首先是人力部彭部长又回电话，小徐你太不厚道了，怎么什么都说呢？徐萌纳闷，我什么都没说啊，彭部长冷笑，别扯谎了，调动部门，我帮你，别言声就得了，跟樊部长瞎说什么？谁让你说没跟你们部长通气了？谁让你说没有找过上级领导？难道你真的没有找过董事长？别以为我什么都不知道，小徐，你这是越级！你有想法去策划管理部，怎么不事先跟我沟通，好歹我也是个堂堂的人事处处长！你倒好，直接去捅娄子，好啊，我什么都没计较，成你人之美呗，没想到，现在好了，你胡说什么，樊部长不接收你了。

徐萌慌了神，彭部长，我……我什么……什么想法都没有，只是人家问，我答罢了啊。您说，现在怎么办吧！

彭部长正色，就按照樊部长的意思去办，跟你们部长说明情况，让他放你，这样走流程，消除樊部长的后顾之忧，到时再同他沟通，应该没什么问题了。

徐萌只是隐隐的担心，别人的规则怎么就成了正常的程序？可现在两难的境地，人事部，策划管理部，两方挟持，若不答应，今后在公司就难立足了。

此时，徐萌才着实后悔，不应该瞒着穆言，如果事先跟他商量，也不会费劲如此周折。自己一个小毛孩，怎么会灵光到岿然不动，玩转猫腻？要是穆言，肯定不让她趟这摊浑水。一切都有些晚了，拨打穆言的电话，总是您拨打的用户暂时无法接通……这是怎么了！

小木啊小木，你在哪？为什么也不救救我！

96.知足不满足，真的错了么

真有些没辙了，算了，大不了一死，硬着头皮应战吧！

第二天，来到公司，空气中已是弥漫着火药。思来想去，究竟要不要跟冯部长说呢？部长似乎察觉到了什么，看徐萌的眼神都变了模样，一天时间都是铁青铁青。徐萌怯了胆，只想旁敲侧击樊部长的意思，可巧他又去外地调研，手机没有人接听。徐萌开始打退堂鼓了，这时，人事部彭部长却开始百般的催促，屁股后面紧追：小徐，你说了没有，说了没有，赶快施行你的计划啊！

徐萌开始还举棋不定，最后却彻底被逼急，只能同部长和盘托出。冯部长似乎等待得就是此时，马上和颜悦色，小徐，我放你，我当然放你，支持你经受磨砺，经受考验。言辞恳切，笑的真诚。

可是……却是笑里藏刀。部长一言不发，立即停止委派徐萌任何任务，包括原来鸡毛蒜皮的命令，全部移交给同部门的同事，她一直信任的，亲亲的姐妹，卫琳。她却彻底开始无所事事的空转历程，角色转变的还真是迅速。卫琳，这个刚生了孩子的母亲，本来因为长期休了产假，回来一度被架空，马上都要扫地出门。可徐萌并没顾忌，一直同她保持着纯纯的友谊。可现如今，徐萌那工作，就像养了一半的孩子，拱手送人了，她所有的心血都在里面，但凡有血性的人，怎么可以坦然到如此高风亮节？

可那是她的姐妹啊！亲亲的姐妹，现在却变成了言辞闪烁的敌人？突然明白母亲的话语，没有什么是不可改变的。

但徐萌依然告诉卫琳，无论我们昨天是伙伴，今天是对手，但请你记得，我们永远永远都是朋友。

徐萌至此已看出了部长的伤心与恼怒。

这时，策划管理部樊部长倒是赶趟赶点地回到了办公室。徐萌这个冤哪，可又不能发作，压着火，耐着性，和颜悦色的去拜托。

樊部长也笑盈盈，办公室的门大方的敞着，料定当着大家的面儿说亮话，结结实实把自己摘干净，对于徐萌就两个字，拒绝！他的翻脸不认人，彻底而没有回旋，口口声声客气，小徐，不是对你本人有意见，是对这个流程有意见。来我这里的人，都是神神秘秘地来，神神秘秘地走，我这个当部长的感同身受，对于哪个部门都是损失，运作，都是悄悄，还有没有规章制度可言？以前答应你，没有按我思路办，那现在我也回天乏力。已经同彭部长说过，我不会要任何人了，包括他任何的推荐。怎么，他没同你说么？徐萌一脸惊愕……没有。

樊部长摊开双手，耸耸肩，遗憾，那是他没有传达到位，我的意思已经明确，小徐，你不必再来说服，即使是组织委派你到岗，我会被迫服从决定，可你觉得我们会相处愉快么？仇恨的种子已经埋下，它的波及范围，是你我可以决定的么？就为了实现你的个人价值，所有的人都是负面效应，这个结果谁会接受？谁都不会。

面对依旧和蔼可亲的樊部长，徐萌失去了应变力，如此的杀人如此不见血，她仅有这想法，都没想强取冒进，用得着上纲上线，置于死地么……

尴尬，既然时局无法挽回，没有必要再求这个心狠手辣的樊部长，救救自己。可是现在，她也不能要骨气了，同叶枚一般，她被彻底架空，回不去了。

她只想当勇士，却没曾想当炮灰：让自己莫名其妙的钻进别人布置好的陷阱。道行浅只想一心一意的为工作，可办公室的权术却翻云覆雨。

想起穆言说，年轻什么都能尝试，只要年轻就是资历，不过是推倒重来，早失败总比晚悔悟强百倍。可是，她也明白自己一直的遵循，防人之心不可无，害人之心不可有的警钟没有长鸣。

徐萌好累，好后悔，实在不该轻举妄动，应该等联系到穆言再作商量，现在可好了，这副烂摊子，该如何收场？

97.踩不死的小强

重新拨响了穆言的电话。终于通了，原来因为繁杂的公务，穆言又跑到了外地，新手机也意外坏了，无法接听，刚刚修理。至此，徐萌像见到亲人，开始在电话里哭个不停。

穆言倒是慌了，从没见过徐萌如此，说话都是含糊不清，这一层关系网，太过扑朔迷离，如此聪明的他也糊涂的紧。

断断续续捋顺了前因后果，联系到内幕，有了些许的明晰。他问徐萌，“小萌，你不知道武董事长就要退休么？”

徐萌擦擦着眼泪，“不知道，管他退休做什么？”

“小萌，糊涂！你的背景是董事长，怎么都没有听出他的话中有话？他让你安分守己，是没法再保护你，行政部最安全，动动就会大伤元气！你仔细回想，以前同董事长谈话，人事部彭部长敢拿来说事儿，大呼小叫，颐气指使，耀武扬威的么？什么时候不是点头哈腰的迎合你？”

徐萌默默点点头，仔细回想，还真有番道理，“倒是真的。”

“本就如此！现在可算有他发挥权力的用武之地了。这次是警告你，别惹毛他，若不听话，以后没好果子吃！”

"萌萌，你看过三国吗？三足鼎立，本是互相牵制，可一足倒掉，其他的两股势力，应该会有一方强势，慢慢吞噬另一方的羽翼。刘总原本宽厚，而总经理与党委书记却是互相挟制，只要书记不过分，谁都不会横加拦阻。人力部彭部长原是同你一样的武董事长的手下，现在树倒猢狲散，现在局势很明显，不过想寻书记这个新靠山！"

穆言分析得头头是道，庖丁解牛职场的无情，"萌萌，你动一下脑筋，有勇无谋，怎么可以智取？策划管理部，多好的锻炼部门，比我们销售中心还中心，多少人都想打破脑袋往进钻，怎么会允许你这个毛孩子抢先去？之前，我有耳闻，内部已经批了一个人选，是党委书记的部下，想想你不会走这步棋，就没明说。那是彭部长举荐，可樊部长当时就没有要这个人，以不需要的理由退了回去，不是不需要，是着实的生气，他部门那个去项目公司的部下，你认识的，有印象吗？能力很强。可是，董事长却擅自做了主，没有征询他的意见，直接下了调令，后来直到这名部下下项目，办公用品腾了个干净，他才接到董事长的电话，你觉得樊部长自己会怎么想？所有的人都想息事宁人，你却撞在枪口。"

"那边，人事部彭部长也是心里介怀，非凭空拿出个沙袋堵这个枪眼，可巧你来。你直接同董事长讲话，董事长又同你们部长说是好好管教你，别七想八想不听话。可冯部长被训不禁恼火，就私下同彭部长唠叨了几句，这不，你生成沙袋了。"

恍然拨开云雾现晴天，原来是如此多的地沟油横阻在前！

"彭部长想，剩下的生死存亡沙袋来搞定，反正一条船，他也乐得个顺水人情。可是，如果沙袋漏沙，他只要救个半死不活，你就会感激不尽，而如此也对樊部长警了醒，一箭双雕，实在是高啊！"穆言后脊梁阵阵发凉，能把权术玩弄得如此炉火纯青，彭部长确是高人，可是欺负一个无辜的小姑娘，未免太残忍，真他妈的混蛋！

"萌萌，首先别怕，千万别怕，勇敢去面对，这是增长你职场宽度与广度的最佳时机。要端得起样子，拿得起架子，他们才不能对你踩来踩去。放平心态，有人在的地方，必有争斗！言多语失，少说话，即使说，也要说得不着边际，造成可亲可近的距离。我们公司早已不是以往的耳根清净：没有大家一起吃盒饭，打牌，聊天的悠闲了，都是人心隔肚皮啊！同你喜笑颜开的，未必是朋友，同你怒目而视的，也未必是敌人，小不忍则乱大谋！”

穆言反思，自己何尝不是如同壁虎？选择刘总这个墙壁，就是不太光滑，他才攀爬得掉不下去。只是，有时宁可断尾也不能冒进。已经是乱成一团，就是刮骨疗伤，也得不惜一切代价，当机立断，乱当斩！

喜欢职场大爆炸里的每样游戏，关键是看有没有狠心。而他现在就是高筑墙，广积粮，缓称王。想的深入，动的浅薄。经过徐萌的危机，更加深刻的清醒，很多企业的弊病：要奴才不要人才。

分析到此，便逐渐的有了主意。

“小萌啊，过后首先同你们部长赔不是，毕竟他是无辜，你伤害了他，一定要让部长原谅你的错误。然后去找彭部长，问他怎么办，毕竟这是他做的局，终究得疏通关系。”

徐萌知道，她果真错了，总是在看天上的鸟，而从来没有关注手中的，是不是会飞？想起部长，的确不容易。他是清水衙门，就像蹲在犄角旮旯，连扫地都得划着圈回避。这次，连自己部下都背叛，怎能不伤心？

现在也分不清辨不明究竟自己笨不笨了，只知道有人必须救她于水火，而穆言不枉费她的天她的地，头顶蓝天，脚踏黄土，还有什么可怕的？

其实，穆言早就想好，对于这回跟进六环的项目总经理，他本就打算放弃了。娘这里也缺不了人，不能走太远。而徐萌现在有难，他得管，在总部看紧。

想向刘总要人，要徐萌到他手下，徐萌曾经帮他做事，活做得很漂亮。而且，叶枚刚走，正缺帮手，这倒是个由头。并且，之前，徐萌曾经给他提过些销售的提案，诸多可圈可点，可交给刘总过过目，年轻人有想法也不是随意折腾，是有行动。

徐萌倒是并不知晓穆言的意思，第二天便急匆匆的去找冯部长，部长已是主意打定，你既是不仁我也不义，悉数把徐萌的功绩抹平，淡到残酷，“小徐，你来咱们部门这些年，什么都没做，没有成绩。”可她就是没有功劳，难不成没有苦劳？也算，想起部长手把手地教她，不厌其烦、事无巨细，她的确伤了他的心。“你去找人事部彭部长去吧。”最后下得这么个结语。

心里机陧，自己并没有被下调令，还是本部门的岗位编制，怎么就需要人事部确认？哎，穆言说的果然没错，真要回头找彭部长的。彭部长自是得意，笑容阴险，“小徐啊，这次你也算是成长！都是自己给自己堵路！已经告诉过你，调去业务部门，你没有资历不是那么容易。不是想换岗么？换到前台也叫换岗，还是你们部门呢，调动太容易了，你去不去……”

徐萌着实委屈，都差点说，彭部长你饶了我吧，“您放心，我哪都不去了，就在我们部门，踏实安心，部长求求您，我什么心思都没有了。”

彭部长看差不多了，甩了耳光给颗蜜枣，就安抚，“小徐，你还年轻，机会有的是，不能再不听话了，什么事情必须同我商量，私自行动，你他妈的这不是开玩笑么？”那斜着的花生米般的眼睛。

徐萌脆弱的小心灵啊，怎么惊得起这番凌辱，可是，硬生生告诉自己要坚持住。

趟过权力河的女人，没什么大不了，不过是做踩不死的小强！

时隔一个月，徐萌又是直接被总经理调到了销售中心，接替叶枚的岗位。徐萌这才笑逐颜开，穆言不说，徐萌也知道，这是他的主意。又一次感激穆言雪中送炭的帮助，历经如此磨难，她更懂得感情的坚不可摧，却也容着铮铮的铁骨。

此乃是后话了。

98.我们这样有意思么

坑，徐萌好容易是勉强坐了回去，很勉强，天天依旧的无所事事，穆言告诉徐萌按兵不动，他在等，观望着事态，适时出击。而徐萌却是除了可以听到穆言的电话，一直未有见面，忍不住了，终于忍不住了。

“小木，我可以见你么……”徐萌知道自己有些无理取闹，爱情像存款，越花越可怜，孤单和欲望却在不停地自动生息。可是，见个面并不过分吧？越来越想不通，自己怎么成了监狱的囚徒，需要家属探监一样的施舍，爱情的监狱，关的是寂寞，那想见不能见的自由。

这比职场更难以琢磨。

没有任性，向来都是穆言主动。可从出差回来到现在，已经有 22 天零 22 个小时了。以前一天没有见到都是漫长，可现在的漫长，却要数着分分秒。

料着穆言晚上没有盯梢，才开始对了暗号，谈谈工作之类，后来，听得出，穆言跑去阳台了。

“听话，好么，萌萌，我们必须谈谈了。明天好么？”穆言总是爽快，可这样的爽快让她更加到难以琢磨。他要同自己谈什么？以前也说，要谈要谈一定要谈的，可是，每次来都没有了下文，温温馨馨的两个人。

这次，也该是温温馨馨的两个人吧。

挂了电话，一阵沉寂。清冷的夜啊，恍惚，竟从家里走出来，街上一个行人都没有，一年前，她与穆言在做什么？半年前呢？或者 22 天零 22 小时前？每次，清冷的夜，她一个人走，此后跟随的都是好运，因为穆言疼她，会疼到不让她一个人走，默默的扶一把，悄悄抱着她吻。都是甜蜜，记忆所触，都是甜蜜。

记忆之处，极少吵闹，见面唯一的一次吵闹，还是因为穆言那恨铁不成钢。只是焦虑，多半来自于空窗期的期盼。

走了很久，拦了辆车，想去穆言的家看看，知道确切的地址，只是为了缩短想见却不能见的距离罢了。“师傅，去六里桥明悦小区。”

知道自己只能匆匆望一眼那社区，即使知道哪栋楼，甚至哪个窗口，哪处灯火。却不敢观望，不想刺痛眼睛。这样也好，若是正巧看到卿卿我我，看到另一个女人在他怀抱，那又如何，只能如美人鱼一般默默离开，化为泡沫，消失到无影无踪。她不会嫉妒，愧欠浇灭了嫉妒之火，也许毁灭自己，才能得到永生。

第二日，徐萌偶然去穆言的办公室送材料，人不在，一张机打的银行 pos 单赫然于桌。徐萌没想看的，但是还是忍不住瞄了一眼，是附近的酒店。结账，今早七点。

徐萌懵了，原来她昨晚寻死觅活，后又突发奇想。满足了自己的想念欲，却未曾想穆言竟在附近花天酒地……真是在另一个女人的怀中。

可以不嫉妒比自己早到的满秀，却无法推翻在拥有自己的同时，有另外的女人争风吃醋。

穆言是守信的，他昨天答应了徐萌。

“回家吧，好么，我回家。萌萌。”

穆言在想谈什么，是该谈谈了。忍着亲人即将离去的苦楚来家里，断了也好，断断干净。还是那句话，一年两年好拖，可是当她全部的情感都存在自己这里，他负担不起。如同昨晚。

于是狠心，第一次说出伤人心的话，伤小南的话，必须，“萌萌，我们这样有意思么？”违心，不能看着她的眼睛。对这样一个干净善良的女孩，想不出也不想想出什么恶毒的话语。

“以后别这样了，这么晚打电话，还在电话里喊，她就在旁边。昨天我们临时在酒店，路不好走。”原来是误会，他不会瞒着她任何。

“萌萌，离开我吧，会有更好的人代替我去疼你。有什么困难来找我吧，不会不帮你……一如既往的帮助你。”那一刻穆言分明，在他心里从来没有把她当情人看待，是知冷知热，念念不忘的相疼。

“我什么都不需要，什么都不需要，我没有什么困难，唯一的困难就是你！小木，我只要你，只要同你在一起……我不任性了，好么，我什么要求都不提，再也不乱给你拨电话了，不打乱你的思维了……”那一刻，徐萌想起穆言给予她无数，无论是雪中送炭，还是鹅毛心意，她都记得，清清楚楚地记得，可是，那些远不及穆言这个人真实，真实得只想挽留，挽留那逝去，或是未知的每一刻。

“萌萌，什么都别说了……”穆言心软，他把她抱上了床，悲怆却珍爱，除了快乐，他又能给予她什么……

徐萌又一次被疼痛所打败，所掩埋。那交织着爱与痛的真切，让她又一次在穆言的怀中安详。

手机亮了，调了静音，穆言拿起，是满秀，“今天去看你妈妈么？”

“不去看了，我回家。”现实是残酷的，哪头又能割舍？

小心的给徐萌盖上被子，蹑手蹑脚的离开。徐萌没有睡，她感觉到了一切，可是，不想追问了。

穆言好累，累到喘不过气来。

工作的压力可以抵抗，情感的压力，他不擅长。

这就是凤凰男，成功的凤凰男，什么都尝试过，经受了多少欺骗，风风雨雨，也给予过多少欺骗，内心煎熬。

看似的人间仙境，其实并不流连忘返。放逐情债最难背负，这份爱越来越沉。

迷失，在爱情中迷失，失去了平衡。

是的，对于男人。

自由，只是相对的；回家，却是永恒的。

“秀……”穆言深埋在满秀的胸前，像个孩子。

满秀爱怜，怎么了，突然撒起娇。

“我好累，真的好累……”

“累了，就歇歇吧……”满秀什么也不说，像个母亲，只是拍拍他的背。

不能再见徐萌了，再见就会忍不住，就会放弃离去的步伐，所有的努力都是无用。我是怎么了？哪次离去如这般拖泥带水过？

就此这样的别过，哪怕落个狠心的名声。

“萌萌，昨天的事情，你考虑好没有？”第二天的穆言冷冷。

“什么事？还说呢，昨天走也不打声招呼，你可从来没有这样不礼貌过。”徐萌装糊涂，故作轻松。

“我改了。”穆言继续，不对着徐萌的眼睛轻松好多。无论他是紧闭双眼的决绝，还是故作坚强的了断，都不会看到那双干净。

“你总是这样任性不懂事，我的后院会起火的。我们不能总是谈情说爱。”

他是嫌弃我的前院着火？他竟然开始责备我？可我就这么一次！只是任性了一次，就一次深夜打了电话而已。如此还要成为埋怨的理由？

隐隐，在一起是两个人的约定，分手只需要一个人痛下决心。一个舍得下决心的人，去决定。

“就这么一次，我改还不行么？原谅我，下回不这样了。”徐萌没有这样哀求过，言语卑微的哀求过。

“没有下回了。”

“别吓我，小木，就这个小小的错误你都无法原谅我？何况，这本没有错。”

“对，没有错……”

“你不爱我了，对么？离去只是找个借口！”

“别这样说，没有……没有不爱。”

“那为什么要离开，我要求过你什么！”

“萌萌，可是，我对自己有要求！告诉自己对你好，可是做的太差了。我知道什么对你好，你需要一个家，需要我给你个家……我很累，真的很累……我们这样有意思么？”淡淡的。

徐萌的自尊化为灰烬，从来没有过的冷淡将她击垮。这已经是穆言第二次说，没有意思了，记得清楚。

99.男人，就是两面都难的人

男人如果还爱一个女人，自己的女人，会是什么样子？徐萌回身问小希。

“有点儿惧怕和自卑……”

是的，只有相爱，才会“怕”，怕受到伤害，怕遭到误解，怕不够关心，怕做得不好……这是徐萌全部的心思，可已不是穆言的心思了。

“他都敢跟你吵架了……感觉在，就相爱；现在感觉没了。被两个女人折磨得身心疲惫，只能做个简单的选择题，割舍一个时时呈现光鲜，但偶尔出现状况的女人，留下一个无时不灰头土脸，但不弃不离的女人。没有什么，孰重孰轻，只能选择一个人。”

“男人，就是两面都难的人吧！”

小希，你知道，他还说什么！

他竟然对我皱眉头，“我不喜欢这种沟通方式。”

我奇怪他无缘无故的皱眉头，“那你喜欢怎么样的沟通？”

“我不知道，你不用对此作出改变。每个人都有自己的习惯。”竟如同我父母一般的做派，表面民主。

他都不喜欢我的沟通方式了，他曾经那么爱听我说话的。因为烦恼，所以拒绝磨合；因为不爱，所以彼此保留。

“我对于爱情，是很冷漠的。”小希冷冷，“我想，穆言是同我一类的人。”

一旦决定了要离开，就决计会离开，只是离开的时间不确定。

“知道么，我原来的男朋友，我的顶头上司。我们偶然相识，静默相爱。只是，我爱他，他不爱我，我挽回，他不同意。他就那么残忍，眼睁睁看着我平复伤口，独自孤寂。”

“以后，我以为没有了以后，没想到，时光反转，却终于等到了他低头的瞬间。上周末，那是一场盛宴，他的升职盛宴，但是只有我知道，那场party只为我而举办。邀请的所有人，不过是为了过渡我的来临。他就坐在我的身旁，喧闹不绝于耳。他突然凑近，如半年前的暧昧，“小希，我至今发现，遗憾地告诉自己，我是真心喜欢你。”

“不用说，这个信号，告诉我，他还爱着我，询问有没有机会重头继续。我已经不需要做出什么姿态，对于曾经很在乎，现在不在乎，以后更不会在乎的人，根本不需要顾及伤害。”

“我只是娓娓道来，不加思考的娓娓道来，“谢谢，不过我发现，我原本没有爱过你。甚至难以划清界限，你究竟算不算我曾经的男朋友。也许，对你只是一时的迷恋，是工作后迷茫的一处寄放罢了。我也认真的考虑过，那不是爱情。”

丢下这些话，我，飘然离开，潇洒而去。出门，我的新幸福只为我而等候，只为我而倾心。身后，留下他嚎啕大哭，一个大男人，嚎啕大哭。

徐萌惊奇，你是在气他，还是原本，就不爱他？

“实话实说，无论他给过我伤害与否，我原本不爱他。只是看中了他的地位和名誉。这些光环失去，我所有的忧伤，只是不情愿与不甘心。”

是啊，

逃不脱的爱情，叫执着，叫固执，叫幼稚，叫深陷，叫纠缠。留不住的爱情，叫洒脱，叫宽容，叫成熟，叫放下，叫走过。

100.以德报怨，女人输给了善良

“萌萌，我没想拿自己的善良当借口，总让你姐夫觉得亏欠。”徐彤呆呆地望着天花板，在电话那端喘息。

“姐，就是全世界的人都知道你的善良。我们没有做戏给谁看，也不需要，只要遵循自己内心的声音。”

“是的，萌萌，对得起自己的良心，问心无愧。”徐彤想着一路的走来，没有什么对不起。

“对了，姐，小萍后来呢？”徐萌小心翼翼，她不想告诉姐已经同小萍谈过心，抒发什么感情。

“你姐夫今天……跟小萍去医院了，我只能忍，只得忍，眼睁睁看着自己的男人跟别的女人手牵手去医院，小萍是身体奔赴刑场，而我，却是心里奔赴刑场。”

“孩子……必须，做掉么？他还是个小生命。”

“留下来，妄想！我的忍耐力也是有底线的！哎，其实我也心疼，怎能不心疼。女人，女人的心思，男人不会懂。只是，你姐夫刚刚打电话，小萍特别的怅然若失，绝望的情绪，一直在说，进手术室前也在说，这就是命，这真的是命。”

想起小萍祥林嫂一般的反复，这，就是命。

“那谁又管我的命，怪她生不逢时，没有早点遇到你姐夫，我就不应该出现，或者现在成全他俩，他们就不用这么痛苦，牛郎织女各分东西。”

“姐，咱不是在赌气，我们不可能改变什么，即使孩子出生了，也不能改变什么……”

“不，不是赌气，你还不了解我，什么时候说过违心的话？只是觉得自己夹在中间，太难了，太难了，”姐也快成了祥林嫂，“甚至有时觉得自己就是个罪人，横在他们中间完全多余，没有我，他们不知多幸福，只羡鸳鸯不羡仙。”

徐萌欲说还休，是啊，难道这就是命运？命运让我们不适时机的相遇，不适时机的守望，又不适时机的错过。没有哪个人不在乎天长地久，可是谁又不是无奈着曾经拥有。我们必须向前看，必须接受不能长久。

而爱情，不过是爱时的痛，被爱时的亏欠，和相爱后的不过如此。

“你姐夫短信。他们马上从医院回来了，结果还不知道，手术应该很顺利吧。我要出去了。”

“出去做什么？”徐萌诧异，“天气好冷，姐，你别冻感冒了。”

“想给小萍买点鸡蛋，刚刚做完手术，失血会很多，男人不会想到这个的。还是女人疼女人吧。”

“姐，你真好。”徐萌叹惋，在女人的道行，自己才刚刚是个学徒，以德报怨，这样的境界，不是每个大度的人都可以做到。

“萌萌，姐，其实不怪小萍，从你的身上，我学到很多的东西。爱一个人，不是长久的拥有他，而是成全他，看着他幸福。包括包容他所爱过的人。”

徐萌用力地点点头，这一刻她是幸福的，其实她一直都在幸福中。

“女人，很容易地就原谅了男人，却把悲伤留给自己，并且站在男人的角度替他们辩护。归根结底，女人，是输给了善良。”

101.信任，输掉了全部

善良，徐萌越来越觉得自己离善良的道路越走越远。

她曾经的善良，失去了穆言又有什么意义？

“没有意思。”

反复的玩味，似乎也不知道有没有意思了，只是知道没有意义了。婚姻，不仅仅是一纸空文，还是一个承诺，一个约定，一个一辈子的规律。那不是形式，那是两个人实实在在生活在一起的内容。

心累了，曾经在爱情的面前，抛弃了世俗，可当世俗抛弃她的时候，谁又知道那忧伤与不舍？

真的是这样么？需要一个不冷不热的人在身边左右，而不是一直费心尽力的追逐那没有边际的梦。

就这样静静地离开？没有想到报复，也没想拿走自己所应得，只是想让这个男人受些惩罚，或是留些难以忘却的纪念？舞步轻快，需要有人观看；舞步凌乱，需要有人陪伴；舞步疲惫，也需要有人扶着她的臂膀，不至于跌得很惨很彻底很溃败。

开始实施计划，开始央求朋友，准备黑了穆言所有的密码，qq的，msn的，邮箱的。让电脑高手跟她一起犯罪，欠下心债。朋友狐疑地看着眼睛通红的徐萌，本是不支持，但还是帮了她，费时费力，理论与实践相结合，试了个遍，没有结果。

连报复都是这么没有力量！

颓废，坐在电脑桌前，只一步，随意一猜，轻轻一点，统统都破解！是的，太轻而易举了，就是她了解的穆言，她眼中的穆言，根本不用大动干戈，实施什么计划，只需要信任作为手段，可是她一点都不快乐，很悲凉，很悲凉。

下一步是银行卡了，有次趁穆言去洗手间的空挡，她从钱包拿出那个金额巨大的信用卡，当时同穆言去过银行，只当是尊重，当穆言输密码，她把头程式化的别过一旁，无意间却瞥见了一头一尾，洞悉了全部，她太了解他了，不，还是信任。信任输掉了全部。

徐萌冷静的取出所有的钱，真是有些意外，里面的钱好多！另外开具账户，转到自己名下，重新建了一张卡，密码是以穆言的生日设置的，他们共同的生日，从容不迫。下一步就是找个适当的机会，放在一个穆言可以找到的隐秘地方。对于徐萌，这个也并不难做到。

安顿了所有，松了口气，却更加的伤心。我已经开始用对付敌人的手段对付穆言了，我们怎么也成了势不两立的敌人！我的心也难道冷漠么？不，这不是我想要的，不是……

我依然是爱着他的，深爱着……

102.情感，最纯真也是最脆弱的纽带

小希冷笑，你爱他，你爱他有什么用？

爱情？爱情是什么！

爱情不过是给做爱加上一个合理充分的理由，可是这样的时间只占生命中可怜的百分之几。而家庭对于一个30岁的男人，意味着什么？

七年了，七年的倦怠期，必然要挠一挠，虽然弹指七年，但意味着好不容易磨合顺畅的性格，好不容易建立起来的平衡，好不容易标榜成功的名誉与声望。你加入了他的生活，能量必然被破坏。他需要开始牵挂另一个女人了。以前新鲜，输送的是正向的能量，对你的关心可以为烦闷的生活加分，现在厌倦，放射的是负面的能量，对你的问候则是为杂乱的生活减分。以前你是润滑剂，现在你是负重担。他不是不在乎你，也不是不想念你，更不是不爱你，他是没有习惯放个位置给你。

而一切，当你认真，他只能过早的结束。

萌萌，你为了他，连那份属于自己内心的喜悦都没有了，没有了自己的主线，自己的方向，自己的喜好。分享，不能成为人生的主旋律，只能是副乐章。无论是分享肉体，还是精神。当初，你与穆言彼此的吸引，并不是分享，而是各自独立而自信的个体。

什么是喜悦，喜悦与快乐有不同。快乐常常是建立在外部环境，以物喜，以己悲，不自立。而喜悦，是天生，是本能，如同你的爱情，是本能。可情感是最纯真也是最脆弱的纽带。维系时，你快乐；断裂了，你就不快乐了。不仅不快乐，还会拆散、打击、毁灭你的喜悦。这样，才是真正的伤害，才是穆言给你最最不堪入目的结局。

两个人，不是1/2+1/2=1，做个简单的加法，男女各有半边天。而是1/2×1/2=1/4，只有彼此有空间，有自由，有空气，才有缘分，才有缘相近分相加的可能。

爱情，并非放任自流，垂拱而治；并非鞠躬尽瘁，苦心经营。好比种地，若不分青红皂白，抡起锄头就拓荒，刨死的只能是弱不禁风的幼苗。而抱着锄头悠闲在田间，只能任杂草丛生，良莠不齐。一棵宝贵的幼苗，需要的不是拥有充足水分之时，不停浇水将它淹死；也不是干渴难耐，在太阳地把它活活烧死。

永远不要猜测，猜测对方在想些什么。要相信爱，相信一直存在的感情，像相信友谊与亲情一样相信爱情。

103.跑了一辈子的路，没有这些天的心路长

而徐彤那边，也终于有了分晓。

“萌萌，姐，终于解脱了，一切都结束了。”姐近乎疯狂的笑，疲惫。

“为什么，姐，你有什么决定？还是他们做出什么决定，让你这么坚定？”徐萌有的只是不解。

“我们，终于，三个人，坐下来谈了。谈的结果是，我要离婚，小萍要走，而你姐夫，什么都得不到，或者他自由了。”

不能相信自己的耳朵，都要走了。以为峰回路转，有惊险有刺激，却没有原谅么？

“萌萌，你想不到，小萍刚刚做完手术。我们三个人，没有任何的商量，不约而同的做到了一起，在凌晨两点，演绎的如同电视剧。只有我们三个人，三个人的世界看似尖峰对决，实则，心止如水。我们都累了，都累了，累到无法喘息，在这个点，一致想停下来，歇歇，问问同伴，这场马拉松他或者她，跑得辛苦么？”

“谈判见得太多，声嘶力竭的，生拉硬扯的，恼羞成怒的，表现形式不尽相同。可是，我们却选择如朋友一样的面对，解开心结。也许，彼此熟悉，也许从来都没有了解过对方，可还是敞开了所有的心扉。”

“没有经历过婚外情的人不会知道这种感受：跑了一辈子的路，也没有这些日子跑的心路多。你知道琢磨了，知道生活不是一帆风顺的，知道争抢

太难，维系不易。知道为了一个人再多一个人的牵挂是什么滋味。”

“终于解脱了……”姐倾吐着劫后重生的豁达与磨砺。

“小萍解脱，是因为，还会有人代替广宇去爱她，给她伤心回忆的这个男人，也许不会再一次出现在噩梦里。我解脱，是因为要离婚了，不想去猜，不想去过需要斟酌每一句话的日子。没有了信任，婚姻也就失去了基础，走到了尽头。至于广宇，他自信满满，要重新追求我，这个难题，他乐意去挑战，但那是他的解脱，与我无关，与任何一个女人无关。只是，我们都懂得了爱，懂得了爱情的喜悦与痛苦。”

104.第三碗米饭的命运

姐的爱情结局，对于徐萌的指导意义几乎为零。因为好奇，好奇反方向应该有怎样的历程。

就像她一直喜欢自己调的奶茶，当乳白的牛奶与褐红的红茶冲撞，所有的浓烈与鲜艳，却幻化成柔和的奶茶。很享受这样激烈的对峙，也许柔，就是永生。

破解了所有的密码，盗取了银行的账户，依然没有成就。

对，他什么都不在乎，什么都无所谓了。那什么才是能够伤害，伤害他的武器？爱情走到尽头，难道真的需要恨来换取补偿么？

是亲情有裂痕，爱情有猜疑，家庭有危机。知道是徒劳，可失去了爱情，又有什么做不出？

“萌萌，有些东西始终是不能挑战的。以前你们的爱情不能挑战，现在流言蜚语更不能挑战，它们的肆意横流会把你逼疯！”

徐萌不是不知道，经受了那次办公室政治，风口浪尖，没有人想接近她。连以前一道吃饭的伙伴都躲躲闪闪，支支吾吾。没有什么了不起，她都认栽，挺了过来，那些昏暗的日子。后来，有了去穆言的部门的转机，绝处逢生，大家又开始活络逢迎，以为她又靠上了哪棵大树，都想绕着边的乘凉。

“何苦呢，萌萌，爱过他，就放了他吧。两个人的事情，就是最后，你也不希望鱼死网破吧！萌萌，别任性了！”

也许，他求她，不，他只要安慰她，有一丝柔软的意味，她就会放弃，就会原谅，但那样的恶狠狠，却让她体无完肤。

“我不能就这样的走开，就这么算了。报应，对，因果报应，恶人应该有恶报的！”

得不到你，就毁掉你。

宁为玉碎，不为瓦全。

为什么我身心憔悴，他却衣冠楚楚！

不，萌萌，你只是没有想到这一天来得这么快，没有想到，竟是他先凶神恶煞，原形毕露。其实不是的，是你一直抛弃了自我，迷失了方向，远离了所有爱你的人，想紧紧抓住他的衣角，不愿离去。多少人告诉你，他是个混蛋，可你不信。就爱他这个浪子回头。直至惨淡摆在面前，你却不敢正视淋漓的鲜血了。

对，我在他的眼中，就是黏人的嚼过的口香糖，就是玩过不再新鲜的玩具，就是唯恐避之不及的怪物，就是爱的走火入魔的疯子，就是被爱情的火焰灼伤，现在又来伤害他的病患者！

“萌萌，讲个简单的故事好么？”

“一个饥饿万分的人，面前摆了三碗米饭，三碗啊，他欣喜若狂。第一碗，实在香甜，狼吞虎咽的下肚，虽然没品出什么味道，但是精神愉悦，在肚中回味径自酿成美酒。第二碗，开始细细咀嚼，尝出米饭的味道，已然开始平凡，不过是填饱肚子的粮食。第三碗，面对第三碗，他犯愁了，已经吃饱了啊，不需要了，这是毒药了，可也需要硬生生的下咽，可是吃了几口，再也吃不下剩下的半碗了……此时，会有两种结果，出现在饥饿人的心里。一种，米饭长霉斑倒掉，时时不愿提起，因为是垃圾而不堪惧怕；另一种，米饭奇妙的发酵成醪糟，酸酸甜甜，别样成另一番甜美……”

“别说了，姐，我现在的境况就是第三碗米饭，剩下的，你希望我是醪糟，对吧，即使糟糕，也不要成为糟粕，永远有着遐想的美好。”

“好吧，我答应你，答应自己。不过，还是需要一个凝重的告别，深情的拥抱，和彻底的决裂。这是我告慰我内心的唯一方式，请你允许我。”

“允不允许，你觉得是我说了算的么？那个木头疙瘩会答应么……”

105.这难道是真相么

徐萌只是对报复有了步步为营的稳操胜券，却从来没有看过邮箱里面的内容。她是个尊重隐私的人，可对于爱到胜于自己生命而言的人，却放弃了尊重。

把握良知有时候跟珍惜时间，对待金钱一般，一左一右，一松一紧，在生活的课程中，她觉得自己无时无刻不在留级。

徐萌看着一封封他们相爱时的邮件，却是以穆言的名义。穆言把徐萌所有的邮件都打包在一个叫晴朗的文件夹中，他曾经视为他为晴朗的傻丫头，傻妞妞，傻孩子，总是是爱情中捧着的，能带给他晴朗的女人。

为什么！为什么我总是对他的小细节念念不忘！

突然，一封信的标题引起了她的兴趣。

“你不在我身边的这些年。”

她只是随手一点，真相难道就是如此的秘密？

小木……

原来她，也曾称他为小木，原来曾经的那个她，也出现在小木的生命中，留下痛不欲生的痕迹？就是那样一种病毒，一次感染，携带终生？

小木：

我思索许久，一直在纠结现在迟到的忏悔，对于你来讲，是不是种打扰，打扰你本已幸福的生活，打扰你难得拥有的平静。是的，我明白自己的角色：你人生长河中的不愿提起，不曾忘记的匆匆过客。

这些年，我们缺失的不仅是时间的流逝，还有曾经的甜蜜信任，心无旁骛。

小木，我知道你不会再接受我了。不爱了，就是不爱了，没有理由。正如我当初决绝，对你不言理由。我不是个轻易言悔的人，可是，现在，想抛弃所有的自尊和道德，仅仅说一声迟到的对不起。

多少年了，一直很想释怀，每当回想起我们温暖灯光下的小屋，阿遥阿飞懒洋洋的身影，你骑着自行车握住我的手在尘土飞扬的路上，每晚从人大跨越北京城飞奔回家，就告诉自己，忘却那前世的过往，今生已是无法回去。

可有些事情，不是你不去想就可以回避，不是你嘴硬就可以坦然无怨无悔。多想把软弱，亏欠，留恋统统打包，一辈子都不要开启。可是，却骗不了自己，骗不了内心时时袭来的酸楚与凉意。

只恨回不到 22 岁，那时我们正年轻，太般配，你对我是真的好，好到天堂去。当真是捧在手里怕摔了，含在嘴里怕化了。我们最有趣的旅程就是穿越整个北京，当初地铁不像现在这样四通八达，环路也只属于有车一族，我们闻着刺鼻的汽油味道，在公共汽车上随着人流拥来挤去，肿胀的双脚不时被踩踏，什么漂亮衣服都皱褶百出不像样子，舒适根本望尘莫及。可我一点都不觉得苦，也不觉得累，因为，即使空间狭小，你永远牵着我的手，生怕走散，还总抱着我，躲在你宽阔的胸膛，好安心。因为经济拮据，我们不常去超市，一去就专看打折信息，囤积好多用得到用不到的商品，每次都是满满的几大提兜，沉啊沉，可是你从来不肯分给我一提，全是自己拎。每天晚上下学，你总担心路上会遇到危险不安全，从来不由分说的让我打车，迈出车门抬眼望，总有暖洋洋的灯光在等待，进门后，总有热腾腾的饭菜在桌上，而你，只是擦着围裙幸福的笑。小木，记忆中我们真的没有吵过架，不，是你太疼我，从来不舍得，一吵架你就睡着了……

是我太优越，是我不珍惜，是我对浮华的世界认识荒谬，只羡慕无限的灯红酒绿。所有的心思都在闯荡与拼搏，不仅武断的否认你很多的脚踏实地，相反觉得过于不思进取。艰难的向上攀爬，CBD 的繁华将我打晕，三里屯的奢靡让我沉迷，而你一如既往的关爱对我来说，却越来越遥不可及。

直至离开了北京，也只是告诉自己，分别不过是暂时，奋斗却是崭新。我会很有钱，不用再在公车上争执，不用再为贫贱而自卑，不用再为柴米油盐酱醋茶而摩擦，过上等人的生活，光宗耀祖，衣锦还乡，让父母有面子，让自己有前程。于是，整个人每天累到虚脱，脚不占地，心却飘了起来。我太争强好胜了，好强到不像个女人，好强到忘记了北京，好强到失去了你，好强到不知道什么是可贵的幸福。

那个城市，原来并不属于我。一切都变了，变了气息，变了味道。苦日子有了开始：南方的潮湿与北京的干爽截然两样，那里的文化也格格不入。我惶惶终日，担心被淘汰，被裁员，上有老奸巨猾颐气指使，下有乳臭未干雨后春笋，我就夹杂在其中，对于未来的迷茫，至今仍是历历在目，心有余悸。留下来，生存，成为了首要目标。而那时的你依然不离不弃，可那虚无缥缈的电话线却让我时时的烦躁不安。

后来公司调岗，我去了成都，那里也是个势利窝，他们经常嘲笑我什么都不懂，嘲笑我经常问为什么，甚至嘲笑我是个女人没有用。偶尔的一次失误，让他们评定为大过，罪不可恕，发配到了边远的县城大埔，历经了排挤与争斗，我实在无力应付与承受，可是都忍了下来，因为只有一个信念，忍才能有出头之日，才能蜕变为经得起大风大浪的弄潮儿。终于，功夫不负有心人，等到了领导把我捞出来，又调回了成都的分公司。可是，不久，情况就又有波折，有一回陪客户，仅仅是一些礼节没有注意到，就遭到了投诉，总部本是准备杀鸡儆猴，大做文章开除的，念及我来公司时间较长，就打入了更苦更累的部门。为了赎这莫须有的深刻罪名，我又是风里来，雨里去，通宵达旦的熬夜，夜以继日的工作，甚至在非典，都难逃厄运。

承认自己虚伪，可我不能软弱，时时告诫自己，想要成功，就要毒辣狠，就得彪悍得像个男人，就得向钱看，往前走，回头没有机会，回忆你也没有意义，于是，一而再，再而三的伤害着一直关心我的你。

直至一场大病到来，我得了肺炎，咳嗽快咳出了肺，甚至带出血丝。可是，望望身旁却没有一个亲人和朋友，你，就更不必说了。曾经被你像孩子宠的我，得自己去医院看病，排队，买药，还不见好，实在豁出去了，才请了长假，准备飞回家。可是却依然烧到头重脚轻，没办法，过安检的红外检测，体温会过不去的，硬撑着喝了一大杯加冰的水，迷迷糊糊，终于回到父母的身旁。爸爸下了死命令，他知道我这么苦，如此苦，坚决让我辞了职。而不再有人情味的我已经麻木，也不知道你的温暖已经有多么遥远了。

后来，便换了公司，去了一家知名的外企。两年后，也遇到了后来的先生。以为命运开始垂青，所有的艰辛，否极泰来，美好开始回报了。婚后，你知道的，我安家在了上海，我们渐生情愫开始的地方，也是我们真正意义上结束的地方。那个四年前的恍若隔世。想起四年前，无论历经多少千辛万苦，你还是牵着我的手，像个孩子一样，在黄浦江畔，瞧着数着看着外滩的灯一盏盏地亮起，相视而笑。走在上海干净湿润的街道，在南京路买衣服，那时我们都有些钱了，可是跟你在一起，一起淘宝却是最大的快乐，你说我胳膊纤细又修长，穿无袖的衣服特别的清秀，尽管衣服好便宜，尽管我那时已不再年轻，可是没有你失魂落魄，不用抹粉也气色红润，躺在床上就能睡着。

只是，是我说的分手，是我说的离去，是我没有出息再回北京找你。我不知道历经千辛万苦怎么就不珍惜，我真的是疯了，疯了。只是，结婚了就是结婚了，以为一切都会过去，好好安心待在上海吧。偶然的一个跳板机会，我又跳槽到科旗，起薪远没有之前的高，可是我愿意，我太愿意，为了这家世界上最好的公司，我等了不知道有多久，赔上了我的爱情，我的家庭，我的你，我得活出个人样来！一路很顺利，我竟然当上了华东区的总经理，实在是千载难逢的机会。而个中原因，只有我自己才能明晰，完全是阴差阳错，歪打正着。很多关系太过微妙，不是一句两句能说得清，不断的帮派斗争，有人得势，有人牺牲而已。

而此时，我的后院却起火了。他有诸多的不满，很明显，我的职位与薪水对他造成很大的压力，于是，鸡蛋里挑骨头的吵架无时无刻不在进行：家务做差劲，作息不规律，还有很多不想回忆的原因。这时我才明白，自己挑错了人，比起你，他实在是个小肚鸡肠的男人，计较到难以理喻。争吵也罢，暴力也发生了，他竟然打我……从来不知道什么叫痛的我，心痛了。

我搬了家，分了居，而真正下定决心离婚，是我到了意大利，在那里丢了钱包，身无分文。打电话，他一听是我的声音就挂掉，后来苦苦哀求，允许我说明原因，他竟然混账到，说死了也跟他没关系。我坐在教堂，泪如雨下，想起这失败的人生，想起再也回不来的幸福，想起伤害你应该得到的报应，我真的知道错了，真的知道了，可是太晚了。已经回不去……一个老太太看我哭得那么绝望，搂着我抱抱，像做梦一般回到了过去同你在一起的温馨，只是，她说，一切都会过去，过去……

回国后，就办了离婚手续，在登记处的卫生间，却不敢出来。心里无比恐惧，我怕。很戏剧，没有你的日子，曾经无所畏惧，而真正一个人的生活，却是无比孤单。

这些事，这些年，都没有对你说，每次见面，每次你原谅，我们在一起，我都时刻保持微笑着光鲜，因为想强打精神证明自己的选择没有错，告诉你我过得很好很优秀很出色。可是，我错了，真的错了。

四年前，你问我，有一点可能，都会离婚，辞去工作重新开始新的生活，已经犯错无数，不在乎再犯一次，追求真正心里爱的人，相守终生，只是我为了更好的前程自私了，决然地拒绝；四年后，我却明白了，你的勇气，对我的好，这辈子我都还不清。

幸福是什么，不是别人的羡慕和尊重，不是金钱，不是地位，是只属于两个人的相敬如宾，相濡以沫，白头到老伴终生。我真想，真想同你平平淡淡一辈子，用现在冰冷的财富，用现在的总裁地位，换回曾经熟悉的小院灯光，换回你的所有。这四年，见过太多的有钱人，可从来没有同他们谈过恋爱，我真的没有你想象得那么贪财。

现在，若是我们有机会再见，在你面前已不是十年前的那个清秀的小女孩了，她老了，世俗了，坚韧了，憔悴了。很多的志得意满，都抵不过没有你的清冷难耐，我知道那是报应，我得还，得还……

想起你最后同我讲的话，你说你要去轩利了，一定会出息，一定会很有钱，一定会好起来，我一定会后悔的。

是的，我后悔了，万分后悔，不是因为你的事业，你的光环，你所拥有的一切，而是，我把小木弄丢了，我的小木不见了，这辈子，这种爱情不可能再有了，不可能再有了……

106.世界如此大，仍可遇见你

怪不得他那么喜欢我的母校人大，怪不得他不想触及那个城市上海。

徐萌搜罗穆言以前的话语，串成了记忆，“我有你这样的经历也是这个岁数。”那时他们拥有第一次。

“如果下辈子我还记得你，我一定会娶你。”那时他们正亲密。

“陈奕迅的十年是我最喜爱的曲子。”那时他们青涩着不愿再提的过去。

“那些日子我以为走到人生的尽头，以为从此消沉，后来还不是挺了过来。”那时穆言想离去。

“这个世界，我早就学会了隐忍。你接触到的所有未必真实。”那时穆言对于世界看得很清。

这个真相在穆言心里埋藏了十年之久，却是没有碑铭的坟地。那是他的第一场恋爱，也耗尽了自己单纯的所有。

他也曾经笨拙、毫无技巧而又满怀诚意向她表述每一天的思恋，淳朴而又忠贞不渝；他也曾经将自己生活的全部毫不迟疑毫无保留地交给对方，让思念情愫涨满自己的每一分时间，每一寸空间。

他也曾骑着自行车去接她，风雨无阻，却并未去关注公司同事的赞叹与羡慕；也曾自己动手制作各种小礼品，却极少花钱到商场去买，以为爱情是不可用金钱来衡量的，至于鲜花首饰香水更是俗不可耐，却并未去关注她已由惊喜蜕变为平淡与习惯；他甚至曾跟徐萌一样，学着烧各种家常菜，只为夜晚亮起一盏灯，安心等她放学回来，料想一起憧憬的未来：有夕阳有落叶有暖屋有绿荫庭院，还有永不分离的牵手一对。

全身心的押入身家性命，不过是情感银行的倾家荡产。他太累了，九年前，分手的夜，他就告诉自己，是她看不起自己，是她辜负了自己的心意。仅仅是因为当时没出息没能力没金钱没荣誉，她都不允许他搏一搏，拼一拼，没有耐性。极度悲切的穆言，面对日渐苍老的母亲，恋爱仅仅半年，就草草办了同满秀的婚事，他太累了，累到不想辨得清什么是爱情。

时间断不会早，也断不会晚，只是合适了，结婚了，不就顺理成章地开始了庸俗？

可是，这十年的辛酸与波折，只有他知道，还有谁知道？是的，他有很多的擦肩过，不负责，可怎却是无情？都是高阳逼的。已经再无法信任任何人了，任何人……无数次的回想过去，更……无数次的从隐秘的抽屉中一本不起眼的书籍里，拾起一张破旧的火车票，皱巴巴，毛草草，模糊不清。可记忆分明清晰，上面显示的日期，是四年前他们最后的一次同行。无数次的原谅，即使是结婚，都磨灭不掉情与恨的交织，无论高阳再怎么样的背信弃义，他始终念及那拥挤不堪的列车里，无数次的紧紧握着她的手，总是天真地以为，承诺永远都不需要语言。只要高阳还会回头，他就会等待，为了真爱，他经得起。可是，那狗屁的金钱和抱负，她反反复复，绝情放弃。即使他为她犯错无数，依然抵不过一句“过去了”。过去，真的是过去了，他的心肠不再柔软了，已经太坚硬。

爱情就像不可再生资源，年轻的矿藏已不复，不可能给更多的人留下什么了。那个蜷缩在角落的蹲守，就意味着，不可能。不可能从头拾起感动，乐意接受悔过，重新触碰伤痕。

可是，徐萌，为什么是徐萌，徐萌有他的影子，有他深深爱着的所有表情，有他对高阳悉心呵护的所作所为，有他挥之不去的执着和痛心。是的，同一天出生的人，有太多的相似，相似到如出一辙。

小南啊小南，世界如此大，仍可遇见你。为什么是你……

他想告诉她，那不是冲动，否则他不会极力默默的维护得尽心竭力；他想告诉她，那不是新鲜，否则他不过是随意阑珊处的停泊，再也寻不到踪迹。他只是爱她，就是千般万般的理由，他也会无所顾忌的投入，不计回报的付出。只是他们在各自的轨道，时常偏离：徐萌有她的步伐，穆言有他的速度，美好的瞬间留下的只是隅隅而行。

他知道，她会误会他的，是不是永远，不能肯定。但会是暂时，他清晰。可是，他不会在乎不会介意，总有一天，小南，你能明白我的心……

是的，这个女人，肯如此俯下身子，心痛自己的错误，那是怎样一种决心使然，怎样一种情愫萦绕心底，挥之不去。

徐萌想，可自己在这段感情中，又错在哪里？

对，我是玩弄文字的人，可是却没有玩弄感情。那，穆言他是玩弄感情的人吗？如果不是，为什么当初选择跟她在一起？他心安理得，他会有报应。不，他把别人对他的报应，心安理得的强加在我的身上，而我却心甘情愿的接受这样的报应！

107.每个人都有心魔

这个女人，还是悔过了，尽管这个悔过太迟。想跟这个悔过的女人谈心事。也许，她可以告诉自己，如何忘却刻骨铭心。

原来她竟然是某跨国企业的知名女总裁……原来与穆言在不同的行业，不肯停歇的奔跑在属于自己的领地。

她不常在，一周后，徐萌联系到了日理万机，却“平易近人”、未曾谋面的穆言的真爱现身。

徐萌攀谈着小心也热情。

突然，渐渐走入了正题，“lily，你有过刻骨铭心的爱情么？”

“有过。而且是一见钟情。”

“我也是一见钟情。”徐萌笃定上了道行。

Lily 时间很紧，不反问倒真想回应，“那是十年前的事情了。恍若隔世。”

“我对他是一见钟情，可是他并不是。只是，当时特别坚定地选择了跟他在一起。我那么爱他，倾尽全力的对他好，并且非常想结婚，可是他始终不表态，不告诉究竟会不会娶我，逍遥自在。”

“一气之下，我去了另一个城市。”徐萌愣了，这是唱的哪出？这并不是穆言的版本，那个声情并茂，感天动地泣江河，波涛汹涌动鬼神的版本。

“后来呢？”

“后来，我只是气他，其实心底非常爱他，等着他的挽回，但是没有等到，于是，我只能开始自己忘记，在另一个城市忘记。”

“那他呢，如何？”

“后来他竟然很快结婚。找到真正适合自己的了吧。可惜不是我。”

徐萌的心，提到了嗓子眼。难道说的真是穆言……

“再后来，他去了意大利。”迥然的结局，戛然而止。

不是这个样子的，谜底怎么会是这个样子？

徐萌唏嘘。Lily 继续，“哎，可惜啊，在我一见钟情的时候，是有男朋友的。他是个绝不允许背叛的人。我一直瞒着他，跟意国男纠结在一起。我不想错过真正的心动，可是，却真正错失了疼自己的人。哎，太执着，太年轻！”

所有的情节虽然不能说是严丝合缝，至少也是丝丝入扣。答案原来是如此。

“前男友为此而痛恨了我一辈子，离去时，我真的不知道他会如此痛恨我。一直没有联系，直到千辛万苦的找到他，再约见面，却是无论如何也不可再见我了。哎！没什么大不了，我是个很看得开的人，不想见也好，无论他如何理解我，罢了，不想解释。他以为我看重的是金钱，其实女人追逐的是不切实际的感觉。看重金钱？那不过是借口，只是移情别恋的借口。移情别恋了一个让我心动不已的男人。”

徐萌无奈，造化就是这样弄人。原本的真相，并不是曾经的猜想。所见未必非所得。原来他们都被欺骗。

Lily 风轻云淡的笑笑，“没什么，没什么大不了，我是个太过容易移情别恋的人。”是啊，情感太过洒脱，那么，浪迹天涯的玩乐，何时才有归宿？

我们内心都有坚守，不过是耿耿于怀的心魔。其实真正的心魔只是自己的杜撰与猜测，靠生活的阅历越加的肯定和印证，感情不过是拼图游戏。就像穆言，一直认为前女友是因为没有钱财抛弃他，抑或爱上钱才喜欢意国男，因果关系无论怎样的颠倒，都是“一分钱诀别美人关”的事儿。找到“一分钱不在乎的”满秀，填补了内心的自卑，才让心里一直缺失的一块拼图有了弥合。

而徐萌呢，一直内心渴望安宁和认同，渴望没有金钱束缚的温情，直到一见钟情的穆言出现，才因此而改变了格局。

可是，我们又何必执拗呢？没有什么为什么。

半生缘的顾曼桢，除了落泪，世均，我们再也回不去了，还能做什么……

寻寻觅觅，尝遍了爱情的甜蜜与艰辛，而最后陪在我们身边的，不过是千挑万选，情系意动，倦怠接受的那一个。

唯有，时间，才是冥冥中一切的主宰。

108.爱情就是寸断肝肠

也许，这就是爱情，爱情是什么？爱情就是寸断肝肠。

薛萌来了，情人节来看徐萌的状况如何。每年的情人节没有什么不同，而她们嘲笑彼此，这次尤其的不同，爱情的青黄不接，处处寂寥。

白茫茫的街道，迎来了冬雪，盛大的火树银花，银装素裹。商店都是温馨的粉色，只是现在在徐萌的眼中变成了刺眼的色泽，家里的刺激无法入眼，外界的刺激还在继续。依旧有瘦弱的小女孩，捧着一束束百年好合的百合，娇媚艳丽的玫瑰，洋洋洒洒的满天星，沿街叫卖。只是没有看着她们的眼睛，没有捧着手呵气取暖的男人，又怎么会买花为共同的情人节庆祝呢？穆言喜欢什么样的花？穆言又喜欢给徐萌买什么样的花？穆言应是什么花都看腻了，无论是在漫山遍野的家乡，还是随性洒脱的人生，女人如花花如梦。

其实，徐萌自从跟了穆言，已经对花没了感悟，这对于一向小资的她，实属例外，遇到值得珍惜的人，你还舍得让他做什么？抑或无论他做什么，都是感动：包括倒了油瓶子都舍不得让他扶。如果生活就像花一样盛开，心情就像花一样怒放，处处都是美，又怎么会追求刻意？

只是，当一切即将消逝，她的脑中零落的片段，未曾零落。穆言是个生活情趣满满的人，他只在不是情人节的日子，随心所欲的在家中的白瓷瓶，插一枝或是两枝的白百合，都是含苞待放的羞涩。穆言说过的，这，代表希望，代表他们宁静的心绪，代表徐萌在穆言心中的保留。只是，穆言也说过的，他从来都只会插着观赏，不会培养，没有时间也没有心境，徐萌这时就会笑盈盈，我养，生命在家里扎下了根，是春色也是缘分。穆言笑着说好，即使是花交给你，我都会很放心的。

薛萌搂着徐萌的肩，momo，抱抱，莫回首，没有他的陪伴，还有我在的。

不由自主的，陪着徐萌走遍了她与穆言去过的每处痕迹。

是的，情人节和爱人有关，但穆言不复，只有友谊永存。多年以后，已经忘记那个夜晚和谁度过，穆言的面容或许已经模糊。但很多角落却在记忆中熠熠生辉。依然会记得在一起相互取暖，看满城的灯火；会记得曾经收到的每件礼物，无论贵重与轻贱，即使是一枚书签，一张卡片，一个钥匙包，都被她悉心的收集，或许就在下辈子可以兑现为无名指上再普通不过却散发着璀璨光芒的结婚钻石；会记得那个夜晚，汽车夜场被爱情焦灼的18度气温，被爱情定格的17次开关车门的徘徊犹豫；还会记得城市里那个隐秘角落的房间，盛大璀璨的酒店，和每次回家旅途的心有戚戚；……这座城市，北京，到处都留下了爱情的印记和见证。可是一切都没有改变，改变的只是不能同一个人一起度过，这是徐萌的传奇？还是这座城市的沧海一粟。

“去年的第一天，我从上海赶来跟你一起度过。小萌，还记得那天，我们去做了什么，许诺什么愿望么？”

“记得，当然记得。那天，天寒地冻，北京的大多数人蜗居在家，只有我们，像两个不食人间烟火的孩子，清早起来登长城。为来年祈好运，为生命添动力。”

“惊喜的面对着苍茫呼喊，与同样童心稚嫩，却未曾相识的伙伴相视而笑，冻僵的是面庞，迎风的是身体，豪情的是壮志，火热的是内心。激荡江山，挥斥方遒，雄视八千里路云和月，纵览万里长城塞外边。”

薛萌也陷入了回忆，“那时，我们就对苍穹高呼，上天，09年，赐我们段缘分吧！只是忽略了孽缘还是姻缘……赐我们段爱情吧！只是不知此爱情非彼爱情。我们一起经历了恋爱，到轰轰烈烈，到一塌糊涂，到扼腕长叹。也即将经历失恋，到抱头痛哭，到一起搀扶。”

以前，不知道什么叫孤独，一个人的禅道与静坐，兀自高傲。爱上一个人，又失去一个人的时候，终于知道什么叫孤独。把一个人，深爱的人，从你的生命中抽离，剥落。即使留下卑微，又能带走什么。他还是会远去，成为熟悉的陌生人，挽留了只是无谓的时间，最终还是要擦肩过。

“其实，小言挺幸福的。”

为什么？徐萌诧异。

“哎，他全占了。有一个他深爱的人取了教训，有一个深爱他的人无怨无悔，还有一个适合他的可以结婚，相伴到老，细水长流着平淡，此生无憾啊。”

萌萌，只是我们还太年轻，不久的将来，会有一个人，在转角处等着我们，共度一生。

应该感谢爱情，它让你成长，尽管代价很巨大，却是值得。也让你明白爱情的力量，残忍而悲剧，而让你哭到尽头的男人，却可让你升华与深刻。

西方有句谚语，女人要吻过很多只青蛙，才会吻到王子。

我们需要忍受多少伤痛才能找到我们的王子？

徐萌无声，穆言是我的王子。

109.男人也会嫉妒？那就对了

公司聚会，这回轮到财务总监孙兆兴要走了。是穆言的同学，却没有等到穆言的欢送。

人情欠的有些蹊跷诡异。

只有徐萌知道，穆言因为她不想参加。

只有穆言知道，因为徐萌在，他不能赴宴。

一年前，他们也是在聚会上相恋，一年后，他们却已经不再举杯，拥有两个人买醉的夜晚。

依旧是推杯换盏。为了讨个彩，增加些热烈的气氛。潘副总在给大家看手相，看是生男生女。

徐萌好奇，并不介意，递上了自己的手掌，“您看看我，潘总。”

潘总拿起徐萌的手，悠长的笑，小徐啊，你会很有钱，很有钱，健康也好。最最关键的是……

来，我悄悄告诉你。说着凑近徐萌的耳朵，你在结婚之前会有一个男人来疼你，很悉心的疼你。

徐萌一惊，没有人知道她跟穆言的关系，怎么被领导听了去？有些不自然。

不会的，潘总，您杜撰了吧。徐萌尴尬。

是的，会有的。

潘总神秘一笑，还是……还是我来告诉你吧。那就是我，小徐，是我小徐。我会很疼你，我不知道该怎么说，对你是一见钟情，我的梦里都是你。

说着抓住了徐萌的手，没有松开的意思。

潘总，你喝醉了，真的喝醉了。

不，不，小徐你看，我倒的是饮料，我没醉的。小徐，你跟了我，好么，我会让你幸福，真的会让你幸福。我不会不管你……

徐萌没法听下去，她怎么听下去！面前，是比她父亲还要大的长辈，反胃，恶心。

而心里，她竟有些怀疑穆言的目的，穆言跟她在一起的目的。

她拂袖而去，也不管席间一群人的觥筹交错，杯弓蛇影。

她走了，临走，慌乱的碰倒了酒桌的杯子，飞快的逃离。

徐萌知道，任何离奇发生在别人身上，无非给自己提个警告。可一旦真实的存在自己的身上，就是难以置信的惧怕又鄙夷。

办公室就是如豺狼如虎豹，很多隐性大鳄，道貌岸然，人面兽心。你就是个果儿，谁都想逗个乐，取个巧，偷偷欢，占点便宜，随手捏捏你的肉。而一旦得到就会弃之如敝帚，现在的社会，不负责任的男人如同北京城街道上跑的奥迪 A8 一样多到数不清。

莫上钩，上钩必被欺负。

可是，穆言，为什么情愿上了穆言的钩，掉进他编制的情网直到决裂的现在都不愿醒？

下意识的拨响穆言的电话，“小木，有人欺负我……”

是么，男人也有嫉妒？尽管不能长久的占有，却不能别人占有去。

穆言竟然是嫉妒了，嫉妒至极。

熟悉的问询，“小萌，你在哪？”

“我在家。”

“我去找你。别怕。”比每次的见面都来得干净利落。

怎么会怕呢！拥有穆言她就从来没有怕过。她是兔子，有老虎，难对付。可是有穆言这头狮子，她的世界不再害怕。他有狮子的勇气、力度和办法。

110.最爱的人，不是我

徐萌已经安然地躺在穆言怀里了，却头一次不安心。她受人无端的欺负，都没有不安心。穆言来安慰她，反倒不安心了。

因为做了坏事心虚么？不，因为始终放不下的是，曾经的穆言那么执着地去爱了，贡献了，遗失了，殆尽了。

“言，你有过深爱一个人么？”穆言，轻轻地点头。

“那个人不是你现在的媳妇，也不是我，对么？”穆言，不语，许久，又轻轻点点头。

“我爱你，但是你不够爱我，对么？”这回，穆言没有动作。默默的闭上了眼睛。

她知道穆言不想编造谎言。

“没关系，你想说就说。为什么，既然相爱却没有在一起？”

穆言知道，那是他命中的一劫，若是徐萌也是他生命中的一劫。那个曾经置你于死地，置你于绝路的女人，却恨不起来，当记忆被翻阅，无法忘怀，“时间长了，就淡掉了吧。”穆言违心。

“萌萌啊，其实，时间长了，你也会淡忘我，淡忘我的一切的，从你的生命中消散。我不过是你人生中的一个美丽的片段，而已……”

话没说完，徐萌掩住了穆言的嘴。

“小木，不会的，我不会忘记你的……”

身后，留下一阵沉重的喘息，穆言叹了口气，紧闭着双眼，索取索取，徐萌的眼眶终噙不住了清泪，梨花点点落衣襟。

她没有什么奢望的，只想好好疼惜这个男人，这个曾经为爱伤得如此之深的男人。她不能再让他受伤了，只想到保护。

穆言却在想，人生中，不能只有爱情，爱情只是一小部分的，还有很多情，比如亲情。可他还有母亲，还有满秀，还有孩子，还有一切需要应付的事情。

母亲……脑中只有母亲送他上学，倚在车站的那个场景，老泪纵横，恋恋不舍。

哎，这样，真的，真的，真的不行了。

什么都不必说了，下床，穿衣。

“再留五分钟，好么，小木。”

“不行，我要走了。”

不想把美好的爱情破坏到对簿公堂的地步。

本应关系软着陆的，太过激荡的起飞，盘旋不了多久。是时候该降落了，平稳安全的着陆。

这辈子逢场作戏很多人，但真实的爱过的只三个。第一个是高阳，想起心有余悸，成长的必经。第二个是满秀，有时候见不得，多数时离不开，并且一直在持续中，升级为遥遥的母亲。第三个是徐萌，那个 12 年前同样的执着与纯净。四年前，他也曾这样卑微的，卑躬屈膝的求过高阳，恳请她留下来，让他们的爱情留下来。但是她还是冷漠地走了。

对的，婚姻，是比爱情，实在而现实的很多的东西。

他太累了，累到只能对一个人负责，就是一纸婚约的满秀负责。爱情，真的是件奢侈品。成长的伤痛已然过去，青春的怀念即将过去，只有相伴到永久的亲人，是血浓于水，无法抛弃。

徐萌却没有穿衣，眼光直直地看着急于穿衣的穆言。

抱着被子，绝望地问，

“言，你现在不爱我了，是么？”

穆言急匆匆，晚上还有酒会，一行人媒体的记者会到场。心不在焉的应声，“别讨论这么深刻的问题了，行么？”

徐萌觉察到了他的心生旁骛。“认真回答我，真的不爱了么，那我以后再也不会打扰你了，不会了。”

徐萌每次都妥协，每次看到他忙碌，就会安静而自觉的闭嘴，常常是话说半句又生生忍。现在，怒火真的要把她烧化了，如果再不讲出来，就没机会了。窒息，只想到窒息。

“看着我，你回答完就走，我不拦你。再说，我他妈的什么时候拦过你。你不能认真回答么？”徐萌第一次口出狂言，言出俗语。

穆言觉得逃避不是办法了，真的没法逃避了，徐萌把他逼到了死角，无处遁寻。曾经的三十六计，计谋为零。

好吧，摊牌的时刻到了。

“萌萌，我不想伤害你，不过，实话说，我找不到爱情的感觉了。”

徐萌冷笑，终于说出实话了。“你不是早就没有爱情的感觉了，你是早没有激情了吧。”

“不，你的爱情让我透不过气，窒息，我只感到窒息。”

你也配说窒息，徐萌冷笑，不过是借口，或是无法言说的秘密。

“那你认为的爱情是什么，爱情就是你有需求，我就迎合，召之即来，挥之即去？上床，上床就是爱情？”

穆言掩饰，他不能对她说出真相，说出秘密，“你以为我跟你在一起就是为了上床？无论你信不信，拍拍良心，小南，我没有。”

荒唐，多么直白，连肉体都没有了吸引力，发生关系的盛宴也该散场了。

穆言依然不敢看徐萌的眼睛，“以后，我会让你知道的，我跟你在一起，不是因为跟你上床。”

那是为了什么？报应，一个女人给予他的报应，需要另一个女人来偿还么！

“以后怎么办？”徐萌气昏了，气血上涌，即使如此，都恨不起来，所以问的如此的不死心。她知道了所有，只是不说，以为只要有爱，一切都会回来，一切都会好起来。

穆言像是回忆，多么相似的一幕，他也要做出沉重的决定。“感情近，就亲热些；感情淡，就淡些。”她临别时，就是这样对他说的。然后潇洒地转头，他一辈子都忘不了的回身。

徐萌哆嗦，“穆言，你是人么？你这是人话么？你这还叫人话么？”

“不是，怎么了？”

“你还有良心么？”

“没有，怎么了。”

“你冷血，你禽兽，你混蛋，是么？”

“就是，怎么了？”

“我是爹妈养的……”

"我不是，行了吧。"

"好好，说得很好，很好。你走吧。我没穿衣服，不送了，我要休息。"

徐萌，怎么都不相信，面前的男人面目全非，完全不是她所定义的温润，平和而谦逊。这三个词，着实，着实将凶险邪恶隐藏得深刻，只待不断刺激后的决绝，原来道貌岸然、衣冠禽兽并没有什么两样，披着人皮的狼能有什么两样，都是狼性！可，自己又有什么资格谈伤害，伤害自己的同时，还在伤害着另外一个女人，终于明白什么是两肋插刀，动弹不得。

穆言说完，后悔了，后悔不已。他是爱这个女人的，何苦彼此激将自相残杀，何苦双方都受到伤害。可是，离去是必然的，他必须离去，一想到高阳的决绝，就失去理智，回到了那四年前的一幕。

他沉默，"我走了，萌萌，我们真的很难磨合。不要这样好么？你看，我们这样吵架是何苦。"

徐萌气晕，她只是掩面，想起多少个夜晚的倾诉，泪流满面；想起多少个电话，声嘶力竭，可是，现在她躺在床上，大脑一片空白，已经哭不出来了。

隐隐明白，脑中只剩下一句话，"当泪水流干的时候，也是应该离去的时候。"

"哎，"穆言重回床上，深吻徐萌，"别生我气了，走了。你早些休息。"

身后，已是一阵沉重的落门音。

这冰冷的不安的吻。

111. 日环食，真的很美

躺在床上的徐萌，一直在思索，他们的爱情死了，病入膏肓，无法挽回了。

可是他们却没有说分手，分手还需要说明么？不言自明。

徐萌想到这个问题，她怎么会荒唐得想到这个问题。

80 后前卫，坦荡，直率，无所顾忌。可 80 后没有纠缠的习性，怎么她就染上了这种恶习？

而 70 后呢，说离开了就是要走，绝不拖泥带水，苦苦挽留？

好吧，最后一次索要一个已经知晓的答案，让自己死心。徐萌，准备亲手毁掉自己经营的爱情，毁灭得一败涂地。

在徐萌的词典里，非此即彼。没有模棱两可的事情。要么一尘不染，要么布满垃圾。

在天堂与地狱游走的日子，经过人间，却不能停留在人间。地狱的孤魂野鬼，天堂的飘飘欲仙，都是极端而浓烈的色彩，她不能容忍人间的不死不活。

穆言没有变，却又变得淡淡。不似以往，只是不咸不淡的问候，不痛不痒的出现，不是和风细雨，润物无声的旷日持久，而是遏制她呼吸爱的空气，钳制喉咙的双手，难以透气，扭曲的除了憋闷发紫的面庞，还有伤痕累累的心灵。

试图平静，讲分手谈和气，算是仪式，也是朋友间最后的尊重，“可以占用一点时间么，只想讲几句话就走，同意请回复。”

沉寂，一阵可怕的沉寂，这样的沉寂持续了两小时零三分，依然是一片沉寂。

徐萌，告诫自己漫不经心，但狂躁不安的心思开始蒸腾，升温，直至鼎沸……

她又是千万次的拨叫穆言的电话，没接通，挂掉，再打，再挂掉，这个在心底再捻熟不过的号码，温习了，打倒，再温习，再打倒。她无法交谈，张张口，却无法发声，不是嗓音沙哑，而是思绪布满血痂，揭起任意一道都是血淋淋的伤疤，鲜血会汩汩的流，迎接的只能是冷冷的笑声。索性放弃发声，最终放弃为垂死申辩的权利。

另一端，穆言有些恼怒，之前的qq，msn，邮箱，所有的一切都打不开，也就算了，那不过是即时的通讯工具，丢失掉所有的关系网络，所有的机密文件，甚至所有的儿女情长，都没有关系。不是冤家不聚头，应该是哪个曾经的合作伙伴，或是置于死地的仇敌，幸好没有留下什么痕迹，只是徐萌的信件没有删去，博得一笑吧。

可现在，银行的存款没了！数目不小，暂放公司急用的，现在妈在医院等着急用的，需要这钱救命的，怎么账上一毛钱都没有了，怎么会没有！不会有其他人知道的啊，难道是我记错了？回忆，回忆，不得要领。记忆力真的越来越差了。

那一边，满秀的电话也打不通，始终关机。

那一边，母亲插着氧气管，等着救命。

那一边，徐萌催促着索求答案。

乱，乱，乱。

三小时零七分了。徐萌没有想到由他的悉心尊重开始，也是由他的不加尊重结束。

忽然，有人惊呼，日环食，日环食！公司的小隔间开始喧闹，推搡，拥挤在落地窗前，拿相机的，持手机的，争相拍摄，留住这一奇景。

林林立立的楼群上方，天空一片灰暗，残阳如血，骄傲而倔强的绚烂绽放，那是血腥的图腾，抑或是温情的最后挽留。

徐萌呆坐在座位，站立，起身，行走。同事的叫喊声，呼唤声，听不到了。下意识的拨响穆言的手机，分享，脑中只剩下一个词，她要与所爱的人一起分享。一声，两声，没有应答。三个电话，依然未接。

她知道这是铁石心肠的诀别，最后的呼唤不过是说服自己的徒劳，如同这日食，美丽，却残缺。

留下一行无谓的解释，“日环食……没有别的意思，我只是想同你分享千年难见的美丽的日环食……”

穆言是故意不接的，没有时间考虑。太多的乱，太多的情，太多的亏欠，必须分出个优先级。该做个了断了吧，他性格柔弱的地方，吸引了太多人，也伤害了太多人。徐萌这个深爱着他，也让他如此深爱的女人，不能再，也再不能让他痛心怜惜了。

手心手背都是肉，只能割掉一端。

苍白，只想到苍白，没有血色的苍白。此时，无论他做什么都是无力的，邪恶的，伤害的。

短信声起，徐萌的字迹跃然。心里深沉的痛，火山般爆发，就要离去了么，就会离去了么，抬眼望，日食依然，真的，很美。痛苦的紧闭双眼，一行热泪滚烫汹涌，终于知道，至此，为何如此深爱。

电话声响起，“你是穆言吗？满秀的爱人？满秀正在抢救，情况危急，在 301 医院，请你快来。”

穆言惊醒，失魂落魄，开车飞奔……

112.生命不复存，欺骗不再有

徐萌也去了。穆言在去医院的电话里，头一次对徐萌喊到声嘶力竭，而她只听得到医院的名字。是悔恨致使她奔向同一个地方。

满秀是在去接遥遥的路上被撞倒的。事故很明显，自撞，无他杀痕迹。

“没有抢救过来……”医生遗憾的摇摇头。像电视剧，早已谙熟的台词，“我们已经尽力了，家属节哀，准备后事吧。”

病床上，满秀倾尽所有的力量，紧紧拉着穆言和徐萌的手，握在一起，望着徐萌，气息奄奄的吐出一句话，“虽然我不认识你，可是我知道你，我要你照顾他，我不恨你……”

是的，徐萌有多爱穆言她怎么会不清楚，可是自己的爱虽然平凡普通，可是朝夕相处着无辜。她多想让他们为所做的一切，后悔一辈子，可是因为善良，她在血肉模糊的撞击中，选择了原谅。自己时刻不多，时刻不多了。

穆言好心痛，躺在病床上的满秀啊，那么的安详，孩子的母亲，他的妻子，永远离开了她，就是因为，只是因为，徐萌……这个女人，毁了他的全家，毁了他的幸福，毁了他的所有，到头来，还被满秀拉着她的手，说照顾!

他不能背叛满秀，就像他不能接受徐萌，真正的生离死别如爱情一样的肝肠寸断么？遥遥被吓坏了，拉着妈妈，哭：“妈妈，你醒醒，你不要这样好不好，你不要这样睡过去，遥遥乖，再也不惹妈妈生气了，好不好……”

满秀不会再应了，她微笑着，握着穆言与徐萌的手，再也没松开。

徐萌把头转向一旁，不敢看穆言那双凶神恶煞的眼睛，她没有错的，不是她的错，她这么善良，怎么忍心伤害一个同样柔弱的女子，可是现在只能沉默，人，已经没了，一切都没有意义。

远远抵不过善良的一击。她一辈子都还不起这份善良。

自己如此的打扰一家人的团聚，以这样的方式，即使是最后一刻的告别，都不需要她这个外人在场，想逃离，却怎么都挣脱不掉满秀的那双紧握的手，生怕她跑掉似的握紧。徐萌一直在用力用力，为了最后的尊严，终于抽出，“我先回避一下，不会走的，就在外面。来，遥遥，你坐在阿姨这边。”

“现在你满意了，人都成这样了，我的母亲，就躺在另外一个病房，你都满意了。没有人可以管我了，这就是你需要的结果。”穆言失声痛哭，想杀了徐萌，换取这两个至亲的生命。

徐萌惊愕了，记忆中这个男人第一次哭，第一次哭得这么失声。可是，母亲？母亲不是好好的么，不是做了手术好好的么？怎么会在病床？

这个场合已来不及多问，来不及再想。

“你走，你给我走，永远不要回来，我不想再见到你。”

“好，我会走的，不过是等警察录完口供，就清清白白的走。”

“小木，我只想告诉你，这么久了，你不会不了解我。所有的事情都是我所为，可是所有的错误并不都是我所犯。”

徐萌是清清白白的，一如她一贯的样子。

因为破掉邮箱的，不只是她，还有满秀。只不过满秀是猜对了密码，而徐萌是彻底换掉了密码。

邮箱里，徐萌与穆言的信，皆阅尽，却没有捉奸正着的快感，心空旷。

这个世界，还有什么可以信任。

他瞒了她十年，甚至在四年前，怀着遥遥，甜蜜的不知所以。他竟然背着她去了上海，仅仅是陪那个初恋的放不下的女朋友，明知道自己肚子里有一个活生生的骨肉。他是如此开心，开心的知道自己要当爸爸了，临行前还陪着她听了胎心，听到孩子跳动的声音，而她就那么放心的让他走了！

还有诸多女人的肉麻，不能想象有多少，有多少就算是为了肉体发泄，那她算什么，仅仅是个老来垫背？

还有徐萌，原来他说的无数个喝醉了，出差了的夜晚，是在另一个港湾度过！

对，女人有直觉，女人早该有直觉，早该相信直觉。早该知道所有的并不是意外。

她了解他，如果不爱，决计不会如此。她又不了解他了，还有多少她不知道，蒙在鼓里的同床异梦？

特别是，徐萌，满秀憎恨，憎恨的牙齿咯咯作响，但却恨不起来。同样是个善良的女人，一再说不要伤害，那份感情，她怎会不明白，爱到极致，即使无法拥有，也要看着他幸福。

她糊涂，她失望，她气馁，她对自己失去了勇气。要不是遥遥，早就离开这个世界了。只是，还有这个骨肉她放不下，也许，生命不复存在，欺骗也不会再有。

如果，一辈子被穆言哄得开心，该有多好。如果，有些事情，一辈子都不知道，该有多好……

113.曙光，出现在不经意间

徐萌走了，冷静的整理了思绪，给编辑投了最后一封专栏稿。

放下　晓非

有时候不得不相信有命的存在，顺命而行，就不会遭遇纠缠与伤害。

伤害，命运给予女人的伤害足够，古往今来不甚多。

伤害的命运，是那貂蝉轻舞的团扇，昭君出塞的风沙，杨玉环抛上树的白绸缎，西子坠湖时的荡涟漪。是绿竹溅泪时的鲜血，黛玉葬花的悲切，是窦娥赴刑场的怒火，是白娘子被压塔下的凄苦。

难道深刻的爱情，也会给予我们痛苦最多？

宛若余辉衬夕阳，青松立峭岩，万里平沙落秋雁，三月阳春映白雪。

痛苦越深，伤害越多，抗争也就越强烈么？

人空手，记忆很痛苦，好吧，请赶紧抓住点什么，无论抓住的回忆是否美好。如果说爱情是上帝对死神说的谎言，那么也是善意的谎言。可以对爱情绝望，但不要因为爱情而对生命绝望。

如果给爱情一个支点，它可以撬动生命，但是当失去爱情的时候，请你也放弃那个支点。

付出不一定有回报，爱与被爱并不总是平衡。

永远不要带有仇恨，也尽量不要被仇恨。

人生之不如意十有八九，也许黑暗一时让人觉得没有尽头，而曙光永远出现在不经意间。

114.亲情，与爱相生愈更浓

临行前，徐萌也给穆言留下一封信，所有想说的，未说的话，都在于此。

言：

首先对满秀的离去说声，对不起。再对母亲的离去说声，对不起。我只能默哀，轻轻的道歉却是沉重。知道自己还不起，还不起这份亏欠。所以，对于送别，我是没资格，也没权利。

已经一年了，一年真是快，弹指一挥间。真的是老了么，需要靠记忆回忆点滴。有些事情，发生了无法控制，就像当初我们彼此吸引，拥有爱意。

这么长的日子，自己一贯没有通情达理，属于我的时间太少，属于你的烦恼太多，只是我们都站在了自我的角度，奢侈了占有欲。我只是想念，想念，这在相爱是不费吹灰之力的给予，可是在你我之间却是些许难以企及。

多少个清晨睡眼惺忪的醒来，想干干净净、一尘不染的离开你，可却还是难以想象，如果再不能随心所欲叫你小木，如果再不能趴在你的耳边甜腻，而是谦虚的称呼你的名字时，真的不知道，自己的隐藏得好好的柔软会安放在哪里。

是因为爱吧，恋爱让女人没有理性的思考，智商已经退化到三岁，现在渐渐恢复，也许年龄更大些，不得而知。相爱让恨变得有千万种理由，却没有恨的勇气。

我们不停地被别人所欺骗，也不停的欺骗别人。只是爱情，让原本冷漠的心灵变得不再真实，变得不是自己，变得格外纯粹而愚钝，这在司空见惯的庸俗社会，已经灭绝到难得一见了。

耳畔那英的歌正浓，“你伤害了我，还一笑而过，你爱得贪婪，我爱的懦弱……”

其实，我并非懦弱，是投入的爱着你，忘了自己。

爱情，不过是一时的情绪，激情褪去，感觉来了又走，从此不再有交集。

其实，我只是想念跟你在一起，只需要跟你在一起，在乎你的人，你举手投足的一笑一颦，而不是其他的附加产品。

至于其他，我不想批判，也不会去批判，甚至不愿去触碰，一触碰就硬生生的疼，给予我的伤害与温暖，多到数也数不清……我周末高烧38℃不退，两天，比两天还要漫长的是心……不必告诉谁，也不用拿此来控诉，却竟然只想你在身旁，哪怕一分钟也好，只要你在我身旁，我一定会身轻如燕，健步如飞，难过抛到九霄云外……可是告诉你，一定会嘲笑我的懦弱不争气，对，我傻，可不糊涂，早就习惯了冷漠，这个世界没有什么我扛不过去。

是的，过去了就过去了，过去了就好，云淡风轻。我知道自己不是放不下，是难以忘记。忘不掉你的好，忘不掉你的气息，忘不掉你的温情，忘不掉你所有的曾经。

有些话，不必说很透彻，是的，没有人有权利有义务当对方的老师，一切，都需要默默成长，默默参透，默默醒悟。

我们跟太多的人保持距离，也跟太多的人打太极。绵绵掌力，推来挡去，有招拆招，谨防暗器，多数沉默，保存元气。没有付出，就不会有伤害；没有期许，也不会有失望。

可是，爱，不同，爱一个人，是不忍心看到她跌倒，自顾自前行，爱一个人，是会告诉他，无论有任何的困难，只要力所能及，都会倾尽全力的帮助你。

其实，这个世界我们不需要太多的帮助，如你所言，会欠下太多人情，钱是比情简单很多的东西。毕竟锦上添花的事儿很多人会做，可是雪中送炭实在无影无形。可你教会了我什么是患难见真情，这份感动让我执着，像相信爱情一样执着。

执着……我不知道自己为什么对你如此的坚持。不知道，真的不知道。就像我不知道临到离别，还会写这封信。

曾经我们讨论过，我这辈子还能有什么婚姻，还会有什么家庭，我全部的爱都已经给了你，人生能有几个十年，还能让我如此的单纯、疯狂和柔情？没想用什么可怜和无辜赚取你的什么同情，我没有。可现在结果就是这样，我已经不敢相信男人了，小木，我好害怕，太害怕，害怕极了，害怕有人会常常把我欢快的抛向天空的一瞬，落地却没有接应，摔个头破血流，脸肿鼻青。

只是常常对你有这样的感受：母亲面对孩子的顽皮淘气、自负玩虐实在是落寞，但是永远会包容，会原谅，会只想抱抱你。

就像那天，趴在你怀里，只想抱抱你。

我的小木，好想有时候，毫无顾忌的躲在你怀里，像个长不大的孩子躲在你怀里。

这几天，脑中突的跃然缘何伤感，也许，就是生怕自己太快乐而流于轻浮，生怕自己太幸福而不真实，你给予的爱，我营造的爱，太美好。也许更多的是内心一直反复的声音，你的声音，“宝贝，我在呢，我在……”每当此时，就会五味杂陈，不知所以。知道你不会陪我许久，也不能够陪许久？可是，如果我知道，吃饭也是会饿的，睡觉也是会困的，那还吃饭睡觉作甚呢？所以我对自己说，只要你在，就是快乐如天使，我有你疼，你疼着我，足矣。

受伤，受过太多的伤，明白那种滋味，或者已经麻木，可是从来也没有怎么在意。可是轮到你，却真正受伤了，伤到体无完肤。就像那天，日环食的那天，头一次，哭到声嘶力竭，失去控制，意识都有些不太清醒。

我们太过相同吧，太过相同，很多的方式，即使你比我多了十二年的履历。其实很多的事情不过重复，太多的人本质都是一致。

我们还是做朋友吧，熟悉，平等，什么话都可以说愿意说的朋友。但却是曾经认识，即将相隔两地。

我要走了，只想告诉你，没有我的日子，没有满秀的日子，不要把什么事情都憋在心里，多的是解决、化解的途径。

你继续追逐你的金钱梦想，我还是坚持我的理想主义。不过我们都生活在现实里。可以坦然的接受，很多世俗的东西。有钱不一定很快乐，但没钱一定不快乐。同理可证，有情不一定很快乐，但无情一定不快乐。由此，殊途同归。

谁知道明天会发生什么事情，明天的你我又会有什么不同。只是，我承认就好，这辈子，我只爱过你。一如既往的爱着你。想到此，会透明，会千锤百炼后，依然，承认爱情。

轻松，是一种姿态；倾吐，是一种气度；倾心，是一种超脱。

如你所言，如我所明。

你，是我生命的一部分，与爱相生，比爱更浓的，亲情。

115.转弯处回首，生命无限宽

明天就要上飞机。徐萌依然去了雍和宫，拜了小和尚。

小和尚告诉她，“施主，无论你经历了什么，为何不选择原谅，选择宽恕，选择珍重，选择离去？”

若是当初没有相遇，不过毕生修行，超凡出尘。可遇到了，是命中的劫数，亦或是救赎。

“纵然碎世界为微尘，这微尘中也无量有情。世界不尽，有情不尽，轮回不尽，济度不尽，乐土乃能不尽！今夕何夕，君已远去……”

飞往悉尼的航班就要起飞了。第一次出国，徐萌的心里却没有了悸动与激情。经历考试的洗礼，爱情的重创，没有而立，却是花落人独立，相看两世界了。就像做了一场梦，恍如隔世。

按部就班，申请到学校，读书，是武装头脑的不二法门，也是疗伤爱情的最佳方式。

短信声响起“萌萌，错怪你了，回来吧，我需要你。遥遥也需要你。只是现在……你需要时间，我知道。”

那一刻，徐萌依旧泪流满面。

“我要去悉尼了，读书。有缘再见吧。她在天堂看着我们，希望我们都幸福。”

“手写的信，放在了你的抽屉，还有一张新的银行卡，那是我转账的所有金银，密码是你的生日。我们共同的日子。飞机就要起飞，小木，我依然是爱你的。”

她在心底默念，原谅我吧，原谅我的不辞而别，原谅曾经的一切，记得，或是不曾记得，都将过去，过去……有缘自会相见，爱情不必苛求。

“小南，我也爱你。我一直会在这里，等你。”

爱与被爱，是何等别样的诉说？只是只是，触手处，一片温婉；浓郁而沉醉的气息，久久不散。属于两个人的心心相印，属于一同走过的这一年：这一月的和风、二月的细雨、三月的桃李、四月的芳菲、五月的甜糯、六月的轻雷、七月的流火、八月的未央、九月的庭闱、十月的斜晖、十一月的劲风和十二月的霜飞。

快乐，是什么？一转头，原来什么都不曾改变，身体健康却始终唠叨烦恼你的父母，不知什么时候可以露头的亲戚，依然陪伴在左右的朋友，继续渴求一见钟情的爱情，平平和和追求真我的心境，一本记录荒谬爱情的文字，和奄奄一息，不再年轻的心。曾经抓紧与靠近已然过去，渐行渐远的人也许不再有交集，再也许在某一天街头的偶遇，再也许是人为的相聚。

这些徐萌都不想去想，不愿去想，就像爱上穆言的一刻，知晓他有家室一般。逃避，未尝不是一种解脱；放弃，未尝不是一种美丽。

已然发生的，无论是灾难还是喜悦，都是人生弥足珍贵的戏剧。可也正如穆言所说，感情，并不是一个懂字已经足够。我们互相理解，却也许终究无法互相原谅。

不过，机会，又有谁知道呢？

飞机上正放映《欲望都市》，艾登被凯瑞伤害愤然离去。分手多年，偶然相遇。凯瑞后悔了，大胆地用石子击打艾登的窗，大声地说出自己的想念与爱意。可是艾登绝望，你已经伤透我的心。凯瑞落寞的跑开，彻夜难寐，此时，她也听到窗户相同的击打声，是迷人的艾登，“我想，为什么不给彼此一个机会……”

徐萌笑了。

想起爱上穆言，告诉他的那句箴言，这些都将是宝贵的财富，当我们老去，在炉火旁，可以拿来珍藏与回忆。过去的以往，都是爱的印记，爱的足迹，爱的碑铭。

那就是当年的我们，曾经那么的为爱傻，为爱痴，为爱狂，为爱执着，无所顾忌。

未来，我们还需要好好活下去，活出自己，活出精彩，活出绚丽。未知，就交付给命运去裁定吧。

窗外，暖阳如金……

图书在版编目（CIP）数据
黑房契红婚约 / 七子著．—北京：新星出版社，2010.8
ISBN 978-7-5133-0027-8
Ⅰ.①黑… Ⅱ.①七… Ⅲ.①长篇小说－中国－当代 Ⅳ.①I247.5
中国版本图书馆CIP数据核字(2010)第158525号

黑房契红婚约

七子　著

责任编辑：姜　淮
责任印制：韦　舰
装帧设计：郑　岩

出版发行：新星出版社
出 版 人：谢　刚
社　　址：北京市西城区车公庄大街丙3号楼　100044
网　　址：www.newstarpress.com
电　　话：010-88310888
传　　真：010-88310899
法律顾问：北京市大成律师事务所

读者服务：010-88310800 service@newstarpress.com
邮购地址：北京市西城区车公庄大街丙3号楼　100044

印　　刷：小森印刷（北京）有限公司
开　　本：910×1230　1/32
印　　张：9.875
字　　数：215千字
版　　次：2010年8月第一版　2010年8月第一次印刷
书　　号：ISBN 978-7-5133-0027-8
定　　价：25.00元